आप जागते हुए अपना अधिकतर समय काम को ही देते होंगे। क्या आप इसका भरपूर आनंद ले पाते हैं, जितना कि ले सकते थे?

अपने जीवन और काम का आनंद कैसे लें?

यह पुस्तक अनेक लोगों की प्रेरक कथाओं और प्रसंगों से भरी है, जिनमें होममेकर से लेकर अरबपति तक शामिल हैं, जिन्होंने उदासी, कुंठा व थकान पर जीत हासिल करते हुए सफल और भरपूर जीवन जीया। डेल कारनेगी की प्रामाणिक तकनीकों ने लाखों लोगों को अपने जीवन में एक सामंजस्य और उद्देश्य पैदा करने और उच्च प्रदर्शन के रहस्य सीखने में सहायता की है। जैसे –

- सफलता पाना चाहते हों तो काम करने से जुड़ी चार अनिवार्य आदतों को जानें।
- पता लगाएँ कि आपको किन बातों से थकान होती है और इनसे कैसे छुटकारा पा सकते हैं?
- अगर आप शहद जमा करना चाहते हों तो मधुमक्खी के छत्ते पर लात न मारें।
- ईमानदारी और गंभीरता से प्रशंसा करें – किसी की शिकायत, आलोचना या निंदा न करें।
- दूसरे लोगों में सच्ची दिलचस्पी लें।
- दूसरों की गलतियों के बारे में अप्रत्यक्ष तौर पर बताएँ ताकि उन्हें शर्मिंदगी न हो।

डेल कारनेगी की प्रेरक और व्यावहारिक शिक्षाएँ आज भी उतनी ही उपयोगी हैं, जितनी कभी उस समय रही होंगी। अब आप भी डेल कारनेगी के साथ आत्म-अनुसंधान के नए साहसिक कार्य में शामिल हो सकते हैं। वे कार्य है –

अपने जीवन और काम का लें... भरपूर आनंद!

सरश्री द्वारा रचित श्रेष्ठ पुस्तकें

१. इन पुस्तकों द्वारा आध्यात्मिक विकास करें

- निःशब्द संवाद का जादू – जीवन की १११ जिज्ञासाओं का समाधान
- विचार नियम – आपकी कामयाबी का रहस्य
- ली गीता ला – लीला और गीता का अनोखा संगम और प्रारंभ
- गीता यज्ञ – कर्मफल और सफल फल रहस्य
- गीता संन्यास – कर्मसंन्यासयोग
- ईश्वर से मुलाकात – तुम्हें जो लगे अच्छा वही मेरी इच्छा
- संतों में संत तुकाराम महाराज – अभंग रहस्य और जीवन चरित्र
- भक्ति का हिमालय द मीरा – जीवन चरित्र और भक्ति भाव रहस्य
- समर्पण का अद्भुत राजमार्ग – पूर्ण त्याग और अर्पण शक्ति का जादू
- संत एकनाथ – जीवन चरित्र और बहुमूल्य शिक्षाएँ
- भक्ति के भक्त – रामकृष्ण परमहंस
- सत् चित्त आनंद – आपके 60 सवाल और 24 घंटे

२. इन पुस्तकों द्वारा स्वमदद करें

- संपूर्ण लक्ष्य – संपूर्ण विकास कैसे करें
- अवचेतन मन की शक्ति के पीछे आत्मबल
- नींव नाइन्टी – नैतिक मूल्यों की संपत्ति
- सुखी जीवन के पासवर्ड – कैसे खोलें दुःख, अशांति और परेशानी का ताला
- प्रेम नियम – प्लास्टिक प्रेम से मुक्ति
- सुनहरा नियम – रिश्तों में नई सुगंध
- नास्तिकता से मुक्ति – उलटा विश्वास सीधा कैसे करें
- इमोशन्स पर जीत – दुःखद भावनाओं से मुलाकात कैसे करें
- मन का विज्ञान – मन के बुद्ध कैसे बनें

३. इन पुस्तकों द्वारा हर समस्या का समाधान पाएँ

- स्वास्थ्य त्रिकोण – स्वास्थ्य संपन्न
- खुशी का रहस्य – सुख पाएँ, दुःख भगाएँ : ३० दिन में

४. इन आध्यात्मिक उपन्यासों द्वारा जीवन के गहरे सत्य जानें

- मृत्यु पर विजय – मृत्युंजय
- स्वयं का सामना – हरक्युलिस की आंतरिक खोज

अपने जीवन और काम का आनंद कैसे लें

अपने जीवन और काम का आनंद कैसे लें
How to Enjoy Your Life and Your Job इस अंग्रेजी पुस्तक का हिंदी अनुवाद

Hindi Language Translation copyright © 2018
by WOW Publishings Pvt Ltd

Original English language Copyright © 1970 by **Dorothy Carnegie and Donna Dale Carnegie**

सर्वाधिकार सुरक्षित

वॉव पब्लिशिंग्ज् प्रा.लि. द्वारा प्रकाशित यह पुस्तक इस शर्त पर विक्रय की जा रही है कि प्रकाशक की लिखित पूर्वानुमति के बिना इसे व्यावसायिक अथवा अन्य किसी भी रूप में उपयोग नहीं किया जा सकता। इसे पुनः प्रकाशित कर बेचा या किराए पर नहीं दिया जा सकता तथा जिल्दबंद या खुले किसी भी अन्य रूप में पाठकों के मध्य इसका परिचालन नहीं किया जा सकता। ये सभी शर्तें पुस्तक के खरीददार पर भी लागू होंगी। इस संदर्भ में सभी प्रकाशनाधिकार सुरक्षित हैं। इस पुस्तक का आंशिक रूप में पुनः प्रकाशन या पुनः प्रकाशनार्थ अपने रिकॉर्ड में सुरक्षित रखने, इसे पुनः प्रस्तुत करने की प्रति अपनाने, इसका अनूदित रूप तैयार करने अथवा इलेक्ट्रॉनिक, मैकेनिकल, फोटोकॉपी और रिकॉर्डिंग आदि किसी भी पद्धति से इसका उपयोग करने हेतु समस्त प्रकाशनाधिकार रखनेवाले अधिकारी तथा पुस्तक के प्रकाशक की पूर्वानुमति लेना अनिवार्य है।

प्रकाशक	:	वॉव पब्लिशिंग्ज् प्रा. लि. पुणे
प्रथम आवृत्ती	:	जून 2018
पुनर्मुद्रण	:	जनवरी 2019
अनुवादक	:	**रचना भोला 'यामिनी'**

Apne Jeevan aur Kam ka Aanand kaise le
by Dale Carnegie

विषय सूची

प्रस्तावना 7

भाग १

शांति और खुशी पाने के सात उपाय 9

1 स्वयं को पहचानें और अपने स्वाभाविक रूप में रहें 11

2 थकान तथा चिंता दूर करने संबंधी चार अच्छी आदतें 21

3 आप क्यों थक जाते हैं और इससे बचने के लिए क्या करें? 27

4 उकताहट से पैदा होनेवाली थकान, चिंता और बेचैनी पर कैसे काबू पाया जाए? 33

5 क्या आप लाखों रुपयों के बदले ईश्वर से मिले सुख तथा वैभव का सौदा कर सकते हैं? 44

6 लोगों की आलोचना को कैसे देखें 52

7 आलोचना से दुःखी होने के बजाय इन उपायों पर अमल करें 56

भाग २

लोगों के साथ पेश आने की बुनियादी तकनीकें 61

8 शहद जमा करना हो तो मधुमक्खी के छत्ते पर लात न मारें 63

9 लोगों के साथ पेश आने का सबसे बड़ा रहस्य 79

10 जो ऐसा कर सकता है, उसके साथ सारा विश्व होता है और जो ऐसा नहीं कर सकता, वह अकेला ही रह जाता है 94

11 जब आप ऐसा करेंगे तो हर जगह आपका स्वागत होगा 114

12 ऐसा क्या करें कि लोग आपको तत्काल पसंद करने लगें 128

भाग ३
लोगों को अपनी सोच से जोड़ने के उपाय 141

13 शत्रु बनाने का सबसे आसान तरीका
    इससे कैसे बचा जा सकता है   143

14 दोस्ताना स्वभाव   153

15 सुकरात का रहस्य   161

16 दूसरों से सहयोग कैसे प्राप्त करें   167

17 एक ऐसा आग्रह जो सबको अच्छा लगता है   172

भाग ४
लोगों को बदलें
पर उनके मन में गुस्सा या नाराज़गी लाए बिना 177

18 सामनेवाले को दुःखी न करते हुए आलोचना कैसे करें   179

19 पहले अपनी गलती मानें   183

20 आदेश सुनना किसी को पसंद नहीं होता   187

21 दूसरों को अपना बचाव करने का मौका दें   189

प्रस्तावना

क्या आपने कभी सोचा है कि हममें से अधिकतर लोग अपने जीवन का अधिकांश हिस्सा, नौकरी करते-करते ही बिता देते हैं, भले ही हमारा पेशा कुछ भी हो।

इसका अर्थ यह हुआ कि नौकरी के प्रति हमारा दृष्टिकोण ही तय करता है कि हम हर दिन जोश और संतुष्टि से भरे होंगे या फिर बोरियत, कुंठा और थकान से जूझ रहे होंगे।

डेल कारनेगी ने इस प्रशिक्षण को इस तरह से तैयार किया है कि काम के समय आप अपने भीतर की सारी क्षमताओं का उपयोग करते हुए, अपने काम से पूर्ण संतुष्टि हासिल कर सकते हैं। इस पुस्तक को पढ़ते हुए गौर करें कि जीवन के प्रति और दूसरों के प्रति आपका नज़रिया कैसा है। इसके बाद अपनी ताकत आजमाएँ और देखें कि आपके पास ऐसी कौन सी क्षमताएँ और योग्यताएँ हैं, जिसके बारे में आज तक आपको पता ही नहीं था। कल्पना करें कि उन योग्यताओं पर काम करना अपने आपमें कितना रोचक होगा।

यह पुस्तक डेल कारनेगी की दो बेस्टसेलर पुस्तकों, 'हाउ टू स्टॉप वरीइंग एंड स्टार्ट लिविंग' और 'हाउ टू विन फ्रेंडस एंड इंफ्लुएंस पीपल', के चुनिंदा अंशों का संकलन है। इन पुस्तकों से हमने ऐसे ही अंशों को चुना है, जो इस पुस्तक के पाठकों के लिए प्रासंगिक हों। आप अपने जीवन को भरपूर ढंग से जीना चाहते हैं... खुशी और संतोष पाना चाहते हैं... आप चाहते हैं कि आपके जीवन का एक अर्थपूर्ण उद्देश्य हो... आप यह महसूस करना चाहते हैं कि आप अपने आंतरिक गुणों का सर्वश्रेष्ठ उपयोग कर रहे हैं... यह पुस्तक आपको अपने ये लक्ष्य पूरे करने में सहायता करेगी। 'डेल कारनेगी प्रशिक्षण' में हिस्सा लेकर आपको स्वयं की खोज का रोमांचक अनुभव मिलेगा। यह प्रशिक्षण आपके जीवन में मील का पत्थर भी

साबित हो सकता है। आपके भीतर पहले से ही एक ऐसा छिपा हुआ ख़ज़ाना मौजूद है, जो आपके जीवन को आनंदमय और श्रेष्ठ बना सकता है। बस आपको उसे सामने लाने और उसका इस्तेमाल करने का संकल्प लेना होगा।

डोरोथी कारनेगी

अध्यक्ष 'द बोर्ड डेल कारनेगी एंड एसोसिएट्स'

भाग १

शांति और खुशी पाने के सात उपाय

डेल कारनेगी ने अपनी पुस्तक 'हाउ टू स्टॉप वरीइंग एंड स्टार्ट लिविंग' के माध्यम से बताना चाहा कि हमारा जीवन लगभग वैसा ही होता है, जैसा हम इसे बनाते हैं। अगर हम स्वयं को स्वीकार करना सीख लें, अच्छे व बुरे को एक जैसी स्पष्टता से देखें और लक्ष्य तक पहुँचने के लिए ज़रूरी कामों में जुटे रहें, तो हम चिंता करने में अपनी ऊर्जा और समय खर्च नहीं करेंगे। जीवन को खूबसूरत बनाने के लिए ऐसा करना आवश्यक है।

१

स्वयं को पहचानें और अपने स्वाभाविक रूप में रहें याद रखें, इस धरती पर आपके जैसा दूसरा कोई नहीं है

हम जैसे हैं, वैसे खुद को स्वीकार करना

मेरे पास उत्तरी कैरोलीना स्थित माउंट एरी की निवासी श्रीमती एडिथ ऑलरेड का एक पत्र आया है, जिसमें वे लिखती हैं, *'मैं बचपन में बहुत भावुक व शर्मीले स्वभाव की लड़की थी। मेरा शरीर भारी था और बड़े-बड़े गालों के कारण मैं और भी मोटी दिखती थी। मेरी माँ पुराने रीति-रिवाजों को माननेवाली महिला थीं। वे कपड़ों को नए फॅशन के अनुसार सिलवाने को मूर्खतापूर्ण समझती थीं। वे कहती थीं कि ढीला कपड़ा लंबे समय तक टिकता है और तंग कपड़ा जल्द ही फट जाता है। वे हमेशा इसी बात को दिमाग में रखते हुए मेरे कपड़े सिलवाया करती थीं। मैं ऐसे कपड़े पहनकर कभी किसी पार्टी में नहीं जाती थी और ना ही किसी प्रकार की मनोरंजक गतिविधियों में भाग लिया करती। स्कूल में भी मैं अपने सहपाठियों के साथ किसी प्रकार की गतिविधि या खेलकूद में भाग नहीं लेती थी। मैं वास्तव में बहुत शर्मीले स्वभाव की लड़की थी। मैं हमेशा अपने मन में सोचा करती थी कि मैं इन सबसे अलग हूँ और मेरे जैसी लड़की से किसी भी प्रकार की अपेक्षा नहीं की जा सकती।*

'जब मैं बड़ी हुई, तो मेरा विवाह एक ऐसे इंसान से हुआ, जो उम्र में मुझसे कई साल बड़ा था, लेकिन इससे मेरे अंदर किसी प्रकार का बदलाव नहीं आया। मेरे ससुरालवाले आत्मविश्वास से भरपूर और संतुलित स्वभाववाले लोग थे। उनमें वे सारे गुण थे, जो मुझमें नहीं थे। मैंने उनके जैसा बनने का भरपूर प्रयास किया, लेकिन ऐसा हो न सका। वे लोग जितना मुझे अपने जैसा बनाने की कोशिश करते, मैं उतना ही अपने बनाए हुए दायरे में सिमटती जाती। मैं धीरे-धीरे हताश होती गई और मेरे स्वभाव में गुस्सा झलकने लगा। मैं अपने सभी दोस्तों को नज़रअंदाज करने लगी। मानसिक रूप से मैं इतनी परेशान हो गई कि दरवाजे पर बजनेवाली घंटी की आवाज से भी डर जाया करती थी। मेरा असफलताओं से भरा जीवन मुझ पर हावी होने लगा था। मैं मन ही मन यही सोचकर डरती रहती थी कि कहीं मेरे पति मेरी इस कमजोरी को पहचान न लें। इस स्थिति से बचने के लिए, जब भी हम एक साथ कहीं बाहर होते, तो मैं स्वयं को खुश रखने की कोशिश करती। यह मेरे लिए अभिनय करने जैसा था, जिसे मैं बखूबी

निभाने की कोशिश करती। हालाँकि यह सब बनावटी था और मैं यह अच्छी तरह से जानती थी। इसलिए अंदर ही अंदर दु:खी भी रहने लगी। आखिर में मैं अपनी जिंदगी से इतनी निराश और दु:खी हो गई कि मुझे जिंदा रहने का कोई अर्थ नज़र नहीं आ रहा था। इसलिए मेरे मन में आत्महत्या के बारे में विचार आने लगे।'

जिंदगी से हतोत्साहित इस महिला का जीवन कैसे बदला? एक मामूली सी घटना से!

श्रीमती ऑलरेड के अनुसार, *'एक बहुत ही मामूली सी घटना ने मेरे जीवन की दिशा बदलकर रख दी। दरअसल एक दिन मेरी सास ने बातों ही बातों में मुझसे कहा कि उन्होंने अपने बच्चों की परवरिश कैसे की है। इस विषय पर बात करते हुए उन्होंने मुझसे कहा, ''मैंने हमेशा यही चाहा कि भले ही परिस्थितियाँ चाहे जैसी भी हों, मेरे बच्चे जैसे हैं, वैसे ही बनकर रहें और अपने स्वाभिमान पर कभी आँच न आने दें।'' मेरी सास के इन शब्दों ने मेरे जीवन की दिशा बदलकर रख दी। मुझे समझ में आ गया कि मेरी चिंता का सबसे बड़ा कारण क्या था। दरअसल मैं स्वयं को एक ऐसे रास्ते पर धकेलने का प्रयास कर रही थी, जिसके लिए मैं बनी ही नहीं थी।*

'उस दिन के बाद से मैंने जिंदगी को स्वाभाविक ढंग से जीना शुरू कर दिया। मैं वास्तव में जैसी थी, वैसी ही बनकर रहने लगी। मैं स्वयं के भीतर झाँकने लगी और अपने आपको पहचानने की कोशिश करने लगी कि मैं वास्तव में क्या हूँ। मैंने अपने व्यक्तित्व के सभी अच्छे पहलुओं पर गहराई से गौर किया, उन्हें पहचाना। मैंने अपने बनने-सँवरने के तरीकों का भी गहराई से अध्ययन किया। मुझे अपने विचारों के अनुसार जो कपड़े अच्छे लगते थे, मैंने वैसे ही कपड़े पहनने शुरू कर दिए। मैंने कई नए मित्र भी बनाए। उसके बाद मैं एक ऐसी संस्था से भी जुड़ गई, जहाँ मुझे सूत्रधार का कार्य सौंपा गया। वहाँ मेरा काम ऐसा था कि मुझे हर कार्यक्रम में कुछ न कुछ बोलना ही पड़ता था। शुरुआती दिनों में तो मुझे बहुत घबराहट होती थी, लेकिन धीरे-धीरे मेरी हिम्मत बढ़ती चली गई। उन कार्यक्रमों में बोलना मुझे अच्छा लगने लगा। हालाँकि मुझे इसमें बहुत समय लगा, लेकिन मेरी बढ़ती हुई हिम्मत ने मुझे बहुत प्रोत्साहन दिया। आज मैं बहुत सुखी हूँ। मैं अपने बच्चों की परवरिश करते समय भी उन्हें हमेशा वही सीख देती हूँ, जो मैंने अपने जीवन के कड़वे अनुभवों से हासिल की है। मेरी उन्हें हमेशा यही सीख रहती है कि तुम जैसे हो, वैसे ही बनकर रहो।'

डॉक्टर जेम्स गॉर्डन गिलके के अनुसार, 'एक इंसान के लिए स्वयं को अपने स्वाभाविक रूप में स्वीकार करने की समस्या उतनी ही पुरानी है, जितना हमारा इतिहास। यह समस्या इंसानी जीवन की तरह ही पूरे संसार में मौजूद है।' आजकल

इंसान में तेजी से बढ़ रहे कई स्नायु तथा मनोग्रंथि संबंधी रोगों का कारण भी यही है कि इंसान स्वयं को अपने स्वाभाविक रूप में स्वीकार नहीं कर पाता। दूसरे शब्दों में कहें तो वह जैसा है, खुद को वैसा ही स्वीकार नहीं करता। बच्चों की शिक्षा पर आधारित तेरह किताबें तथा विभिन्न पत्र-पत्रिकाओं में हज़ारों लेख लिख चुके एंजेलो पॉट्री का मानना है कि 'जो इंसान जैसा है, अगर वह खुद को वैसा ही स्वीकार करने के बजाय, उससे कुछ अलग बनने की कोशिश करता है, तो उससे दुःखी इंसान इस संसार में कोई नहीं है।' दूसरे शब्दों में कहा जाए तो हम जैसे हैं, वैसे ही दिखना और व्यवहार करना, यह हमारा स्वाभाविक गुण है, लेकिन अपने स्वभाव को छोड़कर किसी अन्य इंसान की तरह व्यवहार करना या दिखना यह विकृति है।

सैम वुड का नज़रिया

अपने स्वभाव से अलग हटकर चलने व कुछ और बनने की होड़ फिल्मी दुनिया में खूब देखी जा सकती है। हॉलीवुड के एक मशहूर निर्देशक सैम वुड का कहना है कि 'नए कलाकारों को पर्दे पर उनके स्वाभाविक रूप में प्रस्तुत करना सबसे बड़ा सिरदर्द है। आजकल के नए कलाकार लाना टर्नर अथवा क्लॉर्क गेबल्स जैसे दिग्गज कलाकारों की नकल करते हैं और वह भी बहुत बुरे ढंग से। वे यह नहीं समझते कि दर्शक लाना टर्नर तथा क्लॉर्क गेबल्स की अदाकारी से पहले ही परिचित हैं और अब वे कुछ नया देखना चाहते हैं।'

सैम वुड ने 'गुडबाय मिस्टर चिप्स' और 'फॉर हूम दी बेल टोल्स' जैसी फिल्मों का निर्देशन करने से पहले कई साल रियल इस्टेट बिजनेस में बिताए और सेल्स की दुनिया में काम कर रहे कई पेशेवरों की भाँति उसने अपने गुणों का विकास किया। उनका मानना है कि 'सिनेमा जगत तथा व्यापार जगत में एक जैसे ही नियम लागू होते हैं। यहाँ नकल करने से या तोते की तरह रट्टा लगाने से काम नहीं चलता।' वे कहते हैं कि 'अगर इंसान स्वयं को, वह जैसा है, वैसा स्वीकार करने के बजाय कुछ और बनने की कोशिश करता है, हमेशा किसी न किसी की नकल करता है तो उसे सिनेमा जगत में काम देने का कोई अर्थ नहीं है। क्योंकि यहाँ अभिनय का सहज होना ज़रूरी होता है।'

इंटरव्यू देते समय लोगों से होनेवाली गलती

एक दिन मैंने उस समय के प्रमुख ऑइल कंपनियों के एंप्लॉयमेंट डायरेक्टर पॉल वोइंस्टन से बातचीत की। अब तक उन्होंने साठ हज़ार से भी अधिक लोगों का इंटरव्यू लिया है और वे 'सिक्स वेज़ टू गेट द जॉब' नामक पुस्तक के लेखक भी हैं। बातचीत के दौरान मैंने उनसे एक सवाल पूछा कि 'नौकरी के लिए आवेदन देते समय अधिकतर

लोग कैसी गलतियाँ करते हैं?' उन्होंने अपने जवाब में कहा कि 'नौकरी के लिए आवेदन देते समय अधिकतर लोग यह गलती करते हैं कि वे अपनी स्वाभाविक रूप के दायरे से बाहर निकलकर अपने बारे में बढ़ा-चढ़ाकर बताते हैं। वे किसी सवाल का स्पष्ट जवाब देने के बजाय ऐसा जवाब देते हैं, जो उन्हें लगता है कि हमें बहुत पसंद आएगा। जबकि ऐसा नहीं होता क्योंकि उनका झूठ पकड़ा जाता है। जिस तरह कोई भी नकली सिक्के को स्वीकार नहीं करता, ठीक वैसे ही कपट करनेवाले इंसान को भी किसी कंपनी में बतौर कर्मचारी स्वीकार नहीं किया जा सकता।'

स्वयं को स्वीकार करना

'स्वयं को जैसे हैं, वैसा स्वीकार करना' यह सबक एक बस कंडक्टर की बेटी को भी बहुत मुश्किलों का सामना करने के बाद समझ में आया। वह गायिका बनना चाहती थी, लेकिन उसके चेहरे की बनावट ऐसी थी, जिसके कारण वह इस क्षेत्र में लोगों के सामने जाने से हिचकिचा रही थी। उसका मुँह सामान्य से कुछ बड़े आकार का था और उसके दाँत भी बाहर की ओर निकले हुए थे। उस लड़की को सबसे पहले न्यूजर्सी के एक नाइट क्लब में गाना गाने का अवसर मिला। गाना गाते समय उसने अपने दाँतों को होंठों से ढकने की कोशिश की। लेकिन स्थिति कुछ ऐसी बन गई कि वह सभी के लिए मज़ाक का पात्र बन गई और असफल हो गई। उसके ऐसा करने के कारण लोगों को उसका गाना बेसुरा जान पड़ा।

लेकिन उसी नाइट क्लब में एक ऐसा इंसान भी था, जो उसके गाने को बहुत ध्यान से सुन रहा था। उसने मन ही मन सोचा कि इस लड़की में संगीत के प्रति गहरी रुचि है। वह उस लड़की के पास गया और उससे कहा कि 'मैंने अभी-अभी तुम्हारा गाना सुना। मैंने यह भी देखा कि गाना गाते समय तुम्हें अपने दाँतों के कारण अपने ऊपर शर्म आ रही थी और तुम उन्हें छिपाने की पूरी कोशिश कर रही थी।' उस इंसान की बातें सुनकर लड़की ज़रा परेशान हो गई। लेकिन उस इंसान ने उसे धीरज देते हुए फिर कहा, 'इस प्रकार दाँतों का बाहर की ओर निकल आना, यह कोई अपराध नहीं है। इसलिए इन्हें छिपाने का प्रयास मत किया करो। गाते समय अपना मुँह पूरी तरह से खोलकर गाओ और किसी की ओर ध्यान मत दो। जब लोग तुम्हें खुलकर गाना गाते हुए देखेंगे, तो उन्हें यह सोचकर खुशी होगी कि तुम अपने दाँतों की परवाह किए बिना पूरी लगन से गाने में ध्यान देती हो। फिर यकीनन वे तुम्हारे प्रशंसक बन जाएँगे। यह भी हो सकता है कि तुम्हारे ये दाँत ही कभी तुम्हारे लिए लाभदायक सिद्ध हों।'

उस इंसान की बातें सुनने के बाद कैस डेली नामक इस लड़की ने गाना गाते समय अपने दाँतों की ओर ध्यान देना बंद कर दिया। उसके बाद उसका ध्यान केवल श्रोताओं

की ओर होता और वह अपना मुँह पूरी तरह से खोलकर गाना गाती। धीरे-धीरे उसे गाने में आनंद आने लगा और लोग उसके प्रशंसक बनने लगे। थोड़े ही दिनों में वह एक मशहूर पार्श्व गायिका और रेडियो कलाकार बन गई। अब तो कई लोग उसकी नकल करके, उसी की तरह गाने का प्रयास करते हैं।

मानसिक शक्तियों का उपयोग

मशहूर अमेरिकी दार्शनिक और मनोवैज्ञानिक विलियम जेम्स ने एक बार कहा था कि 'एक औसतन लोग अपने भीतर छिपी मानसिक शक्तियों में से केवल दस प्रतिशत का ही विकास करने में सक्षम होते हैं।' दरअसल वे ऐसे लोगों के बारे में ही बता रहे थे, जो स्वयं को कभी पूरी तरह पहचान ही नहीं पाते। विलियम जेम्स मानते थे कि 'इंसान को अपने जीवन में जितना जागृत होना चाहिए, उसके मुकाबले ऐसे लोगों में सिर्फ आधी जागरूकता होती है। असल में एक इंसान अपनी शारीरिक एवं मानसिक शक्तियों का बहुत कम इस्तेमाल करता है। इस नज़रिए से देखा जाए तो कहा जा सकता है कि हर इंसान अपनी सीमाओं के दायरे में ही रहता है। जबकि उसके अंदर असीम शक्तियों का भंडार होता है, लेकिन वह उनका संपूर्ण उपयोग करने में नाकाम रहता है।'

मेरे और आपके अंदर भी असीम शक्तियाँ छिपी हुई हैं। इसलिए हमें यह सोचकर अपना समय बरबाद नहीं करना चाहिए कि हमें दूसरों की बराबरी करनी है। इस संसार में हर इंसान अपने आपमें बिलकुल अनोखा होता है। दूसरा कोई भी उसके जैसा नहीं होता। वास्तव में हमारे जैसा न तो इस संसार में कोई है, न ही कभी हुआ है और न ही कभी होगा। हम सब अपने-अपने माता-पिता की संतान हैं। हमें उनकी आदतें, उनके संस्कार तथा गुण-अवगुण मिले हैं। हम अपने पिता के चौबीस क्रोमोसोम और माँ के चौबीस क्रोमोसोम के मिलन से निर्मित हुए हैं।

एब्राम सेनफील्ड के अनुसार, 'प्रत्येक क्रोमोसोम में बीसियों जनन-कण होते हैं। उनमें से मात्र एक जनन-कण ही इंसान के जीवन की रूपरेखा बदलने के लिए पर्याप्त होता है। एक मानव के निर्माण की प्रक्रिया बहुत अजीबोगरीब तरीके से होती है। एक ही माता-पिता द्वारा पैदा किए हुए चाहे सैंकड़ों भाई-बहन ही क्यों न हों, वे सब एक-दूसरे से अलग दिखाई देते हैं। यह एक वैज्ञानिक सत्य है, कोई कल्पना नहीं।' यदि पाठक इस संबंध में और अधिक जानकारी प्राप्त करना चाहते हैं तो वे एब्राम सेनफील्ड द्वारा लिखी गई पुस्तक 'यू एंड हेरीडिटी' पढ़ सकते हैं।

मैं आपको अपने स्वाभाविक रूप में रहने की सलाह इसलिए दे रहा हूँ क्योंकि मेरे लिए यह बहुत ही गंभीर विषय है। मेरे पास ऐसे कई कड़वे अनुभव हैं, जिनके आधार पर मैं आपसे यह बात कह रहा हूँ। इसी से जुड़े एक उदाहरण पर गौर कीजिए। कई

साल पहले मिसूरी छोड़कर मैं न्यूयॉर्क शहर आया और यहाँ मैंने अमेरिकन एकेडेमी ऑफ ड्रामेटिक आर्ट्स में दाखिला लिया। मेरे भीतर एक अभिनेता बनने की चाहत थी। मैं अभिनय के क्षेत्र को बहुत आसान समझता था और मानता था कि सफलता पाने का यह सबसे अच्छा शॉर्टकट है। उस समय मैं अकसर यह सोचता था कि 'संसार में हज़ारों ऐसे लोग हैं, जो बेहद महत्वाकांक्षी हैं, लेकिन फिर भी उनके दिमाग में यह सरल सा विचार क्यों नहीं आता कि वे भी मेरी ही तरह इस क्षेत्र में हाथ आजमाएँ।' मैंने मन ही मन यह सोचा कि 'मैं जॉन ड्र्यू, वोल्टर हेम्पटन और ऑरिस स्कीनर जैसे मशहूर कलाकारों की अच्छी आदतों का पालन करूँगा। उनके अच्छे गुणों के बारे में जानकर उन्हें अपने अंदर विकसित करने का प्रयास करूँगा।' लेकिन मेरा ऐसा सोचना बहुत मूर्खतापूर्ण था। दूसरे लोगों की नकल करने के प्रयास में मैंने अपने जीवन के कई साल बेकार कर दिए। फिर कहीं जाकर मेरे दिमाग में यह बात आई कि मुझे वही बनना है, जो मैं हूँ क्योंकि मैं कुछ और नहीं बन सकता।

मुझे इस कटु अनुभव को ध्यान में रखते हुए सीख लेनी चाहिए थी, लेकिन मैं ऐसा न कर सका। कुछ सालों बाद मैंने सार्वजनिक तौर पर व्यापारी वर्ग के लिए एक पुस्तक लिखने का मन बनाया। मेरी योजना एक ऐसी पुस्तक लिखने की थी, जो अभी तक किसी ने न लिखी हो। यहाँ मैंने एक बार पुन: वही गलती दोहराई, जो कुछ साल पहले की थी। मैंने बहुत से लेखकों की पुस्तकों का अध्ययन किया और उनके विचारों को संकलित करना शुरू कर दिया। इस कार्य में मैंने करीब एक साल का समय गँवा दिया। उसके बाद मुझे लगा कि मेरा ऐसा करना गलत था। अन्य लोगों के विचारों को इकट्ठा करना और उन्हें संकलित कर एक पुस्तक के रूप में प्रस्तुत करना बहुत बचकाना काम था। इसमें किसी प्रकार की रचनात्मकता नहीं थी और न ही भाषा इतनी प्रभावशाली थी कि कोई भी व्यापारी उसे पढ़कर लाभ उठा सके। हारकर मैंने एक साल में तैयार की हुई उस पांडुलिपी को कचरे में फेंक दिया।

फिर मैंने उस पुस्तक को नए सिरे से लिखने का निर्णय किया। इस बार मैंने सोच लिया था कि मुझे अपनी ही सीमाओं में बँधकर रहना है और डेल कारनेगी बनकर कार्य करना है। मैं किसी अन्य इंसान का रूप नहीं ले सकता और न ही किसी और जैसा बन सकता हूँ। इस प्रकार मैंने अपने मन से यह बात निकाल दी कि मैं कोई बहुत बड़ा विद्वान हूँ। अब मैंने नए सिरे से काम करने के लिए स्वयं को मानसिक रूप से तैयार कर लिया। मैंने सर्वप्रथम वही काम किया, जो मुझे पहले ही करना चाहिए था। मैंने भाषण/व्याख्यान के कौशल पर एक पुस्तक लिखी। एक प्रशिक्षक की भाँति मैंने अपने जीवन के अनुभवों, विचारों तथा कल्पनाओं के आधार पर जो कुछ देखा व सीखा था, वे सारी बातें मैंने अपनी इस पुस्तक में दर्ज की हैं। इस पुस्तक में मेरी लेखन शैली

सच्ची और ईमानदार थी। इसमें किसी भी अन्य लेखक की नकल नहीं की गई थी। इस दौरान मैंने मन ही मन उसी सीख का पालन किया, जो सन् 1904 के दौरान ऑक्सफोर्ड विश्वविद्यालय में अंग्रेजी विषय के प्राध्यापक सर वॉल्टर रेले किया करते थे। वे कहते थे, 'मैं कभी शेक्सपीयर जैसी कोई पुस्तक तो नहीं लिख सकता। लेकिन मैं अपनी खुद की एक पुस्तक ज़रूर लिख सकता हूँ।'

अपने स्वाभाविक रूप में रहें और इरविंग बर्लिन की उस सलाह पर अमल करें, जो उन्होंने स्वर्गीय जॉर्ज गार्शविन को दी थी। जब इरविंग बर्लिन और जॉर्ज गार्शविन की पहली मुलाकात हुई थी, उस समय तक बर्लिन एक मशहूर संगीतकार और गीतकार बन चुके थे, जबकि युवा गार्शविन संगीतकार बनने के लिए संघर्ष कर रहे थे। उस समय वे 'टिन-पान-ऐली' में पैंतीस डॉलर प्रति सप्ताह के वेतन पर काम करते थे। बर्लिन धीरे-धीरे गार्शविन के संपर्क में आए और उनकी योग्यता ने उन्हें बहुत प्रभावित किया। उन्होंने गार्शविन को अपना सहयोगी बनाने का प्रस्ताव दिया। इसके लिए उन्होंने गार्शविन को उनके मौजूदा वेतन से तीन गुना अधिक वेतन देने की पेशकश भी की। लेकिन इसके साथ ही बर्लिन ने गार्शविन को यह प्रस्ताव न मानने की सलाह भी दी और कहा, 'यदि तुम मेरे सहयोगी के रूप में नौकरी करोगे, तो एक दिन दूसरे दर्जे के इरविंग बर्लिन बनकर रह जाओगे, लेकिन अगर तुम अपने स्वाभाविक रूप में रहोगे और वही बनने का प्रयास करोगे, जो तुम हो, तो एक न एक दिन आसमान की बुलंदियों को छूने लगोगे।'

गार्शविन ने बर्लिन की बात पर बारीकी से विचार किया और नौकरी का प्रस्ताव ठुकरा दिया। वे अपने संगीत पर पूरी मेहनत से काम करते रहे और धीरे-धीरे अमेरिका के सबसे मशहूर संगीतकारों में से एक बन गए।

चार्ली चैप्लिन, विल रॉजर्स, मैरी मारग्रेट मैकब्राइड, जीन ऑट्री जैसे लाखों कलाकारों ने भी इसी सीख का अनुसरण किया, जिसका जिक्र मैं इस पुस्तक में कर रहा हूँ। मेरी ही तरह इन सभी लोगों ने भी इस सीख को बहुत सी कठिनाइयाँ झेलकर अपने जीवन में उतारा है।

शुरू-शुरू में जब चार्ली चैप्लिन सिनेमा जगत में आए, तो अनेक निर्देशक उन्हें जर्मनी के एक प्रसिद्ध हास्य-अभिनेता की नकल करने की सलाह देते थे। लेकिन चैप्लिन ने जब तक अपना स्वाभाविक अभिनय नहीं किया, तब तक उन्हें कोई पहचान नहीं मिली।

बॉब होप के साथ भी कुछ ऐसा ही हुआ था। उन्होंने संगीत, नृत्य तथा अभिनय के क्षेत्र में कई साल संघर्ष किया। लेकिन जब तक वे अपने स्वाभाविक रूप में नहीं

आए, सफलता उनसे कोसों दूर रही।

विल रॉजर्स भी कई सालों तक हास्य-नाटकों में बिना कोई संवाद बोले रस्सी के करतब दिखाते रहे। उन्हें भी सफलता तभी प्राप्त हुई, जब उन्हें यह समझ में आ गया कि उनके अंदर लोगों को अपनी बातों से हँसाने की स्वाभाविक क्षमता है। इसके बाद उन्होंने रस्सी के करतब दिखाते हुए अपने चुटकुलों से लोगों का मनोरंजन करना शुरू कर दिया, जिसे लोगों ने खूब पसंद किया।

मैरी मारग्रेट मैकब्राइड पहले-पहल जब रेडियो पर अपना प्रोग्राम प्रस्तुत करने गईं, तो उन्होंने भी आयरलैंड के एक हास्य-अभिनेता की नकल करने की कोशिश की। नतीजन उनका कार्यक्रम असफल रहा। लेकिन जब उन्होंने अपनी स्वाभाविक योग्यता का प्रदर्शन किया, तो छोटे से शहर की एक साधारण सी दिखाई देनेवाली यह युवती न्यूयॉर्क की एक मशहूर रेडियो कलाकार के रूप में उभरकर दुनिया के सामने आई।

जीन ऑट्री के साथ भी कुछ ऐसा ही हुआ। वे अमेरिका के टेक्सास प्रांत में पले-बढ़े थे, इसलिए उनके उच्चारण में टेक्सास की बोली का प्रभाव स्पष्ट नज़र आता था। वे इससे छुटकारा पाने की कोशिश करने लगे। साथ ही उन्होंने शहरी युवाओं जैसे कपड़े पहनने शुरू कर दिए और दावा करने लगे कि वे असल में न्यूयॉर्क से हैं। जिसके चलते लोग पीठ पीछे उन पर हँसा करते थे। लेकिन जब उन्होंने बेंजो बजाते हुए काउबॉय बैलड्स (एक प्रकार के अमेरिकी लोकगीत) गाना शुरू किया, तो धीरे-धीरे उन्हें इतना पसंद किया जाने लगा कि आनेवाले कुछ ही समय में वे फिल्मों और रेडियो पर ग्रामीण काउबॉय का अभिनय करनेवाले दुनिया के सबसे मशहूर कलाकार बन गए।

आपको यह सोचकर खुश होना चाहिए कि इस संसार में आप जैसा कोई दूसरा नहीं है। यह हर इंसान को प्रकृति की ओर से दिया गया एक वरदान है, जिसका लाभ सभी को उठाना चाहिए। यदि बारीकी से गौर किया जाए तो पता चलता है कि दुनिया की हर कला आत्म-कथात्मक होती है यानी अपने स्वाभाविक रूप को सबके सामने लाना ही हर कला का सार है। एक संगीतकार संगीत में अपना ही सुर लगाता है। किसी चित्रकार द्वारा बनाए गए चित्र में उसकी अंतरात्मा की ही अभिव्यक्ति होती है। इंसान के अनुभव, संस्कार तथा जिस वातावरण में उसका पालन-पोषण किया गया है, वे सब मिलकर उसे वैसा बनाते हैं, जैसा वह है। अत: चाहे अच्छा हो या फिर बुरा, हर इंसान को अपने स्वाभाविक रूप को ही विकसित करना चाहिए। वह शक्ल से सुंदर हो या बद्सूरत, उसे इस सच्चाई को स्वीकार करके जीवन को अपने स्वाभाविक रूप में जीने का प्रयास करना चाहिए।

इमर्सन ने 'स्वावलंबन' पर लिखे एक निबंध में इस बात की ओर संकेत किया है

कि 'जब कोई इंसान शिक्षा ग्रहण करता है, तो उसके जीवन में एक ऐसा समय आता है, जब उसे समझ में आ जाता है कि किसी से प्रतियोगिता करना अज्ञानता है और किसी का अनुसरण करना आत्महत्या करने के बराबर होता है। उसे यह अंदाजा होने लगता है कि उसके जीवन में चाहे अच्छा हुआ हो या बुरा, उसे स्वीकार करना ही होगा। उसे इस सच्चाई का ज्ञान हो जाता है कि भले ही संसार में अनेकों वस्तुओं का भंडार है, लेकिन बिना परिश्रम किए अन्न का एक दाना भी हासिल नहीं किया जा सकता। हर इंसान को अपने अंदर छिपी शक्तियों को खुद ही पहचानना होता है और इसके लिए कड़े प्रयास करने की आवश्यकता होती है।'

स्वर्गीय कवि डगलस मैलोस भी इमर्सन की इस बात का समर्थन करते हुए कहते हैं,

यदि आप पहाड़ की चोटी पर उगे देवदार के पेड़ जैसे नहीं बन सकते
तो घाटी में उगनेवाले एक नन्हें पौधे के रूप में पनपने का प्रयास करें,
लेकिन उसमें भी सर्वश्रेष्ठ पौधा बनने का प्रयास करें
और यदि ऐसा भी न कर सकें,
तो एक छोटी झाड़ी बनने का प्रयास करें।
यदि झाड़ी भी न बन सकें तो ऐसी घास बनने का प्रयास करें
जो किसी रास्ते को खूबसूरत बना देती है।
यदि आप कस्तूरी मृग नहीं बन सकते,
तो वह मछली बनने का प्रयास करें
जो किसी तालाब की शोभा बनती है।
हर कोई जहाज का कप्तान नहीं बन सकता,
क्योंकि बहुत से लोगों को नाविक भी बनना होगा।
ईश्वर ने हम सभी को कोई न कोई कार्य दिया है
वह चाहे छोटा हो या बड़ा,
लेकिन हमारा कार्य हमारे पास ही होता है।
यदि आप एक राजमार्ग के रूप में उभर नहीं सकते
तो एक पगडंडी ही बनने का प्रयास करें।
यदि आप सूर्य की तरह प्रकाशवान नहीं बन सकते
तो एक चमकते हुए तारे की भाँति बनने का प्रयास करें।

सिर्फ आकार के आधार पर
किसी की सफलता या असफलता नहीं आँकी जा सकती
जो भी बनें उसमें सर्वश्रेष्ठ बनने का प्रयास करें।
मन की शांति और आज़ादी के लिए एक विशेष किस्म की सोच ज़रूरी होती है।
इस सोच का विकास करने के लिए आवश्यक है कि आप यह नियम याद रखें–
किसी दूसरे की नकल करने का प्रयास न करें। स्वयं को पहचानें।
आप जैसे हैं, वैसे ही बने रहें। अपनी स्वाभाविकता बनाए रखें।

२

थकान तथा चिंता दूर करने संबंधी चार अच्छी आदतें

काम करने की पहली अच्छी आदत

कोशिश करें कि आपके टेबल पर वही कागज़ हों, जिन पर आपको तत्काल कार्य करना है। बाकी के कागज़ों को वहाँ से हटाकर अपनी टेबल साफ करें।

शिकागो व उत्तर-पश्चिमी रेलवे के प्रधान रोलेन्ड एल. विलियम का कहना है कि 'जिस इंसान की टेबल पर कागज़ों का ढेर पड़ा होता है, यदि वह वहाँ केवल उन्हीं कागज़ों को रखे, जिन पर उसे अभी कार्य करना है और बाकी के कागज़ों को वहाँ से हटा दे, तो उसके लिए अपना काम करना बहुत आसान हो जाएगा। मेरी नज़र में यह एक महत्वपूर्ण तरीका है और इसका उपयोग करके आप अपनी कार्यक्षमता बढ़ा सकते हैं।'

यदि आप वाशिंग्टन डी. सी. में स्थापित काँग्रेस लाईब्रेरी की छत पर जाकर देखें, तो वहाँ आपको कवि पोप द्वारा कहे गए ये शब्द लिखे दिखाई देंगे - **'व्यवस्था कुदरत का प्रमुख नियम है।'** (Order is heaven's first law.)

ठीक इसी प्रकार व्यवस्था हर व्यवसाय की पहली ज़रूरत है। औसत रूप से देखा जाए तो एक व्यवसायी का टेबल ऐसे अनेक कागज़ों से भरा रहता है, जिन्हें उसने कई सप्ताह बीत जाने के बाद भी नहीं देखा है। ऐसे ही एक बार 'न्यू ओर्लियन्स' समाचार पत्र के प्रकाशक ने बातों ही बातों में मुझे बताया कि 'एक बार जब उसके सेक्रेटरी ने अपने टेबल से कागज़ों का ढेर हटवाया तो उसके नीचे से टाइपराईटर निकला। हैरानी की बात यह थी कि वह पिछले दो सालों से ये मानकर बैठा था कि टाइपराईटर गुम हो चुका है।'

टेबल पर भारी संख्या में जमा कागज़ पत्र, रिपोर्ट्स और विज्ञापनों को देखने भर से कई बार घबराहट होने लगती है। 'अभी बहुत सा काम पूरा करना बाकी है और समय बहुत कम है' इस चिंता में उलझे रहने से आपके अंदर न सिर्फ तनाव व थकान पैदा होती है बल्कि इसके चलते रक्तचाप, दिल के रोग तथा पेट के अल्सर जैसी बीमारियों का खतरा भी मंडराने लगता है।

पेन्सिलवेनिया विश्वविद्यालय के ग्रेजुएट स्कूल ऑफ मेडिसिन के प्रोफेसर डॉक्टर जॉन एच. स्ट्रोक ने अमेरिकन मेडिकल एसोसिएशन के राष्ट्रीय अधिवेशन में अपना एक लेख प्रस्तुत किया। उनके लेख का शीर्षक था – 'फंक्शनल न्यूरोसिस एज़ कम्पलीकेशन्स ऑफ ऑर्गेनिक डिसीज़'। इस लेख में उन्होंने ग्यारह विषयों की एक सूची तैयार करते हुए इस बात पर प्रकाश डाला कि किसी मरीज की मानसिक अवस्था के किस पहलू की जाँच की जानी चाहिए। उनके द्वारा तैयार की गई सूची का पहला विषय यह है –

कोई कार्य करना ही चाहिए या फिर बलपूर्वक वह कार्य हमसे करवाया जा रहा है, इस धारणा से मरीज कभी भी न खत्म होनेवाले तनाव में रहता है।

लेकिन आप सोच रहे होंगे कि केवल अपने टेबल को साफ रखने और ज़रूरी निर्णय लेने जैसी साधारण बातें आपको तनाव से कैसे दूर रख सकती हैं? और उन कार्यों का बोझ कम कैसे हो सकता है, जिन्हें पूरा करने के अलावा आपके पास कोई और चारा ही नहीं है? इस बात को एक कंपनी के उच्च अधिकारी के उदाहरण से समझते हैं।

मशहूर मनोचिकित्सक डॉक्टर विलियम एल. सेडलर अपने एक मरीज के बारे में बताते हैं कि किस प्रकार एक मामूली से उपचार की मदद से वह नर्वस ब्रेकडाउन जैसे रोग से बच सका। वह मरीज एक समय में शिकागो की एक बहुत बड़ी कंपनी में उच्च अधिकारी के पद पर कार्यरत था। जिस समय वह डॉक्टर सेडलर के पास आया, उस समय तनाव, घबराहट और चिंता के मारे उसकी हालत बहुत बुरी थी। वह जानता था कि वह बहुत बड़ी मुश्किल में फँसा हुआ है, लेकिन वह चाहकर भी अपना काम नहीं छोड़ सकता था। अत: उसे मदद की ज़रूरत थी।

डॉक्टर सेडलर ने बताया, 'जब उस अधिकारी ने मुझे अपने बारे में बताना शुरू किया, तभी अचानक मेरा फोन बजा। यह कॉल अस्पताल से आया था। कोई ज़रूरी मामला था। मैंने उस मामले को टालने की बजाय थोड़ा समय लिया। मेरी कोशिश रहती है कि मरीज के सवालों को अगले दिन पर टालने के बजाय उसी समय उनका समाधान कर दूँ। मेरे फोन रखते ही एक बार फिर से फोन की घंटी बज उठी। यह एक बहुत महत्वपूर्ण कॉल था क्योंकि दूसरी ओर मौजूद इंसान मेरे साथ एक ज़रूरी विषय पर बात कर रहा था। अत: मुझे फोन पर फिर से थोड़ा समय लग गया। फोन रखते ही उस अधिकारी से मेरी बातचीत फिर से शुरू हुई, लेकिन तभी मेरे एक सहयोगी के अचानक मेरे कमरे में आ जाने के कारण हमारी बातचीत में तीसरी बार बाधा पड़ी। मेरा सहयोगी किसी ऐसे मरीज के विषय में मशवरा लेने आया था, जो गंभीर रूप से

बीमार था। जब वह मुझसे बात करके चला गया, तो मैंने उस अधिकारी से अनावश्यक प्रतीक्षा कराने के लिए माफी माँगी। लेकिन वह तो बिलकुल सहज नज़र आ रहा था। अब उसके चेहरे के हाव-भाव पूरी तरह बदल चुके थे।'

उसने डॉक्टर सेडलर से कहा, 'आपको माफी माँगने की कोई आवश्यकता नहीं है। मैं पिछले दस मिनट से आप पर बारीकी से गौर कर रहा था। इस दौरान मुझे अपनी भूल का एहसास भी हो गया। अब मैं अपने ऑफिस जाकर अपने काम करने का तरीका बदलने का प्रयास करूँगा। लेकिन जाने से पहले मैं एक बार आपकी टेबल देखना चाहता हूँ। क्या मैं उसकी दराजें खोलकर देख सकता हूँ?'

उसकी बात सुनकर डॉक्टर सेडरल ने अपनी टेबल की सारे दराजें खोलकर उसे दिखा दीं। उनमें कुछ दवाओं के अलावा और कुछ भी नहीं रखा था। उस अधिकारी ने उनसे पूछा, 'आप अपने अधूरे या बचे हुए काम से संबंधित कागज़ कहाँ रखते हैं?'

डॉक्टर ने जवाब दिया, 'मैं अपना कोई भी काम अधूरा नहीं छोड़ता।'

अधिकारी ने फिर पूछा, 'तो फिर वे सब पत्र कहाँ हैं, जिनके उत्तर देने बाकी हैं?'

डॉक्टर ने जवाब दिया, 'जैसा कि मैंने आपसे कहा, मैं कोई भी काम अधूरा नहीं छोड़ता। मेरी कोशिश रहती है कि मैं जब भी कोई पत्र देखूँ, तो उसी समय उसका उत्तर भी दे दूँ। मैं कोशिश करता हूँ कि किसी भी पत्र को बिना उत्तर दिए न रखा जाए। मैं अपने सेक्रेटरी से उसी समय पत्र का उत्तर लिखवा देता हूँ।'

लगभग छह सप्ताह के बाद उस अधिकारी ने डॉक्टर सेडलर को अपने कार्यालय में आमंत्रित किया। डॉक्टर ने गौर किया कि अब वह पूरी तरह से बदल चुका है। उन्होंने उसकी टेबल पर एक नज़र दौड़ाई, तो वे देखकर हैरान थे कि वह बिलकुल साफ थी। फिर उस अधिकारी ने अपनी टेबल की दराजें खोलकर उन्हें दिखाईं। वे सब भी खाली थीं। उस अधिकारी ने डॉक्टर को बताया कि 'अब मैं भी अपना कोई काम अधूरा नहीं छोड़ता। पहले मैं अलग-अलग कार्यालयों में जाकर काम करता था और मेरी दोनों टेबल कागज़ों के ढेर से भरी रहती थीं, जिसके कारण मैं हमेशा काम के बोझ तले दबा हुआ महसूस करता था। मैं चाहकर भी अपने काम को समय पर समाप्त नहीं कर पाता था। लेकिन आपसे मुलाकात होने के बाद मैंने हिम्मत करके लगभग एक कार भरकर कागज़ों के ढेर को निपटा दिया और कई रुके हुए काम भी पूरे कर लिए। उस दिन के बाद से मैंने अपने काम करने का नज़रिया बदल लिया। अब मैं केवल एक ही कार्यालय में बैठकर काम करता हूँ और मेरी कोशिश रहती है कि मैं हर काम को समय पर निपटा दिया करूँ। मैं किसी भी काम को अधूरा नहीं छोड़ता क्योंकि वही अधूरा काम आगे चलकर मेरे लिए परेशानी का कारण बन जाता है। इससे मुझे यह लाभ भी हुआ है कि

मैं शारीरिक स्तर पर पहले से अधिक स्वस्थ महसूस करने लगा हूँ।'

अमेरिकी सुप्रीम कोर्ट के भूतपूर्व न्यायाधीश चार्ल्स इवान्स इग्ज का कहना है कि 'अधिकतर लोग ज़्यादा काम करने के कारण नहीं थकते। उनकी थकान का असली कारण शक्ति का अपव्यय तथा काम की चिंता है। वे अपना काम इसलिए पूरा नहीं कर पाते क्योंकि वे हमेशा उसे पूरा करने की चिंता में डूबे रहते हैं।'

काम करने की दूसरी अच्छी आदत
जो काम सबसे अहम हो, उसे सबसे पहले पूरा करें।

'सिटीज़ सर्विस कंपनी' के संस्थापक हेनरी एल. डॉरथी का मानना है कि 'मैं चाहे किसी कर्मचारी को कितना भी वेतन क्यों न दे दूँ, लेकिन उसमें दो महत्वपूर्ण योग्यताओं का हमेशा ही अभाव रहता है। आमतौर पर ये योग्यताएँ किसी कर्मचारी में दिखाई नहीं देतीं। वे योग्यताएँ हैं – सोचने-समझने की कुशलता तथा कार्य के महत्त्व अनुसार काम करने की योग्यता। ये दोनों गुण बहुत ही महत्वपूर्ण हैं।'

बहुत कम उम्र में ही काम शुरू करनेवाले चार्ल्स लुकमैन के जीवन की शुरुआत तो साधारण थी, लेकिन मात्र बारह वर्षों के अंदर ही वे 'पेप्सोडेंट' जैसी बड़ी कंपनी के अध्यक्ष बन गए। उस समय उन्हें सालाना एक लाख डॉलर का वेतन मिलता था। इसके साथ ही वे दस लाख डॉलर अलग से कमा लेते थे। उनका कहना है कि उनकी सफलता के केवल दो ही कारण हैं। ये वही दो योग्यताएँ हैं, जो हेनरी एल. डॉरथी के अनुसार लोगों में देखने को नहीं मिलतीं। चार्ल्स लुकमैन ने बताया कि 'मुझे अच्छी तरह से याद है कि मैं रोज़ाना सुबह पाँच बजे उठता था। वह ऐसा समय होता है, जिस दौरान मैं सही तरीके से सोच सकता हूँ। इसी समय पर मैं अपने रोज़ाना के कार्यों की रूपरेखा तैयार करता हूँ और सभी कार्यों को उनकी अहमियत के हिसाब से पूरा करता हूँ यानी अहम काम सबसे पहले।'

फ्रैंक बेट्गर अमेरिका के एक सफल बीमा व्यवसायी हैं। वे अपने अगले दिन के कार्यों की रूपरेखा बनाने के लिए सुबह पाँच बजे उठने का इंतजार नहीं करते। वे रात को सोने से पहले ही अगले दिन के कामों पूरा नियोजन कर लेते हैं कि उन्हें अगले दिन कब और क्या-क्या कार्य करने हैं। इसके साथ ही वे हर दिन एक निश्चित रकम तक का बीमा बेचने की योजना भी बनाते हैं। यदि वे उस दिन वह आँकड़ा नहीं छू पाते, तो जितनी रकम का बीमा करना बाकी रह गया है, उसे अपने अगले दिन की योजना में जोड़ लेते हैं ताकि आँकड़ा पूरा कर सकें।

अगर आपको हर रोज़ कई काम करने हैं, तो हर काम को उसकी अहमियत के

अनुसार सही क्रम में पूरा कर पाना हमेशा संभव नहीं होता। यह बात मैं अपने अनुभव के आधार पर कह सकता हूँ। लेकिन मेरा यह भी मानना है कि 'सबसे महत्वपूर्ण काम सबसे पहले करना और फिर बाकी के कामों को लेकर भी यही तरीका अपनाना हमेशा लाभदायक होता है, बजाय इसके कि जो भी काम हाथ में आ जाए, उसे करते जाएँ।'

अगर विख्यात लेखक जॉर्ज बर्नाड शॉ ने हर रोज़ सबसे महत्वपूर्ण काम सबसे पहले करने के नियम का पालन नहीं किया होता, तो शायद वे एक सफल लेखक न बन पाते और जीवनभर एक बैंक में कैशियर की नौकरी करते रहते। उन्होंने रोज़ाना पाँच पेज लिखने का दृढ़ संकल्प किया था। उनके इसी दृढ़ संकल्प ने उन्हें एक विख्यात लेखक बनने में मदद की और सफलता प्रदान की। उन्होंने अपने जीवन के निराशा से भरे करीब नौ वर्ष, पाँच पेज रोज़ाना लिखते हुए बिताए। इन नौ सालों में उन्हें मात्र तीस डॉलर की ही आमदनी हुई थी। इस हिसाब से देखा जाए तो वह औसतन एक पैसा प्रतिदिन की आमदनी थी। यहाँ तक कि रॉबिन्सन क्रूसो ने भी एक समय-सारिणी बनाई थी और रोज़ाना हर घंटे के हिसाब से उसका पालन करते थे।

काम करने की तीसरी अच्छी आदत

जब आप किसी परेशानी से जूझ रहे हों और उसका समाधान तलाश करने के लिए आपके पास उपयुक्त विकल्प मौजूद हों, तो उसे तत्काल हल कर लीजिए। इस तरह के कार्य को अगले दिन के लिए मत टालिए।

मेरा एक विद्यार्थी था, जिसका नाम एच. पी. हॉवैल था। अब वह इस दुनिया में नहीं है। उसने मुझे बताया था कि वह जब यू. एस. स्टील के बोर्ड ऑफ डायरेक्टर्स का सदस्य था तो प्राय: उनकी बैठकें बहुत लंबी-लंबी हुआ करती थीं। इन बैठकों में कंपनी की अनेक समस्याओं पर विचार किया जाता था। लेकिन नतीजा बहुत कम ही निकल पाता था और बहुत कम मसलों पर फैसले हो पाते थे। हारकर बोर्ड के सदस्यों को कागज़ों का एक बड़ा सा पुलिंदा अपने साथ घर ले जाना पड़ता था ताकि वे जाकर उनका अध्ययन कर सकें।

आखिरकार मिस्टर हॉवैल ने बोर्ड के सभी निर्देशकों से अनुरोध किया कि एक बार में कम से कम किसी एक समस्या का समाधान तुरंत कर देना चाहिए, जिससे उसके विषय में कोई भी टालमटोल न कर सके। उनकी बात का अर्थ यह था कि किसी दूसरी समस्या पर विचार करने से पूर्व पहलेवाली समस्या का समाधान हो जाना चाहिए। मिस्टर हॉवैल ने बताया कि इस निर्णय से उन्हें बहुत लाभदायक तथा उत्साहपूर्ण परिणाम मिले। धीरे-धीरे कार्यों की लंबी सूची छोटी होती गई और कागज़ों के ढेर

भी कम होने लगे। अब बोर्ड के किसी भी सदस्य को समस्या से संबंधित कागज़ घर नहीं ले जाने पड़ते थे और न ही उनके बारे में चिंता करने की आवश्यकता थी। मिस्टर हॉवैल द्वारा सुझाया गया यह तरीका केवल यू. एस. स्टील के डायरेक्टर्स के लिए ही नहीं बल्कि आपके और मेरे लिए भी बहुत उपयोगी सिद्ध हो सकता है।

काम करने की चौथी अच्छी आदत

अपने कार्य को व्यवस्थित करना सीखें, उसे लोगों से बाँटें और उसका निरीक्षण करें।

प्रायः बहुत से व्यापारी छोटी आयु में ही बूढ़े हो जाते हैं। ऐसा इसलिए होता है क्योंकि उन्होंने कभी अपने काम व जिम्मेदारियों को बाँटना नहीं सीखा। वे हर काम को स्वयं करना पसंद करते हैं। इसका नतीजा यह होता है कि वे कई तरह की परेशानियों में उलझते जाते हैं। फिर वे चिंता, शोक तथा तनाव में उलझे रहते हैं। अपने कार्यों व जिम्मेदारियों को दूसरों से बाँटना बहुत कठिन कार्य होता है। मैं अपने अनुभव के आधार पर ऐसा कह सकता हूँ क्योंकि किसी गलत इंसान के हाथों काम दे देने से नुकसान होने की संभावना रहती है। लेकिन इसके बावजूद हर व्यापारी को चिंता, थकान व तनाव से दूर रहने के लिए ऐसा करना चाहिए।

एक अनुमान के अनुसार जिन व्यापारियों को अपने व्यवसाय से जुड़े कार्यों को दूसरों से बाँटना नहीं आता, उनका निरीक्षण करना नहीं आता अथवा उन्हें व्यवस्थित करना नहीं आता, वे 50 से 60 साल की आयु में ही हृदय रोग की चपेट में आ जाते हैं। यह हृदय रोग उनकी चिंता तथा तनाव के कारण होता है। पाठकों को यदि इसके प्रमाण चाहिए तो वे कोई भी स्थानीय अखबार में मृतकों की सूची देख सकते हैं।

३
आप क्यों थक जाते हैं और इससे बचने के लिए क्या करें?

जो बात मैं आपको बताने जा रहा हूँ, वह आपको अटपटी लगेगी, लेकिन यकीन मानिए, यह एक तथ्य है: दरअसल कोई भी इंसान सिर्फ दिमागी मेहनत करने से कभी नहीं थकता। कुछ वर्ष पहले वैज्ञानिकों ने प्रयोगों के माध्यम से यह पता लगाने की कोशिश की कि इंसान का दिमाग उसकी कार्य क्षमता में कमी लाए बिना किस हद तक काम कर सकता है? इसे वैज्ञानिक भाषा में फटीग यानी गहरी थकान कहते हैं। वैज्ञानिकों द्वारा किए गए प्रयोगों से आश्चर्यजनक तथ्य सामने आए। उन्हें पता चला कि जब इंसान जाग रहा होता है और उसके दिमाग की नसों में रक्त का संचार हो रहा होता है, तो उसमें थकान के कोई लक्षण नहीं मिलते। वैज्ञानिकों के अनुसार अगर आप दिनभर शारीरिक काम करनेवाले किसी मज़दूर के शरीर से थोड़ा सा रक्त निकालकर देखें, तो आपको उसमें थकान पैदा करनेवाला एक जहरीला पदार्थ मिलेगा। इसके विपरीत अगर आप पूरे दिन काम करने के बाद अल्बर्ट आइंस्टाइन जैसे किसी वैज्ञानिक के दिमाग से रक्त की कुछ बूँदें निकालकर देखें, तो उसमें थकान पैदा करनेवाला वह जहरीला पदार्थ नहीं मिलेगा। क्योंकि अल्बर्ट आइंस्टाइन जैसे वैज्ञानिक का काम दिमागी मेहनतवाला है, जबकि मज़दूर का काम सिर्फ शारीरिक मेहनतवाला।

दिमाग की एक खास बात यह है कि जिस तत्परता से वह काम शुरू करता है, बारह घंटे बाद भी उसकी वही तत्परता कायम रहती है। दिमाग कभी नहीं थकता... तो फिर वह कौन सा कारण है, जिसके चलते आप थक जाते हैं?

मनोचिकित्सक मानते हैं कि 'हमारी थकान के पीछे मुख्य रूप से हमारी भावनात्मक तथा मानसिक अवस्थाएँ जिम्मेदार होती हैं।' इंग्लैंड के मनोचिकित्सक जे. ए. हैडफील्ड अपनी पुस्तक 'द सायकॉलोजी ऑफ पॉवर' में कहते हैं, 'हमारी थकान की जड़ अधिकतर हमारी मानसिक अवस्थाओं में छिपी होती है। थकान के पीछे सिर्फ शारीरिक कारण हो, इसकी संभावना न के बराबर होती है।'

अमेरिका के विख्यात मनोचिकित्सक डॉक्टर ए. ए. ब्रिल ने तो जे. ए. हैडफील्ड से भी एक कदम आगे जाकर कहा कि 'एक स्वस्थ कर्मचारी, जिसे अपना अधिकतर काम बैठकर करना होता है, जिसे शारीरिक मेहनत नहीं करनी पड़ती, उसकी थकान के

पीछे पूरी तरह मनोवैज्ञानिक कारण होता है, जिसे हम आम भाषा में भावनात्मक कारण भी कह सकते हैं।'

सोचनेवाली बात यह है कि वे कौन से भावनात्मक कारण हैं, जिनके चलते बैठकर काम करनेवाला कर्मचारी भी थक जाता है, क्या इसके पीछे खुशी अथवा संतोष की भावना होती है? नहीं, ऐसा नहीं है! ये भावनात्मक कारण हैं- बोरियत, द्वेष, चिंता, अपने काम के लिए कभी शाबाशी न मिलना और हमेशा जल्दबाजी में रहना। ये ऐसे कारण हैं, जो उसकी कार्यक्षमता में बाधा डालते हैं तथा उसके सिर दर्द का कारण बनते हैं। हमें इसलिए थकान होती है क्योंकि हमारी ऐसी नकारात्मक भावनाएँ हमारे शरीर में तनाव की स्थिति पैदा करती हैं।

द मेट्रोपोलिटन लाईफ इंश्योरेंस कंपनी की एक लघु-पुस्तिका में इसका संकेत भी दिया गया है। कंपनी का कहना है कि ऐसा बहुत कम होता है कि मुश्किल काम करने से इंसान को ऐसी थकान हो जाए, जो अच्छी नींद या आराम से भी न मिटे। थकान के तीन प्रमुख कारण हैं- चिंता, तनाव तथा भावनात्मक उथल-पुथल। ये किसी इंसान के शरीर पर नहीं बल्कि उसके मस्तिष्क पर प्रहार करती हैं। याद रखें कि आपकी जिन मांसपेशियों में तनाव है, आपको उनका उपयोग आगे भी करना है। इसलिए मांसपेशियों को जरा शिथिल छोड़ें ताकि आगे के कार्यों के लिए उनकी शक्ति बची रहे।

ज़रा ठहरें और खुद पर गौर करें। क्या इस समय इन पंक्तियों को पढ़ते हुए आपकी त्योरियाँ तनी हुई हैं? क्या यह पढ़ते समय आपको अपनी आँखों पर किसी प्रकार का भारीपन महसूस हो रहा है? क्या आप अपनी कुर्सी पर आराम से बैठे हैं? या फिर आपके कंधे झुके हुए हैं? क्या आपके चेहरे की मांसपेशियाँ भी तनी हुई हैं? जब तक आपका शरीर कोमल और किसी पुरानी कपड़ों से बनी हुई गुड़िया की तरह लचीला नहीं बनता, तब तक आप अपने स्नायु (नर्वस टेंशन) और मांसपेशियों में भी तनाव (मस्कुलर टेंशन) पैदा कर रहे हैं। इसके साथ ही आप स्नायु संबंधी थकान (नर्वस फटीग) भी पैदा कर रहे हैं। अर्थात आपका शरीर नकारात्मक और उदासीनता लानेवाला तनाव पैदा करता है और इससे आपके स्नायुओं पर भी तनाव आ जाता है।

बौद्धिक स्तर पर यानी किसी दिमागी काम करने में उलझे होने पर हमारे भीतर ऐसी अनावश्यक तनाव की स्थिति क्यों बनी रहती है? इस पर डेनियल डब्ल्यू होजेलिन का कहना है, 'मुझे हमारी सबसे बड़ी बाधा क्या है, यह पता चल गया है... हम सब यह मानते हैं कि किसी भी प्रकार का कठिन काम करने के लिए कड़ी मेहनत करनी पड़ती है, वरना वह काम अच्छी तरह पूरा नहीं होता।' अपनी इसी मान्यता के कारण कोई भी मुश्किल काम करते समय हमारे चेहरे पर अपने आप ही तनाव पैदा हो जाता

है और हमारे कंधे भी झुक जाते हैं। हमारे काम में गति आने के लिए हम अपनी मांसपेशियों को संदेश देते हैं। लेकिन इससे हमारे मस्तिष्क को काम करने में कोई मदद नहीं मिलती।

यह एक दुःखद और रोचक तथ्य है कि लाखों लोग जो अपने एक-एक डॉलर को भी सोच-समझकर खर्च करने में यकीन रखते हैं, वे लगातार बिना सोचे-समझे, सिंगापुर के सात पियक्कड़ों की तरह अपनी ऊर्जा बरबाद करते रहते हैं।

इस स्नायु संबंधी थकान को कैसे दूर किया जाए? आराम! सिर्फ और सिर्फ आराम!! काम के दौरान भी आराम करना और सहज रहना सीखें।

लेकिन क्या ऐसा करना इतना आसान है? नहीं! यह आसान नहीं होगा। क्योंकि इसके लिए आपको अपनी सालों पुरानी रोज़मर्रा की आदत में बदलाव लाना पड़ेगा। लेकिन इससे आपको लाभ अवश्य मिलेगा और आपके जीवन में क्रांतिकारी बदलाव आएगा! 'द गॉस्पल ऑफ रिलैक्सेशन' नामक अपने निबंध में विलियम्स जेम्स कहते हैं, 'अमेरिका के लोगों में तनाव का मुख्य कारण उनकी बुरी आदतें हैं। उनके जीवन में ठहराव नहीं है। वे हमेशा चिंता और हड़बड़ाहट में रहते हैं।' तनाव में रहना एक आदत है। आराम करना भी एक किस्म की आदत है। बुरी आदतों को बदला जा सकता है और उनकी जगह अच्छी आदतों को जीवन में लाया जा सकता है।

आप अपने शरीर को किस प्रकार आराम देते हैं? क्या आप स्वयं को आराम देने की शुरुआत दिमागी रूप से करते हैं या फिर स्नायु संबंधी आराम से शुरुआत करते हैं? आप इन दोनों में से किसी के साथ भी आराम की शुरुआत न करते हुए, अपनी मांसपेशियों से आराम की शुरुआत करें।

आइए, एक प्रयोग करके देखते हैं। हम इसकी शुरुआत अपनी आँखों से करते हैं। इस पैराग्राफ को पूरा पढ़ें और अंत तक आते-आते अपनी कुर्सी पर आराम से बैठ जाएँ, अपनी आँखें बंद कर लें और फिर शांति से अपनी आँखों से कहें, 'जाने दो... जाने दो... किसी बात की चिंता मत करो... तनाव मत पालो... जाने दो... जाने दो...' अब इस प्रक्रिया को एक मिनट तक धीरे-धीरे दोहराते रहें।

क्या आपको महसूस हुआ कि आपकी आँखों की मांसपेशियाँ आपकी बात मान रही हैं? क्या आपको ऐसा नहीं लगा कि किसी ने अपने हाथों से छूकर आपका सारा तनाव समाप्त कर दिया है? हो सकता है कि आपको इन बातों पर यकीन न आए, लेकिन सच्चाई यही है कि इस तरह आपने केवल एक मिनट में शरीर को आराम देने की युक्ति सीख ली है। यही युक्ति आप अपने शरीर के अन्य अंगों जैसे जबड़ों, गर्दन, चेहरा, कंधे व पूरे शरीर की मांसपेशियों पर भी लागू कर सकते हैं। ध्यान रहे कि आँखों

की मांसपेशियाँ सबसे महत्वपूर्ण होती हैं।

शिकागो विश्वविद्यालय में कार्यरत डॉक्टर एडमंड जैकैंसन कहते हैं, 'जो इंसान अपनी आँखों को संपूर्ण आराम देने की कला सीख लेता है, वह अपने सभी दु:खों को भूल सकता है! नर्वस टेंशन यानी स्नायु संबंधी तनाव को दूर करने में आँखों का योगदान सबसे महत्वपूर्ण इसलिए होता है क्योंकि आँखें शरीर द्वारा काम में लाई जानेवाली एक चौथाई स्नायु ऊर्जा (नर्वस एनर्जी) को खर्च करती हैं। यही कारण है कि पूरी तरह से स्वस्थ लोग भी अकसर आँखों के रोग से परेशान रहते हैं क्योंकि उनकी आँखों में तनाव बना रहता है।

मशहूर उपन्यासकार विकी बॉम बताती हैं कि 'बचपन में एक बार उनकी मुलाकात एक ऐसे बुजुर्ग इंसान से हुई, जिसने उन्हें उनके जीवन का सबसे महत्वपूर्ण सबक सिखाया। जब वे छोटी थीं, तो एक बार खेलते समय गिर गई थीं और उनके घुटने पर चोट भी लग गई थी। उनकी कलाई पर भी घाव हो गए थे। उस बुजुर्ग इंसान की नज़र उन पर पड़ी, तो उसने तुरंत उन्हें सहारा देकर उठाया। वह इंसान किसी जमाने में सर्कस का जोकर था और लोगों को हँसाने का काम करता था। उसने उन्हें उठाया और उनके कपड़े साफ करते हुए कहा, "तुम जानती हो कि तुम इस तरह क्यों गिर गई?" इसका कारण यह है कि तुम्हें अपने शरीर को आराम देना नहीं आता। इसके लिए तुम्हें यह कल्पना करनी होगी कि तुम्हारा शरीर किसी पुराने जुराब की तरह कोमल और लचीला है। आओ, मैं तुम्हें बताता हूँ कि ऐसा कैसे किया जाता है?'

फिर उस बुजुर्ग इंसान ने विकी बॉम तथा उनके साथ खेल रहे अन्य बच्चों को सिखाया कि खेल के दौरान गिरना कैसे है... उछलकूद कैसे करनी है...। वह इस बात पर जोर देता रहा कि अपने शरीर को किसी पुराने जुराब की तरह मानो, जो पूरी तरह कोमल और लचीला है, इससे आपको आराम भी मिलेगा और खेल में कोई परेशानी भी नहीं होगी।

आप कभी भी आराम कर सकते हैं, फिर भले ही आप किसी भी स्थान पर हों। बस इतना याद रखें कि आराम करने के लिए कभी भी अपने शरीर के साथ जोर-जबरदस्ती न करें। आराम का अर्थ ही है, बिना जोर-जबरदस्ती और बिना प्रयास के सहज हो जाना। अपनी आँखों तथा चेहरे की मांसपेशियों को शांत करके और बार-बार 'जाने दो... आराम करो...' जैसे शब्दों को दोहराकर आप आराम की शुरुआत कर सकते हैं। अपने चेहरे की मांसपेशियों में शरीर के केंद्र की ओर शक्ति के प्रवाह का अनुभव करें। अपने आपको एक नन्हे बालक की तरह तनाव मुक्त महसूस करें।

महान गायिका एमेलिटा गाल्ली-कूरसी भी कुछ ऐसा ही किया करती थीं। हेलन

जेप्सन से बातचीत के दौरान मुझे पता चला कि एमेलिटा मंच पर अपना कार्यक्रम शुरू करने से पहले कुर्सी पर बैठ जाती थीं ताकि उनकी मांसपेशियों को आराम मिल सके। आराम करते समय उनका निचला जबड़ा इतना अधिक शिथिल हो जाया करता था कि वह पूरी तरह से लटका हुआ दिखाई देने लगता था। यह बहुत बढ़िया तरीका था। इसी के चलते मंच पर सैकड़ों दर्शकों के सामने भी उन्हें न तो कभी घबराहट महसूस होती और न ही कोई थकान।

यहाँ ऐसे चार तरीके बताए गए हैं, जिनकी मदद से आप यह सीख सकते हैं कि संपूर्ण आराम कैसे किया जाए।

1) काम के दौरान बीच-बीच में कुछ पलों के लिए सहज होकर आराम की मुद्रा में आ जाएँ। अपने शरीर को किसी पुराने शिथिल जुराब की तरह समझें। काम के दौरान मैं हमेशा मैरून रंग की एक पुरानी जुराब अपनी टेबल पर रखता हूँ। इससे मुझे याद रहता है कि मुझे अपने आपको कितना शिथिल करना है। अगर आप कोई जुराब नहीं रखते तो किसी बिल्ली के बच्चे से भी काम चला सकते हैं। क्या आपने कभी धूप में सो रहे किसी बिल्ली के बच्चे को हाथ में उठाकर देखा है? आपने गौर किया होगा कि उसका शरीर दोनों ओर से किसी गिले अखबार के दोनों सिरों की तरह लटका रहता है। भारत के योगी-महात्मा भी कहते हैं, 'अगर शरीर को आराम देने के गुर सीखने हैं, तो किसी बिल्ली से सीखो।' मैंने अपने जीवन में कभी कोई ऐसी बिल्ली नहीं देखी, जो थकी हुई हो, सुस्त हो, अनिद्रा, चिंता या भावनात्मक तनाव से ग्रस्त हो या जिसके पेट में अल्सर की बीमारी हो। इसलिए मेरी सलाह है कि स्वयं को बिल्ली की तरह लचीला बनाने का प्रयास करें। ऐसा करने से आप अनेक खतरनाक बीमारियों से बच सकते हैं।

2) काम के दौरान जितना संभव हो, उतना किसी आरामदायक मुद्रा में बैठें। याद रखें कि कंधों में दर्द या स्नायु संबंधी थकान जैसी समस्याएँ तभी होती हैं, जब शरीर में किसी भी प्रकार का तनाव रहता है।

3) एक दिन में कम से कम चार से पाँच बार अपने आपसे पूछें, 'कहीं ऐसा तो नहीं कि मैंने अपने काम को बहुत कठिन बना रखा है? मुझे अपने काम के दौरान जिन मांसपेशियों का प्रयोग करने की ज़रूरत नहीं है, मैं उन्हें भी प्रयोग कर रहा हूँ?' इससे आपके अंदर स्वयं को आराम देने की आदत विकसित होगी। जैसा कि प्रोफेसर डेविड हेरॉल्ड फ्रिंक कहते हैं, 'मनोविज्ञान की जानकारी रखनेवाले आधे से ज़्यादा लोगों में यह आदत होती है।'

4) दिन के आखिर में हर रोज़ स्वयं से पूछें, 'मैं कितना थक गया हूँ? अगर मैं

वाकई थका हुआ महसूस कर रहा हूँ, तो इसका कारण मेरी दिमागी मेहनत नहीं है बल्कि मेरे काम करने का गलत तरीका है।' डेनियल होजेलिन कहते हैं, 'मैं अपनी रोज़ाना की सफलता को इस बात से नहीं आँकता कि मैं कितना थक गया हूँ। मैं तो इसका अनुमान इस बात से लगाता हूँ कि मैं कितना ऊर्जावान महसूस कर रहा हूँ। दिन के आखिर में जब भी मैं थका हुआ महसूस करता हूँ या खीझ महसूस करता हूँ – जो मेरी स्नायु संबंधी थकान का संकेत हैं – तो मुझे लगता है कि मेरे लिए आज का दिन बहुत बुरा था।' यदि अमेरिका के हर व्यवसायी ने इस बात से सबक सीखा तो एक रात में ही हाइपरटेंशन यानी उच्च रक्तचाप की बीमारी से होनेवाली मृत्यु का प्रमाण घट जाएगा। इसके साथ ही चिंता तथा थकान के कारण जो लोग स्वास्थ्य संस्थान (सेनेटोरियम) तथा पागलखानों में जीवन गुज़ार रहे हैं, उन्हें भी बचाया जा सकता है।

४

उकताहट से पैदा होनेवाली थकान, चिंता और बेचैनी पर कैसे काबू पाया जाए?

एलिस की थकान और जोश

किसी काम को करते-करते ऊब जाना ही थकान का सबसे बड़ा कारण बनता है। उदाहरण के लिए मैं आपको एलिस नाम की एक युवती की बारे में बताता हूँ। वह पेशे से एक स्टेनोग्राफर है और हमारे ही मुहल्ले में रहती है। एक दिन जब वह शाम को घर लौटी, तो बहुत थकी हुई थी। दरअसल दफ्तर में काम करते-करते वह थक गई थी। उसके व्यवहार में थकान साफ दिखाई दे रही थी। उसका सिर भी दर्द के मारे फटा जा रहा था। थकान के कारण उसका शरीर इतना अधिक टूट चुका था कि वह सीधा बिस्तर पर जाकर सोना चाहती थी। लेकिन माँ के काफी ज़ोर देने के बाद वह खाना खाने के लिए राज़ी हुई। तभी अचानक उसे अपने एक दोस्त का फोन आया। वह एलिस को अपने साथ डिस्को के लिए ले जाना चाहता था। अपने दोस्त से डिस्को की बात सुनते ही एलिस की सारी थकान दूर हो गई और उसके शरीर में ताज़गी आ गई। उसकी आँखें खुशी से चमक उठीं। वह फौरन ऊपर अपने कमरे की ओर दौड़ी। उसने अपना मन पसंद नीले रंग का ड्रेस पहना और नीचे आ गई। तब तक उसका दोस्त उसे लेने के लिए उसके घर पर आ चुका था। वह अपने दोस्त के साथ डिस्को के लिए गई और रात तीन बजे तक वह डिस्को में नाचती रही। इसके बावजूद उसे बिलकुल भी थकान महसूस नहीं हुई। घर लौटने के बाद भी वह अच्छा महसूस कर रही थी। कुल मिलाकर डिस्को में नाचने के बाद भी एलिस इतनी खुश और तरोताज़ा लग रही थी कि उसे पूरी रात नींद नहीं आई।

क्या आठ घंटे पहले एलिस वाकई इतनी अधिक थकी हुई थी, जितनी वह अपने व्यवहार से लग रही थी? जी हाँ। वह वास्तव में थकी हुई थी। दफ्तर में लगातार व्यस्त रहने के कारण वह अपने काम से बहुत ऊब गई थी या शायद यह कहना चाहिए कि वह अपने काम के साथ-साथ अपने जीवन से भी ऊब गई थी। इस संसार में एलिस जैसे हज़ारों-लाखों लोग हैं। आप भी उन लोगों में से एक हो सकते हैं।

यह बात तो हम सभी जानते हैं कि किसी इंसान की शारीरिक थकान का संबंध उसकी मानसिक स्थिति से होता है। मानसिक रूप से थका हुआ इंसान शारीरिक स्तर

पर भी थका हुआ होता है।

डॉ. बारमैक का प्रयोग

कुछ साल पहले पी.एच.डी. कर चुके डॉ. जोसेफ ई. बारमैक ने 'आरकाइव्ज ऑफ साइकोलॉजी' नाम की एक रिपोर्ट प्रकाशित की थी। इस रिपोर्ट में उन्होंने कुछ ऐसे प्रयोग प्रकाशित किए थे, जिनसे स्पष्ट होता है कि उबाऊ कार्य करते रहने के कारण किस प्रकार हम बुरी तरह थक जाते हैं। अपने प्रयोगों में डॉ. बारमैक ने कुछ विद्यार्थियों को ऐसे विषयों पर काम करने के लिए कहा, जिनमें उनकी बिलकुल रुचि नहीं थी। इन प्रयोगों का नतीजा यह निकला कि वे विद्यार्थी शारीरिक थकान और सुस्ती महसूस करने लगे। उनका सिर दर्द से दुखने लगा और उनकी आँखें भी थकान के कारण भारी होने लगीं। इसके अलावा उनके स्वभाव में चिड़चिड़ापन भी झलकने लगा। यही नहीं, कुछ विद्यार्थियों ने तो पेट में दर्द की शिकायत भी की। सोचनेवाली बात यह है कि क्या ऐसा होना मात्र कोई कल्पना थी? बिलकुल नहीं। इन विद्यार्थियों के पाचन तंत्र का परीक्षण भी किया गया, जिससे पता चला कि जब कोई इंसान काम करते-करते उकता जाता है, तो उसके शरीर में ऑक्सीजन की मात्रा कम होने लगती है और उसका रक्तचाप भी घट जाता है। इसके विपरीत जब किसी इंसान को काम करते समय आनंद आने लगता है, तो उसकी पाचन क्रिया और बेहतर हो जाती है।

जोश से किए गए काम में थकान नहीं होती

अकसर यह देखने में आता है कि जब भी हम अपनी पसंद का कोई कार्य करते हैं, तो उसमें हमें आनंद आता है और एक प्रतिशत भी थकान का अनुभव नहीं होता। मैं आपको इससे जुड़ा एक उदाहरण बताता हूँ। कुछ दिनों पहले मैं कैनेडियन रॉकीज़ नाम की एक जगह पर छुट्टियाँ बिताने गया। यह लुईस झील के पास स्थित है। मैंने वहाँ कई दिन बिताए और मुझे बहुत आनंद आया। वहाँ मैं कोरल क्रीक पर जाकर मछलियाँ पकड़ा करता था और ऐसे-ऐसे रास्तों पर चला करता था, जहाँ सिर से भी ऊँची घास उगी होती थी। मैं वहाँ रास्ते में गिरे पेड़ों को कूद-कूदकर पार करता और झाड़ियों के बीच से निकलता। मेरा हर दिन इसी तरह की शारीरिक गतिविधियों के साथ बीतता था। इसके बाद भी मुझे कभी थकान महसूस नहीं हुई। ऐसा इसलिए था क्योंकि वहाँ मेरे भीतर एक अलग ही किस्म का जोश भरा रहता था और मेरा मन भी हमेशा प्रसन्न रहता था। मैंने वहाँ छह मछलियाँ भी पकड़ीं, जो मेरे लिए किसी उपलब्धि से कम नहीं था। पर ज़रा कल्पना कीजिए कि अगर मैं मछलियाँ पकड़ते-पकड़ते ऊब जाता, तो मुझे कैसा महसूस होता? फिर तो मुझे यही लगता, मानो मैं सात हजार फीट ऊँचे पर्वत पर चढ़कर बुरी तरह थक गया हूँ।

प्रशिक्षकों का जोश और जवानों की थकान

जब कोई इंसान किसी पर्वत की चढ़ाई करता है, तो उसे बहुत थकान हो जाती है। ऐसा इसलिए होता है क्योंकि वह लगातार उस पर्वत पर चढ़ते हुए ऊब जाता है। इसी ऊब के कारण वह अधिक थकान महसूस करता है। वह पर्वत पर चढ़ने में लगनेवाले परिश्रम से इतना नहीं थकता, जितना अपनी ऊब के कारण थक जाता है। उदाहरण के लिए एक बार मैं मीनियापोलिस स्थित फार्मर्स एंड मैकेनिक्स सेविंग बैंक के प्रेसिडेंट एस. एच. किंगमैन से मिला। मुलाकात के दौरान उन्होंने मुझे एक घटना के बारे में बताया। वह घटना कुछ इस प्रकार थी – कैनेडियन आर्मी प्रिंस ऑफ वेल्स रेंजरर्स के जवानों को पर्वतारोहण के प्रशिक्षण के लिए प्रशिक्षकों की आवश्यकता थी। सरकार की ओर से सन् 1953 के जुलाई महीने में एल्पाइन क्लब को प्रशिक्षक भेजने के निर्देश दिए गए। एस. एच. किंगमैन भी इन प्रशिक्षकों में से एक थे। उन्होंने मुझे बताया कि उनके दल में सभी सदस्य 42 से 59 साल की आयु के थे। सारे प्रशिक्षकों के साथ उन जवानों को बड़ी कठिनाई से ग्लेशियरों तथा विशाल बर्फ के मैदानों को पार करना पड़ा। उन्हें चालीस फीट की ऊँचाई पर चट्टानी क्षेत्र में ले जाया गया। यह ऐसा स्थान था, जहाँ तक चढ़ने के लिए उन्हें रस्सियों का सहारा लेना पड़ा और हाथ व पैरों को सहारा देने के लिए छोटे-छोटे खाँचों का सहारा लेना पड़ा। उनके दल ने माइकल पीक, प्रेसिडेंट पीक व कैनेडियन रॉकीज़ नाम की पर्वत चोटियों सहित योहो घाटी में स्थित कई अनेक चोटियों पर भी चढ़ाई की। इस प्रकार उन जवानों से करीब 15 घंटों की चढ़ाई हुई। छह सप्ताह पहले ही इन जवानों ने कड़े परिश्रम से कमांडो ट्रेनिंग पूरी की थी। इसलिए सारे जवान थककर हार चुके थे।

तो क्या आर्मी के जवान इसलिए थक गए थे क्योंकि उनकी मांसपेशियाँ सैन्य प्रशिक्षण के समय मजबूत नहीं बन पाईं? जिस इंसान ने कमांडो का प्रशिक्षण लिया होगा, वह इस प्रकार के सवाल को बेकार की बात समझकर नज़रअंदाज कर देगा। दरअसल उन जवानों की थकान का सबसे बड़ा कारण था कि वे लगातार चढ़ाई करते-करते ऊब गए थे। उनमें से कई तो इस हद तक थक चुके थे कि बिना भोजन किए ही सोने चले गए। लेकिन जो प्रशिक्षक उनके साथ चल रहे थे, क्या वे भी इतना ही थके थे? दल के अन्य सदस्यों के मुकाबले दुगनी या तीन गुनी उम्रवाले ये प्रशिक्षक ज़रूर थक गए थे, लेकिन थककर चूर नहीं हुए थे। वहाँ सभी प्रशिक्षकों ने मिलकर खाना खाया और उसके बाद बैठकर काफी देर तक दिनभर के अपने अनुभवों के बारे में बातचीत भी करते रहे। उन्हें थकान का अनुभव इसलिए नहीं हुआ कि उन्हें इस काम में मज़ा आता था।

थकान कब होती है

कोलंबिया के डॉ. एडवर्ड थार्नडाइक ने एक बार थकान के बारे में कुछ परीक्षण किए। इन परीक्षणों के दौरान उन्होंने कुछ युवकों क़ा मन बहलाते हुए उन्हें उनका पसंदीदा काम देकर लगातार सात दिनों तक जगाए रखा। अपनी जाँच के बाद वे इस नतीजे पर पहुँचे कि ऊब ही वह असली कारण है, जिसके चलते कोई काम कम होता है या अधूरा रह जाता है।

अगर आप दिमागी काम करनेवाले इंसान हैं, तो इसकी संभावना कम ही है कि आप काम करने से थक जाएँ। बल्कि वास्तव में आपकी थकान का असली कारण वह काम हो सकता है, जो आप पूरा नहीं कर पाए हैं। उदाहरण के लिए कोई ऐसा दिन याद करिए जब आपके काम में दिनभर कई रुकावटें आई हों, जैसे आप ज़रूरी पत्रों का जवाब न दे पाए हों... किसी से मिलने का समय लेने के बाद भी आप उससे मिल न पाए हों... हर मामले में किसी न किसी प्रकार की बाधा आई हो... पूरे दिन कोई न कोई गड़बड़ होती रही हो... दिनभर में कोई काम न हो पाया हो... आपका पूरा दिन बेकार चला गया हो... फिर भी घर पहुँचकर आपको लग रहा हो, मानो आप थककर चूर हो गए हों।

इसके विपरीत अब कोई ऐसा दिन याद करें, जब आप आपके ऑफिस में सारा काम बहुत अच्छे तरीके से हो गया हो और आपने रोज़ के मुकाबले कई गुना ज्यादा काम किया हो। इसके बावजूद भी आप स्वयं को तरोताजा महसूस कर रहे हों। मैं इसी अनुभव की बात कर रहा था। मेरे साथ भी ऐसा हो चुका है।

इससे क्या नतीजा निकलता है? यही कि थकान केवल ज्यादा काम करने से नहीं होती बल्कि काम की चिंता, निराशाजनक बातें सोचने तथा गुस्से के कारण होती है।

जिन दिनों मैं यह अध्याय लिखने में व्यस्त था, उसी दौरान मुझे जेरोम कर्न द्वारा प्रस्तुत एक मज़ेदार म्यूजिकल-कॉमेडी 'शो बोट' देखने का मौका मिला। 'कॉटन ब्लॉसम' नामक इस बोट के एक पात्र कैप्टन एंडी अपने दार्शनिक अंदाज में कहता है, 'किस्मतवाले लोग वही हैं, जिन्हें अपने किए हुए काम में आनंद आता है।' ऐसा इसीलिए है क्योंकि उनके पास अधिक ऊर्जा व प्रसन्नता रहती है और वे तनाव और चिंता से बचे रहते हैं। किसी झगड़ालू बीवी या पति के साथ दो मिनट पैदल चलने से भी थकान होती है, लेकिन जो इंसान आपका प्रिय हो और जिसका साथ आपके लिए आनंददायक हो, उसके साथ मीलों चलकर भी थकान का एहसास नहीं होता।

नापसंद काम भी रुचि से करना

1

अब मैं आपको बताता हूँ कि ओक्लाहोमा में टुलसा नामक स्थान में एक तेल कंपनी में काम करनेवाली एक स्टेनोग्राफर ने इस स्थिति में क्या किया। उसे अपने दफ्तर में वे सारे काम करने पड़ते थे, जो उसे पसंद नहीं थे और वह उनसे बुरी तरह ऊब जाती थी। उसके रोज़ाना के कार्यों में तेल के ठेकों के फार्म भरना, उनसे संबंधित सभी प्रकार के आँकड़ों को एकत्रित करके रखना तथा उन्हें अप-टू-डेट करते रहना शामिल था। ये सब काम इतने उबाऊ होते थे कि कभी-कभी तो उसका मन बुरी तरह खीझ उठता था।

इस खीझ से बचने के लिए उसने इन कार्यों को अपने लिए दिलचस्प बनाने की सोची। इसके लिए उसे रोज़ खुद से ही संघर्ष करना पड़ता था। अब वह रोज़ाना भरे हुए फार्मों को गिन लिया करती तथा दोपहर को सुबह की अपेक्षा अधिक फार्म भरने की कोशिश करती। वह रोज़ाना शाम को घर जाते समय भरे हुए फार्म गिन लिया करती और अगले दिन उससे भी ज्यादा फार्म भरने की चुनौती लेकर काम पर जाती। कुछ ही दिनों में वह ऑफिस के अन्य स्टेनोग्राफरों से अधिक काम करने लगी। वह अन्य लोगों से अधिक सफल भी होने लगी और उसे इस उकताऊ काम में भी मज़ा आने लगा।

क्या ऐसा करने से उसे कोई मान-सम्मान या प्रशंसा मिली? जी नहीं। पदोन्नति मिली? जी नहीं। वेतन में वृद्धि? जी नहीं। पर ऐसा करके वह स्वयं संतुष्ट महसूस करने लगी क्योंकि उसे इस उबाऊ काम के कारण जो थकान होती थी, वह अब बंद हो गई थी। इससे वह स्वयं को तरोताज़ा भी महसूस करने लगी और उसका काम में मन भी लगने लगा। ऐसा इसलिए हुआ क्योंकि उसने ऐसे काम को रुचि से करना शुरू कर दिया था, जिसे वह पसंद नहीं करती थी। उसके भीतर काम के लिए एक अलग सा उत्साह व शक्ति दिखाई देने लगी। अब वह अपनी छुट्टियाँ भी बहुत आनंद से बिताने लगी। यह जो घटना मैंने आपको बताई है, वह शत-प्रतिशत सही है। मैं स्वयं इसका साक्षी हूँ क्योंकि मैंने उसी युवती से विवाह करके उसे अपना जीवनसाथी बनाया है।

2

मैं आपको एक अन्य स्टेनोग्राफर का उदाहरण देने जा रहा हूँ। उसने भी मन ही मन यह निर्णय लिया कि अपने काम में रुचि पैदा करके ही उसे अपना पसंदीदा काम बनाया जा सकता है। शुरू-शुरू में उसे भी अपना काम करने के लिए बहुत मेहनत करनी पड़ती थी, लेकिन अब ऐसा नहीं है। उस स्टेनोग्राफर का नाम वेली जी. गोल्डन है। वह इलिनाइस, एल्महर्ट में रहती है। उसने मुझे अपनी कहानी भेजी थी, जो इस

प्रकार है –

हमारे ऑफिस में चार स्टेनोग्राफर काम करते हैं। हर स्टेनोग्राफर को एक दिन में कई कर्मचारियों के लिए पत्र लिखने का काम करना होता है। कभी–कभी तो काम इतना अधिक हो जाता है कि पूरा करना मुश्किल हो जाता है और समझ ही नहीं आता कि क्या करें। एक दिन मेरे ऑफिस के एक असिस्टेंट डिपार्टमेंट हेड ने मुझे एक पत्र को दोबारा लिखने के लिए कहा। मैंने उसे दोबारा लिखने से मना कर दिया। मैंने उन्हें यह समझाने की कोशिश की कि 'मैं इस पत्र को बिना दोबारा टाइप किए ही सुधार सकती हूँ।' लेकिन उन्होंने इस बात को मानने से इनकार कर दिया और कहा कि यदि मैं इसे टाइप नहीं कर सकती, तो वे किसी दूसरी स्टेनोग्राफर से टाइप करवा लेंगे। मुझे बहुत गुस्सा आया। आखिरकार मैंने उस पत्र को दोबारा टाइप करना शुरू किया। उस समय मैं मन ही मन सोच रही थी कि मैं जो काम कर रही हूँ, उसे करने के लिए तो हर कोई राज़ी हो जाएगा। जबकि मुझे तो इस काम के लिए ही वेतन दिया जाता है। ऐसा सोचते ही मैं अपने आपको बहुत भाग्यशाली समझने लगी।

मैंने तुरंत यह निर्णय लिया कि 'मैं जिस काम से नफरत करती रही हूँ, क्यों न उसी काम को यह सोचकर किया जाए कि यह मेरा पसंदीदा काम है।' यह विचार आते ही मुझे ऐसा लगा, जैसे मैंने किसी बड़ी चीज़ की खोज कर डाली है। उसके बाद मुझे काम करते समय ऐसा महसूस होने लगा कि जब मैं अपने काम को अधिक रुचि से करती हूँ, तो मुझे उसे करने में बहुत मज़ा आता है। मैं उसे बहुत जल्दी पूरा कर लेती हूँ। अब मुझे अपना काम पूरा करने के लिए शाम को दफ्तर में देर तक रुकने की ज़रूरत नहीं होती। अपने इस नज़रिए के कारण मुझे अपने दफ्तर की ओर से स्टाफ की अच्छी कर्मचारी होने का सम्मान भी दिया गया। कुछ समय बाद जब ऑफिस के एक डिपार्टमेंट सुप्रीटेंडेंट को अपने लिए एक निजी सेक्रटरी की ज़रूरत थी, तो इस कार्य का प्रस्ताव सबसे पहले मुझे दिया गया। क्योंकि उनका मानना था कि 'मैं बिना सुस्त हुए हर काम समय पर कर सकती हूँ।' मिस गोल्डन आगे लिखती हैं, 'मैंने अपनी मानसिक स्थिति को जिस तरीके से बदला, वह मेरे लिए सफलता की कुंजी बन गई। इससे मुझे बहुत लाभ हुआ।'

दरअसल मिस गोल्डन वेली का यह तरीका प्रोफेसर हैंस वैहिंगर द्वारा दिए गए 'क्यों न...' दर्शन पर आधारित है, जो बहुत ही अच्छे परिणाम देने के लिए जाना जाता है। प्रोफेसर हैंस वैहिंगर ने दुनिया को सिखाया कि कोई उबाऊ काम करने से पहले स्वयं से कहना चाहिए कि 'क्यों न मैं खुश होकर यह काम करूँ' या 'क्यों न यह मानकर काम करूँ कि ये मेरा पसंदीदा काम है।'

यही सोच आपके काम पर भी लागू होती है। यदि आप अपने काम के प्रति मन में रुचि पैदा कर लेते हैं, तो उसे करने में आपको अधिक आनंद मिलेगा। इसके बाद आपकी यह रुचि वास्तविकता में बदल जाएगी। इससे आपके तनाव व थकान में भी कमी आएगी तथा काम की चिंता भी समाप्त होती जाएगी।

3

हार्लन ए. हावर्ड ने कुछ साल पहले एक ऐसा निर्णय लिया, जिसके बाद उसका जीवन पूरी तरह से बदल गया। उसने अपने उकता देनेवाले काम को मनपसंद काम में बदलने का फैसला किया। उसका काम वाकई उकता देनेवाला था। वह रोज़ाना प्लेटें, काउंटर वगैरह साफ करता और हाईस्कूल के भोजनालय में छात्रों के लिए बाऊल में आइस्क्रीम निकालने का काम भी किया करता था। वह जिस उम्र में ये सारे काम किया करता था, उस उम्र के लड़के या तो खेल-कूद में व्यस्त रहते थे या फिर लड़कियों के साथ मौज़-मस्ती कर रहे होते थे। हार्लन हावर्ड अपने काम से बहुत नफरत करता था। लेकिन वह किसी भी कीमत पर उसे छोड़ भी नहीं सकता था। चूँकि उसके पास यह काम करने के अलावा और कोई चारा नहीं था इसलिए उसने आइस्क्रीम के बारे में ज्यादा से ज्यादा जानने तथा उस पर अध्ययन करने के बारे में सोचा। उसने सीखा कि आइस्क्रीम कैसे बनाई जाती है? उसमें क्या-क्या मिलाया जाता है? ऐसा क्यों होता है कि कोई आइस्क्रीम बहुत ज्यादा अच्छी होती है, जबकि कोई आइस्क्रीम घटिया किस्म की होती है? उसने आइस्क्रीम में मिलाए जानेवाले रासायनिक तत्वों के बारे में भी जानकारी प्राप्त की और हाईस्कूल के रसायन के कोर्स में भी सबसे अधिक गुण प्राप्त किए। धीरे-धीरे वह पाक-विज्ञान में भी इतना कुशल हो गया कि आगे चलकर उसने मेसाच्युसेट्स स्टेट कॉलेज में एडमिशन लिया और पाक-विज्ञान छात्र के रूप में शिक्षा प्राप्त करने लगा। उसी दौरान न्यूयॉर्क के 'कोको एक्सचेंज' द्वारा 'कोको तथा चॉकलेट' विषय पर एक निबंध प्रतियोगिता का आयोजन किया गया। इसमें हिस्सा लेनेवालों को निबंध में कोको के प्रयोग के बारे में अपने विचार प्रस्तुत करने थे। इस प्रतियोगिता में जीतनेवाले छात्र के लिए 100 डॉलर के इनाम की घोषणा भी की गई थी। आखिरकार, वह इनाम हार्लन हावर्ड को दिया गया।

कॉलेज के बाद जब उसे रोज़गार मिलने में कठिनाई हुई, तो उसने फौरन मेसाच्युसेट्स, एम्हर्स्ट में अपने मकान के तलघर में प्रयोगशाला खोल ली। उन दिनों सरकार की ओर से एक नया नियम लागू किया गया कि हर कंपनी को अपने यहाँ इस्तेमाल करनेवाले दूध में कीटाणुओं की जाँच करवानी आवश्यक है। हार्लन ए. हावर्ड को इसका बहुत लाभ हुआ और उसे 14 कंपनियों के दूध की जाँच का काम मिल गया। उसने इस काम के लिए अपने साथ दो सहायक भी रख लिए।

आज से 25 साल बाद क्या होनेवाला है, यह कोई नहीं जानता। वर्तमान में जो लोग पाक-रसायन के व्यापार में व्यस्त हैं, वे तब तक या तो अपने काम से निवृत्त (रिटायर) हो चुके होंगे या इस संसार से चल बसेंगे। उनके स्थान पर उत्साह की भावना लिए हुए नए नौजवानों की भर्ती की जाएगी। आज से 25 साल बाद हर्लन हावर्ड भी संभवत: अपने व्यापारिक जगत में एक कुशल व्यापारी बन चुका होगा। उसके साथ पढ़नेवाले कुछ साथी, जिन्हें वह आइस्क्रीम बेचा करता था, बेरोजगारी से परेशान होकर सरकार को दोष देते हुए दिखाई देंगे। उनके पास यह बहाना होगा कि उन्हें जिंदगी ने आगे बढ़ने का कोई मौका नहीं दिया। हर्लन हावर्ड के हाथ भी यह मौका कभी न आता, यदि उसने उकता देनेवाले रोज़मर्रा के काम को अपने मनपसंद काम के रूप में अपनाया न होता।

4

कई साल पहले की बात है। सैम नाम का एक नौजवान किसी कंपनी में सारा दिन मशीन पर बोल्ट बनाने का काम किया करता था। वह भी रोज़ाना के इस कार्य से उकता जाता था। उसके मन में अकसर यह विचार आता था कि वह इस नौकरी को छोड़कर कोई दूसरी नौकरी कर ले। लेकिन उस समय दूसरी जगह नौकरी मिलना भी कोई आसान काम नहीं था। इसीलिए वह जैसे-तैसे वही नौकरी करता रहा। उसने धीरे-धीरे उस उकता देनेवाले काम को अपना मनपसंद काम बनाने के बारे में विचार करना शुरू कर दिया। उसके बगल की मशीन पर एक दूसरा कर्मचारी काम करता था। सैम ने मन ही मन उस कर्मचारी के साथ स्पर्धा करनी शुरू कर दी। उन दोनों में से एक कर्मचारी एक मशीन पर धातु के खुदरेपन को साफ किया करता था और दूसरा कर्मचारी यानी सैम उस धातु के टुकड़े से उचित आकार का बोल्ट बनाता था। वे थोड़े-थोड़े समय के बाद अपनी-अपनी मशीनों को बंद कर देते और देखा करते कि किसने अधिक बोल्ट बनाए हैं। कंपनी का सुपरवाइजर सैम के काम करने की गति और उसकी लगन से बहुत प्रभावित हुआ। उसने सैम को मशीन से हटाकर, एक अन्य काम में लगा दिया, जो पहलेवाले काम से बेहतर था। इस प्रकार सैम के लिए आगे बढ़ने के दरवाजे खुलने लगे। उसका पूरा नाम सैमुअल वॉकलेन था और तीस साल बाद वह बाल्डविन लोकोमोटिव वर्क्स नाम के एक कारखाने का मालिक बन चुका था। यदि उसने तीस साल पहले उकताहट पैदा करनेवाले काम को अपना मनपसंद काम बनाने का निर्णय न लिया होता, तो वह आज भी एक साधारण से कर्मचारी की तरह उसी मशीन पर काम कर रहा होता।

5

एच. वी. कल्टेनबॉर्न नाम का एक इंसान रेडियो का एक प्रसिद्ध समीक्षक था। उसने भी अपने रोज़ाना के उकता देनेवाले कार्य को अपना मन पसंद काम बना लिया। 22 साल की उम्र में उसने पशुओं की एक नाव में बैठकर एटलांटिक सागर पार कर दिखाया। उस नाव में वह बैलों को चारा डालने तथा उनकी देखरख का काम किया करता था। फिर साइकिल से इंग्लैंड की यात्रा समाप्त करने के बाद जब वह वापस पॅरिस आया, तो भूख और थकान के मारे उसका बुरा हाल था। उसके पास एक कैमरा भी था, जिसे उसने मात्र पाँच डॉलर में किसी के पास गिरवी रख दिया था। उसने इन रुपयों से 'द न्यूयॉर्क हेराल्ड' के पॅरिस संस्करण में नौकरी के लिए एक विज्ञापन छपवा दिया। आखिरकार उसे 'स्टेयर ऑप्टिकल' मशीनों को बेचने का काम मिल गया। उसने कहा, 'मुझे अच्छी तरह से याद है कि पुराने मॉडल की बनी स्टेरोस्कोप मशीनों को हम अपनी आँखों के सामने दोनों तस्वीरों को ठीक एक जैसा देखने के लिए प्रयोग में लाया करते थे। उसे देखने पर आमतौर पर अजीब सा महसूस होता था। स्टेरोस्कोप के दोनों ओर के लैंस दोनों तरफ की तस्वीरों के दृश्यों को एक दृश्य बनाकर हमें दिखाते थे। उन्हें देखने पर दोनों की माप में अंतर होता था। इसीलिए गहराई से किसी चित्र को देखने पर बहुत आश्चर्य होता था।'

हम केल्टनबॉर्न की बात कर रहे थे। उसने पॅरिस में घर-घर जाकर मशीनें बेचने का काम शुरू कर दिया था। उसे फ्रैंच भाषा बिलकुल भी नहीं आती थी। फिर भी उसने पहले साल में ही मशीनें बेचकर कमीशन के रूप में पाँच हजार डॉलर कमा लिए और फ्रांस में सबसे अधिक पैसे कमानेवाले सेल्समैन के रूप में वह प्रसिद्ध हो गया। बातचीत के दौरान उसने मुझे बताया कि मशीनें बेचने के अनुभव से उसे बहुत कुछ सीखने को मिला। हावर्ड विद्यालय में एक साल सीखकर भी जो गुण प्राप्त नहीं हुए, सफल होने के लिए आवश्यक वे गुण उसके भीतर उस एक साल में विकसित हो गए। इसके साथ ही वह आत्मविश्वास से भरा था। उसने बताया कि उस अनुभव के बाद वह इस बात के लिए हमेशा अफसोस करता था कि काश उसने फ्रांस की गृहिणियों को 'द कांग्रेशनल रिकॉर्ड' बेचे होते तो ज्यादा अच्छा होता।

अपने अनुभव द्वारा उसे फ्रांस में रहनेवाले लोगों के रोज़मर्रा के जीवन से जुड़े अनेक पहलुओं को समझने में मदद मिली। उसे वहाँ के निवासियों के साथ निकटता का एहसास हुआ, जिसके परिणामस्वरूप उसे यूरोप के घटनाचक्र के संबंध में रेडियो पर समीक्षा प्रस्तुत करने में असीम सहायता मिली।

सवाल यह उठता है कि यदि कल्टेनबॉन को फ्रैंच भाषा बोलनी नहीं आती थी, तो भी वह एक कुशल सेल्समैन कैसे बन गया? इसके लिए भी उसने एक युक्ति

का प्रयोग किया। उसने अपने मालिक से कुछ ज़रूरी शब्दों तथा बेचने के लिए की जानेवाली बातचीत को एक कागज़ पर लिखवा लिया और उसे याद भी कर लिया। वह जब भी किसी घर में जाता, तो बाहर लगी घंटी बजाता। घंटी की आवाज सुनकर जब गृहिणी बाहर आती तो वह अपनी रटी हुई भाषा में उससे बात करता था। जब वह गृहिणी उससे अधिक बातचीत करती तो वह अपनी तस्वीरें उसे दिखाते हुए कहता, 'मैं तो अमेरिकन हूँ!' इसके बाद वह अपना हैट उतारकर फ्रैंच में रटी हुई अपनी बात दोहराता तो दोनों हँसने लग जाते। इस प्रकार वह उन्हें अपनी कई अन्य तस्वीरें भी दिखाया करता। केल्टनबॉर्न ने मुझसे बातचीत के दौरान जब यह सब बताया, तो इसके साथ-साथ उसने यह भी कहा कि 'ऐसी बातें सुनने में तो मज़ाकिया लगती हैं लेकिन वास्तव में ऐसा करना बहुत मुश्किल था।'

अब एक बात तो तय है कि केल्टनबॉर्न ने अपने उकता देनेवाले काम को मनपसंद काम बनाने के बाद ही सफलता प्राप्त की। वह रोज़ाना सुबह घर से निकलने से पूर्व शीशे के सामने खड़ा हो जाता और अपने आपसे कहता, 'केल्टनबॉर्न! अगर तुम चाहते हो कि तुम्हारा पेट रोज़ाना भरता रहे तो तुम्हें यह नौकरी करनी होगी। चूँकि तुम्हें इस काम को करना तो है ही इसलिए इसे मन लगाकर किया करो। किसी ग्राहक के दरवाजे की घंटी बजाने से पहले तुम अपने आपको किसी नाटक का किरदार मानो। ऐसा अभिनय करो, जैसे लोग तुम्हारा नाटक देख रहे हैं और तुम्हें बहुत अच्छा अभिनय करना है। तुम्हारा पेशा भी नाटक से कम नहीं है। यह अनोखा भी है और विचित्र भी। अत: अपने कार्य में पूरी तत्परता और लगन दिखाने की कोशिश करो।'

केल्टनबॉर्न का कहना है, रोज़ाना दोहराए जानेवाले इन वाक्यों से वह उकता गया था। इस उकताहट से उबरने के लिए उसने इन्हें पसंद करना शुरू कर दिया।

मैंने केल्टनबॉर्न से आग्रह किया कि 'आप अमेरिका के नौजवानों को कोई मशवरा दें ताकि वे भी उनकी सफलता से प्रभावित होकर कार्य कर सकें।' यह सुनकर उन्होंने केवल एक ही बात कही कि 'रोज़ाना उठकर अपने आपसे बातें किया करो।' अकसर देखने में आता है कि लोग बिस्तर से उठने के बाद ऊँघने लगते हैं। इस कमी को छिपाने के लिए वे करसत के महत्त्व की बातें किया करते हैं। लेकिन केल्टनबॉर्न का मानना है कि 'हमें शारीरिक कसरत की अपेक्षा मानसिक कसरत की ज़्यादा ज़रूरत है। यही एक ऐसा तरीका है, जिससे हम अपने काम के प्रति उत्साहित हो सकते हैं और उसे अपना मनपसंद काम बना सकते हैं। हमें चाहिए कि हम रोज़ाना सुबह स्वयं से कोई प्रेरक सूक्ति या कुछ प्रेरक शब्द कहें ताकि अपने मन को पूरी तरह जागृत करके, काम के प्रति उत्साही महसूस करें।'

लेकिन क्या रोज़ाना अपने आपको ऐसे शब्द कहना बचपना या मूर्खता नहीं है? बिलकुल नहीं। यह एक कड़वी वैज्ञानिक सच्चाई है कि **'हमारा जीवन हमारे मस्तिष्क द्वारा सोचे गए विचारों का ही परिणाम होता है।'** इन शब्दों में आज भी उतनी ही सच्चाई है, जितनी कि 18 वीं सदी से पहले थी। मारकस ऑरेलियस ने सबसे पहले ये शब्द अपनी पुस्तक 'मेडिटेशन' में लिखे थे। उन्होंने स्पष्ट तौर पर लिखा था कि हमारे मन में जैसे विचार आते हैं, हमारा जीवन भी वैसा ही बन जाता है। आप रोज़ाना स्वयं से बातचीत करते हुए स्वयं को उत्साहित कर सकते हैं, आनंद प्राप्त कर सकते हैं तथा शक्ति व शांति के लिए भी सोच सकते हैं। जिन बातों के लिए आप किसी दूसरे का आभार मानने को तैयार हो जाते हैं, उनके बारे में सोचने व अपने आपसे बातें करते रहने से अपने मन को मधुरता की भावनाओं से भर सकते हैं।

यदि आप अपने मन में अच्छे विचार लाना शुरू कर देते हैं, तो हर उस काम को अपना मनपसंद काम बना सकते हैं, जिसे करना आपको बिलकुल पसंद नहीं है। आपका बॉस यदि यह चाहता है कि आप उसके काम को रुचि से करें ताकि वह अधिक से अधिक कमाई कर सके, तो आपको केवल इस बात पर ध्यान नहीं देना है कि वह क्या चाहता है बल्कि इस बात के बारे में भी सोचना है कि आप अपने काम में रुचि कैसे ला सकते हैं और उससे आपको क्या लाभ मिलता है। इस बात को हमेशा याद रखें कि आप जीवन में दुगनी खुशी हासिल कर सकते हैं क्योंकि आप जीवनभर में जितना समय जागते हुए बिताते हैं, उसका लगभग आधा हिस्सा काम में बीतता है। अगर आप अपने काम से खुश नहीं हैं, तो आप कभी खुश नहीं रह सकते। अपने काम में मन लगाने से आप अपनी चिंताओं व परेशानियों से मुक्त हो सकते हैं। काम में ध्यान लगाने से आपके लिए सफलता के दरवाजे खुलते हैं और वेतन में भी बढ़ोत्तरी होती है। यदि ऐसा नहीं भी होता, तो इससे कम से कम आपकी मानसिक ऊर्जा बनी रहेगी और फिर आप अपने खाली समय का पूरा आनंद ले सकते हैं।

५

क्या आप लाखों रुपयों के बदले ईश्वर से मिले सुख तथा वैभव का सौदा कर सकते हैं?

मैं हैरोल्ड एबॉट्ट को कई सालों से जानता हूँ। वे मिजुरी के वेब शहर में रहते हैं और मेरे व्याख्यानों की व्यवस्था का काम भी देखते हैं। एक बार हम दोनों केन्सास शहर में मिले। वे मुझे अपनी कार से मिजुरी के बेल्टन स्थित अपने फार्म तक ले गए। जब हम दोनों कार में बैठकर जा रहे थे, तो मैंने उनसे एक सवाल किया। मैंने पूछा, 'आप हर समय चिंता मुक्त कैसे रह लेते हैं?' इसके जवाब में उन्होंने मुझे एक ऐसा प्रेरक प्रसंग सुनाया, जिसे मैं कभी नहीं भूल सकता।

उन्होंने बताया, 'पहले-पहल मैं बहुत दुःखी और परेशान रहता था। यह सन 1934 के बसंत के दिनों की घटना है। एक दिन मैं सुबह के समय वेब शहर की डोगर्टी स्ट्रीट से गुज़र रहा था। मैंने वहाँ एक ऐसा दृश्य देखा, जिसके बाद मेरी सारी चिंताएँ और परेशानियाँ चुटकियों में समाप्त हो गईं। वह घटना चंद ही पलों में घटी और उन चंद पलों में मैंने इतना कुछ सीख लिया, जितना मैं अपने जीवन के पिछले दस सालों में भी नहीं सीख सका था। मैं करीब दो सालों से वेब शहर में किराने की दुकान चलाता आ रहा था। उस समय कुछ समस्याओं के चलते दुर्भाग्यवश मेरी सारी जमा पूँजी समाप्त हो चुकी थी। यहाँ तक कि मेरे सिर पर कर्ज का बोझ भी आ पड़ा था, जिसे चुकाने में मुझे सात साल का समय लग गया। इस घटना के कुछ ही दिन पहले मुझे अपनी किराने की दुकान भी बंद करनी पड़ गई थी। अब मैं व्यापारियों तथा बैंक से कुछ रुपये उधार लेने के लिए भटक रहा था। मैं उस पैसे से केन्सास शहर में जाकर कोई नया रोज़गार या कोई नौकरी करना चाहता था। उस समय मैं जीवन से हारे हुए इंसान की तरह दर-दर भटक रहा था और मेरी संघर्ष करने की ताकत समाप्त होती जा रही थी।

उस दिन सुबह-सुबह गली से गुज़रते समय मेरी निगाह एक अपाहिज इंसान पर गई। वह छोटे पहियोंवाले एक लकड़ी के तख्ते पर बैठा हुआ था और दोनों हाथों में लकड़ी के टुकड़े पकड़-पकड़कर किसी तरह सड़क पर सरकता जा रहा था। मेरी नज़र उस पर उस क्षण गई, जब वह सड़क किनारे कुछ ऊँचाई पर बने फुटपाथ पर चढ़ने की कोशिश कर रहा था। उसने लकड़ी के तख्ते सहित अपने आपको सँभाला और काफी कोशिश करने के बाद फुटपाथ पर चढ़ सका। फिर अचानक उसकी नज़र मुझ पर पड़ी।

उसने चेहरे पर मुस्कुराहट लाते हुए मेरा अभिवादन किया और बड़े उत्साह से कहा, 'आज कितना सुहाना दिन है।' मैं एकटक उसे देखता रहा। मेरे मन में विचार आया कि 'मैं इस अपाहिज इंसान के मुकाबले कितना समृद्ध हूँ। मेरी टाँगें बिलकुल स्वस्थ हैं और मैं आराम से चल-फिर सकता हूँ, जबकि इसे फुटपाथ पर चढ़ने के लिए भी संघर्ष करना पड़ रहा है।' यह सोचकर मेरा सिर शर्म से झुक गया।

फिर मैंने सोचा कि यदि यह इंसान अपाहिज होते हुए भी इतना खुश रह सकता है, तो मेरा तो पूरा शरीर सही सलामत है। फिर मैं इसकी तरह खुश और उत्साही क्यों नहीं रह सकता? यह विचार आते ही मेरा उत्साह दुगना हो गया और मेरे अंदर आत्मविश्वास जागने लगा। मैं उस दिन यह सोचकर घर से निकला था कि मैं व्यापारियों से मिलकर या किसी बैंक में जाकर सौ डॉलर की रकम उधार ले लूँगा। लेकिन फिर मैंने तय किया कि 'अब मैं दो सौ डॉलर्स उधार लूँगा।' मैं पहले उधार देनेवालों से यह कहनेवाला था कि 'मैं इस पैसे से केन्सास शहर जाकर नौकरी ढूँढ़ने की कोशिश करूँगा। लेकिन अब मैंने उन्हें पूरे विश्वास से कहा कि मैं केन्सास शहर में एक बढ़िया नौकरी करने जा रहा हूँ। मैंने जिस आत्मविश्वास से यह बात कही, उसे देखकर वे फौरन मुझे कर्ज देने को तैयार हो गए। जल्द ही मुझे एक अच्छी नौकरी भी मिल गई।'

उस घटना से मिले सबक को अपने मन में ताज़ा रखने के लिए मैंने अपने बाथरूम के शीशे पर उससे जुड़े कुछ वाक्य लिख रखे हैं, जिन्हें मैं रोज़ाना ब्रश करते समय पढ़ लेता हूँ। वे शब्द इस प्रकार हैं:

'मैं दुःखी था क्योंकि मेरे पास पैरों में पहनने के लिए जूते नहीं थे। लेकिन फिर मैंने गली में एक ऐसे इंसान को देखा, जिसकी टाँगें ही नहीं थीं।'

एक बार मैंने एडी रिकेनबेकर से पूछा था कि 'आप अपने दल के साथ प्रशांत महासागर में लकड़ी के लट्ठों से बनी कामचलाऊ सी नाव पर लगातार इक्कीस दिनों तक बचने की उम्मीद लिए भटकते रहे थे, उस घटना से आपने क्या सीखा?' उन्होंने जवाब देते हुए कहा, 'मैंने यह सीखा कि अगर आपके पास पीने के लिए साफ पानी और खाने के लिए भोजन है, तो आपको किसी अन्य बात को लेकर शिकायत नहीं करनी चाहिए।'

सोचो और धन्यवाद दो

एक बार टाइम मैगजीन में एक सेना अधिकारी के बारे में लेख छपा था। वह अधिकारी गौडलकेनाल नामक स्थान पर घायल हो गया था। उसके गले में शंख जैसे कठोर पदार्थ के टुकड़े अटक गए थे, जिसके कारण उसे सात बार ब्लड ट्रांसफ्यूजन करना पड़ा। उस गंभीर हालत में उस घायल अधिकारी ने कागज़ पर लिखकर डॉक्टर

से सवाल किया, 'क्या मैं और जी सकूँगा?' डॉक्टर ने जवाब दिया, 'हाँ।' उसने फिर लिखकर पूछा, 'क्या मैं बोल भी सकूँगा?' डॉक्टर ने फिर जवाब दिया, 'हाँ।' फिर उसने लिखा, 'तो फिर मुझे चिंता करने की क्या ज़रूरत है?' हम सब भी इसी तरह चिंता करते रहते हैं। इसलिए चिंता करना छोड़ें, व्यर्थ में न घबराएँ। धीरे-धीरे आप महसूस करेंगे कि आपका चिंता करना और घबराना बेकार था।

हमारे जीवन में लगभग नब्बे प्रतिशत चीज़ें बिलकुल ठीक होती हैं, केवल दस प्रतिशत चीज़ें ही गड़बड़ होती हैं। यदि हमें एक खुशहाल और सुखी जीवन बिताना है, तो हमें अपना ध्यान दस प्रतिशत गड़बड़ चीज़ों से हटाकर, उन नब्बे प्रतिशत चीज़ों पर लगाना चाहिए, जो बिलकुल ठीक चल रही हैं। लेकिन जब लोग ऐसा नहीं करते, तो वे अकसर पेट के अल्सर जैसी गंभीर बीमारियों से घिर जाते हैं। इसलिए आपका प्रयास यही होना चाहिए कि अपना ध्यान उन नब्बे प्रतिशत बातों की ओर लगाएँ।

इंग्लैंड के क्रोमवेलियन गिरजाघरों में आज भी ये शब्द अंकित हैं कि 'सोचो और धन्यवाद दो।' हमारे मन में भी हमेशा यही शब्द अंकित रहने चाहिए। सोचो और धन्यवाद दो यानी जरा सोचो कि तुम्हारे पास परमात्मा का आभार प्रकट करने के लिए पहले से ही कितना कुछ मौजूद है। इसके लिए ईश्वर को हमेशा धन्यवाद दो, उसके आभारी रहो।

एक निराशावादी लेखक का उदाहरण

प्रसिद्ध पुस्तक 'गुलीवर्स ट्रैवल्स' के लेखक जॉनाथन स्विट अंग्रेजी साहित्य के एक निराशावादी लेखक माने जाते थे। वे इस संसार में जन्म लेने से इतने नाखुश थे कि अपना जन्मदिन शोक-दिवस के रूप में मनाते थे। उस दिन वे काले रंग के कपड़े पहनते थे और दिनभर कुछ भी नहीं खाते थे। इतना निराशावादी जीवन जीने के बाद भी वे एक ऐसे साहित्यकार थे, जो सुखद तथा उल्लासपूर्ण भावनाओं को स्वास्थ्य के लिए बहुत लाभदायक मानते थे। वे हमेशा उनकी सराहना भी करते थे। उनका मानना था कि अच्छी खुराक, मानसिक शांति और खुशी दुनिया के सबसे अच्छे डॉक्टर हैं।

हम अपने भीतर के असीम आनंद तथा वैभव की ओर ध्यान लगाकर दुनिया के इन सबसे अच्छे डॉक्टरों का लाभ उठा सकते हैं। क्या आप लाखों रुपयों के बदले ईश्वर से मिले सुख तथा वैभव का सौदा कर सकते हैं? यदि कोई आपको लाखों रुपये दे और बदले में आपसे आपकी आँखें माँग ले, तो क्या आप इसके लिए राज़ी हो जाएँगे? क्या आप अपने परिवार के सदस्यों, अपने बच्चों या अपने हाथों को बेचने के लिए तैयार हो जाएँगे? ज़रा अपने जीवन में मौजूद सारे सुख और वैभव पर गौर कीजिए। पलभर के अंदर ही आपको महसूस हो जाएगा कि इन सुखों और वैभव के बदले आप संसार

की कोई और चीज़ नहीं खरीद सकते।

क्या आप वास्तव में मानते हैं कि इन सारे सुखों और वैभव से आप खुश हैं? नहीं! शोपेनहॉवर का मानना है, 'हम हमेशा उन्हीं चीज़ों की ओर ध्यान लगाते हैं, जो हमारे पास नहीं होतीं।' हम ईश्वर से मिली सुख-सुविधाओं तथा वैभव के बारे में सोचते तक नहीं हैं और अगर सोचते भी हैं, तो बहुत कम। यह हमारे लिए अत्यंत दुर्भाग्य की बात है कि इस संसार में जितना दुःख, बीमारियों तथा युद्ध से पैदा होता है, उससे कहीं अधिक दुःख हमारी इन भावनाओं के कारण पैदा होता है।

एक अपाहिज से मिली समझ

सदा प्रसन्न और उत्साही रहनेवाले जॉन पाल्मर का जीवन भी इन्हीं भावनाओं के कारण नष्ट हो गया। उनके जीवन में एक ऐसा समय आया, जब वे इतने असंतुष्ट और दुःखी रहने लगे कि उनका सारा घर-परिवार ही नष्ट हो गया। यह बात मैं उनके स्वयं के कथनों के आधार पर कह रहा हूँ।

जॉन पाल्मर न्यू जर्सी के पीटरसन में रहते थे। उन्होंने मुझे अपने हालात के बारे में बताते हुए कहा था, 'सेना से रिटायरमेंट लेने के बाद मैंने एक व्यवसाय शुरू किया। उसे आगे बढ़ाने के लिए कड़ा परिश्रम किया और दिन-रात एक कर दिया। मेरी मेहनत के चलते मेरा व्यवसाय कुछ दिनों तक बहुत आराम से चला। लेकिन फिर धीरे-धीरे मुझे कठिनाइयों का आभास होने लगा। मुझे मशीनों के कलपुर्जे तथा अन्य सामान मिलने में मुश्किलें होने लगीं। जिसके चलते काम पर प्रभाव पड़ा। फिर मुझे अंदर ही अंदर अपना व्यवसाय समाप्त होने का डर सताने लगा। इस डर के कारण मैं बहुत चिंतित रहने लगा और समय से पहले ही बुढ़ापे की ओर बढ़ने लगा। इससे मैं और दुःखी रहने लगा। मुझे अपनी स्थिति की गंभीरता का आभास बहुत बाद में हुआ और तब तक मेरा खुशहाल परिवार भी नष्ट होने की कगार पर आ चुका था।

एक दिन मेरे पास एक नौजवान सैनिक आया, जो युद्ध में अपाहिज हो गया था। उसने मेरी हालत देखकर मुझसे कहा, 'जॉन, तुम्हें अपने आप पर शर्म आनी चाहिए। तुम तो ऐसे व्यवहार कर रहे हो, जैसे इस संसार में तुम अकेले दुःखी इंसान हो। यदि कुछ बुरे हालातों के कारण तुम्हें कुछ समय के लिए अपना व्यवसाय बंद भी करना पड़ जाए, तो इसमें हर्ज क्या है? जब तुम्हारे हालात ठीक हो जाएँ, तो अपना व्यवसाय फिर से शुरू कर देना। तुम्हारे पास तो इतना कुछ है कि तुम्हें खुद को भाग्यशाली समझना चाहिए और ईश्वर का धन्यवाद करना चाहिए। लेकिन तुम इस बात को समझने के बजाय हमेशा चिंता और तनाव से घिरे रहते हो। काश! तुम्हारी जगह मैं होता! जरा देखो मेरी तरफ, मेरा एक हाथ नहीं है और मेरा आधा चेहरा गोली लगने से इतना

खराब हो चुका है, लेकिन मैं किसी से शिकायत नहीं करता। यदि तुम इसी प्रकार अपने आपको कोसते रहे, तो तुम्हारा व्यवसाय तो डूबेगा ही, साथ ही तुम्हारी सेहत, तुम्हारा परिवार, तुम्हारे मित्र व रिश्तेदार भी जल्द ही तुम्हारा साथ छोड़ देंगे।'

उसकी इन बातों का मुझ पर गहरा प्रभाव पड़ा। उसने मुझे परिस्थितियों से लड़ना सिखाया। मैंने भी फौरन तय कर लिया कि आज से मैं पहले की तरह हमेशा खुश रहने की कोशिश करूँगा। जल्द ही मैंने ऐसा करना शुरू भी कर दिया।

जीवन के अभावों पर ध्यान न दें

मेरी एक महिला मित्र है, जिसका नाम लुसिल ब्लेक है। वह हमेशा अपने अभावों के बारे में सोचकर नाखुश और चिंतित रहा करती थी। उसके पास जो कुछ भी था, वह कभी उससे खुश नहीं रहती थी। काफी समय बाद उसे एहसास हुआ कि उसे हमेशा अपने अभावों के बारे में सोचने के बजाय, उन चीज़ों के बारे में सोचना चाहिए, जो उसके जीवन में हैं और महत्वपूर्ण हैं।

कई साल पहले की बात है, लुसिल से मेरी मुलाकात कोलंबिया विश्वविद्यालय के स्कूल ऑफ जर्नलिज्म में हुई थी। उन दिनों मैं वहाँ लुसिल के साथ ही लघुकथा लिखना सीख रहा था। इसके नौ साल बाद जब वह टेक्सास के एरिजोना में रहा करती थी, उसे एक गहरा आघात लगा। लुसिल ने अपने बारे में बताते हुए कहा था –

'मैं कई तरह के मानसिक भँवरों में उलझी हुई हूँ। मैं एरिजोना विश्वविद्यालय में संगीत सीखा करती थी, शहर में स्वास्थ्य चिकित्सा के प्रति जागरूकता के बारे में संगोष्ठियों का प्रबंध किया करती थी और अपने निवास डैजर्ट विलो रैंच में संगीत समीक्षा की शिक्षा भी दिया करती थी, इसके साथ ही कई प्रकार के नृत्य कार्यक्रमों तथा घुड़सवारी में हिस्सा भी लेती रहती थी। फिर एक दिन मुझे पता चला कि मुझे हृदय रोग है। मैं यह खबर सुनकर स्तब्ध रह गई। डॉक्टर ने मुझसे कहा, 'तुम्हें अपनी बीमारी के कारण एक साल तक बिस्तर पर आराम करना होगा।' डॉक्टर ने मुझे धीरज नहीं बँधाया कि मैं फिर से स्वस्थ हो सकूँगी और पहले की तरह जी सकूँगी। उसने मुझमें उत्साह भरने जैसी कोई बात नहीं की।

एक साल तक बिस्तर पर पड़े रहने की बात सुनकर मैंने सोचा कि ऐसे तो मैं किसी काम की नहीं रहूँगी। हो सकता है कि शायद मैं मर भी जाऊँ। यह सोचकर मैं मन ही मन बहुत डर गई। फिर मैं हमेशा यह सोचती रहती थी कि 'मुझे यह बीमारी क्यों हुई? आखिर मैंने ऐसा क्या किया था, जिसके बदले ईश्वर मुझे ऐसी सज़ा दे रहा है? मैं हमेशा रोती रहती और बात-बात पर गुस्सा करती। मेरे स्वभाव में विद्रोहीपन आ गया और मैं दु:खी रहने लग गई।' लेकिन जैसा कि डॉक्टर ने कहा था, मैं हमेशा

बिस्तर पर ही पड़ी रहती थी। उन दिनों मेरे पड़ोस में एक कलाकार रहते थे, जिनका नाम रोडेल्फ था। एक दिन उन्होंने मुझसे कहा, 'तुम समझती हो कि एक साल तक बिस्तर पर पड़े रहना, तुम्हारे लिए बहुत दुःखदायी है। लेकिन ऐसे हालात में हिम्मत हारने से क्या होगा? अच्छी बात यह है कि इस दौरान तुम्हें बहुत कुछ सोचने और समझने का समय मिलेगा। तुम अपने आपको और भी गहराई से पहचान सकती हो व आनेवाले कुछ महीनों में तुम और अधिक आध्यात्मिक प्रगति कर सकती हो।' उनकी बात मेरे मन में बैठ गई।

मैंने अपनी मानसिक स्थिति पर काबू पाते हुए स्वयं को सँभाला और एक नई दिशा में सोचना आरंभ कर दिया। मैं बड़े धीरज से नए मूल्यों का विकास करने की कोशिश करने लगी। मैंने प्रेरणादायक पुस्तकें पढ़ना आरंभ कर दिया। एक दिन मैंने एक रेडियो कमेंट्री में सुना कि जो कुछ आपकी आत्मा में होता है, वही बाहर भी प्रकट होता है। मैं पहले भी इस प्रकार के विचार सुन चुकी थी, लेकिन इस बार न जाने क्यों ये शब्द मेरे मन की गहराइयों तक उतरते चले गए। मैंने मन ही मन निर्णय कर लिया कि आज के बाद मैं केवल वही बातें सोचने का प्रयास करूँगी, जिनसे जीने की प्रेरणा मिल सके। क्योंकि केवल ऐसे शुद्ध विचार ही मुझे स्वास्थ्य, खुशहाली तथा सुखहाली प्रदान कर सकते हैं। मैं रोज़ाना प्रातः उठकर ईश्वर द्वारा मिले सुख और वैभव के लिए उनका धन्यवाद करती और स्वयं को खुश-किस्मत समझती। मुझे किसी भी प्रकार का शारीरिक दर्द महसूस नहीं हो रहा था। मैं हमेशा सकारात्मक बातों के बारे में सोचा करती थी कि मेरी एक सुंदर नन्हीं बेटी है, मैं ठीक से सुन व देख सकती हूँ और रेडियो पर बज रहे मधुर संगीत का आनंद ले सकती हूँ। इसके अलावा अब मेरे पास अध्ययन व विचार करने के लिए भी पर्याप्त समय है। मैं इतनी खुशकिस्मत हूँ कि मुझे रोज़ाना अच्छा भोजन मिलता है, मुझे अच्छे मित्र मिले हैं, इत्यादि। यह सब सोचकर मैं खुश रहने लगी। मुझसे मिलने के लिए कई लोग आने लग गए। डॉक्टर ने मेरे केबिन के बाहर एक छोटा बोर्ड भी लटका दिया, जिसमें लिखा था कि 'मिलने के समय के दौरान एक बार में केवल एक इंसान ही मुझसे मिल सकता है।'

आज इस घटना को कई साल हो चुके हैं। अब मैं एक सुखी और व्यस्त जीवन जी रही हूँ। अब मैं एक साल तक बिस्तर पर पड़े रहने को ईश्वर का आभार मानती हूँ। एरिजोना में मेरा वह एक साल का समय अत्यंत सुखद ढंग से बीता और मैं उसे बहुमूल्य मानती हूँ। मैं उन दिनों रोज़ाना सुबह जिन सुख-सुविधाओं तथा वैभव के लिए ईश्वर का धन्यवाद किया करती थी, आज भी वही कर रही हूँ। मेरी यह आदत जीवन की एक कीमती धरोहर के रूप में स्थापित हो चुकी है। मैंने तब तक वाकई में जीना सीखा ही नहीं, जब तक मुझे मृत्यु के डर ने घेर नहीं लिया।

लुसिल ब्लेक ने भी डॉक्टर सैम्युअल जॉन्सन की तरह वही बातें सीखीं, जो उन्होंने दो सौ साल पहले सीखी थीं। उनका कहना था, **'प्रत्येक घटना के सकारात्मक पक्ष पर विचार करने की आदत का मूल्य हज़ारों की कमाई से भी कहीं ज्यादा है।'**

स्मरण रहे कि ये वाक्य किसी ऐसे इंसान ने नहीं कहे थे, जो पेशे से आशावादी हो। बल्कि इन्हें कहनेवाले ने तो अपने जीवन के बीस साल दुःख, निर्धनता तथा भुखमरी में व्यतीत किए थे। आखिर में वही इंसान इस पीढ़ी के एक लोकप्रिय लेखक तथा प्रवक्ता के रूप में विख्यात हुआ।

एक लेखिका का उदाहरण

एक अन्य लेखक लोगन पियर्सल स्मिथ के अनुसार, किसी भी इंसान के लिए जीवन का प्रमुख उद्देश्य मनोवांछित वस्तु को प्राप्त करना व उसका उपयोग करना होना चाहिए। केवल बुद्धिमान इंसान ही उपलब्ध वस्तुओं का आनंद ले सकता है। यदि आप यह जानने की कोशिश कर रहे हैं कि रसोई में बरतन धोने जैसे काम से भी रोमांचक आनंद प्राप्त किया जा सकता है या नहीं, तो बोर्गहिल्ड डाल द्वारा लिखित पुस्तक 'आई वान्टेड टू सी' पढ़ें। इस पुस्तक में अपूर्व साहस का वर्णन किया गया है।

इस पुस्तक की लेखिका एक महिला थीं, जो लगभग पचास साल तक आंशिक रूप से दृष्टिहीन रहीं। वे लिखती हैं, 'मैं एक ही आँख से थोड़ा-थोड़ा देख सकती थी। और उस आँख के ऊपर भी चोट के इतने गहरे निशान थे कि मैं उसे भी पूरी तरह से खोल नहीं पाती थी। मुझे पुस्तकों को अपनी आँख के बहुत करीब लाकर रखना पड़ता था और देखने के लिए मुझे बाईं ओर से बहुत जोर लगाना पड़ता था।'

लेकिन उस महिला ने कभी किसी से दया की चाह नहीं की। वे नहीं चाहती थीं कि लोग उन्हें हीन भावना से देखें। बचपन में उनकी इच्छा थी कि वे अपने मित्रों के साथ 'हॉफस्कॉच' का खेल खेलें। लेकिन उन्हें जमीन पर बने निशानों को देखने में कठिनाई होती थी। जब सभी बच्चे खेल कर चले जाते, तो वे जमीन पर धीरे-धीरे सरकते हुए अपनी आँख को खेल के दौरान बने निशानों के पास ले जाकर देखा करती थीं। इससे वे बहुत जल्द इस निशानों को समझ लिया करतीं और लगातार अभ्यास करते रहने से वे भी इस खेल में कुशल हो गईं। वे अपने घर में रखी गई पुस्तकों को इतनी नहदीक से पढ़ा करती थीं कि उसकी आँख की पुतलियों के बाल भी पुस्तक से छू जाया करते थे। उन्होंने कॉलेज की पढ़ाई पूरी करते हुए मिनेसोटा विश्वविद्यालय से बी. ए. तथा कोलंबिया विश्वविद्यालय से एम. ए. की डिग्री हासिल की।

फिर उन्होंने मिनेसोटा के एक छोटे से गाँव ट्विन वैली में पढ़ाने का कार्य आरंभ किया। बाद में वे साऊथ डकोटा के सिओक्स फाल्स में अगस्टाना कॉलेज में साहित्य

तथा पत्रकारिता की प्राध्यापिका के पद पर नियुक्त की गईं। 13 साल तक वे महिलाओं के क्लबों में जाकर व्याख्यान दिया करतीं और पुस्तकों व लेखकों के संबंध में रेडियो पर प्रस्तुति भी दिया करतीं। वे लिखती हैं, 'मैं हमेशा यह सोचकर डरा करती थी कि कहीं मैं पूरी तरह से अंधी न हो जाऊँ। मैंने अपने भीतर से इस डर को निकालने के लिए अपने आपको जागरूक किया और जीवन के प्रति उल्लास का रूख अपनाया।' सन् 1943 में जब वे बावन साल की हुईं तो उनके जीवन में एक चमत्कारिक घटना हुई। सुप्रसिद्ध मायो क्लिनिक में उनकी आँखों का ऑपरेशन किया गया, जो सफल रहा और उन्हें पहले से कहीं बेहतर दिखाई देने लगा।

अपने सामने एक नए, मोहक तथा चहल-पहल से भरे संसार को देखकर वे खिल उठीं। अब उनके लिए रसोई के बरतन धोना भी एक रोमांचक कार्य बन गया। इस बारे में वे लिखती हैं, 'मैं जब रसोई में बरतन धो रही होती थी, तो कड़ाही और बरतनों में लगे सफेद झाग से खेलने लगती थी। मैं अपने दोनों हाथ उसमें डुबो देती और नन्हें-नन्हें बुलबुलों को अपने हाथों में भरकर उन्हें रोशनी के पास ले जाती और फिर उनसे निकलती इंद्रधनुषी सतरंगी किरणों को देखकर प्रसन्न होती थी।'

वे अपने घर की खिड़की से चिड़ियों को देखा करती थीं, जो अपने काले व भूरे रंग के पंखों को फड़फड़ाते हुए, गिरती हुई बर्फ के बीच भी उड़ा करती थीं।

उन्हें रसोई में बुलबुलों तथा उड़ती हुई चिड़ियों को देखने से भी आध्यात्मिक आनंद मिलता था। अपनी पुस्तक के अंत में वे लिखती हैं, 'हे ईश्वर! तुम्हारे द्वारा दिए गए इस आनंद के बदले में मैं तुम्हारा हृदय से धन्यवाद करती हूँ।'

ज़रा सोचें कि रसोई में पानी के बुलबुलों में इंद्रधनुष के रंगों को देखना और बर्फबारी के दौरान उड़ती हुई चिड़ियों को देखने के लिए भी कोई ईश्वर का धन्यवाद करता है!

हमें यह सोचकर शर्मिंदा होना चाहिए कि हम लोग जीवनभर इस सांसारिक सौंदर्य के बीच रहते हुए भी ऐसे आनंद का सुख नहीं ले सकते।

यदि आप चिंता मुक्त होकर जीवन जीने की इच्छा रखते हैं, तो याद रखें...

अपनी परेशानियों को नहीं, जीवन में मिले वरदानों को गिनें!

६
लोगों की आलोचना को कैसे देखें

यह घटना सन् 1929 की है। इसने समस्त शिक्षा क्षेत्र में राष्ट्रीय स्तर पर सनसनी मचा दी थी। पूरे अमेरिका के विद्वान इस घटना को देखने के लिए शिकागो शहर में जमा हुए थे। यह घटना रॉबर्ट हचिन्स नाम के एक इंसान से संबंधित है, जो कभी येल में वेटर और कबाड़ी से लेकर शिक्षक तक का काम कर चुका था और बाद में कपड़े सुखाने की रस्सियों का व्यापार करने लगा था। आठ साल बाद उसे अमेरिका के सबसे अच्छे विश्वविद्यालयों में से एक शिकागो विश्वविद्यालय का प्रेसिडेंट बनाया गया। उस समय उसकी आयु मात्र तीस वर्ष थी। यह अपने आपमें बहुत ही अनोखी घटना थी। शिक्षा क्षेत्र के सारे विद्वान इस निर्णय के प्रति अपनी असहमति जता चुके थे। उस नौजवान को कड़ी निंदा तथा आलोचनाओं की मार झेलनी पड़ी। लोगों ने उसके बारे में उल्टी-सीधी बातें करनी शुरू कर दीं कि 'यह ऐसा है... यह वैसा है... यह नौसिखिया है... शिक्षा के बारे में इसके विचार किसी काम के नहीं हैं... आदि।' अनेक अखबारों में भी इस नौजवान के खिलाफ आलोचनाएँ प्रकाशित होने लगीं।

जिस दिन उसे प्रेसिडेंट बनाया जाना था, उस दिन उसके पिता रॉबर्ट मेनार्ड को उनके एक मित्र ने बताया, 'मैंने आज के अखबार में तुम्हारे बेटे की आलोचना पढ़ी। संपादक ने इतनी कटु आलोचना की है कि मैं वाकई हैरान हूँ।'

उसके पिता ने जवाब दिया, 'हाँ, उसकी आलोचना वास्तव में अत्यंत कटु थी, लेकिन याद रखो कि मरे हुए कुत्ते को कोई लात नहीं मारता।'

दरअसल कुत्ता जितना महत्वपूर्ण होगा, उसे लात मारने में लोगों को उतना ही अधिक संतोष मिलेगा। एडवर्ड अष्टम, जो बाद में 'डयूक ऑफ विंडसर' भी बने, इस कथन के साक्षात् प्रमाण हैं। यह उन दिनों की बात है, जब उनकी आयु चौदह साल थी और वे प्रिंस ऑफ वेल्स थे। उस समय वे डेवॉनशायर के डार्ट माउथ कॉलेज में शिक्षा ग्रहण कर रहे थे। यह कॉलेज एनापोलिस की नेवेल अकादमी के स्तर का कॉलेज था। एक दिन नौसेना के एक अधिकारी ने उन्हें रोते हुए देखा। अधिकारी ने एडवर्ड के पास आकर रोने का कारण पूछा। एडवर्ड ने पहले पहल तो कुछ भी बताने से इनकार कर दिया, लेकिन बाद में उन्होंने उस अधिकारी को बताया कि नौसेना के कुछ सैनिक छात्र

अकसर उन्हें लातों से मारते हैं। कॉलेज के कमांडर ने तुरंत उन सैनिक छात्रों को बुलाया और उनसे पूछा, 'हालाँकि प्रिंस और वेल्स ने आप लोगों के बारे में कोई शिकायत तो नहीं की है, लेकिन फिर भी हम जानना चाहते हैं कि आपने ऐसा गलत व्यवहार करने के लिए हमारे राजकुमार को ही क्यों चुना?' पहले तो उन सैनिक छात्रों ने कुछ भी बताने से मना कर दिया और वे कमांडर को बेकार की बातों में उलझाते रहे। लेकिन जब उन्हें इसके गंभीर परिणाम भुगतने की धमकी दी गई, तो उन्होंने बताया कि वे चाहते थे कि जब वे बड़े होकर शाही नौसेना के कप्तान या कमांडर बनें, तो लोगों से कह सकें कि हम तो राजा को भी लातें मार चुके हैं।

इसलिए जब भी आप पर इस प्रकार लातें बरसाई जाएँ या जब भी आपको लोगों की आलोचना का प्रहार सहना पड़े, तो याद रखें कि आलोचना करनेवाला आपको अधिक महत्त्व देने के लिए ऐसा व्यवहार कर रहा है। सीधे शब्दों में इसका यह मतलब होता है कि आप कुछ ऐसा कर रहे हैं, जिसके कारण दूसरे लोग आपकी ओर आकर्षित होते हैं। कई लोगों को अपने से अधिक पढ़े-लिखे तथा विख्यात लोगों की आलोचना करने में खुशी मिलती है और वे इसका आनंद उठाते हैं। उदाहरण के तौर पर हाल ही में मेरे पास एक पत्र आया था, जिसे एक महिला ने लिखा था। उसने अपने पत्र में साल्वेशन आर्मी के जन्मदाता जनरल विलियम बूथ की कड़ी आलोचना की थी।

दरअसल कुछ ही दिनों पहले मैंने जनरल विलियम बूथ की प्रशंसा करते हुए रेडियो पर एक व्याख्यान दिया था। उस महिला ने मेरे व्याख्यान के जवाब में मुझे लिखा था कि 'जनरल बूथ ने निर्धन लोगों के लिए जमा की गई लगभग आठ करोड़ डॉलर जैसी बड़ी रकम का घोटाला किया है।' यह वाकई गंभीर आरोप था। वास्तविकता यह है कि वह महिला सच्चाई नहीं जानती थी और उसे इस बात से अधिक संतुष्टि मिल रही थी कि वह अपनी कटुता को शांत कर रही है। उसने अपने भीतर पनप रही इस कड़वाहट को सैकड़ों मील दूर बैठे जनरल विलियम बूथ की निंदा करके शांत किया। मैंने उसका पत्र पढ़कर तुरंत कचरे की टोकरी में फेंक दिया और मन ही मन ईश्वर को धन्यवाद भी दिया कि ऐसी महिला मेरी पत्नी नहीं बनी। एक बात तो तय थी कि उस महिला ने अपने पत्र में जनरल बूथ के बारे में जो भी लिखा था, उसके माध्यम से मैं यह अच्छी तरह जान गया था कि वह कैसी महिला है। शॉपनहौवर ने कई सालों पहले कहा था कि 'निठल्ले लोग हमेशा बड़े लोगों की गलतियों और दोषों से बहुत आनंदित होते हैं।'

संसार में शायद ही कोई ऐसा इंसान हो, जो येल विश्वविद्यालय के प्रेसिडेंट को असभ्य इंसान समझता हो। लेकिन फिर भी येल के भूतपूर्व प्रेसिडेंट टिमोथी ड्वाइट ऐसे इंसान थे, जिन्हें अमेरिका के प्रेसिडेंट पद के एक उम्मीदवार की आलोचना करने में बड़ा

आनंद आता था। वे आम जनता से कहा करते थे कि 'यदि इस इंसान को अमेरिका का प्रेसिडेंट चुन लिया गया, तो देश के हालात इतने बदतर हो जाएँगे कि हमारी पत्नियाँ तथा बेटियाँ वेश्यावृत्ति में फँस जाएँगी। देश की कमान इस इंसान के हाथ में आने के बाद न सिर्फ हमारी महिलाओं को अपमानित और भ्रष्ट होना पड़ेगा बल्कि वे शील तथा सौजन्य से भी दूर हो जाएँगी और पुरुषों से लेकर ईश्वर तक, सबसे नफरत करने लग जाएँगी।'

इन शब्दों को पढ़कर ऐसा लगता है, जैसे ये शब्द हिटलर के लिए कहे गए हों। लेकिन आपको जानकर हैरानी होगी कि उनकी इस कटु आलोचना का शिकार थे अमेरिका के फाउंडिंग फादर्स (जनक या संस्थापक) में से एक थॉमस जेफरसन। वही जेफरसन, जिन्होंने अमेरिका का 'डिक्लेरेशन ऑफ इंडिपेंडेंस' नामक राजपत्र लिखा था। वास्तव में जेफरसन न सिर्फ एक महान राजनीतिज्ञ थे बल्कि प्रजातंत्र के सच्चे उपासक भी थे।

अब आप एक ऐसे अमेरिकन इंसान की कल्पना करें, जिसे धूर्त, दगाबाज और हत्यारा कहा गया हो। एक समाचार पत्र ने इस इंसान पर एक कार्टून प्रकाशित किया, जिसमें उसे गिलोतीन पर खड़ा दिखाया गया। गिलोतीन वह स्थान होता है, जहाँ किसी अपराधी को मृत्यु दंड देने के लिए खड़ा किया जाता है। कार्टून में इस इंसान के सिर के ऊपर एक खंजर झूलता दिखाया गया था। वह जब कभी किसी रास्ते से गुज़रता, तो आस-पास के लोग उसकी हँसी उड़ाते और उसके प्रति अपनी घृणा का प्रदर्शन करते। वह इंसान कोई और नहीं बल्कि अमेरिका के भूतपूर्व राष्ट्रपति जॉर्ज वॉशिंग्टन थे।

हालाँकि ये बहुत पहले की बात है। हो सकता है कि समय के साथ-साथ मनुष्य के स्वभाव में पहले की अपेक्षा कुछ सुधार आ गया हो। चलिए देखते हैं कि क्या वाकई ऐसा हुआ है। अगला उदाहरण नौसेना के एडमिरल पेयरी का है। इस खोजकर्ता ने 6 अप्रैल, सन् 1909 में कुत्तों द्वारा खींचीं जानेवाली एक गाड़ी में बैठकर यात्रा करते हुए उत्तरी ध्रुव तक पहुँचकर पूरे विश्व को हैरान कर दिया था। यह एक ऐसी रोमांचक चुनौती थी, जिसे पूरा करने के लिए कई लोगों ने सालों प्रयास किए थे, बड़ी-बड़ी कठिनाइयों का सामना किया, यहाँ तक कि कईयों ने तो इसके लिए जान तक गँवा दी थी। पेयरी के साथ भी कुछ ऐसा ही हुआ था। कड़ाके की ठंड और भूख से उन्हें मौत की कगार पर पहुँचा दिया था। उनके पैरों की अँगुलियाँ बर्फ के कारण इतनी ज़्यादा फट चुकी थीं कि उन्हें काटना पड़ गया। वे अपने दुर्भाग्य पर इतने अधिक बौखला गए कि उन्हें पागल होने का भी डर सताने लगा।

वहीं दूसरी ओर वॉशिंग्टन में उनके वरिष्ठ नौसेना अधिकारियों से उनकी ख्याति

हजम नहीं हो रही थी। ईर्ष्या के कारण उन्होंने उन पर यह आरोप लगा दिया कि पेयरी ने झूठ बोलकर वैज्ञानिक खोज के नाम पर रुपये जमा किए हैं और अब वे उत्तरी ध्रुव में ही कहीं आवारागर्दी कर रहे हैं। एडमिरल पेयरी के बारे में यह अफवाह उड़ानेवाले अधिकारियों ने शायद स्वयं भी अपनी इस बात पर विश्वास करना शुरू कर दिया था क्योंकि इंसान उसी बात पर विश्वास करता है, जिस पर वह विश्वास करना चाहता है, भले ही वह पूरी तरह झूठ हो। इन लोगों ने एडमिरल पेयरी को नीचा दिखाने तथा उसके काम में रुकावट डालने में कोई कसर नहीं छोड़ी। बात यहाँ तक पहुँच गई कि आखिर में प्रेसिडेंट मैकिनले के आदेश के बाद ही उन्हें उत्तरी ध्रुव में अपनी खोज जारी रखने की अनुमति मिल सकी।

यदि पेयरी भी नौसेना विभाग के अन्य अधिकारियों की तरह कार्यालय में बैठे-बैठे काम करते रहते, तो क्या कोई उनकी इतनी आलोचना करता? नहीं, क्योंकि तब वे इतने महत्वपूर्ण ही नहीं होते कि उनके वरिष्ठ अधिकारियों को उनसे जलन हो।

जनरल यू. एस. ग्रांट का अनुभव तो पेयरी के अनुभव से भी ज़्यादा बुरा था। जनरल ग्रांट ने सन् 1862 में उत्तरी अमेरिका के पहले निर्णायक युद्ध में विजय प्राप्त की थी। इस ऐतिहासिक विजय ने ग्रांट को एक राष्ट्रीय नायक बना दिया था। यूरोप के दूर-दराज़ के इलाकों में भी इस विजय के अप्रत्यक्ष परिणाम देखने को मिले। यह ऐसी विजय थी, जिसके चलते 'मैन' से लेकर मिसिसिपी तक, दोनों ओर बसे लोगों में खुशी और उल्लास की लहर दौड़ गई। लेकिन इस महान विजय के वीर योद्धा और उत्तरी अमेरिका के हीरो ग्रांट को छह महीने पश्चात ही गिरफ्तार कर लिया गया। उनके हाथों से सेना का नियंत्रण छीन लिया गया। इतने घोर अपमान तथा निराशा के बाद वे फूट-फूट कर रोए थे।

जनरल यू. एस. ग्रांट को इस ऐतिहासिक जीत के बावजूद गिरफ्तार क्यों किया गया? इसका मुख्य कारण था, उनके हठधर्मी वरिष्ठ अधिकारियों के मन में सुलगी जलन और द्वेष की आग। जलन के कारण ही इन अधिकारियों का मन ग्रांट के लिए नफ़रत से भर गया था।

यदि आप स्वयं पर हुए अन्याय के बारे में चिंतित हैं, तो...
यह न भूलें कि आपकी आलोचना में भी आपकी प्रशंसा छिपी होती है और कोई भी इंसान एक मरे हुए कुत्ते को लात नहीं मारता।

७

आलोचना से दुःखी होने के बजाय इन उपायों पर अमल करें

एक बार मेरी मुलाकात मेज़र जनरल स्मेडली बटलर से हुई। बटलर को किसी जम ाने में 'गिमलेट आई' और 'हेल डेविल' जैसे नामों से भी जाना जाता था। वे अमेरिका की नौसेना में जनरल थे और अपने अनोखे व्यक्तित्व व अक्खड़पन के लिए मशहूर थे।

उनसे बातचीत के दौरान मुझे पता चला कि युवा अवस्था से ही उनकी लोकप्रिय होने की तीव्र इच्छा थी। वे चाहते थे कि हर इंसान पर उनका अच्छा प्रभाव पड़े। उस समय एक छोटी सी आलोचना से भी उन्हें बहुत कष्ट पहुँचता था। हालाँकि उन्होंने स्वीकार किया कि तीस साल तक नौसेना की नौकरी करने के कारण अब वे मोटी चमड़ी के इंसान बन गए हैं। अब उन पर किसी भी आलोचना का कोई असर नहीं होता। बटलर बताते हैं, 'यहाँ मेरी बहुत बेइज्जती की गई, मुझे बहुत दुत्कारा गया। कायर बोलकर मेरा घोर अपमान किया गया। लोगों ने मुझे जी भरकर बद्दुआएँ दी थीं, लेकिन अब मुझे इन सब बातों की ज़रा भी परवाह नहीं है। अब जब भी कोई मुझे अपशब्द कहता है या मेरी आलोचना करता है तो मैं उसकी ओर आँख उठाकर भी नहीं देखता।'

शायद इस उम्र में आकर उन्हें अपनी आलोचना से फर्क न पड़ता हो। लेकिन एक बात साफ है कि हममें से कई लोग ज़रा सी आलोचना को भी बहुत गंभीरता से लेते हैं और अकसर बुरा मान जाते हैं। मुझे एक बहुत पुरानी घटना याद आती है। कई साल पहले की बात है। एक बार न्यूयॉर्क के अखबार 'सन' के एक रिपोर्टर, मेरी प्रौढ़-शिक्षा की कक्षा में आए। मेरा कार्य देखकर उन्होंने उस अखबार में एक लेख लिखा और मेरे काम की जमकर आलोचना की। उस आलोचना को पढ़कर मैं आगबबूला हो उठा क्योंकि उन्होंने व्यक्तिगत तौर पर मेरा बहुत अपमान किया था। मैंने उस अखबार की प्रबंधक कमेटी के चेयरमैन गिल हॉजेस को फोन किया और उनसे कहा कि 'बेवजह किसी का मज़ाक बनाने के बजाय आपको अपने अखबार में ऐसे लेख प्रकाशित करने चाहिए, जो तथ्य पर आधारित हों, न कि झूठ पर।' मैंने ऐसा इसीलिए किया क्योंकि मैं किसी भी तरह उस रिपोर्टर को सबक सिखाना चाहता था।

आज उस घटना के बारे में सोचते हुए मुझे खुद पर शर्म आती है। क्योंकि सच तो यह है कि उस अखबार को पढ़नेवाले आधे पाठकों ने तो उस लेख की ओर ध्यान भी

नहीं दिया होगा। बाकी जिन पाठकों ने इसे पढ़ा होगा, उनमें से आधे लोगों ने इसे मात्र एक चटपटी खबर समझकर नज़रअंदाज कर दिया होगा। बाकी बचे लोगों में से जिनका ध्यान इस खबर पर गया होगा, वे भी इसे कुछ दिन बाद भूल गए होंगे।

अब मुझे इस बात का एहसास हो चुका है, लोग सुबह नाश्ते से लेकर रात को सोने तक खुद के अलावा किसी और के बारे में नहीं सोचते। उन्हें इस बात की ज़रा भी परवाह नहीं होती कि दूसरों के साथ कहाँ क्या हो रहा है या उन्हें क्या कहा जा रहा है? उन्हें हमारी मौत से भी अधिक शिकायत अपने मामूली से सिर दर्द से होती है।

जब हम पर कीचड़ उछाला जाए... हमारी निंदा की जाए... हमारा मज़ाक उड़ाया जाए... हमारे साथ विश्वासघात किया जाए... अथवा हमारे प्रियजन ही हमारे साथ धोखा कर दें... तो हमें निराश नहीं होना चाहिए। ऐसे में हमें ईसा मसीह के साथ हुए बरताव को याद रखना चाहिए। उनके साथ भी कुछ ऐसा ही हुआ था। ईसा के बारह साथियों में से एक ने सिर्फ कुछ रुपयों के बदले में उनके साथ धोखा किया था। आज के जमाने के हिसाब से वह रकम केवल उन्नीस डॉलर ही थी, जिसके लालच में उस इंसान ने ईसा को धोखा दिया। उनके एक अन्य साथी ने भी उनके साथ कुछ ऐसा ही किया। जब ईसा मसीह पर मुसीबत पड़ी तो वह फौरन उन्हें छोड़कर चला गया। उसने तीन बार कसम खाकर यह घोषणा की थी कि वह तो ईसा को जानता तक नहीं है। यानी अगर देखा जाए तो ईसा के हर छह साथियों में से एक ने उनके साथ विश्वासघात किया। ऐसे में हम अपने साथ अच्छे व्यवहार की कल्पना कैसे कर सकते हैं? मैं इस बात को कई साल पहले ही समझ गया था कि 'मैं किसी को अपनी बुराई करने से रोक तो नहीं सकता, लेकिन इतना ज़रूर कर सकता हूँ कि उसके अनुचित बरताव से स्वयं को परेशान न होने दूँ।'

स्पष्ट शब्दों में कहूँ तो मैं आपको यह सलाह नहीं दे रहा हूँ कि आप अपनी आलोचना की परवाह ही न करें। मेरा तो बस यह कहना है कि जब भी आपकी आलोचना अनुचित ढंग से हो, तो उस पर ध्यान न दें। एक बार मैंने एलीनॉर रूज़वेल्ट से पूछा था कि 'लोगों द्वारा आलोचना किए जाने पर आपकी प्रतिक्रिया क्या होती है?' व्हाइट हाऊस में अभी तक जितनी भी महिलाएँ रह चुकी हैं, उनमें से एलीनॉर रूज़वेल्ट एक मात्र ऐसी महिला हैं, जिनके मित्रों की संख्या बहुत अधिक है और उनके दुश्मन भी बहुत हैं।

उन्होंने मुझे बताया कि 'जब मैं युवावस्था में थीं, तो मुझे लोगों की छींटाकशी से बहुत डर लगता था। मैं लोगों की कटु आलोचनाओं से इतनी परेशान हो जाती थी कि एक बार मैंने थियोडोर रूजवेल्ट की बहन से इस बारे में सलाह भी ली थी। मैंने उनसे

पूछा था कि आंटी, मैं बहुत से काम करना चाहती हूँ, लेकिन मुझे लोगों की आलोचना से बहुत डर लगता है। मुझे क्या करना चाहिए?'

रूज़वेल्ट की बहन ने उनकी ओर करूणा से देखा और कहा, 'अगर तुम्हें विश्वास है कि तुम जो कर रही हो, वह सही है, तो लोगों की परवाह मत करो।' एलीनॉर ने मुझे बताया कि सालों बाद जब वे व्हाईट हाऊस में आईं, तो यह मशवरा उनके लिए वरदान बन गया। एलीनॉर का कहना था कि आप लोगों की आलोचनाओं से तभी बच सकते हैं, जब आप खुद को अलमारी में बंद कर लें और किसी के सामने ही न आएँ। इसलिए इस बात की फिक्र करने का कोई अर्थ नहीं है कि लोग आपके बारे में क्या कहेंगे।' एलीनॉर रूज़वेल्ट की सलाह यही थी कि आपको जो सही लगता है, आपको वही करना चाहिए। लोगों का तो काम ही है आलोचना करना। आप कुछ करें या न करें, आपकी आलोचना तो होनी ही है।'

स्वर्गीय मैथ्यू सी. ब्रूश अमेरिकन अंतर्राष्ट्रीय कॉर्पोरेशन के प्रेसिडेंट थे। एक बार मैंने उनसे पूछा, 'जब लोग आपकी आलोचना करते हैं, तो क्या आपको भी गुस्सा आता है?' मेरे सवाल के जवाब में उन्होंने कहा, 'जी हाँ। शुरू-शुरू में तो मैं आलोचना के कारण अपना आपा खो बैठता था। मैं चाहता था, मेरी संस्था का हर कर्मचारी मुझे एक आदर्श इंसान के रूप में देखे और जब ऐसा नहीं होता था, मुझे गुस्सा आता था। यहाँ तक कि अगर कोई मेरी आलोचना करता था, तो मैं पहले-पहल उसका दिल जीतने के लिए, उसे खुश रखने की जी-तोड़ कोशिश किया करता था, लेकिन कई बार ऐसा करने के चक्कर में मैं किसी दूसरे इंसान को नाराज़ कर देता था। जब मैं उस इंसान से दोस्तों की तरह व्यवहार करता, तो बाकी लोगों से यह देखा नहीं जाता था और वे मुझसे नाराज़ हो जाते। काफी समय बाद जाकर मुझे एहसास हुआ कि मैं लोगों की आलोचाओं पर जितना ध्यान दूँगा, मेरे विरोधियों की संख्या उतनी ही अधिक होती चली जाएगी। मैंने मन ही मन यह निर्णय लिया कि यदि मुझे आम लोगों से हटकर कुछ करना है, तो आलोचना भी सुननी पड़ेगी और उसे नज़रअंदाज़ भी करना होगा। मेरे इस निर्णय ने मुझे बहुत हिम्मत दी। उस दिन से लेकर आज तक मैं हमेशा लोगों की आलोचनाओं को नज़रअंदाज़ करता आया हूँ।'

डीम्स टेलर ने तो इस मामले में मैथ्यू सी. ब्रूश को भी मात दे दी थी। दरअसल जब कोई उनकी आलोचना करता, तो वे सबके सामने उस आलोचना को हँसते-हँसते सुन लेते। इससे जुड़ी एक घटना मुझे अभी तक याद है। उस दिन रविवार था और वे न्यूयॉर्क फिलहारमॉनिक सिम्फनी ऑस्केस्ट्रा के एक रेडियो कंसर्ट के दौरान व्याख्यान दे रहे थे। उसी दौरान उन्हें एक महिला का पत्र मिला, उसने लिखा था कि 'टेलर झूठा, दगाबाज़, क्रूर और कायर है।'

इस घटना के बाद अगले सप्ताह के रेडियो ब्रॉडकास्ट के दौरान टेलर ने लाखों-करोड़ों श्रोताओं को वह पत्र पढ़कर सुनाया। उन्होंने अपनी पुस्तक 'मैन एंड म्यूजिक' में लिखा है, 'मुझे नहीं लगता कि उस महिला को मेरे व्याख्यान की ज़रा भी परवाह रही होगी।' वे बताते हैं कि 'रेडियो पर वह पत्र पढ़े जाने के कुछ दिनों बाद उस महिला ने मुझे फिर से एक पत्र भेजा और इस बार भी उसने मुझे झूठा, दगाबाज़, क्रूर और कायर कहा।' जो इंसान अपनी आलोचना को इस नज़रिए से देखता है, भला उसकी प्रशंसा कौन नहीं करेगा। हमें डीम्स टेलर की गंभीरता, दृढ़ विश्वास तथा हास्यप्रिय स्वभाव की वाकई दाद देनी चाहिए।

श्वाब स्टील मिल के मालिक चॉर्ल्स श्वाब एक बार प्रिंसटन में विद्यार्थियों को व्याख्यान दे रहे थे। उन्होंने बताया कि अपने जीवन का सबसे महत्वपूर्ण सबक उन्हें अपनी स्टील मिल के एक बुजुर्ग जर्मन कर्मचारी से सीखने को मिला। दरअसल एक दिन वह जर्मन कर्मचारी मिल के अन्य कर्मचारियों के साथ झगड़ा कर बैठा। बात इतनी आगे बढ़ गई कि दूसरे कर्मचारियों ने गुस्से में आकर उसे नदी के पानी में फेंक दिया। मिस्टर श्वाब ने बताया कि 'जब वह जर्मन बुजुर्ग कीचड़ और पानी से सना हुआ मेरे ऑफिस में आया, तो मैंने उससे पूछा कि तुमने उन कर्मचारियों से ऐसा क्या कह दिया था, जो उन्होंने तुम्हे पानी में फेंक दिया?' उसने जवाब दिया, 'मैंने उन्हें कुछ भी नहीं कहा, मैं तो केवल हँस पड़ा था।'

श्वाब ने बताया कि जर्मन कर्मचारी के इस जवाब ने उन पर गहरी छाप छोड़ी। इसके बाद उन्होंने भी इसे अपने जीवन का आदर्श बना लिया, 'केवल हँसो।'

जिन लोगों को अनुचित आलोचना का शिकार होना पड़ता है, आमतौर पर उनके जीवन में ये कड़वे शब्द बहुत कारगार सिद्ध होते हैं। यदि कोई आपसे बहस कर रहा हो, तो आप भी उससे बहस कर सकते हैं, लेकिन जो इंसान आपकी बातें सुनकर हँस पड़े, उसका आप कुछ नहीं कर सकते।

जिन दिनों अमेरिका पर गृह युद्ध के बादल मंडरा रहे थे, उस समय पूरे अमेरिका में राष्ट्रपति लिंकन की तीखी आलोचना हो रही थी ताकि उन पर दबाव बनाया जा सके। लेकिन अपने धूर्त आलोचकों की तमाम आलोचनाओं के बावजूद वे मौन रहे। यदि उन्होंने मौन रहने की यह कला न सीखी होती, तो वे अवश्य टूट गए होते या गलत प्रतिक्रिया देकर अपना ही नुकसान कर बैठते। लिंकन ने एक बार कहा था कि 'यदि मैं अपनी आलोचनाओं का जवाब दिए बगैर सिर्फ उन्हें पढ़ने बैठ जाऊँ, तो मेरा सारा समय उसी में खर्च हो जाएगा और मैं अपना काम नहीं कर सकूँगा। अपनी आलोचनाओं पर ध्यान देने से बेहतर है कि मैं कोई ऐसा कार्य करूँ, जिससे लोगों का भला हो।

मेरी हमेशा यह कोशिश रहती है कि मैं किसी भी काम को सर्वश्रेष्ठ ढंग से करूँ। मैं अंत तक उसे निभाने का भी पूरा प्रयास करता हूँ। फिर यदि उस कार्य का सकारात्मक परिणाम मिलता है, तो मुझे अपनी आलोचना से कोई फर्क नहीं पड़ता और अगर परिणाम उम्मीद के मुताबिक नहीं आता, तो दस फरिश्ते आकर भी मुझे सही ठहराने की कोशिश करें, तब भी मैं उनकी बात पर विश्वास नहीं करता।'

जब भी कोई इंसान अनुचित ढंग से आपकी आलोचना करें, तो याद रखें कि
अपनी ओर से सर्वश्रेष्ठ करने की कोशिश करें,
और फिर अपनी समझ का छाता खोल लें
ताकि आलोचना की बारिश आपको भिगो न सके।

भाग २

लोगों के साथ पेश आने की बुनियादी तकनीकें

'हाउ टू विन फ्रेंडस एंड इंफ्लुेंस पीपल', मानवीय संबंधों पर लिखी गई एक महत्वपूर्ण पुस्तक है, जो लोगों के साथ चलते हुए और दोस्तों की मदद करते हुए आगे बढ़ना सिखाती है। आलोचना करना छोड़कर, दूसरों की सच्ची प्रशंसा करने की आदत डालें। इससे आपको बहुत लाभ होगा। इंसान को सबसे ज्यादा खुशी इसी से मिलती है। इंसान की सबसे बड़ी ज़रूरत भी यही है और जब यह ज़रूरत पूरी होती है, तो हमारा पारिवारिक जीवन और सुखद बन जाता है।

८

शहद जमा करना हो तो मधुमक्खी के छत्ते पर लात न मारें

न्यूयॉर्क शहर में, 7 मई 1931 को, एक ज़बरदस्त मुठभेड़ अपने आखिरी चरण पर थी। इस रोमांचक मुठभेड़ में कई सप्ताह तक पीछा करने के बाद, पुलिस ने एक कुख्यात हत्यारे को घेर लिया था। उसका असली नाम फ्रांसिस क्रॉली था, लेकिन ज़्यादातर लोग उसे 'टू गन क्रॉली' के नाम से जानते थे। वह हत्यारा न तो सिगरेट पीता था और न ही शराब को हाथ लगाता था। वह वेस्ट एंड एवेन्यू में अपनी प्रेमिका के घर छिपा हुआ था और अब वह चारों ओर से घिर चुका था।

उसकी प्रेमिका का घर उस इमारत की सबसे ऊपरी मंजिल पर था। करीब डेढ़ सौ पुलिसवालों और जासूसों ने ज़मीन से लेकर छत तक उसकी घेराबंदी कर रखी थी। पुलिसवालों ने छत में छेद किया और उसके अंदर आँसू गैस छोड़ी ताकि उस नामी हत्यारे को बंदी बनाया जा सके। पुलिस ने आसपास की इमारतों पर भी मशीनगनें लगा रखी थीं। पूरे एक घंटे तक न्यूयॉर्क के उस रिहायशी इलाके में पिस्तौल और मशीनगन की गोलियाँ बरसती रहीं। क्रॉली अपनी प्रेमिका के घर में सामान से भरी एक कुर्सी के पीछे छिपकर पुलिस पर लगातार गोलियाँ दाग रहा था। दस हज़ार से अधिक लोग इस मुठभेड़ को देख रहे थे। इस तरह का नज़ारा न्यूयॉर्क में पहले कभी नहीं देखा गया था।

जब क्रॉली को बंदी बना लिया गया, तो पुलिस कमिशनर ई.पी. मलरूनी ने उसके बारे में बताया कि वह न्यूयॉर्क के सबसे खतरनाक अपराधियों में से एक था। कमिशनर ने उसके बारे में कहा, 'वह ऐसे लोगों में से था, जो किसी को पंख फड़फड़ाने जितनी आवाज़ पर भी मौत के घाट उतार सकते हैं।'

'टू गन' के नाम से कुख्यात क्रॉली का स्वयं के प्रति नज़रिया कैसा था? इस सवाल का जवाब हम इसलिए जानते हैं क्योंकि जिस समय पुलिस उस पर गोलियाँ चला रही थी, उसी समय उसने एक पत्र लिखा था। गोलीबारी के दौरान लिखे गए इस पत्र में उसके घावों से बहते खून के दाग लग गए थे। इस पत्र में उसने लिखा था, 'लोग मेरे बारे में कुछ भी सोचते हों, लेकिन मेरा दिल जानता है कि मैं वास्तव में किसी को नुकसान नहीं पहुँचाना चाहता।'

इस घटना से कुछ ही समय पहले की बात है। लॉन्ग आईलैंड के एक ग्रामीण इलाके में क्रॉली की कार एक सूनी सड़क के किनारे खड़ी थी। वह अपनी गर्लफ्रेंड के गले में हाथ डाले कार के अंदर बैठा हुआ था। अचानक एक पुलिसवाले ने आकर क्रॉली की कार का शीशा खटखटाया और उससे बोला कि वह अपना लाइसेंस दिखाए।

क्रॉली ने फौरन अपनी रिवॉल्वर निकाली और बिना देर किए पुलिसवाले के सीने में एक के बाद एक कई गोलियाँ उतार दी। जब वह पुलिसवाला ज़मीन पर गिर गया, तो क्रॉली कार से बाहर आया। उसने पुलिसवाले पर एक नज़र डाली और एक और गोली उसके सीने पर चला दी ताकि उसके मरने में कोई कसर न रह जाए। इसके बावजूद इस निर्मम हत्यारे का कहना था, 'लोग मेरे बारे में कुछ भी सोचते हों, लेकिन मेरा दिल जानता है कि मैं वास्तव में किसी को नुकसान नहीं पहुँचाना चाहता।'

कोर्ट में क्रॉली को मौत की सज़ा सुनाई गई। जब उसे सिंग-सिंग जेल में मृत्युदंड के लिए ले जाया जा रहा था, तो उसने कहा, 'क्या मुझे लोगों को मारने की सज़ा मिल रही है?' फिर उसने स्वयं ही कहा, 'नहीं, मुझे खुद को बचाने की सज़ा मिल रही है।'

इस कहानी का उद्‌देश्य आपको यह बताना है कि क्रॉली जैसा हत्यारा भी खुद को किसी बात के लिए दोषी नहीं मानता था।

क्या आपको अपराधियों की ऐसी सोच असामान्य लगती है? यदि हाँ, तो इसे पढ़ें :

'मैंने अपने जीवन का सबसे महत्वपूर्ण समय लोगों का भला करने में लगा दिया ताकि वे सुख से रह सकें, उनकी जिंदगी सँवर सके। इसके बदले में मुझे सिर्फ पुलिस की गालियाँ मिलीं और हालत यह है कि मुझे हमेशा पुलिस से छिपकर रहना पड़ता है।'

ये शब्द अमेरिका के सबसे कुख्यात बदमाश अल कपोन के हैं। वह शिकागो का सबसे खतरनाक गैंग लीडर था, लेकिन उसे खुद में कोई बुराई नज़र नहीं आती थी। उसे तो लगता था कि वह एक परोपकारी इंसान था – एक ऐसा इंसान जो सिर्फ दूसरों का भला करता है और जिसे दुनिया कभी समझ न सकी।

अल कपोन की तरह ही डच शुल्टज़ भी न्यूयॉर्क के कुख्यात अपराधियों में से एक था। वह नेवार्क के एक गैंगवार में मारा गया। इसके कुछ समय पहले, अख़बार को दिए एक इंटरव्यू में उसने कहा था, 'मैं तो हमेशा जनता की भलाई करता हूँ।' यह बात उसने दिखावे के लिए नहीं कही थी। उसे सचमुच यह विश्वास था कि वह भला आदमी है।

मैंने न्यूयॉर्क की सबसे कुख्यात जेल सिंग-सिंग के वार्डन, लुइस लॉस से इस

संबंध में लंबे अरसे तक पत्र-व्यवहार किया ताकि उनके विचारों को जान सकूँ। उनका कहना था कि 'सिंग-सिंग जेल के बहुत कम अपराधी ऐसे हैं, जो स्वयं को वाकई दोषी मानते हैं। वे भी आपके और मेरे जैसे इंसान ही हैं। वे अपने तर्कों से स्वयं को सही साबित करने की कोशिश करते हैं। वे आपको अपनी गलतियों के ढेरों कारण बता सकते हैं, जैसे कि उन्हें तिजोरी क्यों तोड़नी पड़ी या किसी पर गोली चलाने की नौबत क्यों आई। अधिकतर अपराधी सही या गलत तर्कों के माध्यम से, खुद को सही साबित करने की कोशिश करते हैं और यह मानते हैं कि वे किसी सज़ा के हकदार नहीं हैं।'

अगर अल कपोन, टू गन क्रॉली, डच शुल्टज़ जैसे कैदी खुद को किसी भी चीज़ के लिए दोषी नहीं मानते तो उन लोगों के लिए क्या कहें, जो मेरे और आपके आसपास रहते हैं?

वानामेकर्स नाम की अमेरिकी डिपार्टमेंटल स्टोर चेन के संस्थापक जॉन वानामेकर का कहना था, 'मैं तो सालों पहले ही यह समझ गया था कि किसी को दोष देना या फटकारना मूर्खता है। मुझे अपने अंदर की कमियों को दूर करने में ही ढेरों मुश्किलों का सामना करना पड़ता है। इसलिए मैं इस बात को लेकर सोचता नहीं कि प्रभु ने सबको एक बराबर बुद्धि क्यों नहीं दी।'

वानामेकर ने तो यह सबक जल्द ही सीख लिया, परंतु मुझे यह सबक सीखने में 33 साल लग गए। इस दौरान मुझसे असंख्य भूलें हुईं। तब जाकर मुझे यह बात समझ में आई कि सौ में से निन्यानवे लोग, किसी भी बात के लिए खुद को जिम्मेदार नहीं मानते। चाहे वे कितने भी गलत क्यों न हों, वे अपनी गलती नहीं मानते, अपनी आलोचना नहीं करते और न ही अपनी आलोचना सुनना पसंद करते हैं।

किसी की निंदा या आलोचना करने से कोई लाभ नहीं है क्योंकि ऐसा करने से सामनेवाला इंसान अपना बचाव करने लगता है और बहाने बनाते हुए, तर्क देने लगता है। आलोचना खतरनाक भी है क्योंकि इससे उस इंसान का बहुमूल्य आत्मसम्मान आहत होता है, उसके दिल को ठेस लगती है और वह बुरी मंशा रखने लगता है।

विश्वविख्यात मनोविज्ञानी बी. एफ. स्किनर ने भी अपने प्रयोगों से यह प्रमाणित किया है कि अगर किसी जानवर को उसके अच्छे व्यवहार के लिए शाबासी दी जाए, तो वह उस जानवर की तुलना में जल्दी सीखता है, जिसे उसके खराब बरताव के लिए दंड दिया जाता है। अन्य अध्ययनों से पता चला है कि इंसानों के मामले में भी यही बात सच है। आलोचना से किसी में कोई सुधार नहीं आता। हाँ, आपस में संबंध अवश्य बिगड़ जाते हैं।

एक और महान मनोविज्ञानी हैंस सेल्ये के अनुसार, हम अपनी सराहना के जितने

भूखे होते हैं, निंदा से उतना ही डरते हैं।

आलोचना या निंदा करने से इंसान का मनोबल कम हो जाता है, फिर वे चाहे आपके परिवार के सदस्य हों, दोस्त हों या सहकर्मी। आलोचना से उनकी उन बातों में कोई सुधार नहीं आता, जिसके लिए उनकी आलोचना की जा रही है।

एक सुरक्षा प्रभारी की जिम्मेदारी

ओकलाहामा के जॉर्ज बी. जॉन्स्टन एक इंजीनियरिंग कंपनी में सुरक्षा प्रभारी थे। वहाँ उनकी एक जिम्मेदारी यह सुनिश्चित करना था कि फील्ड में काम करते समय सभी कर्मचारियों ने हैल्मेट पहन रखा हो। इसीलिए जब भी वे किसी कर्मचारी को बिना हैल्मेट के देखते, तो उनसे सहन न होता। वे नियमों का हवाला देते हुए, उसे सख्त आदेश देते कि सुरक्षा नियमों का पालन करना ज़रूरी है। नतीजन कर्मचारी जब तक उनके आसपास होते, तो उनके आदेश का पालन करते और जैसे ही नज़रों से ओझल होते, तो हैल्मेट उतारकर कोने में रख देते। उन्हें लगता था कि हैल्मेट पहनने का कोई फायदा नहीं है।

जब जॉर्ज को यह पता चला तो उन्होंने एक और तरकीब आज़माने का फैसला किया। अगली बार जब उन्होंने कुछ कर्मचारियों को हैल्मेट के बिना देखा, तो उन्हें डाँटने-डपटने की बजाए जॉर्ज ने उनसे पूछा कि 'क्या आपको हैल्मेट पहनना आरामदेह नहीं लगता या फिर आपके सिर पर हैल्मेट पूरी तरह फिट नहीं आता?' उन्होंने लोगों से मुस्कुराते हुए कहा कि 'हैल्मेट पहनने का नियम इसलिए बनाया गया है क्योंकि मैं आप लोगों की सुरक्षा की परवाह करता हूँ और यह हैल्मेट आपको सिर की किसी भी तरह की चोट से बचा सकता है।' जब कर्मचारियों ने जॉर्ज के रवैये में आया यह बदलाव देखा तो उन्होंने बिना किसी आदेश के स्वयं ही हैल्मेट पहनना आरंभ कर दिया क्योंकि अब उन्हें समझ में आ गया था कि इसमें उनकी अपनी भलाई छिपी हुई है।

थियोडोर रूज़वेल्ट का उदाहरण

इतिहास में आपको ऐसे हज़ारों उदाहरण मिल जाएँगे, जिनसे पता चलता है कि आलोचना करने से कोई लाभ नहीं होता। मिसाल के तौर पर, आप थियोडोर रूज़वेल्ट और राष्ट्रपति विलियम टैट के विवाद को ही लें। यह एक ऐसा विवाद था, जिसकी वजह से रिपब्लिकन पार्टी का विभाजन हो गया और वुडरो विल्सन व्हाइट हाउस में आ गए। इस विवाद का प्रभाव पहले विश्व युद्ध पर भी पड़ा, जिससे इतिहास का रूख ही बदल गया। जब थियोडोर रूज़वेल्ट 1908 में अपना राष्ट्रपति कार्यकाल पूरा करने के बाद व्हाइट हाउस से सेवानिवृत्त हुए तो उन्होंने टैट का समर्थन किया और उन्हें राष्ट्रपति पद के लिए चुन लिया गया। फिर रूज़वेल्ट शेरों के शिकार पर अफ्रीका निकल गए। जब वे वापस आए तो देश के हालात देखकर टैट पर खूब बरसे। उन्होंने टैट की

आलोचना करते हुए कहा कि वे अनुदारवादी हैं। उन्होंने तीसरी बार स्वयं राष्ट्रपति बनने की कोशिश की और जी.ओ.पी. को लगभग नष्ट करते हुए, बुल मूस पार्टी का गठन कर लिया। अगले चुनावों में टैट और उनकी रिपब्लिकन पार्टी की बुरी तरह से हार हुई और उसे केवल वरमॉन्ट और ऊथा, दो राज्यों में ही सफलता मिल सकी। यह इस पार्टी की अब तक की सबसे शर्मनाक हार थी।

रूज़वेल्ट ने इस पराजय के लिए टैट को दोषी ठहराया, लेकिन क्या टैट ने स्वयं को दोषी माना? बिलकुल नहीं। उन्होंने आँखों में आँसू भरकर रूँधे गले से कहा, 'मैंने जो किया, उसके सिवा मैं और कर भी क्या सकता था?'

इसका दोष किसे दिया जाए? रूज़वेल्ट को या टैट को? सच कहूँ तो मैं नहीं जानता और न ही मुझे इस बात की परवाह है। मैं तो आपको केवल इतना बताना चाहता हूँ कि रूज़वेल्ट द्वारा की गई कड़ी आलोचना भी टैट से यह नहीं मनवा सकी कि वे गलत थे। बल्कि इससे सिर्फ इतना ही हुआ कि टैट अपने ही बचाव में तर्क देने लगे।

ऑइल स्कैंडल की मिसाल

टीपॉट डोम ऑइल स्कैंडल की ही मिसाल लें। यह 1920 के दशक का आरंभ था और इस स्कैंडल की खबरें अख़बारों में छाई हुई थीं। यह उस समय अमेरिका का सबसे बड़ा स्कैंडल था और इसने पूरे देश को हिलाकर रख दिया था। इस स्कैंडल के तथ्य आपके सामने हैं : अल्बर्ट बी. फॉल, हार्डिंग मंत्रालय में मंत्री थे, जिन्हें एल्क हिल और टीपॉट डोम में तेल के सरकारी भंडारों को लीज़ पर देना था – वे तेल के ऐसे भंडार थे, जिन्हें नौसेना के भावी उपयोग के लिए अलग रखा जाना था। लेकिन फॉल ने न तो इनके लिए टेंडर बुलवाए और न ही किसी अन्य तरीके से इनकी नीलामी की। उन्होंने अपने दोस्त एडवर्ड एल. डोहेनी को यह भारी मुनाफेवाला ठेका सौंप दिया। और उनके दोस्त ने क्या किया? दरअसल डोहेनी ने लोन के नाम पर, फॉल को उसी समय दस लाख डॉलर दे दिए। फिर फॉल ने जिले की यूनाईटेड स्टेट मरीन को आदेश दिए कि वे एल्क हिल भंडारों से रिसनेवाले तेल का लाभ उठा रहे प्रतियोगियों को उस जगह से हटा दें। जब प्रतियोगी कंपनियों को बंदूक की नोक पर वहाँ से हटा दिया गया तो उन्होंने न्याय के लिए अदालत की शरण ली। तब जाकर यह स्कैंडल सबके सामने आया। इसके सामने आने के बाद इतना हंगामा हुआ कि हार्डिंग सरकार खतरे में आ गई और पूरा देश थरथरा गया। ऐसा लगा कि रिपब्लिकन पार्टी का भविष्य अंधकार में आ गया है।

आखिरकार अल्बर्ट बी. फॉल को जेल की हवा खानी पड़ी और हर जगह उनकी

कड़ी निंदा हुई। सार्वजनिक जीवन में बहुत कम लोगों को ऐसी निंदा का सामना करना पड़ा था। परंतु क्या इससे कभी फॉल के मन में पछतावे का भाव आया? कभी नहीं। इसके कई साल बाद हरबर्ट हूवर ने एक सार्वजनिक सभा में कहा कि 'प्रसिडेंट हार्डिंग की मृत्यु का कारण उनका एक मित्र था, जिसने उनके साथ धोखा किया था। इससे उनके मन को बहुत बड़ा धक्का लगा और इस आघात को सह न पाने के कारण उनकी मृत्यु हो गई।' फॉल की पत्नी को जब इस बात का पता चला, तो वे हैरान रह गईं। उन्हें इतनी तकलीफ हुई कि वे जोर-जोर से रोने लगीं और अपनी मुट्ठियाँ आसमान की ओर उठाते हुए बोलीं, 'क्या फॉल ने हार्डिंग के साथ धोखा किया है? मैं नहीं मानती। मेरे पति कभी किसी के साथ कोई बुरा काम नहीं कर सकते। बल्कि मैं तो कहती हूँ कि धोखा तो मेरे पति के साथ किया गया है और उन्हें जबरदस्ती इस मामले में धकेला गया है। इसीलिए उनकी मौत हो गई।'

आमतौर पर यही होता है। मनुष्य स्वाभाविक तौर पर ऐसा ही करता है। इस संसार में हर इंसान अपने बुरे कार्यों का दोष हमेशा किसी दूसरे के सिर पर डाल देता है और स्वयं को बचाने की कोशिश में लग जाता है। मौका आने पर शायद मैं और आप भी कुछ ऐसा ही करेंगे। इसीलिए जब भी किसी की बुराई करने की सोचें, तो अल कपोन, टू गन क्राली और अल्बर्ट फॉल जैसे लोगों को ज़रूर याद करें। हमें हमेशा यह याद रखना चाहिए कि किसी की आलोचना करना हमेशा बूमरैंग की तरह होता है, जो हमेशा वापस लौटकर हमारे ही पास आती है। इसका अर्थ यह हुआ कि जब हम किसी की आलोचना करते हैं तो वह इंसान भी हमारी आलोचना शुरू कर देता है। हमें यह भी सोचना चाहिए कि जब हम किसी इंसान को आलोचना करके सुधारने की कोशिश करते हैं, तो वह अपनी सफाई में वैसे ही तर्क देता है, जैसे टैट ने दिए थे कि 'मैंने जो किया, उसके सिवा मैं और कर भी क्या सकता था?'

अब्राहम लिंकन का उदाहरण

15 अप्रैल 1865 को सुबह का समय था, जब अब्राहम लिंकन का मृत शरीर एक सस्ते लॉज के हॉल में रखा गया। यह लॉज फोर्ड थिएटर के ठीक सामने स्थित था, जहाँ विल्कीस बूथ नामक एक इंसान ने अब्राहम लिंकन की गोली मारकर हत्या कर दी थी। लिंकन को जिस बिस्तर पर लिटाया गया था, वह उनके लंबे शरीर के मुकाबले छोटा पड़ रहा था। उनके बिस्तर के ठीक ऊपर रोजा बॉन्हर की एक मशहूर पेंटिंग द हार्स फेयर की सस्ती नकल टँगी हुई थी और पास ही रखे गैस के लैंप में से पीले रंग की रोशनी फूटकर बाहर निकल रही थी।

लिंकन के मृत शरीर के पास ही रक्षा मंत्री सटेंटन खड़े थे। वे लोगों से बोले, 'लाखों-करोड़ों लोगों के दिलों पर राज़ करनेवाला इंसान अब इस दुनिया में नहीं रहा।'

क्या आप जानते हैं कि लिंकन में ऐसा क्या था कि वे करोड़ों लोगों के दिलों पर राज़ करते थे? उनके जीवन का वह मूलमंत्र क्या था, जिसके कारण वे एक सफल इंसान बन सके? मैंने पिछले दस सालों में लिंकन की अनगिनत जीवनियाँ पढ़ी हैं। जब मैंने स्वयं 'लिंकन द अननोन' नामक किताब लिखी, तो इसमें मुझे पूरे तीन साल का समय लगा। मुझे पूरा विश्वास है कि मैंने लिंकन के सामाजिक, घरेलू तथा व्यक्तिगत जीवन को जितनी गहराई से जाना है, उतना शायद ही किसी और ने जाना होगा। लिंकन लोगों के साथ कैसा व्यवहार करते थे, इसका भी मैंने बारीकी से अध्ययन किया है। क्या आपको लगता है कि लिंकन किसी की आलोचना करते थे? जी हाँ। अपनी जवानी के दिनों में जब वे इंडियाना की पिजन क्रीक घाटी में रहते थे, तो लोगों की जमकर आलोचना करते थे। यही नहीं, वे आलोचना भरे पत्रों तथा कविताओं के कागज़ों को अपने शहर के रास्ते पर फेंकते थे ताकि लोग उन्हें पढ़ सके। लेकिन एक बार उनके एक पत्र के कारण नफरत की एक ऐसी चिंगारी उठी, जिसने जीवनभर उनका साथ नहीं छोड़ा।

वकील बनने के बाद भी लिंकन अपनी आदत के अनुसार अपने विरोधियों के बारे में खूब जमकर लिखते थे और उनकी खूब आलोचना किया करते थे। लेकिन एक बार बात बढ़ गई और मामला बहुत बिगड़ गया।

यह घटना सन् 1842 की है। लिंकन ने जेम्स शील्ड्स नाम के एक अभिमानी और झगड़ालू नेता के बारे में एक व्यंग्यात्मक लेख लिखा। यह लेख लिंकन ने एक गुमनाम पत्र के माध्यम से स्प्रिंगफील्ड जर्नल में छापने के लिए भेज दिया। इस लेख को पढ़ने के बाद पूरा शहर शील्ड्स की हँसी उड़ाने लगा और उस पर व्यंग्य करने लगा। चूँकि वह एक संवेदनशील इंसान था इसलिए उसे इस तरह पूरे शहर में अपनी हँसी उड़ते देख बहुत गुस्सा आया। जब उसे पता चला कि वह पत्र लिंकन ने लिखा है, तो वह तुरंत अपने घोड़े पर सवार होकर लिंकन के पास पहुँचा और उन्हें लड़ाई के लिए ललकारने लगा। लिंकन उससे लड़ना नहीं चाहते थे, लेकिन वे यह भी जानते थे कि बिना आत्मसम्मान खोए इस इंसान से पीछा छुड़ाने का कोई विकल्प भी नहीं है।

शील्ड्स ने उन्हें हथियार से लड़ने का न्यौता दिया। चूँकि लिंकन की बाजुएँ लंबी थीं और उन्होंने वेस्ट प्वाइंट ग्रेजुएट से तलवारबाजी का प्रशिक्षण ले रखा था, अत: वे तलवार से शील्ड्स का मुकाबला करने के लिए राज़ी हो गए। दोनों ने लड़ाई के लिए एक विशेष दिन चुन लिया और उस दिन वे दोनों मिसिसिपी नदी के तट पर मिले। उस लड़ाई में दोनों में से किसी एक की मौत तय थी। लेकिन अंतिम क्षणों में कुछ ऐसा हुआ कि उनके साथियों द्वारा बीच-बचाव करने के कारण लड़ाई को रोकना पड़ गया।

लिंकन के व्यक्तिगत जीवन का यह एक बहुत ही घातक प्रसंग था। इस घटना से

लिंकन ने लोगों से कैसे व्यवहार करना चाहिए, यह सबक सीखा। इसके पश्चात लिंकन ने कभी भी किसी को अपमानजनक या आलोचना भरे पत्र नहीं लिखें या किसी की भी निंदा नहीं की।

जिस समय अमेरिका में गृहयुद्ध की स्थिति बनी हुई थी, उसी समय पोटोमैक की सेना के लिए लिंकन को एक के बाद एक कई जनरलों को नौकरी से हटाना पड़ा। क्योंकि मैक्लेलन, पोप, बर्नसाइड, हुकर, मीड जैसे जनरल जब भी पद पर रहे, लगातार गलतियाँ करते रहे। इसके चलते अमेरिका की लगभग आधी आबादी ने अपने सेनापति लिंकन को बुरा-भला कहना शुरू कर दिया था। लिंकन इससे बहुत परेशान चुके थे, लेकिन उनके मन में किसी के लिए कोई दुर्भावना नहीं थी और वे सबके साथ सद्भावना पूर्वक व्यवहार करते थे। उन्होंने कभी लोगों की प्रतिक्रिया का गलत जवाब नहीं दिया और हमेशा शांत रहे। उनका पसंदीदा वाक्य था, **'भूलकर भी कभी किसी की आलोचना मत करो वरना आपकी भी आलोचना होने लगेगी।'**

एक बार जब उनकी पत्नी और अन्य सहयोगी दक्षिण में बसे लोगों की आलोचना करने लगे, तो लिंकन ने उनसे कहा, 'आप लोग उनकी आलोचना न करें। यदि हम सब भी उन आम लोगों जैसी परिस्थितियों में जी रहे होते, तो शायद हम भी ठीक वही करते, जो वे कर रहे हैं।'

देखा जाए, तो लिंकन के पास लोगों की आलोचना करने के पर्याप्त मौके थे। इस बात को एक अन्य उदाहरण के माध्यम से और गहराई से समझा जा सकता है :

गेटिसबर्ग की लड़ाई सन् 1863 के जुलाई महीने के पहले तीन दिनों के दौरान लड़ी गई थी। 4 जुलाई की रात को जनरल ली दक्षिण दिशा की ओर से अपनी सेना को पीछे हटाने लगा। उस समय भयंकर तूफान के साथ भारी बारिश हो रही थी। जब ली अपनी सेना को पीछे हटाते हुए पोटोमैक पहुँचा, तो यह देखकर हैरान रह गया कि भारी बारिश के कारण नदी में बाढ़ की स्थिति बनी हुई है। ऐसे में नदी को पार करना असंभव था। साथ ही पीछे से दुश्मन देश की सेना द्वारा हमले का खतरा भी था। वह और उसकी सेना दोनों ओर से घिर चुके थे और बचने का कोई रास्ता नहीं था। लिंकन को जब इस बात का पता चला तो वे मन ही मन बहुत खुश हुए क्योंकि अब ली की सेना पर हमला करके उसे आसानी से पराजित किया जा सकता था और ली को बंदी बनाया जा सकता था। इससे लड़ाई भी तुरंत समाप्त हो जाती। लिंकन ने इसी उम्मीद के साथ अपने जनरल मीड को आदेश दिया कि वे बिना कोई मीटिंग किए जल्द से जल्द ली की सेना पर हमला बोल दें और उसे अपने काबू में कर लें। लिंकन ने टेलीग्राफ के माध्यम से यह आदेश भेजा और साथ ही एक इंसान को विशेष संदेशवाहक के रूप में मीड के पास रवाना कर दिया ताकि वे तत्काल उनके आदेश का पालन करें और

आगे की कार्रवाई शुरू करें।

लेकिन क्या आप जानते हैं कि जनरल मीड ने क्या किया? उन्होंने लिंकन के आदेश का पालन करने के बजाय उसका ठीक उल्टा किया। लिंकन ने सख्त निर्देश दिए थे कि किसी प्रकार की मीटिंग न बुलाई जाए, लेकिन मीड ने सैनिकों की एक मीटिंग का आयोजन किया। क्योंकि उन्हें यूँ अचानक दुश्मन की सेना पर हमला करने में डर लग रहा था। मीड ने हमला न करने के तमाम बहाने बनाए। वे किसी भी कीमत पर ली की सेना पर हमला नहीं करना चाहते थे। नतीजा यह हुआ कि धीरे-धीरे नदी में से बाढ़ का पानी कम होना शुरू हो गया और जल्द ही ली की सेना उसे पार करके सुरक्षित भागने में सफल हो गई।

लिंकन को जब इस बात का पता चला तो वे क्रोध से आग बबूला हो उठे, आखिर इसका मतलब क्या था? उन्होंने अपने पुत्र रॉबर्ट के सामने दुःख जताते हुए कहा, 'हमारे पास कितना सुनहरा मौका था। दुश्मन हमारे सामने था और हमें बस हाथ बढ़ाकर उसे अपनी गिरफ्त में लेना था, लेकिन इसके बावजूद वह हमारे चुंगल से बच निकला। मेरे सख्त आदेश के बावजूद सेना ने वह नहीं किया, जो कहा गया था। उस समय ली ऐसे हालात में फँसा हुआ था कि उसे कोई भी पराजित कर बंदी बना सकता था। अगर मैं वहाँ होता तो मैं स्वयं ही उसे गिरफ्तार कर लेता और उसे कोड़ों से मारता।'

अपने जनरल की गलती से लिंकन इतने हताश हो गए कि उन्होंने जनरल मीड को एक पत्र लिखा। पाठक ध्यान दें, आमतौर पर लिंकन बहुत संयत रहते थे और उनके शब्दों का चुनाव बहुत उच्च स्तरीय व संयमित होता था। लेकिन 1863 में जनरल मीड को लिखे गए इस पत्र में लिंकन का गुस्सा साफ नज़र आ रहा था। इस पत्र में उन्होंने मीड को खूब लताड़ा था।

प्रिय जनरल मीड,

मुझे नहीं लगता कि आप ली के सकुशल भाग जाने की गंभीरता से परिचित हैं। वह हमारी पहुँच में था और उसे गिरफ्तार करते ही लड़ाई समाप्त हो जाती। लेकिन अब उसके भाग जाने से यह लड़ाई बहुत लंबी खिंच सकती है। पिछले सोमवार को जब आप नदी के इस ओर से ली की सेना पर हमला करने का साहस नहीं कर सके, तो अब जबकि वह नदी पार करके सुरक्षित निकल गया है, आप क्या कर सकते हैं? आप अपनी दो तिहाई से अधिक सेना को अपने साथ नदी के पार नहीं ले जा सकते? मेरे हिसाब से इस बात पर विचार करने का भी कोई तर्क नहीं बनता। मेरा मानना है कि अब आप इस मामले में ज़्यादा कुछ नहीं कर सकते। हमारे हाथ से एक अत्यंत सुनहरा अवसर निकल चुका है और हम इस बात पर अफसोस करने के अलावा और कुछ नहीं कर सकते।

जरा सोचिए कि जनरल मीड को जब यह पत्र मिला होगा तो उन्हें कैसा महसूस किया होगा?

लेकिन मीड को यह पत्र कभी मिला ही नहीं! क्योंकि लिंकन ने यह पत्र उन्हें कभी भेजा ही नहीं। यह पत्र लिंकन की मृत्यु के बाद उनकी फाइलों में दबा हुआ मिला था।

मुझे लगता है कि लिंकन ने पत्र लिखने के बाद शायद अपने कमरे की खिड़की से बाहर झाँका होगा और थोड़ा विचार करते हुए स्वयं से कहा होगा, 'कहीं मैं जल्दबाजी में कोई गलती तो नहीं कर रहा हूँ? व्हाइट हाऊस के इस शांतिभरे माहौल में बैठकर मैं मीड को आक्रमण करने का आदेश दे रहा हूँ, जो कि मेरे लिए बहुत आसान काम है। लेकिन यदि मैं स्वयं गेटिसबर्ग में होता और इतना भयंकर खून-खराबा देखता, जितना मीड पिछले कई दिनों से लगातार देख रहा है, तो शायद घायल और मृत सैनिकों की हाहाकार से मेरे कान भी फट चुके होते। हो सकता है कि ऐसी स्थिति में मैं स्वयं भी ली पर आक्रमण करने का साहस न कर पाता। यदि मेरा मन भी मीड की तरह सुरक्षा की तलाश में होता, तो मैं भी ली पर हमला न करता। देखा जाए तो अब तो वह अवसर भी हमारे हाथों से निकल चुका है और हम कुछ नहीं कर सकते। यदि मैं मीड को यह पत्र भेज भी दूँ, तो इससे मेरा गुस्सा तो कम हो जाएगा, लेकिन मीड इसे पढ़कर बहुत दु:खी होगा। पत्र पढ़ते ही वह मेरी बुराई करनी शुरू कर देगा और खुद को बचाने के लिए बहाने बनाने लगेगा। इससे उसके मन में मेरे लिए केवल मैल ही पैदा होगी। एक जनरल के रूप में उसकी उपयोगिता को भी गहरा धक्का लगेगा और यह भी संभव है कि वह अपने पद से त्यागपत्र दे दे।'

यह पत्र लिखने के बाद लिंकन ने शायद इसे किनारे रख दिया होगा। उन्होंने ऐसा इसलिए किया होगा क्योंकि वे इस बात से भलीभाँति परिचित थे कि किसी की बुराई करने से कोई लाभ नहीं होता।

थियोडोर रूज़वेल्ट ने एक बार कहा था कि 'जब मैं प्रेजीडेंट था तो अकसर व्हाईट हाउस में किसी परेशानी से घिरने पर एक ही उपाय अपनाता था। मैं अपनी कुर्सी पर टेक लगाकर बैठता और लिंकन की तस्वीर को देखकर सोचता कि अगर मेरी जगह पर लिंकन होते तो क्या करते? वे इस समस्या को कैसे हल करते? इस तरह मुझे अपनी बात का जवाब मिल जाता।'

अगली बार जब कभी आप किसी पर बुरी तरह से नाराज़ हों, तो अपनी जेब से पाँच डॉलर का एक नोट निकालें और उस पर छपी लिंकन की तस्वीर को ध्यान से देखें और फिर खुद से पूछें, 'यदि इस समय मेरी जगह लिंकन होते तो क्या करते?'

सुप्रसिद्ध लेखक मार्क ट्वेन को भी बहुत गुस्सा आता था। वे भी अकसर गुस्से में

आकर लोगों को बहुत तीखे पत्र लिखा करते थे। इन पत्रों में वे अंगारे बरसाती हुए भाषा का प्रयोग करते थे। मैं आपको एक उदाहरण देता हूँ। एक बार उन्होंने गुस्से में आकर किसी इंसान को पत्र लिखते हुए कहा, 'तुम्हें तो जमीन में जिंदा गाड़ देना चाहिए। यदि तुम चाहो, तो मैं खुद आकर इस काम में तुम्हारी मदद कर सकता हूँ।' ऐसा ही एक और उदाहरण सामने आता है। एक बार उन्होंने किसी प्रकाशन संस्थान के संपादक को पत्र लिखते हुए कहा, 'आपका प्रूफरीडर मेरे लिखे व्याख्यानों में स्पेलिंग और विराम चिन्हों को सुधारने की कोशिश करता रहता है। अगली बार जब आप मेरे व्याख्यानों को छापें, तो ठीक वैसा ही छापें, जैसा मैंने लिखकर दिया हो। अपने प्रूफरीडर से कह दें कि वह अपने सुझावों को अपने सड़े हुए दिमाग में ही रखा करे।'

मार्क ट्वेन अकसर इस तरह के पत्र लिखा करते थे और कहते कि उन्हें ऐसे पत्र लिखकर बहुत संतोष मिलता था। इससे उनके मन को शांति मिलती थी और उनके अंदर भरा हुआ गुस्सा भी बाहर निकल आता था। ऐसे पत्र लिखने से उन्हें किसी प्रकार का नुकसान भी नहीं होता था क्योंकि उनकी पत्नी अकसर मौका पाकर चोरी से उन पत्रों को फाड़ देती थीं या फिर उन्हें डाक से भेजती ही नहीं थीं।

मैं आपसे पूछता हूँ कि 'क्या आप किसी ऐसे इंसान को जानते हैं, जिसे आप एक अच्छा इंसान बनाना चाहते हैं, उसे सुधारना चाहते हैं और उसके बिगड़े हुए जीवन को एक नया रूप देना चाहते हैं?' यदि ऐसा है, तो यह बहुत अच्छी बात है। मैं आपके इस विचार की दिल से सराहना करता हूँ, लेकिन किसी दूसरे का जीवन बदलने से पहले क्यों न इसकी शुरुआत आप खुद से करें? किसी दूसरे को बदलने के बजाय खुद को बदलना कहीं बेहतर विकल्प हो सकता है। जी हाँ! हालाँकि ऐसा करना हमारे लिए कष्टदायक भी हो सकता है इसलिए हमें पहले से ही इसके लिए तैयार रहना चाहिए। कन्फयूशियस का कहना था कि 'यदि आपके स्वयं के मकान की सीढ़ियाँ गंदगी से भरी पड़ी हों, तो पड़ोसी के मकान की छत पर जमी बर्फ के बारे में उससे शिकायत न करें।'

मैं आपको अपनी युवावस्था की एक घटना बताता हूँ। उस समय मैं अकसर दूसरों पर अपना प्रभाव जमाने की कोशिश किया करता था। एक दिन मैंने रिचर्ड हार्डिंग डेविस नामक एक लेखक को बेवकूफी भरा पत्र लिख डाला। उन दिनों मैं एक पत्रिका के लिए एक ऐसा लेख लिखने की तैयारी कर रहा था, जो लेखकों से संबंधित था। मैंने अपने पत्र के माध्यम से डेविस से उनके काम करने के तरीके के बारे में पूछा। मुझे कुछ सप्ताह पहले ही एक पत्र मिला था। जब मैंने उसे खोलकर पढ़ा तो उसमें यह लिखा था कि 'इस पत्र को डिक्टेट किया गया, लेकिन पढ़ा नहीं गया।' इस वाक्य ने मुझे अत्यंत प्रभावित किया। मैं सोचने लगा कि डेविस नाम के लेखक अवश्य ही कोई बहुत बड़े व महान लेखक होंगे, जिस कारण उन्होंने यह बात लिखी है। मैं अपने पत्र के माध्यम

से उन पर अपना प्रभाव जमाना चाहता था। अत: मैंने उन्हें एक संक्षिप्त पत्र लिखा और उसके अंत में यह लिख दिया, 'डिक्टेट किया गया, लेकिन पढ़ा नहीं गया।'

मेरे उस पत्र का जवाब नहीं आया बल्कि मेरा वही पत्र लौटती डाक से वापस मेरे पास भिजवा दिया गया, जिसके अंत में एक वाक्य जोड़ा गया था, 'आपके इस बुरे बरताव से स्पष्ट है कि आप किस प्रकार के इंसान हैं।' बात कड़वी थी, पर सच भी थी। मुझे एहसास हुआ कि मैंने बहुत बड़ी गलती कर दी है। लेकिन मैं भी एक इंसान हूँ और मुझे भी बुरा लगा। यहाँ तक कि दस साल बाद जब एक दिन मुझे रिचर्ड हार्डिंग डेविस की मृत्यु की खबर मिली, तो मेरे मन में पहला विचार यही आया कि यह वही इंसान है, जिसने मेरे बरताव की आलोचना की थी। हालाँकि अब मुझे यह सोचकर शर्मिंदगी होती है कि उनकी मृत्यु की खबर मिलने पर मेरे मन में ऐसा विचार आया।

यदि आप किसी के मन में अपने लिए ऐसी दुश्मनी पैदा करना चाहते हैं, जो कई सालों तक बरकरार रहे और मृत्यु के बाद भी चलती रहे, तो आपको बस इतना ही करना है कि कुछ चुभते हुए शब्दों में उसे बुरा-भला कह दें। इससे कोई फर्क नहीं पड़ता कि आप उसकी जो आलोचना कर रहे हैं, वह सही है या गलत।

दूसरों से व्यवहार करते समय हमें यह ध्यान रखना चाहिए कि लोग आमतौर पर तार्किक नहीं होते। वे हर चीज़ को भावनात्मक ढंग से देखते हैं और पूर्वाग्रहों, कमजोरियों, गर्व तथा अहंकार से भरे होते हैं।

अंग्रेजी साहित्य के विश्व प्रसिद्ध उपन्यासकार थॉमस हार्डी बहुत संवेदनशील इंसान थे। उन्हें बहुत कड़वी आलोचनाओं का सामना करना पड़ा और एक दिन इसी वजह से उन्होंने तय किया कि अब वे दोबारा कलम को हाथ नहीं लगाएँगे। कड़वी आलोचना कितनी हानिकारक हो सकती है, इसका अंदाज़ा इस बात से लगाया जा सकता है कि अंग्रेजी के एक अन्य लेखक थॉमस चैटरटन को उनकी आलोचना ने ही खुदकुशी करने पर मजबूर कर दिया था।

बेंजामिन फ्रैंकलिन का नाम कौन नहीं जानता। युवावस्था में वे लोगों से अकसर अभद्रता भरा व्यवहार करते थे। लेकिन आनेवाले समय में उन्होंने खुद को इतना बदल लिया कि वे एक कुशल कूटनीतिज्ञ बन गए। उनके अंदर व्यवहार कुशलता कूट-कूटकर भर गई थी। उनकी इसी खूबी के चलते उन्हें फ्रांस में अमेरिका का राजदूत बनाकर भेजा गया था। उनके सफल जीवन का राज़ था, 'मैं कभी किसी इंसान की निंदा नहीं करूँगा। मैं हर किसी के बारे में अच्छा ही बोलूँगा।'

किसी की निंदा, आलोचना या शिकायत तो कोई बेवकूफ इंसान भी कर सकता है क्योंकि ऐसा करना बहुत आसान होता है। अधिकतर बेवकूफ लोग अपने जीवन में

यही तो करते हैं।

लेकिन किसी को समझने तथा उसे क्षमा करने के लिए आपको न सिर्फ समझदारी दिखानी होती है बल्कि धीरज से काम भी लेना होता है।

कार्लाइल का कहना था, 'एक समझदार इंसान की महानता इस बात से जाहिर होती है कि वह अपने से कमजोर लोगों के साथ कैसा बरताव करता है।'

अब मैं आपको बॉब हूवर का उदाहरण देता हूँ, जो पेशे से एक टेस्ट पायलट थे और हवाई करतब दिखाया करते थे। एक बार वे सैन डिआगो में हवाई करतब दिखाने के बाद हवाई जहाज से अपने घर लॉस एंजिल्स वापस आ रहे थे। लाइट ऑपरेशन नामक मैगजीन के अनुसार हवा में 300 फीट की ऊँचाई पर उड़ रहे उस जहाज के दोनों इंजन अचानक बंद हो गए। लेकिन बॉब हूवर ने साहस और कुशलता का परिचय देते हुए, जहाज को किसी तरह जमीन पर उतार लिया। इस हादसे में जहाज तो बुरी तरह से क्षतिग्रस्त हो गया, लेकिन किसी को कोई चोट नहीं आई।

हादसे के बाद हूवर ने सबसे पहले जाकर जहाज के ईंधन की जाँच की। उनकी आशंका सही निकली। दरअसल दूसरे विश्व युद्ध के दौरान इस्तेमाल किए जानेवाले इस प्रोपेलर जहाज में गैसोलीन के स्थान पर जेट विमान का ईंधन भरा गया था।

हूवर वापस लौटकर एयरपोर्ट आए। उन्होंने उस मैकेनिक के बारे में पूछा, जिसने उनके जहाज की सर्विसिंग की थी। बेचारे मैकेनिक को अपनी गलती पर इतना अफसोस हुआ कि वह रो पड़ा। उसकी छोटी सी लापरवाही के कारण एक बहुत महँगा जहाज क्षतिग्रस्त हो गया था। यही नहीं, इस हादसे में जहाज में सवार तीन लोगों की मौत भी हो सकती थी।

आप हूवर के गुस्से का अंदाजा लगा सकते हैं। मैकेनिक की लापरवाही पर हूवर जैसा माहिर व स्वाभिमानी पायलट अपना क्रोध जाहिर कर सकता था। लेकिन उन्होंने ऐसा नहीं किया। उन्होंने उस मैकेनिक के कंधे पर हाथ रखते हुए कहा, 'मैं चाहता हूँ कि कल मेरे एफ-51 विमान की सविर्सिंग तुम करो। मैं तुमसे ऐसा करने को इसलिए कह रहा हूँ क्योंकि मुझे पूरा विश्वास है कि तुम दोबारा ऐसी गलती नहीं करोगे।'

अकसर यह देखने में आता है कि अधिकतर माता-पिता अपने बच्चों की गलती पर उन्हें बुरा-भला कहना शुरू कर देते हैं। शायद आपको लगेगा कि मैं आपको ऐसा करने से रोकूँगा। बिलकुल नहीं, मेरा तो केवल यह कहना है कि अपने बच्चों को बुरा-भला कहने से पहले आप अमेरिकी पत्रकारिता के उस क्लासिक लेख को ज़रूर पढ़ें, जिसका शीर्षक था 'फादर फारगेट्स।' इस लेख को पहली बार पीपुल्स होम जर्नल के संपादकीय के रूप में प्रकाशित किया गया था। बाद में रीडर्स डाइजेस्ट में इसका

संक्षिप्त रूपांतरण प्रकाशित किया गया था, जो यहाँ आपके सामने प्रस्तुत किया जा रहा है। इसके लिए लेखक की मंजूरी पहले से ही ले ली गई है।

'फादर फारगेट्स' नाम का यह लेख ऐसे संक्षिप्त लेखों में से एक है, जो प्रत्येक पहलू के बहुत ही बारीकी अध्ययन के बाद लिखे जाते हैं और पढ़नेवालों के दिल की गहराइयों में उतरते चले जाते हैं। अब इस लेख को आपके लिए दोबारा प्रकाशित किया जा रहा है। इसके लेखक डब्लू. लिविंगस्टन लारनेड बताते हैं कि 'इस लेख को हज़ारों मैगजीनों तथा समाचार पत्रों में प्रकाशित किया जा चुका है। यह लेख कई विदेशी भाषाओं में भी प्रकाशित किया जा चुका है और इसे हर जगह खूब लोकप्रियता मिली है। इसके अलावा मैं हज़ारों लोगों को व्यक्तिगत रूप से यह अनुमति दे चुका हूँ कि वे इस लेख को स्कूल, गिरजाघर या लेक्चर जैसे मंचों पर जैसे चाहें प्रयोग कर सकते हैं। इसे रेडियो पर भी कई बार प्रसारित किया जा चुका है। हैरानी की बात यह है कि इसे कई कॉलेज मैगजीनों तथा स्कूल की पत्रिकाओं में भी प्रकाशित किया जा चुका है। अकसर ऐसा होता है कि एक छोटा सा लेख बारीकी से आकर्षित करनेवाले किसी बिंदु के कारण रहस्यमयी तरीके से 'प्रसिद्ध' हो जाता है। इस लेख के साथ भी कुछ ऐसा ही हुआ था।'

फादर फॉरगेट्स

डब्लू. लिविंगस्टन लारनेड

सुनो, बेटा! तुम गहरी नींद में सो रहे हो और ऐसे में मैं तुमसे कुछ कहना चाहता हूँ। इस समय तुमने अपना नन्हा सा हाथ अपने कोमल गाल के नीचे दबा रखा है। तुम्हारे माथे पर पसीना आ रहा है, जिस पर तुम्हारे घुँघराले बाल बिखरे हुए हैं। मैं अभी चुपके से अकेला तुम्हारे कमरे के अंदर आया हूँ। कुछ देर पहले जब मैं अपनी लाइब्रेरी में अखबार पढ़ रहा था, तो मुझे तुम्हारे साथ किए गए अपने बरताव पर बहुत अफसोस हुआ। इसीलिए अब मैं एक गुनहगार की तरह आधी रात को तुम्हारे पास खड़ा हूँ।

बेटा! मैं जिन बातों के बारे में सोच-विचार कर रहा था, वे इस प्रकार हैं। मैंने आज तुम पर बहुत गुस्सा किया। आज जब तुम स्कूल जाने के लिए तैयार हो रहे थे, तो मैंने तुम्हें डाँटा था। क्योंकि तुमने तौलिए की बजाय पर्दे से अपने हाथ पोंछ लिए थे। तुम्हारे जूते बहुत गंदे दिखाई दे रहे थे और तुमने अपना बहुत सारा सामान कमरे में यहाँ-वहाँ बिखरा रखा था। मैंने इस बात पर भी तुम्हें खूब डाँट लगाई।

आज सुबह नाश्ता करते समय भी मैं बार-बार तुम्हें टोक रहा था और तुम्हारी हर चीज़ में गलतियाँ निकाल रहा था। तुमने खाना खाते समय डाइनिंग टेबल पर खाना गिरा दिया था। जब तुम खाना खा रहे थे, तो तुम्हारे मुँह से चबाने की आवाज़ आ रही

थी। तुमने अपनी दोनों कोहनियों को मेज पर टिकाया हुआ था। तुमने ढेर सारा मक्खन अपनी ब्रेड पर लगा लिया था। इतना ही नहीं, जब मैं सुबह ऑफिस के लिए निकल रहा था, तो तुमने मुझे आवाज़ देकर 'बाय-बाय डैडी' कहा था, लेकिन मैंने उस समय भी तुम्हें जवाब में बाय-बाय बोलने के बजाय गुस्से में कहा कि 'पहले अपनी कमीज की कॉलर ठीक करो।'

शाम को जब मैं घर वापस आया, तब भी मैंने तुम्हारे साथ वही व्यवहार किया। मैंने ऑफिस से आकर देखा कि तुम अपने दोस्तों के साथ पत्थरों में खेल रहे थे और तुम्हारे कपड़े गंदे हो गए हैं, तुम्हारी जुराबें भी फट गई थीं। मैंने तुम्हारे दोस्तों के सामने ही तुम्हें खूब डाँटा और गुस्से में झटकते हुए तुम्हें घर के अंदर ले आया। जुराबें बहुत महँगी आती हैं और जब तुम इन्हें खरीदने खुद बाजार जाओगे, तो तुम्हें इनकी कीमत पता चलेगी। एक बात ध्यान से सोचो कि जब एक बेटा ऐसी हरकतें करता है, तो उसके पिता का मन कितना दुखता होगा?

शायद तुम्हें याद हो कि रात को जब मैं अपनी लाइब्रेरी में बैठा पढ़ रहा था, तो तुम मेरे कमरे में आए थे। मैं तुम्हारी आँखों में साफ देख सकता था कि तुम्हें मेरी कड़वी बातों से कितनी गहरी चोट पहुँची है। लेकिन मैंने अख़बार पढ़ते हुए तुम्हें उसके ऊपर से देखा और फिर से तुम पर गुस्सा करते हुए कहा, 'मुझे कभी तो आराम से बैठने दिया करो। अब यहाँ क्यों आए हो? बताओ क्या बात है?' मेरे इतना कहते ही तुम सहमकर दरवाजे पर ही रुक गए थे।

तुमने कुछ नहीं कहा, केवल दौड़कर मेरे पास आए और अपनी दोनों बाजुएँ मेरे गले में डालते हुए मुझे चूमा और 'गुड नाइट' कहकर चुपचार कमरे से चले गए। तुमने जब अपनी दोनों बाजुएँ मेरे गले में डालीं, तो मुझे उनकी जकड़न से एहसास हो गया कि तुम्हारे मन में ईश्वर ने प्रेम का एक ऐसा फूल खिलाया है, जो मेरे इतना क्रोध करने के बाद भी ज्यों का त्यों है।

तुम्हारे जाते ही मेरे हाथों से अखबार छूटकर नीचे जा गिरा और मुझे अपने व्यवहार पर बहुत अफसोस हुआ। मुझे यह क्या होता जा रहा है? मैं बार-बार तुम्हारी गलतियाँ ढूँढ़ता हूँ, बात-बात पर तुम पर गुस्सा करता हूँ और नाराजगी दिखाता हूँ। यह मेरी रोज़ाना की आदत बनती जा रही है। मैं अपने बेटे को उसके बचपने का कैसा इनाम दे रहा हूँ? ऐसा नहीं है कि मैं तुमसे प्यार नहीं करता। लेकिन मैं एक नन्हें से बच्चे से कुछ ज्यादा ही आशा लगा बैठा था। मैं तुम्हारे व्यवहार की तुलना अपनी आयु के लोगों के व्यवहार से कर रहा था।

तुम बहुत प्यारे, सच्चे और समझदार बच्चे हो। तुम्हारा नन्हा और कोमल मन

चौड़ी पहाड़ियों के पीछे से निकलनेवाली सुबह जितना प्यारा है। यह तुम्हारा बड़प्पन है कि मैं सारा दिन तुम्हें फटकारता रहता हूँ, लेकिन फिर भी तुम रोज़ाना रात को सोने से पहले अपने पापा को 'गुडनाइट किस' देने आते हो। आज रात मुझे और किसी बात से कोई फर्क नहीं पड़ता। मैं गहरे अंधेरे में तुम्हारे कमरे में तुम्हारे पास आया हूँ। मैं तुम्हारे सिरहाने के पास अपने घुटने टिकाकर बैठा हूँ और अपने किए पर बहुत शर्मिंदा हूँ।

यह एक मामूली सा पश्चाताप है। मैं इस बात को अच्छी तरह समझता हूँ कि अगर मैं ये सब बातें तुम्हें जगाकर कहूँगा, तो तुम शायद समझ नहीं पाओगे। लेकिन मैं तुम्हें यकीन दिलाता हूँ कि कल से मैं तुम्हें एक अच्छा पापा बनकर दिखाऊँगा। मैं रोज़ाना तुम्हारे साथ खेला करूँगा, तुम्हारी सारी मज़ेदार बातें मन लगाकर सुना करूँगा, तुम्हारे साथ खूब ठिठोली करूँगा और तुम्हारे सारे दुःख-दर्द बाटूँगा। जब भी कभी मैं तुम पर गुस्सा करने के लिए अपना मुँह खोलूँगा, तो फौरन अपनी जीभ को दाँतों से दबा लिया करूँगा। मैं हमेशा एक मंत्र की तरह बार-बार यह कहने की कोशिश करूँगा कि 'मेरा बेटा तो अभी बच्चा है... एक नन्हा सा बच्चा।'

मुझे इस बात पर बहुत शर्म आ रही है कि मैं तुम्हें एक बच्चा मानने के बजाय बड़ा मानने की गलती कर रहा था। लेकिन अब जब मैं तुम्हें पलंग पर मासूमियत से सोता हुआ देख रहा हूँ, तो समझ सकता हूँ कि तुम अभी बच्चे ही तो हो। कल तक तो तुम अपनी माँ की बाहों में होते थे और उसके कंधे पर सिर रखकर सोया करते थे। अब मुझे अपनी गलती का एहसास हो चुका है। मैं समझ गया हूँ कि मैंने तुमसे ज़रूरत से ज़्यादा उम्मीदें लगा रखी थीं, बहुत ज़्यादा उम्मीदें।'

हमें लोगों की निंदा करने की अपेक्षा उन्हें समझने की कोशिश करनी चाहिए। हमारे लिए यह जानना बहुत आवश्यक है कि वे जो भी कर रहे हैं, क्यों कर रहे हैं। यह उनकी निंदा करने से कहीं बेहतर होगा। ऐसा करने से सहानुभूति, सहनशक्ति तथा दयालुता का माहौल भी बनता है। सभी को क्षमा कर देना ही सच्चे अर्थों में उन्हें समझ लेना होता है।

डॉक्टर जॉनसन का कहना था, 'स्वयं ईश्वर भी किसी इंसान की मृत्यु से पहले उसे आँकने की कोशिश नहीं करता।' तो आप और हम ऐसा क्यों करें,

कभी किसी की आलोचना न करें। किसी को दोष न दें
और न ही उसके बारे में कोई शिकायत करें।

९
लोगों के साथ पेश आने का सबसे बड़ा रहस्य

यदि आप किसी इंसान से कोई काम करवाना चाहते हैं, तो इसका केवल एक ही रास्ता है। क्या आपने कभी सोचा है कि वह रास्ता कौन सा है? दरअसल वह रास्ता है, उस इंसान के मन में वह काम करने की इच्छा पैदा करना।

ध्यान रहे कि इसके अलावा दुनिया में किसी से काम करवाने का कोई दूसरा रास्ता नहीं है।

जी हाँ, आप बेशक किसी इंसान की छाती पर बंदूक तानकर उसके भीतर यह इच्छा पैदा कर सकते हैं कि वह अपनी कीमती घड़ी न चाहते हुए भी आपको दे दे। आप अपने कर्मचारियों को नौकरी से निकालने की धमकी देकर अधिक काम करने के लिए तैयार कर सकते हैं। आप अपने बच्चों की पिटाई करके या उन्हें डरा-धमकाकर अपनी पसंद का काम करने के लिए राज़ी कर सकते हैं। लेकिन यह तय है कि इन आक्रमक तरीकों से करवाए गए कार्यों के नतीजे अच्छे नहीं होंगे।

यदि मैं आपसे कोई काम करवाना हूँ, तो मेरे पास केवल एक ही तरीका है कि मैं वह सब आपको दे दूँ, जो आप चाहते हैं।

आप क्या चाहते हैं?

साइकोएनालिसिस (मनोविश्लेषण) के पितामह और प्रसिद्ध ऑस्ट्रियन न्यूरोलॉजिस्ट (तंत्रिका विज्ञानी) सिगमंड फ्रॉयड का कहना था, 'हर इंसान के मन में किसी भी कार्य को करने के पीछे केवल दो ही कारण होते हैं : सेक्स संबंधी उत्तेजना और महान बनने की इच्छा।'

अमेरिका के महान दार्शनिक जॉन ड्यूई ने इसी बात को थोड़ा अलग तरीके से बताया था। उनका कहना था कि 'किसी भी इंसान की सबसे प्रबल इच्छा होती है, महत्वपूर्ण बनने की इच्छा।' इस बात को हमेशा याद रखें क्योंकि यह वाकई बहुत महत्वपूर्ण है। इस पुस्तक में हम आगे भी 'महत्वपूर्ण बनने की इच्छा' के बारे में कई बार बात करेंगे।

आप किस चीज़ की इच्छा रखते हैं?

वैसे तो हमें अनगिनत चीज़ें पाने की इच्छा होती है, लेकिन कई चीज़ें ऐसी होती हैं, जिन्हें पाने की हमारी इच्छा बहुत तीव्र होती है क्योंकि उनके बिना हमारा काम नहीं चलता। नीचे कुछ ऐसी चीज़ों की सूची दी गई है, जिनकी ज़रूरत अधिकतर लोगों को होती है :

1. अच्छा स्वास्थ्य और सुरक्षित जीवन
2. खाना
3. नींद
4. धन-दौलत तथा उससे खरीदी जानेवाली वस्तुएँ
5. मरणोपरांत जीवन
6. सेक्स में संतुष्टि
7. अपने बच्चों की सलामती
8. महत्वपूर्ण बनने की भावना

ऊपर दी गई सभी इच्छाओं में से एक को छोड़कर आमतौर पर बाकी इच्छाएँ किसी न किसी तरह पूरी हो ही जाती हैं। यह एक इच्छा हर इंसान में उतनी ही तीव्र होती है, जितनी खाने या नींद पूरी करने की इच्छा। लेकिन यह ऐसी इच्छा है, जो शायद ही कभी पूरी हो पाती हो। इसी को फ्रॉयड ने 'महान बनने की इच्छा' कहा है और ड्यूई ने 'महत्वपूर्ण बनने की इच्छा' का नाम दिया है।

महान बनने की इच्छा

अब्राइम लिंकन ने एक बार अपने एक पत्र की शुरुआत इन शब्दों से की थी कि 'अपनी तारीफ सुनना हर इंसान को अच्छा लगता है।' विलियम जेम्स ने भी कुछ ऐसा ही कहा था, 'हर इंसान के मन में यह लालसा छिपी होती है कि लोग उसकी सराहना करें।' जरा विलियम जेम्स के शब्दों पर गौर करें। उन्होंने इसे इच्छा, चाहत अथवा कामना नहीं कहा बल्कि सराहे जाने की लालसा का नाम दिया है।

सराहे जाने की लालसा एक ऐसी मानवीय भूख है, जो स्थायी होती है। जो इंसान लोगों की सच्ची सराहना पाने की भूख शांत करता है, वह उन्हें अपने वश में कर सकता है। लोग उस इंसान से इतना अधिक प्रेम करने लगते हैं कि उसकी मौत पर अजनबियों को भी दुःख होता है।

मनुष्य व जानवर में केवल इतना ही अंतर होता है कि मनुष्य में सराहना पाने या महान बनने की इच्छा होती है। मैं अपने शुरुआती दिनों में मिजुरी में रहता था और

खेत में काम किया करता था। वहाँ मेरे पिता ड्यूरॉक-जर्सी जैसे बढ़िया नस्ल के सूअर तथा मवेशियों (खेती में काम करनेवाले पशु) को पाला करते थे। हम अकसर अपने सारे मवेशियों को मिडिल वेस्ट में आयोजित होनेवाले मेलों तथा प्रदर्शनियों में ले जाया करते थे, जहाँ हमें उत्कृष्ट मवेशियों को पालने के लिए कई बार प्रथम पुरस्कार से सम्मानित किया गया। पुरस्कार के विजेता को इनाम के तौर पर नीले रंग के रिबन भेंट किए जाते थे। मेरे पिता उन नीले रिबनों को एक सफेद रंग के मलमल के कपड़े पर टाँककर रख लेते थे। फिर जब कभी उनका कोई मित्र अथवा रिश्तेदार घर पर मिलने आता, तो वे बहुत उत्साह से उन्हें वे रिबन दिखाया करते। इससे मेरे पिता को बहुत खुशी मिलती थी।

लेकिन वे जिन मवेशियों को पालते थे, उन्हें इन रिबनों से कुछ लेना-देना नहीं था। केवल मेरे पिताजी को ही वे नीले रिबन जीतने पर खुशी होती थी। ये पुरस्कार उनके भीतर महान होने की भावना पैदा करते थे।

इस लिहाज से यह कहना अतिशयोक्ति नहीं होगी कि यदि हमारे पूर्वजों में महान बनने की प्रबल इच्छा न होती, तो शायद इंसानी सभ्यता का इतना विकास न हो पाता। और इसमें कोई शक नहीं है कि अगर इंसानी सभ्यता इतनी विकसित न हुई होती, तो शायद हम सब आज भी जानवरों जैसा जीवन जी रहे होते।

दुनिया के सबसे बड़े लेखकों में से एक माने जानेवाले चार्ल्स डिकेन्स के मन में लिखने की इच्छा इसीलिए पैदा हुई क्योंकि वे एक विशेष इंसान बनना चाहते थे। आज उनके लिखे उपन्यासों के चलते साहित्य की दुनिया में उनका नाम अमर हो चुका है। इसी इच्छा के कारण ही सर क्रिस्टोफर रेन ने पत्थरों पर सिम्फनी लिखना शुरू किया था। इसी इच्छा से प्रेरित होकर रॉकफेलर ने अरबों डॉलरों की धन राशि का संग्रह किया और उसमें से थोड़ा सा भी खर्च नहीं किया। इसी इच्छा के कारण हर शहर का सबसे धनी परिवार एक आलीशान मकान बनवाता है, जबकि वह मकान उसकी ज़रूरत के हिसाब से कहीं बड़ा होता है।

इसी इच्छा के कारण आप एक से बढ़कर एक और आधुनिक कपड़ों का चुनाव करते हैं, आधुनिक कारें खरीदते हैं तथा हर किसी से अपने बच्चों की बड़ाई करते हैं।

महत्वपूर्ण बनने की इसी इच्छा के कारण कई लोग जान-बूझकर गैर कानूनी कार्य करने के लिए प्रेरित होते हैं। इसी के चलते कुछ लोग किसी गैंग में शामिल हो जाते हैं, तो कुछ कोई अन्य अपराध करते हैं। न्यूयॉर्क के भूतपूर्व पुलिस कमिश्नर ई. पी. मलरूनी बताते हैं कि 'अधिकतर लड़के व लड़कियाँ जब किसी अपराध के आरोप में पकड़े जाते हैं, तो उनमें इतना अहंकार भरा होता है कि वे जेल में सबसे पहले अख़बार माँगते हैं, जो पहले ही उनके बारे में खबर छापकर उन्हें हीरो बना चुका होता है। ऐसे

लड़के-लड़कियों को इस बात की कोई परवाह नहीं होती कि उन्हें अपने किए की क्या सज़ा मिलनेवाली है। वे तो केवल इस बात से खुश होते हैं कि प्रसिद्ध खिलाड़ियों, अभिनेताओं व राजनेताओं की तरह ही उनकी तस्वीर भी अख़बार में छपी है।'

अगर आप मुझे यह बता दें कि आप अपनी महत्वपूर्ण बनने की इच्छा कैसे पूरी करते हैं, तो मैं आपको बता सकता हूँ कि आप असल में कैसे इंसान हैं। यह एक ऐसा पहलू है, जो आपका चरित्र निर्धारित करता है। यह आपके भीतर की सबसे महत्वपूर्ण बात होती है। मैं आपके सामने एक उदाहरण प्रस्तुत करता हूँ। जॉन डी. रॉकफेलर ने महान या महत्वपूर्ण बनने की अपनी इच्छा करोड़ों डॉलर दान देकर पूरी की। इस पैसे से चीन के पीकिंग शहर में एक बहुत बड़े अस्पताल का निर्माण किया गया। यहाँ जिन गरीब और असहाय लोगों का इलाज होना था, उन लोगों को रॉकफेलर ने न तो कभी देखा था और न ही भविष्य में कभी देखनेवाले थे। यह सब उन्होंने मात्र अपने मन में छिपी महत्वपूर्ण बनने की इच्छा पूरी करने के लिए किया। वहीं दूसरी ओर डिलिंजर नामक एक इंसान ने अपनी महत्वपूर्ण बनने की इच्छा बैंक लूटकर और हत्याएँ करके पूरी की। एक बार जब कुछ एफ.बी.आई. एजेंट उसकी तलाश कर रहे थे, तो उनसे बचने के लिए वह मिनेसोटा के एक फार्म हाऊस में घुस गया और वहाँ काम कर रहे लोगों से बोला, 'फिक्र मत करो, मैं तुम लोगों को कोई नुकसान नहीं पहुँचाऊँगा, लेकिन याद रखना कि मेरा नाम डिलिंजर है।' दरअसल उसे इस बात का बड़ा गर्व था कि वह देश का सबसे नामी लुटेरा और हत्यारा है। एक बात तो तय है कि महत्वपूर्ण बनने की इच्छा डिलिंजर और रॉकफेलर, दोनों में ही थी, फर्क सिर्फ इतना है कि दोनों ने अपनी वह इच्छा अलग-अलग तरीकों से पूरी की।

यदि हम इतिहास पर नज़र डालें, तो कई मज़ेदार उदाहरण सामने आते हैं। इतिहास के कई विख्यात लोगों में महत्वपूर्ण बनने की तीव्र इच्छा थी, जो वे अलग-अलग ढंग से पूरी करते थे। अमेरिका के राष्ट्रपति जॉर्ज वाशिंग्टन चाहते थे कि लोग उन्हें 'हिज़ माइटीनेस, द प्रेजिडेंट ऑफ युनाइटेड स्टेट्स' के नाम से पुकारें। कोलंबस ने भी 'एडमिरल ऑफ द ओशन एंड वाइसराय ऑफ इंडिया' की उपाधि के लिए आवेदन पत्र भरा था। रानी कैथरीन भी अपने आपको 'हर इम्पीरियल मैजेस्टी' कहलाना पसंद करती थीं। यहाँ तक कि उनके पास आनेवाले पत्रों में से जिन पत्रों में उन्हें 'हर इम्पीरियल मैजेस्टी' कहकर संबोधित नहीं किया जाता था, वे उन पर नज़र भी नहीं डालती थीं, भले ही वे कितने भी महत्वपूर्ण पत्र हों। मिसेस लिंकन तो एक बार व्हाइट हाऊस में मिसेस ग्रांट पर बुरी तरह चिल्ला पड़ी थीं और बोलीं, 'तुम्हारी हिम्मत कैसे हुई कि तुम मेरी अनुमति के बिना मेरे सामने बैठ गई?'

सन् 1928 में अमेरिका के अनेक धनवान लोग एडमिरल बर्ड के अंटार्क्टिका

अभियान के लिए केवल इस शर्त पर चंदा देने को राज़ी हुए थे कि बर्फ से ढकी पर्वत चोटियों के नाम उनके नाम पर रखे जाएँ। इसी इच्छा के चलते मशहूर लेखक विक्टर ह्यूगो भी पेरिस शहर का नाम बदलकर अपने नाम पर रखना चाहते थे। इसी तरह अंग्रेजी के सबसे महान लेखक शेक्सपीयर ने अपने परिजनों के लिए कोट ऑफ आर्म्स प्राप्त किया ताकि लोग उन्हें एक महत्वपूर्ण शख्स के रूप में देखें।

कई बार अपने आपको लोगों की नज़रों में महत्वपूर्ण बनाने तथा उनका ध्यान खींचने के लिए लोग बीमार होने का भी बहाना करते हैं। ऐसा करके वे लोगों की सहानुभूति का पात्र बन जाते हैं। इस श्रेणी में मिसेस मैकिन्ले का उदाहरण लिया जा सकता है। वे अपने पति और अमेरिका के राष्ट्रपति विलियम मैकिन्ले को देश के अनेक आवश्यक कार्यों को नज़रअंदाज करने के लिए विवश कर दिया करती थीं ताकि स्वयं को महत्वपूर्ण महसूस कर सकें। वे चाहती थीं कि उनके पति देश की जिम्मेदारियों को छोड़कर उनके पास आकर बैठे रहें तथा वे उन्हें अपने आगोश में लेकर प्रेम से सुलाने की कोशिश करें। अपने पति का ध्यान अपनी ओर खींचने के लिए वे इस कदर तत्पर रहा करती थीं कि उन्होंने इस बात का सख्त आदेश दे रखा था कि जब वे दाँतों के डॉक्टर के पास जाएँ, तो राष्ट्रपति महोदय भी उनके साथ चलें। एक बार जब मिसेस मैकिन्ले को डॉक्टर के पास अकेले जाना पड़ा, तो उन्होंने पहाड़ सिर पर उठा लिया था। ऐसा इसलिए हुआ क्योंकि उनके पति राष्ट्रपति विलियम मैकिन्ले देश के गृहमंत्री जॉन हे के साथ कुछ आवश्यक कार्यों पर चर्चा करने में व्यस्त हो गए थे।

मैरी रॉबर्ट्स राइनहर्ट नाम की एक लेखिका ने मुझे बताया कि एक बार एक महिला अपने आपको महत्वपूर्ण साबित करने के लिए बीमार होकर बिस्तर से लग गई, जबकि वह शारीरिक रूप से बिलकुल स्वस्थ थी। मिसेस राइनहर्ट ने मुझे बताया, वह महिला अकेलेपन की शिकार थी। उसे अपना आनेवाला समय बहुत अंधकारमय और वीरान लगता था। क्योंकि उसे लगता था कि वह संसार में किसी के लिए महत्वपूर्ण नहीं रह गई है। उसके मन में न तो किसी चीज़ के प्रति उमंग थी और न ही जीवन के प्रति उसके अंदर कोई रस बचा था।

उस महिला ने स्वयं को बिस्तर से जकड़ रखा था। उसकी बूढ़ी माँ ने लगभग दस सालों तक उसकी देखभाल की। वह रोज़ाना उसके लिए खाना पकाती और थाली सजाकर उसे खिलाती। वह अपनी बेटी का पूरा ध्यान रखती और उसकी हर ज़रूरत पूरी करने की कोशिश में दिन-रात एक करती थी। लेकिन एक दिन वह भी बुढ़ापे और कमज़ोरी के कारण मर गई। इसके बाद वह बेचारी महिला कई दिनों तक अपनी माँ की मौत का शोक मनाती रही। लेकिन थोड़े ही दिनों बाद उसने बिस्तर त्याग दिया और उठ खड़ी हुई। उसने साफ कपड़े पहने और एक नए सिरे से जीना शुरू कर दिया।

अनेक विशेषज्ञों का दावा है कि अपने आपको दूसरों की नज़रों में महत्वपूर्ण साबित करने की धुन में कई लोग पागल तक हो जाते हैं। ऐसे लोग पागलपन के दौरान भी अपने सपनों में खुद को एक महत्वपूर्ण शख्स के तौर पर देखते हैं। वे स्वयं को ज़रूरत से ज़्यादा महत्त्व इसलिए देने लगते हैं क्योंकि बाहर की दुनिया में उन्हें वह सब नहीं मिल पाता। एक सर्वेक्षण के अनुसार अमेरिका में मानसिक रोग से ग्रस्त लोगों की संख्या बाकी सभी बीमारियों से ग्रस्त रोगियों की संख्या से कहीं अधिक है।

क्या आप जानते हैं कि पागलपन का कारण क्या होता है?

देखा जाए तो इसका ठीक-ठीक जवाब शायद ही कोई दे पाए। लेकिन वैज्ञानिक तौर पर यह साबित हो चुका है कि उपदंश (Syphilis) जैसी अनेक बीमारियों के कारण दिमाग की कोशिकाएँ काम करना बंद कर देती हैं, जिसका दिमाग पर बहुत नकारात्मक प्रभाव पड़ता है और वह काम करना बंद कर देता है। यह पागलपन का एक मुख्य कारण माना जा सकता है। कुल मानसिक रोगियों में से करीब आधे रोगियों के पागलपन के पीछे ऐसे शारीरिक कारणों को ही जिम्मेदार ठहराया जाता है, जैसे मस्तिष्क को किसी प्रकार का झटका लगना, शराब या किसी दूसरे नशीले पदार्थों का सेवन करना तथा दुर्घटना वगैरह। चौंकानेवाली बात यह है कि बाकी बचे आधे मानसिक रोगियों के पागलपन के पीछे कोई शारीरिक कारण नहीं होता। उनकी मस्तिष्क की कोशिकाओं में किसी प्रकार की कोई समस्या नहीं होती। ऐसे अनेक रोगियों की पोस्टमार्टम रिपोर्ट में उनके मस्तिष्क की कोशिकाएँ पूरी तरह स्वस्थ पाई गई हैं।

तो फिर क्या कारण है कि ऐसे लोग पागल हो जाते हैं?

मैंने इस सवाल का जवाब जानने के लिए चार अत्यंत प्रतिष्ठित मनोचिकित्सालयों से संपर्क किया और वहाँ के प्रमुख चिकित्सकों से बात की। इनमें से एक चिकित्सक, जिन्हें अपने काम के लिए कई पुरस्कार और सम्मान मिल चुके हैं, उन्होंने मेरे इस सवाल पर इतना ही कहा कि 'किसी के पागल हो जाने के पीछे क्या कारण होता है, इसका स्पष्ट जवाब संसार में किसी के पास भी नहीं है।' लेकिन उन्होंने इतना अवश्य बताया कि 'जो लोग पागल हो जाते हैं, उन्हें अपने जीवन में किसी ने भी महत्वपूर्ण नहीं माना इसलिए सपनों के ज़रिए उन्होंने महत्वपूर्ण होने की इच्छा पूरी की।' उसी मनोचिकित्सक ने मुझे इसी से जुड़ी एक घटना बताई :

मेरी एक महिला रोगी है, जिसका वैवाहिक जीवन बहुत बुरे ढंग से समाप्त हुआ। वह हमेशा प्यार, शारीरिक संतुष्टि, बच्चे तथा सामाजिक प्रतिष्ठा की कामना करती थी। लेकिन उसके वैवाहिक जीवन में उसे ऐसा कुछ भी नहीं मिल सका। इसके चलते उसकी सारी उम्मीदें निराशा में बदल गईं। विवाह के बाद उसका पति उससे प्यार नहीं

करता था। वे दोनों कभी एक साथ बैठकर खाना तक नहीं खाते थे। उसके पति का कहना था कि वह ऊपर की मंजिल पर बैठकर अकेले खाना खाना चाहता है। उनकी कोई औलाद भी नहीं थी। इसी कारण समाज में उसकी कोई कद्र नहीं करता था।

वह महिला धीरे-धीरे पागल होती गई और वास्तविकता के बजाय अपनी कल्पनाओं में जीने लगी। अपनी कल्पनाओं में उसने अपने पति को तलाक भी दे दिया और अपना नाम बदलकर वह पुराना नाम अपना लिया, जो शादी से पहले था। वह मन ही मन सोचा करती कि उसका नाम लेडी स्मिथ है और सभी उसे इसी नाम से पुकारा करें।

बच्चों के बारे में वह रोज़ाना यही सोचा करती थी कि वह हर रात एक नए शिशु को जन्म देती है। मैं जब कभी उसकी जाँच करने जाता, तो वह मुझसे कहा करती, 'डॉक्टर साहब, मैंने कल रात एक बच्चे को जन्म दिया है।'

उसने अपने सपनों में जिन जहाजों की हसरत की थी, वे सब सच्चाई की चट्टानों से टकराकर चकनाचूर हो गए थे, लेकिन पागलपन के दौरान कल्पना की दुनिया में बनाए गए टापुओं पर उसने अपने सपनों को सच कर दिखाया था।

क्या ऐसा करना दु:खदायी है? मैं नहीं जानता। उस महिला के चिकित्सक ने भी मुझसे कहा था कि 'यदि मैं उसका इलाज कर उसके पागलपन को ठीक कर सकता, तो भी संभवत: मैं ऐसा न करता। क्योंकि आज वह जितनी खुश दिखाई देती है, उतनी खुशी उसे पहले कभी नहीं मिली।'

जो लोग दूसरों की नज़रों में महत्वपूर्ण बनने के लिए पागल तक हो जाते हैं, उनके बारे में विचार करें और जरा सोचें कि 'अगर मैं और आप अपने इर्द-गिर्द के लोगों की सच्चे मन से तारीफ करें, तो कितना बड़ा चमत्कार कर सकते हैं।'

श्वाब का तरीका

अमेरिका के चार्ल्स श्वाब नाम के एक उद्योगपति का नाम इतिहास के पहले ऐसे लोगों में गिना जाता था, जिन्हें दस लाख डॉलर वार्षिक वेतन के रूप में मिला करते थे। (यह वह समय था, जब किसी प्रकार का इन्कम टैक्स नहीं लगता था और अगर कोई इंसान पचास डॉलर प्रति सप्ताह भी कमाता था, तो उसे बहुत धनवान समझा जाता था।) श्वाब को एन्ड्रयू कारनेगी ने सन् 1921 में 'युनाइटेड स्टेट्स स्टील' नाम की कंपनी में प्रेसिडेंट के पद पर नियुक्त किया था। उस समय श्वाब की आयु अड़तालीस साल थी। (इसके बाद श्वाब ने बेथलेहम स्टील कंपनी के प्रेसिडेंट पद का कार्यभार सँभाला और मुश्किल दौर से गुज़रती इस कंपनी को अमेरिका की सबसे लाभदायक कंपनियों की श्रेणी में ला खड़ा किया।)

सोचनेवाली बात ये है कि एन्ड्रयू कारनेगी ने चार्ल्स श्वाब को सालाना दस लाख डॉलर का वेतन क्यों दिया? आखिर क्यों? क्या केवल इसलिए कि चार्ल्स बहुत समझदार थे? जी नहीं। तो क्या इसलिए कि उन्हें स्टील के व्यापार के बारे में बहुत जानकारी थी? जी नहीं। स्वयं चार्ल्स श्वाब भी मानते थे कि उनके नीचे कार्य करनेवाले अनेक कर्मचारी स्टील निर्माण के बारे में उनसे अधिक जानकारी रखते हैं।

श्वाब का कहना था कि 'मुझे केवल इस कारण से इतना अधिक वेतन मिलता था क्योंकि मेरे भीतर व्यवहार कुशलता का गुण था।' मैंने उनसे पूछा कि 'आपकी व्यवहार कुशलता का राज़ क्या है?' इस सवाल के जवाब में उन्होंने मुझसे जो कहा, उसे मैं उन्हीं के शब्दों में आपके सामने रखूँगा। उनके मुँह से निकले ये शब्द इतने महत्वपूर्ण हैं कि उन्हें काँसे में ढाल लेना चाहिए और हर घर, स्कूल, दुकान तथा कार्यालय में टाँग देना चाहिए। भविष्य में कभी काम न आनेवाली लैटिन व्याकरण जैसी चीज़ों को याद करने के बजाय स्कूल के बच्चों को ये शब्द याद कराए जाने चाहिए - ये ऐसे प्रेरणात्मक शब्द हैं, जिन पर अमल करने से आपकी और मेरे जीवन की दिशा बदल सकती है।

श्वाब का कहना था, 'मैं यह मानता हूँ कि अपने कर्मचारियों का मनोबल ऊँचा रखने के लिए मुझे उनका उत्साह लगातार बढ़ाए रखना चाहिए। मैं उनके काम की तारीफ करता हूँ, जिसके फलस्वरूप वे और बेहतर प्रदर्शन करते हैं।'

किसी कर्मचारी की महत्वाकांक्षाओं पर सबसे गहरी चोट तभी पड़ती है, जब उसके वरिष्ठ सहकर्मी उसकी आलोचना करते हैं। मैं कभी किसी की बुराई नहीं करता। मैं हमेशा लोगों को प्रोत्साहित करता हूँ और आलोचना करने से हमेशा बचता हूँ। यदि मुझे उनकी कोई बात अच्छी लगती है, तो मैं दिल से उनकी तारीफ करता हूँ।

तो यह था श्वाब का तरीका। लेकिन आम लोगों का तरीका कैसा होता है? श्वाब से बिलकुल विपरीत। लोग ज़रा सी गलती होने पर अपने कर्मचारियों पर बरस पड़ते हैं, लेकिन जब वही कर्मचारी अच्छा काम करता है, तो उनके मुँह से प्रशंसा के दो शब्द भी नहीं निकलते। एक पुरानी कहावत भी है कि 'एक काम को ठीक से न करने के कारण मुझे हज़ार बार फटकार सुननी पड़ी। लेकिन जब मैंने दो-चार काम अच्छी तरह किए, तो बदले में एक बार भी प्रशंसा नहीं मिली।'

श्वाब कहते थे, 'अपने जीवन में मुझे कई महान लोगों से मिलने का मौका मिला। लेकिन इस दौरान मुझे कोई भी ऐसा इंसान नहीं मिला, जो प्रशंसा मिलने पर और बेहतर प्रदर्शन की कोशिश न करे।'

श्वाब का कहना था कि 'एन्ड्रयू कारनेगी की यही कला उसकी सफलता का एक मुख्य कारण थी। कारनेगी अपने साथ काम करनेवालों की तारीफ सबके सामने भी करते

थे और अकेले में भी।'

कारनेगी की मृत्यु के बाद उनकी इच्छा के अनुसार उनकी कब्र के पत्थर पर भी उनके सहयोगियों की तारीफ में कुछ शब्द लिखे गए थे, जो इस प्रकार हैं – 'इस स्थान पर वह इंसान सोया हुआ है, जो जानता था कि अपने इर्द-गिर्द समझदार लोगों को कैसे एकत्रित किया जाए।'

जॉन रॉकफेलर की सफलता का भी यही राज़ था कि वे लोगों की दिल से तारीफ किया करते थे। मैं आपको उनकी इस कला से संबंधित एक घटना बताता हूँ। एक बार उन्हें अपने बिजनेस पार्टनर एडवर्ड टी. बेडफोर्ड की वजह से दक्षिण अमेरिका के किसी काम के ठेके में मिलियन डॉलर्स की हानि हुई। रॉकफेलर को पूरा अधिकार था कि वे बेडफोर्ड को इस हानि का जिम्मेदार ठहराते हुए उन्हें भला-बुरा कहें। लेकिन वे जानते थे कि बेडफोर्ड ने यह सब जानबूझकर नहीं किया है, पर अब नुकसान तो हो ही चुका था। अत: उन्होंने बेडफोर्ड को मुबारकबाद देने का कारण तलाश लिया। उन्होंने कहा, 'तुमने व्यापार में हमारी बाकी की 60 प्रतिशत की राशि को तबाह होने से बचाने में जो कुशलता दिखाई, मैं उसके लिए तुम्हें मुबारकबाद देता हूँ। तुमने सच में अच्छा काम किया, जबकि ऐसा करना आसान नहीं था।'

अपने जीवनसाथी की तारीफ करें

अब मैं आपको एक छोटी सी कहानी सुनाता हूँ। यह कोई सच्ची कहानी तो नहीं है, लेकिन इसमें सच्चाई का अंश ज़रूर है।

एक बार एक ग्रामीण महिला सारा दिन कड़ी मेहनत करके घर वापस आई। उसने शाम को अपने परिवार के सामने खाने की जगह भूसा परोस दिया। उसका पति और बच्चे इस हरकत को देखकर हैरान हो गए और गुस्से में बोले कि 'यह सब क्या है?' उस महिला ने उन्हें जवाब दिया, 'मैं तो समझती थी कि तुम लोग इस ओर कभी ध्यान नहीं देते कि तुम्हारी थाली में खाना परोसा जाता है या भूसा। मैं पिछले बीस सालों से तुम सबके लिए खाना पका रही हूँ, लेकिन तुम लोगों में से कभी किसी ने इस बात का जिक्र तक नहीं किया कि तुम भूसा नहीं बल्कि स्वादिष्ट खाना खा रहे हो।'

कुछ समय पहले ऐसी पत्नियों पर एक शोध किया गया, जो घर से भाग जाने पर विवश हो जाती हैं। क्या आप बता सकते हैं कि उनके घर छोड़कर जाने का क्या कारण रहा होगा? 'तारीफ न मिलना।' मैं आपसे यह शर्त भी लगा सकता हूँ कि पत्नियों की तरह ही पतियों के घर छोड़ने के पीछे भी यही कारण होता होगा। आमतौर पर हम अपने जीवनसाथी को इतने हल्के में लेते हैं कि उसे कभी यह बताते ही नहीं कि वह हमारे लिए कितना अहम है।

मेरी कक्षा में आनेवाले एक इंसान ने एक बार मुझे अपने जीवन की एक घटना बताई। एक बार उसकी पत्नी और कुछ अन्य महिलाएँ अपने-अपने पति के साथ एक गिरजाघर में एकत्रित हुईं। वहाँ महिलाओं के लिए एक आत्म सुधार कार्यक्रम का आयोजन किया गया था। उस इंसान की पत्नी ने सबके सामने उससे कहा कि वह उसकी कोई ऐसी छह कमियाँ बताए, जिन्हें सुधारकर वह एक बेहतर पत्नी बन सके। उसके पति ने जब अपनी पत्नी के मुँह से यह बात सुनी तो हैरान रह गया।

उस इंसान ने मेरी कक्षा में सबके सामने बताया, 'जब मैंने अपनी पत्नी के मुँह से यह बात सुनी तो बहुत अचंभित हुआ। सच कहूँ तो मैं फौरन उसे ऐसी छह कमियाँ बता देता, जिन्हें सुधारना ज़रूरी था। दरअसल मैं तो उसे ऐसी हज़ार बातें बता सकता था, जिनमें सुधार की आवश्यकता थी, लेकिन मैंने ऐसा नहीं किया। मैंने चर्च में सबके सामने अपनी पत्नी के सवाल पर केवल इतना ही कहा कि 'प्रिये, मुझे इसका जवाब देने के लिए थोड़ा समय चाहिए। मैं कल सुबह तुम्हें इसका जवाब दूँगा।'

अगले दिन मैं सुबह जल्दी उठ गया था। मैंने एक फूलवाले को टेलीफोन करके छह गुलाबों का एक गुच्छा लाने को कहा ताकि वह उन्हें मेरी ओर से मेरी पत्नी को उपहार में दे सके। गुलाब के फूलों के साथ एक कागज़ पर मैंने अपना संदेश भी लिखवा दिया। 'प्रिये, मैं तुम्हारी ऐसी कोई कमी नहीं जानता, जिन्हें दूर करने की ज़रूरत है। तुम जैसी हो, मुझे वैसी ही अच्छी लगती हो।'

उस दिन शाम को जब मैं ऑफिस से घर लौटा, तो जानते हैं, दरवाज़े पर मेरा स्वागत किसने किया? जी हाँ, मेरी पत्नी ने। उसकी आँखों में खुशी के आँसू थे। जब से उसे मेरे संदेश के साथ गुलाबों का वह गुच्छा मिला था, वह तब से मेरी राह देख रही थी। मुझे इस बात की बहुत खुशी थी कि मैंने उसके कहने के बावजूद सबके सामने उसकी कोई कमी नहीं बताई। अगले रविवार को जब दोबारा गिरजाघर में सभी महिलाएँ एकत्रित हुईं तो मेरी पत्नी ने वह घटना बाकी महिलाओं को बताई। इसके बाद बहुत सी महिलाओं ने मेरी तारीफ करते हुए कहा, हमने इतनी भावनात्मक बात पहले कभी नहीं सुनी। उनकी बातें सुनकर मुझे एहसास हुआ कि प्रशंसा में कितनी शक्ति होती है।'

ग्लैमर की दुनिया में भी तारीफ का महत्त्व

प्रसिद्ध ब्रॉडवे निर्माता लॉरेंज जिगफेल्ड के बारे में माना जाता था कि उन्हें अमेरिका की साधारण युवतियों को भी ग्लैमरस बनाने की जबरदस्त कला आती थी।

वे हर बार किसी ऐसी साधारण सी दिखनेवाली युवती को अपने ब्रॉडवे प्ले में लेते, जिसे आमतौर पर कोई मुड़कर दोबारा देखता तक नहीं था। ऐसी युवतियों को वे स्टेज पर इस प्रकार प्रस्तुत करते थे कि वे बेहद ग्लैमरस और आकर्षक लगने लगतीं

और दर्शक आश्चर्यचकित होकर बस उन्हें ताकते रह जाते। दरअसल वे जानते थे कि यदि युवतियों को प्रशंसा और आत्मविश्वास से भर दिया जाए, तो साधारण सी दिखाई देनेवाली युवतियों को भी यकीन हो जाएगा कि वे किसी अप्सरा से कम नहीं हैं और इसका असर बेहद सकारात्मक होगा। वे इतने उदार और खुले दिल के इंसान थे कि उन्होंने कोरस में काम करनेवाली युवतियों का वेतन भी तीस डॉलर प्रति सप्ताह से बढ़ाकर एक सौ पचहत्तर डॉलर प्रति सप्ताह कर दिया था। यहाँ तक कि एक बार 'फालीज़' नामक नाटक के मंचन से एक रात पहले जब उन्होंने सभी अभिनेताओं का उत्साह बढ़ाने के लिए उन्हें टेलिग्राम भेजा, तो नाटक के कोरस में काम करनेवाली प्रत्येक युवती को टेलिग्राम के साथ-साथ गुलाब के फूल भी उपहार के रूप में भेजे।

भोजन के समान तारीफ भी महत्वपूर्ण

एक बार मैंने डाइटिंग करनी शुरू की। मैंने छह दिनों तक कुछ नहीं खाया। हालाँकि ऐसा करना कोई मुश्किल काम नहीं था। छठवें दिन मैंने महसूस किया कि आज मुझे उतनी भूख नहीं लग रही है, जितनी डाइटिंग के दूसरे दिन लग रही थी। यदि आप परिवार के किसी सदस्य अथवा कंपनी के किसी कर्मचारी को छह दिनों तक भोजन न दें, तो निश्चित ही वह आपको अपना दुश्मन मान लेगा। लेकिन यदि आप परिवार के सदस्यों या अपने सहकर्मियों की छह दिन, छह सप्ताह या साठ साल तक भी सच्ची तारीफ नहीं करते, तब भी आपको अपनी गलती का एहसास नहीं होता। हम यह बात अक्सर भूल जाते हैं कि **तारीफ करना भी उतना ही ज़रूरी है, जितना कि रोज़ाना का भोजन करना।**

'रियूनियन इन विएना' फिल्म में मुख्य किरदार निभानेवाले महान अभिनेता अल्फ्रेड लुंट का कहना था, 'मेरे लिए प्रशंसा से बड़ी कोई और चीज़ नहीं है। क्योंकि इससे मेरा आत्मविश्वास और आत्मसम्मान बढ़ता है।'

हम अपने बच्चों, मित्रों तथा कर्मचारियों को स्वस्थ रखने के लिए उन्हें शारीरिक पोषण देते हैं। लेकिन क्या कभी सोचा है कि हम उनके आत्मसम्मान को कितना कम पोषण देते हैं? हम उन्हें ताकत के लिए मांस तथा आलू जैसी वस्तुएँ उपलब्ध कराते हैं, लेकिन उनकी तारीफ में कभी कुछ नहीं कहते। यदि हम उन्हें तारीफ भरे दो शब्द कह दिया करें तो वे उनके मन में हमेशा गूँजते रहेंगे।

तारीफ का असर

'द रेस्ट ऑफ द स्टोरी' नामक रेडियो कार्यक्रम में पॉल हार्वे ने एक बार कहा था कि 'किसी इंसान की सच्ची तारीफ उसका जीवन बदल सकती है।' उन्होंने अपने कार्यक्रम के दौरान एक सच्ची घटना का विवरण देते हुए कहा था, यह बात कई साल

पहले की है। डेट्रॉइट की एक टीचर ने स्टेवी मॉरिस नाम के एक स्टुडेंट से कहा कि वह कक्षा में गुम हो गए एक चूहे की तलाश करने में उसकी सहायता करे। पाठक इस बात पर ध्यान दें, स्टेवी के पास देखने के लिए आँखें नहीं थीं, लेकिन उसके पास सुनने की भरपूर शक्ति थी। उसके पास कुछ ऐसा था, जो सबसे अलग था और वही उसे खास बनाता था। लेकिन ऐसा पहली बार हुआ था कि किसी ने उसकी मदद माँगकर उसकी सुनने की शक्ति की तारीफ की थी। आज कई साल बीत जाने के बाद भी स्टेवी का मानना है कि टीचर द्वारा की गई तारीफ ने उसका जीवन ही बदलकर रख दिया। इस घटना के बाद उसने अपनी सुनने की कला पर और अधिक ध्यान देना शुरू कर दिया और उसे बेहतर बनाने का प्रयास करने लगा। एक समय ऐसा आया, जब वे स्टेवी वंडर के नाम से विख्यात होकर सत्तर के दशक के मशहूर पॉप गायक व गीतकार के रूप में उभरा।

तारीफ और चापलूसी में अंतर

आपमें से कुछ पाठक यह सोच रहे होंगे, 'उफ, तो यह चापलूसी करने को कह रहा है! दूसरों को मक्खन लगाने की सलाह दे रहा है! हम भी इस तरकीब का इस्तेमाल कर चुके हैं, लेकिन बुद्धिमान लोगों के सामने ऐसे तरीके काम नहीं आते।'

इसमें कोई दोराय नहीं कि आमतौर पर किसी समझदार इंसान के सामने चापलूसी नहीं चलती। चापलूसी करना यानी हमेशा दिखावा, धूर्तता और स्वार्थ सिद्ध करना होता है। ऐसा करना असफलता को दर्शाता है और चापलूसी करनेवाले को असफल ही होना चाहिए। अक्सर देखने में आता है कि कई लोग अपनी तारीफ के इतने भूखे होते हैं कि उन्हें इतना भी पता नहीं चलता कि लोग उनकी चापलूसी कर रहे हैं। वे चापलूसी करनेवालों को भी समझदार लोगों की श्रेणी में रख देते हैं। यह ठीक वैसा ही है, जैसे भूख से तड़पता इंसान घासफूस और कीड़े-मकौड़े भी हजम कर जाता है।

इंग्लैंड की महारानी विक्टोरिया को भी चापलूसी अच्छी लगती थी। प्रधानमंत्री बेंजामिन डिजराइली भी इस बात को स्वीकार करते हैं कि वे भी महारानी विक्टोरिया की चापलूसी किया करते थे। स्वयं उनके शब्द हैं, 'मैं उन्हें खूब मक्खन लगाया करता था।' जबकि डिजराइली की गिनती ब्रिटेन के सबसे योग्य, पढ़े-लिखे तथा समझदार लोगों में की जाती थी। दरअसल डिजरायली को चापलूसी करने की कला में महारत हासिल थी। यही एक ऐसी चीज़ थी, जो उनकी सफलता का कारण बनी। हालाँकि यह आवश्यक नहीं कि वही चीज़ मेरे और आपके लिए भी कारगर सिद्ध हो। लगातार चापलूसी करते रहने से आपको लाभ कम और नुकसान अधिक होता है। चापलूसी करना एक प्रकार से खोटे सिक्के को बाज़ार में चलाने की कोशिश जैसा है। यदि आप इसे बाज़ार में असली सिक्के की तरह चलाने की कोशिश करते हैं, तो यह निश्चित ही

आपको मुसीबत में डाल सकती है।

सबसे महत्वपूर्ण है इस बात को समझना कि चापलूसी और तारीफ करने में क्या अंतर है? इसका जवाब बहुत ही आसान है। तारीफ हमेशा दिल से निकला एहसास होता है और चापलूसी आपकी जुबान से निकलती है। तारीफ नि:स्वार्थ होती है, जबकि चापलूसी स्वार्थ से भरी होती है। तारीफ करनेवाले को लोग प्रेम करते हैं, जबकि चापलूसी करनेवाला निंदा का पात्र बनता है।

मैंने कुछ ही समय पहले मेक्सिको शहर के चापुल्टपेक पैलेस में मेक्सिकन हीरो अल्वारो ऑब्रेगॉन की प्रतिमा को देखा। उस प्रतिमा के नीचे जनरल ऑब्रेगॉन के सूझबूझ भरे सिद्धांत कुछ इस प्रकार अंकित किए गए हैं : 'उन दुश्मनों से मत डरो, जो तुम पर प्रहार करने की ताक में रहते हैं बल्कि ऐसे दोस्तों से बचकर रहो, जो तुम्हारी चापलूसी करते हैं।'

मैं आपको चापलूसी करने की सलाह कभी नहीं दूँगा। यहाँ मेरा मकसद एक अलग तरह की बात कहने का है। मैं बस यह कह रहा हूँ कि आप आज से ही एक नए तरह का जीवन जीने के लिए तैयार हो जाएँ।

बकिंघम पैलेस में किंग जॉर्ज पंचम ने अपने अध्ययन कक्ष की दीवार पर छह सूक्तियाँ लिखी हुई थीं। उसमें से एक सूक्ति इस प्रकार थी, 'मुझे किसी की झूठी तारीफ करना न सिखाएँ और न ही मैं किसी इंसान द्वारा अपनी झूठी तारीफ सुनने को उतावला हूँ।' यानी झूठी तारीफ करना ही चापलूसी है। एक बार मैंने चापलूसी की एक दिलचस्प परिभाषा पढ़ी थी, जो इस प्रकार थी, 'किसी की चापलूसी करना, उसे वे बातें बताने जैसा है, जो वह खुद अपने बारे में सोचता है।'

राल्फ वॉल्डो इमर्सन ने कहा है, 'आप चाहे जिस भाषा का प्रयोग करें, आपकी बातों से आपका व्यक्तित्व ही झलकता है।'

चापलूसी करना इतना आसान काम है कि इसे कोई भी कर सकता है। अगर यह वाकई काम आती होती, तो हर कोई ऐसा करके मानवीय संबंधों का जानकार होने का ढोंग कर सकता था।

जब हमारा मन किसी समस्या के बारे में विचार नहीं कर रहा होता, उस दौरान हम अपने खाली समय का लगभग 95 प्रतिशत हिस्सा स्वयं के बारे में सोचकर ही खर्च करते हैं। यदि हम उस दौरान अपने बारे में सोचना थोड़ा कम कर दें और वही समय किसी दूसरे इंसान की अच्छाइयों के बारे में सोचने में लगाएँ, तो शायद हमें चापलूसी करने की आवश्यकता न पड़े। क्योंकि चापलूसी एक ऐसी चीज़ है, जिसे आपके मुँह से निकलते ही फौरन पहचान लिया जाता है और वह निरर्थक व बनावटी दिखाई देती है।

तारीफ करने में कंजूसी ना करें

देखा जाए तो आज के जमाने में सच्ची तारीफ करनेवाले लोग कम हो गए हैं। पता नहीं ऐसा क्यों होता है कि जब हमारा बेटा या बेटी परीक्षा में अच्छे नंबर लाता है तो हम उसकी तारीफ तक नहीं करते। यहाँ तक कि हम उसे प्रोत्साहित करना भी भूल जाते हैं। हम तब भी अपने बच्चों की तारीफ नहीं करते, जब वे पहली बार केक बनाकर हमारे सामने लाते हैं या फिर अपने हाथों से चिड़ियों का सुंदर घोंसला बनाते हैं। बच्चों को सबसे ज्यादा खुशी तभी मिलती है, जब माता-पिता उनकी चीज़ों में दिलचस्पी दिखाते हैं और उनकी तारीफ करते हैं।

तो अगली बार आप जब भी किसी होटल में स्वादिष्ट खाने का आनंद ले रहे हों, तो वहाँ के रसोइए को यह संदेश ज़रूर भिजवा दें कि उसने जो खाना पकाया है, वह बहुत स्वादिष्ट है। ऐसे ही जब कोई सेल्समैन थका-हारा होने के बावजूद आपसे सम्मानपूर्वक और शिष्ट व्यवहार करे तो उसे धन्यवाद देना न भूलें।

नेता, टीचर या सार्वजनिक स्थानों पर भाषण देनेवाले यह बात अच्छी तरह से जानते हैं कि जब उनके सामने उपस्थित भीड़ में से कोई भी ताली नहीं बजाता या उनकी बात से खुश होकर उनकी तारीफ नहीं करता, तो कैसा महसूस होता है। इससे उनका उत्साह भी कम हो जाता है। दरअसल यह बात हर पेशे से जुड़े लोगों पर लागू होती है, चाहे वह कोई दुकानदार हो, ऑफिस में काम करनेवाला कर्मचारी हो, कारखाने में कार्यरत कर्मचारी हो, परिवार का कोई सदस्य हो या हमारा कोई मित्र हो। हर कोई तारीफ चाहता है। हमें यह कभी नहीं भूलना चाहिए कि जो भी लोग हमसे संबंधित हैं, वे सब हमारे साथ किसी न किसी रूप से जुड़े हुए हैं और हमसे अपनी तारीफ सुनना चाहते हैं। तारीफ ही वह असली सिक्का है, जो हर इंसान को प्रिय होता है।

तारीफ से हुआ कार्य में सुधार

अपनी रोज़ाना की आदतों में कृतज्ञता का भाव जोड़ने की कोशिश करें। कुछ समय बाद आप स्वयं हैरान रह जाएँगे कि आपकी ओर से दर्शाया गया यह भाव दूसरों के मन में कितनी गहरी छाप छोड़ता है और उनके साथ आपके संबंध कितने मधुर बनते जाते हैं।

पामेला डन्हैम नाम की एक महिला कनेक्टिकट के न्यू फेयरफील्ड में कार्यरत थी। कंपनी में उसकी जिम्मेदारियों में से एक जिम्मेदारी ऐसे सफाई कर्मचारियों की निगरानी करना भी था, जो अपना काम अच्छी तरह नहीं कर पाता था। सहकर्मी उस सफाई कर्मचारी का खूब मज़ाक उड़ाते थे और बार-बार यह जताते थे कि उसे कुछ नहीं आता और वह सबसे घटिया स्तर का काम करनेवाला इंसान है। यह वास्तव में बहुत गलत

बात थी, जिसकी वजह से कंपनी का महत्वपूर्ण समय बरबाद हो जाता था।

पामेला ने उस सफाई कर्मचारी को प्रोत्साहित करने के लिए कई तरकीबों का इस्तेमाल किया लेकिन कोई लाभ नहीं हुआ। पामेला ने गौर किया कि वह कर्मचारी भले ही अपने काम में माहिर न हो, लेकिन कभी-कभी कुछ कामों को बहुत अच्छे तरीके से पूरा करता है। पामेला ने तय किया कि अगली बार जब कभी ऐसा अवसर आएगा, तो वह सबके सामने उस कर्मचारी की तारीफ ज़रूर करेगी। पामेला को जल्द ही यह मौका मिला। इस घटना के बाद सभी ने महसूस किया कि उसके काम में लगातार सुधार हो रहा है। अब वह स्वयं अपने काम को पहले से बेहतर तरीके से करने की कोशिश करता था। धीरे-धीरे सब उसके काम की सराहना करने लगे। चूँकि लोगों ने उसकी सच्ची तारीफ की इसलिए उसके काम में भारी सुधार हुआ, जो सभी को स्पष्ट रूप से नज़र आने लगा।

वहीं जब आप किसी के मन को ठेस पहुँचाते हैं, तो इससे कोई लाभ नहीं होता। इसीलिए किसी से बुरा व्यवहार करने का कोई अर्थ नहीं है। वैसे भी एक पुरानी कहावत है, जिसे मैंने आज भी एक कागज़ पर लिखकर अपने शिशे के कोने में चिपका रखा है –

'यदि मैं किसी के लिए कुछ अच्छा कर सकता हूँ या किसी इंसान की भलाई कर सकता हूँ, तो मैं चाहूँगा कि फौरन ऐसा करूँ। मैं किसी कीमत पर इसे टालना नहीं चाहता और न ही नज़रअंदाज़ करना चाहता हूँ। क्योंकि हो सकता है कि मुझे दोबारा इसका मौका ही न मिले।'

इमर्सन ने भी कहा है, 'मैं जीवन में जिस भी इंसान से मिलता हूँ, उसमें कुछ न कुछ ऐसा ज़रूर होता है, जो मुझसे कहीं बेहतर होता है। मैं उसकी वही बात सीखने की कोशिश करता हूँ।'

इमर्सन के मामले में यह बात जितनी सच है, उससे हज़ार गुना अधिक हमारे बारे में सच है। हमें चाहिए कि हम अपनी उपलब्धियों तथा कामनाओं के बारे में अधिक सोचना बंद करें और दूसरों की चापलूसी करना भी बंद कर दें। हमें लोगों की सच्चे मन से तारीफ करनी चाहिए और दिल खोलकर करनी चाहिए। अगर आप ऐसा करते हैं, तो लोग आपके शब्दों को अपनी मधुर यादों की तिजोरी में संजोकर रखेंगे और उन्हें जीवनभर दोहराते रहेंगे। आप भले ही अपने उन शब्दों को भूल जाएँ, लेकिन वे कभी नहीं भूलेंगे।

स्वयं में लोगों की सच्ची तारीफ करने की आदत डालें।

१०

जो ऐसा कर सकता है, उसके साथ सारा विश्व होता है और जो ऐसा नहीं कर सकता, वह अकेला ही रह जाता है

मैं गर्मी के दिनों में मछलियाँ पकड़ने के लिए अक्सर मैन नदी की ओर चला जाता था। मुझे खाने में स्ट्रॉबेरी और क्रीम बहुत पसंद है, लेकिन जब मुझे यह समझ में आया कि मछलियों को कीड़े खाना पसंद होता है, तो मछलियाँ पकड़ते समय मैंने अपनी पसंद को किनारे करके, मछलियों की पसंद के बारे में सोचना शुरू किया। मैंने कभी मछलियाँ पकड़नेवाले हुक में स्ट्रॉबेरी व क्रीम को चारे के रूप में इस्तेमाल नहीं किया। मैं तो उस हुक में कीड़े बाँधता था और उसे पानी में छोड़ देता था। हुक में लटका हुआ अपना पसंदीदा खाना देखकर अधिक से अधिक मछलियाँ आकर्षित होती थीं।

क्यों न हम लोगों को अपनी ओर आकर्षित करने के लिए भी ऐसा ही व्यवहार करें।

पहले विश्व युद्ध में ठीक ऐसा ही व्यवहार ग्रेट ब्रिटेन के प्रधानमंत्री लॉयड जॉर्ज ने किया। एक बार किसी ने उनसे पूछा कि 'विल्सन, ऑरलैंडो तथा क्लीमेन्च्यू जैसे अन्य नेताओं को जनता ने भूला दिया, तो आपने सत्ता में बने रहने के लिए लोगों पर किस प्रकार अपना प्रभाव डाला?' इस सवाल का जवाब उन्होंने बहुत खूबसूरती से दिया। उन्होंने कहा कि 'मैं सत्ता में इसीलिए बना रहा क्योंकि मैंने इस बात का अभ्यास किया था कि अगर अलग-अलग मछलियों को पकड़ना है, तो उनके सामने उनकी पसंद का चारा ही डालना चाहिए।'

हम क्या चाहते हैं, इस बारे में बात करने का कोई लाभ नहीं है क्योंकि यह बचपने से ज़्यादा कुछ भी नहीं है। हम तो बस वही चाहते हैं, जो हमें पसंद होता है। हमें सिर्फ उसी में रुचि होती है, लेकिन आमतौर पर वह दूसरों को पसंद नहीं होता। इस मामले में हम सब एक जैसे होते हैं। हर किसी को सबसे ज़्यादा रुचि अपने आप में ही होती है।

इस संसार में दूसरों पर प्रभाव जमाने का केवल एक ही रास्ता है कि हम उनकी इच्छा के अनुरूप बात करें। साथ ही उन्हें यह भी बताएँ कि वे अपनी इच्छाओं को कैसे पूरा कर सकते हैं।

आनेवाले समय में आप जब भी किसी से कोई काम पूरा करवाना चाहें, तो इस बात का ध्यान रखें। उदाहरण के लिए यदि आप यह चाहते हैं कि आपके बच्चों की सिगरेट पीने की लत छूट जाए, तो इसके लिए उन पर कभी गुस्सा न करें और न ही उन्हें भाषण देते हुए यह जताने की कोशिश करें कि आप क्या चाहते हैं। इसके बजाय उन्हें कुछ ऐसे शब्दों में समझाएँ कि यदि वे सिगरेट पीते रहे तो उनके फेफड़े कमज़ोर हो जाएँगे और फिर उन्हें कभी बॉस्केटबाल टीम में नहीं लिया जाएगा और न ही वे कभी एथलेटिक्स की प्रतियोगिता में कप जीत सकेंगे।

आपके सामने चाहे बच्चे हों, चिंपाजी हों या कोई और जानवर हो, उनसे व्यवहार करते समय आपको इस बात का हमेशा ध्यान रखना चाहिए। मैं आपके सामने एक अन्य उदाहरण प्रस्तुत करता हूँ। एक बार रॉल्फ वाल्डो इमर्सन अपने बेटे सहित एक बछड़े को जबरदस्ती धान के गोदाम में ले जाने का प्रयास कर रहे थे। लेकिन इस दौरान वे उसके साथ एक आम इंसान की तरह व्यवहार करने की गलती कर रहे थे। एक ओर से इमर्सन बछड़े को धक्का दे रहे थे और दूसरी ओर से उनका बेटा उसे खींच रहा था। लेकिन वह बछड़ा भी वही कर रहा था, जो वे दोनों कर रहे थे। उसकी इच्छा गोदाम में जाने की नहीं थी, वह तो कुछ और ही चाहता था। इसके लिए उसने अपने पैर सख्ती से जमीन पर जमाए हुए थे और टस से मस भी नहीं हो रहा था। एक आइरिश नौकरानी ने उन दोनों को बछड़े को खींचते हुए देखा। वह महिला पढ़ी-लिखी नहीं थी और न ही इमर्सन की तरह ज्ञानी थी, लेकिन इस मौके पर क्या करना चाहिए, इस मामले में वह इमर्सन से अधिक सूझबूझ रखती थी। उसने तुरंत भाँप लिया कि बछड़ा क्या चाह रहा है। अत: उसने तुरंत अपनी एक उँगली बछड़े के मुँह में डाल दी। बस फिर क्या था, बछड़ा चुपचाप उसकी उँगली को चूसते हुए उनके पीछे-पीछे गोदाम के अंदर चलता चला गया।

याद करें कि जब से आप इस धरती पर पैदा हुए हैं, तब से लेकर आज तक आपने जो कुछ भी किया है, वह किसी न किसी चीज़ को प्राप्त करने के लिए किया है। अगर आपने रेड क्रॉस सोसायटी (रेड क्रॉस एक अंतर्राष्ट्रीय संगठन है, जिसका उद्देश्य मानवीय जीवन और सेहत को बचाना है।) में कभी मनचाहा दान दिया है, तो वह भी इसीलिए क्योंकि उसके बदले आप कुछ चाहते थे। आपने दान दिया क्योंकि आप ज़रूरतमंद लोगों की सहायता करना चाहते थे और बिना किसी स्वार्थ भावना के लोगों की भलाई और सहायता करना चाहते थे। आपने दान किया क्योंकि आपको याद था कि **ईसा मसीह ने कहा था, 'तुम ज़रूरतमंद लोगों की जो सहायता करते हो, वह सहायता तुम मेरे लिए करते हो।'**

आपने अपनी धन-दौलत की परवाह न करते हुए दान दिया क्योंकि आपका मन

दान की भावना महसूस करना चाहता था। अगर आपके अंदर यह भावना महसूस करने की इच्छा न होती, तो आप ऐसा कभी न करते। इसे आप ऐसे भी कह सकते हैं कि दान से मना करने में आपको संकोच हो रहा था। ऐसा भी हो सकता है कि आपके किसी ग्राहक ने आपको ऐसा करने के लिए कहा हो। कुल मिलाकर इस बात का निचोड़ यह निकलता है कि आपने दान दिया और बदले में आप किसी चीज़ की इच्छा रखते थे।

हैरी ए. ओवरस्ट्रीट ने अपनी एक सुप्रसिद्ध पुस्तक 'इन्लुएसिंग ह्यूमन बिहेवियर' में लिखा है, 'कर्म केवल हमारे मन में जागृत हुई मूलभूत इच्छा से पैदा होता है। किसी काम को करने के लिए हमें मार्गदर्शन देनेवाले लोग हमारे आस-पास होते ही हैं। ऐसे मार्गदर्शन देनेवाले लोग हर क्षेत्र में होते ही हैं। जैसे व्यापार, घर, स्कूल तथा राजनीति के क्षेत्र में दूसरों को कार्य करने में प्रेरित करनेवालों के लिए सबसे अच्छा मशवरा यही है, 'जो इंसान सामनेवाले के मन में किसी कार्य को पूर्ण करने के लिए इच्छा जागृत करता है, उसमें उत्सुकता निर्माण करता है, उस इंसान का साथ पूरा विश्व देता है। जो ऐसा नहीं कर सकता, वह अकेला ही रह जाता है।

एन्ड्रयू कारनेगी का उदाहरण

एन्ड्रयू कारनेगी बहुत गरीब परिवार में जन्मे थे। वे स्कॉटलैंड के निवासी थे और उन्होंने अपने पेशेवर जीवन की शुरुआत मात्र दो सेंट प्रति घंटा की कमाई से की थी। इसके बाद एक समय ऐसा आया कि उन्होंने 365 मिलियन डॉलर की राशि चंदे में दे दी। वे बचपन में ही समझ गए थे कि लोगों को प्रभावित करने का सबसे अच्छा तरीका है, उनकी इच्छाओं के बारे में बात करना। उन्होंने केवल चार साल तक ही स्कूल की पढ़ाई की। लेकिन इसी दौरान वे अच्छी तरह सीख गए कि लोगों से कैसा व्यवहार करना चाहिए।

एक बार उनकी एक करीबी रिश्तेदार उनके घर आई। वह अपने दोनों बच्चों के बारे में बहुत चिंता किया करती थी। उसके बच्चे येल विश्वविद्यालय में पढ़ते थे और हमेशा बहुत व्यस्त रहा करते थे। वे कभी अपने घर पत्र तक नहीं लिखते थे। इतना ही नहीं, जब कभी उनकी माँ अपने बच्चों की खुशहाली पूछने के लिए उन्हें पत्र लिखा करती, तो वे उसका जवाब तक नहीं देते थे।

जब उस महिला ने कारनेगी के सामने अपनी यह समस्या रखी, तो उन्होंने उसे आश्वासन देते हुए कहा कि वे जल्द ही उसके बच्चों को ऐसा पत्र लिखेंगे, जिसका जवाब उनसे ज़रूर आएगा। जब महिला को उनकी बात पर यकीन नहीं हुआ, तो उन्होंने 100 डॉलर्स की उससे शर्त भी लगा ली। फिर कारनेगी ने उन बच्चों को पत्र लिखा, जिसमें उन्होंने अनौपचारिक बातें लिखीं और साथ में यह भी लिख दिया कि वे इस पत्र के साथ दोनों बच्चों को पाँच-पाँच डॉलर भी भेज रहे हैं।

लेकिन कारनेगी ने पत्र के साथ पाँच डॉलर नहीं भेजे।

उन बच्चों ने पत्र मिलते ही जवाब लिखकर भेजा। उसमें उन्होंने 'प्यारे एन्ड्रयू अंकल' को धन्यवाद लिखकर भेजा। अब आप स्वयं ही समझ चुके होंगे कि इसके बाद उन्होंने पत्र में क्या लिखा होगा।

नन्हें बच्चे को स्कूल जाने के लिए राज़ी करना

अब मैं आपके सामने एक और उदाहरण पेश करता हूँ। क्लीवलैंड, ओहियो के एक निवासी स्टैन नोवाक ने हमारे कोर्स में हिस्सा लिया। एक दिन जब स्टैन शाम को घर वापस गए तो उन्होंने देखा कि उनका सबसे छोटा बेटा टिम ड्राइंग रूम में फर्श पर बैठकर यहाँ-वहाँ पैर चलाते हुए उधम मचा रहा था। उसका कारण यह था कि अगले दिन उसे किंडरगार्टन स्कूल में भर्ती करवाया जा रहा था, लेकिन वह स्कूल नहीं जाना चाहता था। बच्चे को इस प्रकार का व्यवहार करते देख स्टैन ने उसे सख्ती से कहा कि 'तुम्हें हर हाल में स्कूल जाना ही पड़ेगा और तुम फौरन तैयारी शुरू कर दो।' उस समय स्टैन के सामने ऐसा करने के अलावा कोई रास्ता नहीं था। लेकिन शाम ढलने के बाद रात को उसने महसूस किया कि यदि टिम को जबरदस्ती स्कूल भेजा गया, तो वह मानसिक रूप से स्कूल को अपना नहीं पाएगा।

फिर स्टैन ने शांत मन से विचार करना शुरू किया। वह सोचने लगा कि अगर टिम की जगह मुझे स्कूल जाना होता, तो मैं किस बात से उत्साहित होता? यह विचार आते ही स्टैन और उसकी पत्नी ने मिलकर कुछ ऐसी चीज़ों के नाम कागज़ पर लिख लिए, जिन्हें टिम खासतौर पर पसंद करता था। इसमें फिंगर पेंटिंग, गीत गाना तथा नए बच्चों के साथ दोस्ती करना शामिल था। स्टैन के मुताबिक इसके कुछ देर बाद मैंने टिम को आवाज़ लगाई कि 'हम सब मिलकर फिंगर पेंटिंग कर रहे हैं। मेरे साथ, तुम्हारी माँ लिल और बड़े भाई बॉब को भी इसमें बहुत आनंद आ रहा है।' इतना सुनते ही नन्हा टिम अपने कमरे के दरवाजे से बाहर झाँकने लगा। वह उत्सुकता से मेरे पास गया और बोला कि 'मैं भी फिंगर पेंटिंग करना चाहता हूँ।' मैंने भी उतनी ही उत्सुकता से उसे कहा, 'हाँ! हाँ! क्यों नहीं। लेकिन फिंगर पेंटिंग सीखने के लिए तुम्हें स्कूल जाना होगा।' मैंने उसे यह बात बहुत सहज और उत्साह भरे स्वर में कही ताकि वह इसे आसानी से समझ सके। मैंने उसे यह भी बताया कि स्कूल जाने पर वह बहुत सी नई बातें सीखेगा। अगले दिन सुबह जब मैं सोकर उठा और सीढ़ियों से उतरते हुए नीचे पहुँचा, तो देखकर हैरान रह गया। टिम लिविंग रूम में एक कुर्सी पर बैठा सो रहा था। मैंने उसे जगाते हुए पूछा, 'अरे टिम! तुम यहाँ क्यों सो रहे हो?' उसने मासूमियत से जवाब दिया, 'मैं स्कूल जाने का इंजतार कर रहा था। मैं वहाँ देर से नहीं पहुँचना चाहता था इसलिए यहाँ आकर बैठ गया और आपके उठने का इंतजार करने लगा।' इस प्रकार मेरे पूरे परिवार

ने मिलकर टिम को मानसिक रूप से उस बात के लिए मना लिया था, जो हम उसे जबरदस्ती करके अथवा धमकी देकर नहीं मनवा सकते थे।

ऐसी स्थिति आपके सामने भी आ सकती है। ऐसे में कुछ भी बोलने से पहले खुद से पूछें कि 'मैं सामनेवाले के मन में कुछ करने की इच्छा को कैसे जगा सकता हूँ?'

इस बात पर विचार करने से बहुत लाभ मिलता है क्योंकि जिन स्थितियों में आप बेवजह फँस जाते हैं, उनसे आसानी से निपट सकते हैं और साथ ही अन्य कई परेशानियों का सामना करने से भी बच सकते हैं।

होटल का किराया कैसे कम करें

कुछ समय पहले की बात है। मैंने अपना सेमिनार आयोजित करने के लिए न्यूयॉर्क में ही एक अच्छा होटल देख लिया। उस होटल के बॉलरूम को आनेवाले हर सत्र में बीस दिन के लिए किराये पर लिया।

पहला सत्र शुरू होने से कुछ दिन पहले अचानक होटल की ओर से यह संदेश आया कि उन्होंने अपना किराया तीन गुना अधिक कर दिया है और अब मुझे वह बढ़ा हुआ किराया देना पड़ेगा। उनके इस संदेश के मुझ तक पहुँचने से पहले ही सेमिनार के सारे टिकट छप चुके थे और उन्हें बाँटा भी जा चुका था। यही नहीं, सेमिनार के प्रचार का काम भी पूरा हो चुका था।

यह तो तय था कि मैं किसी भी कीमत पर तीन गुना अधिक किराया नहीं देना चाहता था। लेकिन इसके बारे में होटल के मैनेजर से बात करके भी कोई नतीजा हाथ नहीं आनेवाला था। क्योंकि मुझे पता था कि होटल का मैनेजर मेरी इच्छा से नहीं बल्कि अपनी इच्छा से ही काम करेगा। इसके दो दिन बाद मेरी मुलाकात होटल के मैनेजर से हुई।

मैंने उस मैनेजर से कहा, 'जब मुझे आपका पत्र मिला, तो मैं पढ़कर हैरान हो गया, लेकिन मैं आपसे कोई शिकायत नहीं कर रहा हूँ। यदि आपकी जगह मैं इस होटल का मैनेजर होता, तो मैं भी शायद आपको ऐसा ही पत्र भेजता। यहाँ का मैनेजर होने के नाते आपका फर्ज बनता है कि आप अधिक से अधिक लाभ के लिए काम करें, वरना आप अपनी नौकरी से हाथ धो बैठेंगे। तो आइए, अब एक कागज़ पर लिखकर देखते हैं कि इस समय किराया बढ़ाने से आपको क्या फायदा और क्या नुकसान होगा?' इस बात के लिए मैनेजर सहमत हो गया।

मैंने एक कागज़ लिया और उसके बीचों-बीच एक लाइन खींच दी। उस लाइन के एक ओर मैंने 'फायदे' और दूसरी ओर 'नुकसान' लिख दिया।

फिर मैंने फायदेवाले कॉलम में लिखना शुरू किया, 'बॉलरूम फ्री'। मैंने मैनेजर

से कहा, 'आपको यह फायदा होगा कि डांस और ऐसे अन्य आयोजनों के लिए अब आपका बॉलरूम खाली रहा करेगा। देखा जाए तो यह एक बहुत बड़ा फायदा है क्योंकि इस प्रकार के समारोह आयोजित करने से आप अधिक धन कमा सकते हैं। सेमिनारों के आयोजन से जो किराया मिलता है, वह डांस जैसे कार्यक्रमों के किराए से तो कम ही होता है। अगर मैं अपने सेमिनार के लिए इस बॉलरूम को लगातार बीस दिन के लिए किराए पर ले लेता हूँ, तो यह किसी बड़े फायदे से होनेवाले नुकसान के बराबर है।

चलिए अब हम इससे होनेवाले नुकसान देखते हैं। सबसे पहला नुकसान तो यह है कि अभी तक मेरे सेमिनार से आपको जो फायदा होता आया है, वह होना कम हो जाएगा बल्कि यूँ कहा जाए कि बिलकुल ही बंद हो जाएगा। क्योंकि मैं तो इतना बढ़ा हुआ किराया किसी कीमत पर नहीं देनेवाला हूँ। इसीलिए मज़बूर होकर आगे से मैं अपने सारे सेमिनार किसी दूसरे स्थान पर आयोजित किया करूँगा।

मेरे सेमिनारों के बहाने कई पढ़े-लिखे और सुसंस्कृत किस्म के लोग आपके होटल में आते हैं, जिससे आपके होटल का अच्छा प्रचार भी हो जाता है। यदि आप पाँच हजार डॉलर देकर किसी बड़े अखबार में अपना विज्ञापन दें, तब भी इतनी भारी संख्या में लोग आपके होटल में नहीं आ पाते, जितनी अधिक संख्या में मेरे सेमिनारों के बहाने आते हैं। कुल मिलाकर देखा जाए तो इससे आपके होटल का अच्छा खासा प्रचार हो जाता है।

अपनी बात जारी रखते हुए मैंने उक्त दोनों नुकसानों को कागज़ पर 'नुकसान' वाले कॉलम में लिख दिया। मैंने वह कागज़ मैनेजर के हाथ में थमाया और उससे कहा, अब आप अपने होटल को और खुद को होनेवाले फायदे और नुकसान के बारे में शांत मन से विचार करें और फिर मुझे अपना निर्णय बताएँ।'

उसके अगले ही दिन मैनेजर ने मुझे एक पत्र भेजा। उसमें लिखा था कि 'मुझे 300 प्रतिशत की बजाय मात्र 50 प्रतिशत बढ़ा हुआ किराया ही देना होगा।

गौर करें, मैंने होटल के किराये में इतनी छूट कैसे प्राप्त की, जबकि मैंने ऐसी छूट पाने के लिए एक शब्द तक नहीं कहा? मैंने केवल सामनेवाले की रुचि के अनुसार सोचा और उसे यह बताया कि वह अपनी मनपसंद चीज़ किस प्रकार प्राप्त कर सकता है।

कल्पना करें कि यदि मैंने एक आम आदमी की तरह व्यवहार किया होता, तो मैं मैनेजर के पास जाता और गुस्से में आकर कुछ इस तरह के शब्दों में बहस करने लगता कि 'इस प्रकार किराया बढ़ाने का क्या मतलब है? मेरे टिकट छप चुके हैं और सारा प्रचार कार्य भी पूरा हो चुका है और अब अचानक मुझे तीन गुना अधिक किराया देना

पड़ेगा! यह तो सरासर बेईमानी है। मैं इतना किराया कभी नहीं दे सकता।'

इसका अंजाम क्या होता? हम दोनों जोरदार बहस करते और दोनों में खूब तनातनी होती। लेकिन ऐसी बहसबाजी का कोई नतीजा नहीं निकलता। मैं भले ही उससे उसकी गलती मनवा लेता, लेकिन वह इस बात के लिए कभी अपना सिर झुकाने को तैयार न होता और न ही मुझे किराए में कोई छूट देता।

पत्र व्यवहार के कुछ उदाहरण

हेनरी फोर्ड ने मधुर संबंधों की कला बारे में बहुत सुंदर बात कही है, '**सफलता का केवल एक ही रहस्य है- आपके अंदर सामने खड़े इंसान के नज़रिए को भाँपने की योग्यता होनी चाहिए। आप किसी घटना को अपने तथा सामनेवाले, दोनों के नज़रिए से देखने व समझने की क्षमता रखते हैं।**'

यह इतना सरल और स्पष्ट है कि हर एक ने इस सच्चाई को स्वीकार करना चाहिए। लेकिन फिर भी 90 प्रतिशत से भी अधिक लोग इसे समझते हुए भी नकार देते हैं।

उदाहरण के लिए, अपनी आज की डाक चेक करें। पत्रों को देखकर आपको महसूस होगा कि पत्र-व्यवहार के मामले में अधिकतर लोग साधारण सी चीज़ें भी नहीं समझते। नीचे दिए गए एक पत्र का नमूना देखिए। यह पत्र एक ऐसी विज्ञापन एजेंसी के रेडियो विभाग द्वारा लिखा गया है, जिसके कार्यालय पूरे एशिया में स्थित हैं। इस विज्ञापन एजेंसी ने इस पत्र की कॉपी देशभर के सभी स्थानीय रेडियो स्टेशनों के मैनेजरों को भेजी थी। इसके हर पैराग्राफ के बारे में मैंने अपनी प्रतिक्रिया भी लिख दी है।

'मिस्टर जॉन ब्लैंक,
ब्लैंकविले,
इंडियाना
डियर मिस्टर ब्लैंक :
... यह कंपनी रेडियो के क्षेत्र में विज्ञापन एजेंसी के शिखर पर अपनी पहचान कायम रखना चाहती है।'

(किसी को भी इस बात की परवाह नहीं है कि आपकी कंपनी क्या चाहती है। क्योंकि मेरे पास अपनी स्वयं की कई समस्याएँ हैं, जिन्हें लेकर मैं परेशान रहता हूँ। मेरे कर्ज को लेकर बैंक कार्रवाई कर रहा है... शेयर बाजार के भाव नीचे आ गिरे हैं... मैं आज सुबह सवा आठ बजेवाली ट्रेन नहीं पकड़ सका... जोन्स ने मुझे कल रात अपने यहाँ होनेवाली पार्टी में नहीं बुलाया... डॉक्टरों का कहना है कि मैं हाई ब्लड प्रेशर का शिकार हूँ और मुझे न्यूराइटिस तथा डैन्ड्रफ भी है... इसके बाद मैं अफरा-तफरी

में अपने ऑफिस आता हूँ और अपनी डाक देखता हूँ, तो पता चलता है कि न्यूयॉर्क में बैठकर कोई अभिमानी इंसान इस बात की बड़ाई कर रहा है कि उसकी कंपनी क्या चाहती है। ये सब बेकार की बातें हैं। यदि कंपनी के मालिक को इस बात का अंदाजा होता कि इस पत्र का क्या असर होगा, तो शायद वह विज्ञापन का व्यापार छोड़कर शीप डिप बनाने का व्यापार शुरू कर देता।)

'हमारी इस विज्ञापन एजेंसी का नेटवर्क राष्ट्रीय स्तर पर फैला हुआ है। यह कंपनी हर साल इतना अधिक काम करती है कि अन्य सभी विज्ञापन एजेंसियाँ हमसे कहीं पीछे हैं और हमारी एजेंसी इस व्यापार में पहले नंबर पर है।'

(आप बहुत महान हैं, धनवान हैं और पहले नंबर पर हैं। तो क्या? अगर हो भी तो उससे कोई असर नहीं पड़ता। मुझे इस बात की कोई परवाह नहीं है कि तुम अमेरिका के जनरल मोटर्स, जनरल इलेक्ट्रिक या जनरल स्टॉफ जितने बड़े बन जाओ। यदि तुम्हारे दिमाग में एक चिड़िया जितनी भी अक्ल होती, तो तुम यह सोचते कि मेरी रुचि इस बात में है कि मैं कितना बड़ा हूँ, न कि इस बात में कि तुम कितने बड़े हो। तुम लोगों की इस अभूतपूर्व सफलता की बातें पढ़कर मैं अपने आपको छोटा और बेकार समझने लगता हूँ।)

'हम अपने ग्राहकों को ऐसी सेवा प्रदान करना चाहते हैं, जो अन्य विज्ञापन एजेंसियों से बहुत बेहतर हो।'

(तुम चाहते हो...? तुम चाहते हो...? यह सब मूर्खताभरी बातें हैं। मैं इस बात में तनिक भी रुचि नहीं रखता कि तुम क्या चाहते हो या फिर अमेरिका का राष्ट्रपति क्या चाहता है। मैं तुम्हें आखिरी बार यह बता रहा हूँ कि मेरी रुचि केवल इस बात में है कि मैं क्या चाहता हूँ। और जहाँ तक मेरा विचार है, तुमने अभी तक इस पत्र में इस बात का जिक्र भी नहीं किया कि मैं क्या चाहता हूँ।)

'क्या आप ----- इस कंपनी का नाम साप्ताहिक स्टेशन जानकारी की अपनी विशेष सूची में जोड़ने के इच्छुक हैं? आप किस समय पर हमसे मिलना चाहते हैं, इस बारे में हमें जानकारी दें।

('विशेष सूची!' तुम्हारी हिम्मत कैसे हुई? एक तो तुम अपनी कंपनी के बारे में डींगे मारते हुए मुझे छोटा होने का एहसास कराते हो और अब तुम चाहते हो कि मैं तुम्हारी कंपनी का नाम 'विशेष सूची' में शामिल कर लूँ। और तुमने अपने इस आग्रह के साथ 'कृपया' शब्द लिखने की भी तकलीफ नहीं की।)

'इस पत्र का जवाब फौरन भेजें तथा हमें बताएँ कि आप वर्तमान में क्या कर रहे हैं? हम उम्मीद करते हैं कि जब हम दोनों मिलकर काम करेंगे, तो दोनों को ही फायदा होगा।'

(अरे बेवकूफ! एक तो तुम मुझे इतना घटिया पत्र भेज रहे हो, जो किसी पतझड़ की पत्तियों की तरह छितराया हुआ है, ऊपर से मैं अपने हाई ब्लड प्रेशर से परेशान हूँ और इसके बावजूद तुम उम्मीद कर रहे हो कि मैं बैठकर तुम्हें उसका उत्तर दूँगा और वह भी फौरन! और ये 'फौरन' से तुम्हारा क्या मतलब है? क्या तुम्हें अंदाजा नहीं है कि मैं भी तुम्हारे जितना ही व्यस्त आदमी हूँ। कम से कम मैं तो अपने आपको व्यस्त कहलाना पसंद करूँगा। अब ज़रा यह बताओ कि तुम मुझे आदेश देनेवाले होते कौन हो? तुम्हारा कहना है कि इससे हम दोनों को फायदा होगा। कैसे? क्या तुमने अपने इस प्रस्ताव को मेरे नज़रिये से देखा? क्या तुम मुझे साफ-साफ बता सकते हो कि इससे मुझे क्या लाभ होगा क्योंकि इस बारे में तो तुमने एक शब्द भी नहीं लिखा है।)

आपका,

जॉन डो

मैनेजर रेडियो विभाग

अनुलेख (P.S.) : इस पत्र के साथ ब्लैंकविले जरनल आपको रिप्रिंट भेज रहा है, जो आपको ज़रूर अच्छा लगेगा और इसे आप अपने स्टेशन पर प्रसारित करना चाहेंगे।

(अंततः तुमने एक ऐसी चीज़ का जिक्र किया, जो मेरे काम की है। तुमने यह बात पत्र के शुरू में क्यों नहीं लिखी? लेकिन अब कोई फायदा नहीं। किसी भी विज्ञापन एजेंसी का इंसान, जो इतनी बकवास लिख सकता है, मेरी नज़र में उसे ज़रूर कोई न कोई मानसिक रोग होगा। और ज़रा यह बताओ कि तुम यह क्यों जानना चाहते हो कि मैं वर्तमान में क्या कर रहा हूँ? तुम्हारा पत्र पढ़कर मुझे तो लगता है, तुम्हारे थायरॉयड ग्लैंड को आयोडीन की आवश्यकता है।)

जो लोग विज्ञापन एजेंसी जैसा व्यवसाय कर रहे हैं, जो दूसरों को कुछ बेचने की कला जानते हैं तथा इस कला में स्वयं को कुशल भी समझते हैं – यदि वे लोग ऐसा पत्र लिखते हैं तो फिर एक कसाई, ऑटो मैकेनिक या बेकरी की दुकान चलानेवाले से आप क्या उम्मीद कर सकते हैं?

मैं आपको एक अन्य पत्र का उदाहरण देता हूँ। यह पत्र माल की ढुलाई करनेवाले एक बहुत बड़े टर्मिनल के सुप्रीरिटेंडेंट ने हमारे संस्थान में कोर्स कर रहे एडवर्ड वर्मिलन नाम के एक विद्यार्थी को भेजा था। इसे पढ़ें फिर मैं आपको विस्तार से बताता हूँ कि इस पत्र को पानेवाले पर उसका क्या असर पड़ा।

ए. ज़ेरेगाज़ संस, इंक,
28 फ्रंट स्ट्रीट,

ब्रुकलिन, न्यूयॉर्क 11201

प्रति,
मिस्टर एडवर्ड वर्मिलन

श्रीमान,

    हमारे रेल रिसीविंग स्टेशन का कामकाज समय पर सामान न पहुँचने के कारण रुका हुआ है क्योंकि जो सामान हमें सुबह मिलनेवाला था, वह दोपहर को बहुत देरी से पहुँचा। ऐसे समय पर हमारे कर्मचारियों को भी अधिक देर तक रुककर ओवर टाइम करना पड़ता है। हमारे यहाँ से ट्रकों को निकलने में भी देर होती है और कई बार सामान पहुँचते-पहुँचते बहुत देर हो जाती है। आपकी कंपनी ने 10 नवंबर को 510 वस्तुओं का एक लॉट हमारे पास भिजवाया था, जो हमें शाम को 4:20 बजे प्राप्त हुआ।

    सामान देर से मिलने के कारण बहुत परेशानी होती है। इस सिलसिले में हम आपसे सहयोग की अपेक्षा रखते हैं। क्या आप ऐसी व्यवस्था कर सकते हैं कि आप जब भी सामान भिजवाएँ तो उसे या तो थोड़ा जल्दी भिजवाने की कोशिश करें या फिर सामान का कुछ हिस्सा सुबह ही भिजवा दिया करें। कुल मिलाकर हम बस इतना चाहते हैं कि आगे से आप जो सामान भिजवाएँ, वह उस दिन की तरह देर से न भिजवाएँ।

    यदि आप यह इंतजाम कर देते हैं, तो इससे सबसे बड़ा फायदा यह होगा कि आपके सामान से भरे ट्रकों को जल्दी खाली कर दिया जाया करेगा और आपको भी इस बात का आश्वासन रहेगा कि आपके ट्रक सही समय पर उसी दिन रवाना कर दिए जाएँगे।

आपका
जे. बी. - सुप्रीटेंडेंट

यह पत्र पढ़ते ही ए. झेरेगाज़ संस, इंक. के सेल्स मैनेजर मिस्टर वर्मिलन ने जो प्रतिक्रिया दी, उसके बारे में उन्होंने मुझे बताया –

    'यह पत्र पढ़कर मुझ पर बिलकुल विपरीत असर हुआ। पत्र के शुरू में ही उन्होंने अपनी परेशानियों का रोना रो दिया, जिसमें मेरी ज़रा भी दिलचस्पी नहीं थी। उन्होंने मुझसे सहायता तो माँगी, लेकिन इस बात पर जरा भी विचार नहीं किया कि इससे हमें भी कई तरह की कठिनाइयों का सामना करना पड़ सकता है। उस पत्र में हमारे काम की सिर्फ एक ही बात थी, जो उन्होंने पत्र के अंत में लिखी थी कि अगर हम उन्हें अपना पूरा सहयोग देंगे, तो हमारा फायदा यह है कि हमारे ट्रक उसी दिन खाली हो सकते

हैं। हमारी रुचि की चीज़ का जिक्र उन्होंने पत्र के अंत में किया। यही कारण था कि उनके पत्र का कोई जोरदार प्रभाव नहीं पड़ा।'

यदि हम इसी पत्र में थोड़ा फेरबदल कर दें, तो क्या इसे सुधारा जा सकता है? फेरबदल करने का अर्थ है कि हम अपनी परेशानियों के बारे में बात करने में एक शब्द भी खर्च नहीं करेंगे और हेनरी फोर्ड के इस सुझाव पर भी गौर करेंगे कि हमें सामनेवाले के नज़रिए को समझना चाहिए। किसी भी घटना को अपने नज़रिए से देखने के साथ-साथ सामनेवाले के नज़रिए से भी देखना चाहिए।

हम कुछ फेरबदल करके इस पत्र को फिर से लिखने जा रहे हैं। हो सकता है कि इसे फिर से लिखने का इससे भी बेहतर कोई और तरीका हो। लेकिन आप इसे पढ़कर सोचें कि क्या यह पहलेवाले पत्र से बेहतर नहीं है?

मिस्टर एडवर्ड वर्मिलन
ए. ज़ेरेगाज़ संस, इंक.
28 फ्रंट स्ट्रीट, ब्रुकलिन, न्यू यॉर्क 11201

प्रिय मिस्टर वर्मिलन,

आपकी कंपनी पिछले चौदह सालों से हमारे अच्छे ग्राहकों में से एक है। हम इस बात के लिए आपका आभार व्यक्त करते हैं कि आप बहुत लंबे समय से हमारे ग्राहक बने हुए हैं। हमारी पूरी कोशिश रहती है कि हम आपको अपनी ओर से ऐसी सेवा दें कि आपको कभी शिकायत का मौका न मिले। हमारी सर्वश्रेष्ठ सेवा आपका अधिकार भी है। लेकिन हम आपसे इस बात के लिए माफी माँगना चाहते हैं कि जब आपकी ओर से सामान से लदे ट्रक हमारे पास शाम को पहुँचते हैं (10 नवंबर के दिन ठीक ऐसा ही हुआ था।) तो हमें सर्वश्रेष्ठ सेवा देने में परेशानी होती है। ऐसा इसलिए होता है क्योंकि शाम के समय ही कई दूसरे ग्राहकों का सामान भी आता है। इस कारण हमारे यहाँ ढेरों ट्रकों की भीड़ जमा हो जाती है, जिसे व्यवस्थित करने में मुश्किल होती है। इसी वजह से सामान से लदे सभी ट्रकों को अनावश्यक रूप से रोकना पड़ता है और परिणाम यह होता है कि कई बार तो आपका सामान पहुँचाने में भी देर हो जाती है।

हम ऐसा नहीं चाहते। हमारा मानना है कि इस परेशानी से बचा जा सकता है। यदि आप अपनी ओर से ऐसी व्यवस्था कर दें कि आपके ट्रक हमारे पास सुबह पहुँच जाया करें, तो हम उन्हें जल्द से जल्द खाली करवा सकते हैं। इससे आपका सामान बिना देर किए सही समय पर आपके पास पहुँच जाया करेगा और हमारे कर्मचारी भी समय पर अपने-अपने घर लौटकर डिनर में उस मैकरोनी

व नूडल्स का स्वाद ले सकेंगे, जिसका उत्पादन आपकी कंपनी करती है।

हालाँकि ऐसा नहीं है कि अगर आपका सामान जल्दी आएगा, तभी हम आपको सर्वश्रेष्ठ सेवा देंगे। आप हमारे महत्वपूर्ण ग्राहक हैं। आप भले ही किसी भी समय सामान भेजें, हम आपको अपनी ओर से बेहतरीन सेवाएँ देना जारी रखेंगे।

आप शायद अपने काम में व्यस्त होंगे, अतः इस पत्र का जवाब देने का कष्ट न करें।

आपका

जे. बी.- सुप्रीटेंडेंट

बारबरा एंडरसन नाम की एक महिला न्यूयॉर्क के एक बैंक में कार्यरत थी। वह अपने बेटे के स्वास्थ्य के कारण फीनिक्स, एरिजोना में जाकर बसना चाहती थी। वह हमारे सेमिनारों में भाग ले चुकी थी। उसने सेमिनारों में सिखाई गई अनेक तकनीकों का सहारा लेते हुए फीनिक्स के बारह अलग-अलग बैंकों की शाखाओं को एक पत्र लिखा, जो इस प्रकार था :

डियर सर,

उन्नति के पथ पर तेजी से बढ़ते हुए आपके बैंक के लिए मेरा दस साल का अनुभव बहुत काम का हो सकता है।

मैं वर्तमान में न्यूयॉर्क की बैंकर्स कंपनी में ब्रांच मैनेजर के पद पर काम कर रही हूँ। इस पद तक पहुँचने से पहले मैं कई पदों पर काम कर चुकी हूँ और बैंकिंग क्षेत्र में हर तरह की जिम्मेदारियाँ निभा चुकी हूँ। अपने दस साल के अनुभव के चलते आज मैं क्रेडिट, लोन, टेलर तथा मैनेजमेंट जैसे बैंकिंग के सभी पहलुओं की अच्छी जानकारी रखती हूँ।

मैं मई के महीने में फीनिक्स में रहने आ रही हूँ। मुझे यकीन है कि मैं आपके बैंक की तरक्की तथा लाभ में अपना सहयोग दे सकती हूँ। मैं अप्रैल के पहले सप्ताह में फीनिक्स में ही रहूँगी। इस दौरान मैं आपको यह बता सकती हूँ कि मैं किस प्रकार आपके बैंक के लक्ष्यों को पूरा करने में आपकी सहायता कर सकती हूँ।

धन्यवाद

बारबरा एल. एंडरसन

क्या आपको लगता है कि मिसेज एंडरसन के इस पत्र के बदले कोई जवाब आया

होगा? जी हाँ। बारह में से ग्यारह बैंकों की ओर से जवाब आया, जिन्होंने उन्हें इंटरव्यू के लिए बुलाया। अब उनके पास अपनी पसंद का बैंक चुनने का विकल्प था। जानते हैं ऐसा कैसे हुआ? क्योंकि मिसेज एंडरसन ने अपने पत्र में यह नहीं लिखा कि वे खुद क्या चाहती हैं। उन्होंने तो केवल यह लिखा कि वे किस प्रकार उनके बैंक के लिए एक अच्छी कर्मचारी साबित हो सकती हैं। उन्होंने अपने पत्र में अपनी इच्छाओं के बारे में बात न करते हुए बैंक की इच्छाओं का जिक्र किया था।

आज हज़ारों सेल्समैन उदास चेहरे लिए हुए, थके-हारे और निराश घूमते हुए दिखाई देते हैं। ऐसा क्यों है? क्योंकि उनके मन में यही सोच-विचार चलता रहता है कि वे क्या चाहते हैं? वे इस नज़रिए से सोचते ही नहीं हैं कि उनके ग्राहक यानी मैं या आप उनकी कोई चीज़ खरीदने की इच्छा नहीं रखते हैं। लेकिन इसमें भी कोई दोराय नहीं कि हम अपनी-अपनी परेशानियों को दूर करने के बारे में ज़रूर सोचते रहते हैं। यदि कोई सेल्समैन आकर हमें यह समझा सके कि वे जो सामान या सेवा बेच रहे हैं, वह हमारी समस्याओं को समाप्त करने में किस प्रकार लाभदायक साबित हो सकती है, तो उसे अपना सामान बेचने की ज़रूरत ही नहीं पड़ेगी क्योंकि फिर हम स्वयं उनका सामान खरीदने के लिए मज़बूर हो जाएँगे। दरअसल खरीददारों को कोई भी चीज़ खरीदते समय यह नहीं महसूस होना चाहिए कि उन्हें सामान बेचा जा रहा है क्योंकि उन्हें यह अच्छा नहीं लगता कि कोई उन्हें अपना सामान बेचकर जा रहा है। उन्हें तो यह अच्छा लगता है कि वे अपनी पसंद या ज़रूरत का सामान अपनी मर्ज़ी से खरीद रहे हैं।

बीमा एजंट का उदाहरण नं. १

अधिकतर सेल्समैन इस स्थिति को जीवनभर खरीददारों के नज़रिए से नहीं देख पाते। इस बात को समझने के लिए मैं आपको एक उदाहरण देता हूँ। न्यूयॉर्क के बीचों-बीच निजी मकानों की एक छोटी सी कॉलोनी थी, जिसका नाम था फॉरेस्ट हिल्स। मैं कई साल इस कॉलोनी में रहा। एक दिन जब मैं अपने घर से निकलकर स्टेशन की ओर जा रहा था, तो मुझे एक रियल एस्टेट एजेंट मिला। वह इंसान कई सालों से उस इलाके में मकान खरीदने व बेचने का काम कर रहा था। इसके अलावा वह बीमा भी बेचा करता था, जिसके कमीशन से उसकी कमाई हो जाती थी। उसे फॉरेस्ट हिल्स के बारे में भी बहुत अच्छी जानकारी रहती थी। हालाँकि उस दिन मैं जल्दी में था, लेकिन फिर भी मैंने उससे पूछा कि 'स्टुको (एक किस्म का प्लास्टर) की दीवारोंवाला मेरा घर वास्तव में किन-किन चीज़ों से बना है - मेटल लेथ (धातु की तख्तियों) अथवा हॉलो टाइल्स (खोखली पट्टियों) से? उसने कहा कि 'मुझे इस बारे में कोई जानकारी नहीं है।' लेकिन उसने एक महत्वपूर्ण बात बताई कि 'मुझे यह जानकारी फॉरेस्ट हिल्स गार्डन एसोसिएशन से मिल सकती है।' यह बात मैं पहले नहीं जानता था। अगली ही

सुबह उसका भेजा हुआ एक पत्र मुझे मिला। क्या उसने इस पत्र में वह सब लिखा जो मैं जानना चाहता था? नहीं! उसने अपने पत्र में एक बार फिर वही बात बताई, जो वह मुझे पहले बता चुका था। उसने लिखा था कि 'एसोसिएशन के ऑफिस में फोन करके मैं जानकारी ले सकता हूँ।' जबकि अगर वह चाहता तो खुद फोन करके सब कुछ पता कर लेता और मुझे बता देता, लेकिन उसने ऐसा कुछ नहीं किया। बल्कि पत्र के अंत में उसने मुझसे आग्रह किया कि मैं उससे एक नई बीमा पॉलिसी ले लूँ।

कुल मिलाकर उस इंसान को मेरी सहायता करने में कोई रुचि नहीं थी। वह केवल स्वयं की सहायता करने में रुचि ले रहा था।

बीमा एजंट का उदाहरण नं. २

बर्मिंघम, अलबामा के जे. हॉवर्ड ल्यूकस ने हमें एक घटना बताई, जो एक ही कंपनी के दो सेल्समैनों के बारे थी कि किस प्रकार उन दोनों ने एक ही स्थिति में अलग-अलग तरीके से काम किया। ल्यूकस के अनुसार वह घटना कुछ इस प्रकार थी।

मैं कई साल पहले एक छोटी सी कंपनी की मैनेजमेंट टीम में काम किया करता था। हमारे ऑफिस के करीब ही एक बहुत बड़ी बीमा कंपनी का जिला मुख्यालय था। बीमा बेचने के लिए उस बीमा कंपनी के सभी एजेंट को अलग-अलग क्षेत्र तय करके दिए गए थे। हमारी कंपनी जिन दो एजेंट के हिस्से में आई थी, उनमें से एक का नाम कार्ल और दूसरे का नाम जॉन था।

एक दिन सुबह-सुबह कार्ल हमारे ऑफिस में आया। बातों ही बातों में उसने मुझे हाल ही में शुरू हुई किसी नई बीमा पॉलिसी के बारे में बताया। यह पॉलिसी एक्ज़ीक्यूटिव्स के लिए शुरू की गई थी। उसने यह भी बताया कि अभी उसके पास पॉलिसी के बारे में अधिक जानकारी नहीं है, लेकिन कुछ ही दिनों में उसके पास विस्तृत जानकारी आ जाएगी। उसने कहा, 'हो सकता है कि आनेवाले समय में आप उस पॉलिसी को लेना चाहें।'

उसी दिन हमारी मुलाकात जॉन से हुई। उसने हमें कॉफी ब्रेक के बाद फुटपाथ पर चलते हुए देख लिया था। वह चिल्लाता हुआ हमारे पास आया और बोला, 'ल्यूक! थोड़ा रुको। मैं आप लोगों के लिए एक बहुत अच्छी खबर लेकर आया हूँ।' फिर उसने बहुत उत्सुकता से हमें बताया कि उसकी कंपनी एक बहुत अच्छी पॉलिसी शुरू करने जा रही है। (कार्ल ने इसी पॉलिसी के बारे में हमें बहुत साधारण तरीके से बताया था।) जॉन ने फिर कहा कि 'क्यों न हम लोग इस पॉलिसी को अपनाकर इसके पहले खरीददार बन जाएँ।' उसने पॉलिसी की कवरेज तथा इससे संबंधित अन्य जानकारियाँ भी हमें दे दीं और अंत में कहा, 'यह पॉलिसी एकदम नई है और मैं कल ही अपने ऑफिस जाकर

इसके बारे में पूरी जानकारी इकट्ठा करके आपको दे दूँगा।' इसी दौरान यदि हम लोग इसकी बाकी की औपचारिकताएँ पूरी कर लें और आवेदन फॉर्म पर हस्ताक्षर करके इसे ऑफिस भिजवा दें तो यह हमें तुरंत मिल सकती है। जॉन ने हमें यह जानकारी बहुत ही रोमांच और उत्साह के साथ दी। हालाँकि हमें अभी तक उस पॉलिसी के बारे में ज़्यादा कुछ पता नहीं चला था, लेकिन जॉन के बताने के तरीके से हम भी उस पॉलिसी को लेने के लिए उत्साहित हो उठे। फिर बाद में जब हमें उस पॉलिसी के बारे में पूरी जानकारी मिली, हमने पाया कि जॉन ने जैसा बताया था, यह पॉलिसी ठीक वैसी ही है।

हमें यह बीमा पॉलिसी कार्ल भी बेच सकता था, लेकिन वह हमारे मन में इसे लेने की इच्छा पैदा नहीं कर सका।

इस दुनिया में ऐसे लोगों की कोई कमी नहीं है, जो केवल अपने स्वार्थ के लिए जीते हैं और हमेशा अपनी भलाई के बारे में सोचते हैं। यही कारण है कि जो इंसान दुर्लभ होता है, उसे बहुत फायदा होता है क्योंकि वह बिना किसी स्वार्थ के दूसरों की सहायता करना चाहता है। ऐसे इंसान के प्रतिद्वंदी भी बहुत कम होते हैं। अमेरिका के एक बड़े व्यापारी और प्रसिद्ध वकील ओवेन डी. यंग का कहना था, 'जिस इंसान में स्वयं को दूसरों के स्थान पर रखकर देखने का गुण होता है और जो दूसरों के मन का काम करने का तरीका जानता है, उसे अपने भविष्य की चिंता करने की ज़रूरत नहीं पड़ती।'

यदि आप इस पुस्तक को पढ़कर केवल इतना सीख लेते हैं कि 'दूसरे इंसान के नज़रिए से कैसे सोचा जाए और हर परिस्थिति को दूसरे की नज़र से देखना ज़रूरी है।' तो यह आपके लिए बहुत लाभदायक साबित हो सकता है।

परिस्थिति को सामनेवाले इंसान के नज़रिए से देखने व उसमें किसी प्रकार की इच्छा जगाने का अर्थ यह नहीं होता कि आप उसे नीचा दिखाना चाहते हैं या फिर उससे कोई ऐसा काम करवाना चाहते हैं, जिससे आपका फायदा और उसका नुकसान हो। इसमें दोनों का फायदा होना चाहिए। जैसा कि हमने मिस्टर वर्मिलनवाले उदाहरण में देखा, जिसमें उन्हें लिखे गए पत्र में जो सुझाव दिए गए थे, उनसे दोनों को फायदा हुआ था। ठीक इसी तरह मिसेज एंडरसन तथा बैंकवाले मामले में भी दोनों को फायदा हुआ था। एक ओर तो बैंक को एक अच्छी कर्मचारी मिल गई और दूसरे मिसेज एंडरसन को अपने मनपसंद स्थान पर काम मिल गया। तीसरे उदाहरण में भी यही हुआ। यहाँ जॉन को मिस्टर ल्यूकस का बीमा करने पर कमीशन मिल गया तथा मिस्टर ल्यूकस को एक अच्छी बीमा पॉलिसी मिल गई।

सर्विस स्टेशन का आधुनिकीकरण

मैं आपको दूसरे इंसान के मन में काम करने की इच्छा जगाने तथा उससे दोनों ओर के पक्षों को लाभ मिलने का एक अन्य उदाहरण देता हूँ। माइकल ई. व्हिडन नाम का इंसान वारविक, रोड आइलैंड की शेल ऑइल कंपनी की एक क्षेत्रीय शाखा में सेल्समैन था। माइकल अपने जिले का सबसे बेहतरीन सेल्समैन बनना चाहता था। लेकिन उसका यह सपना पूरा करने में एक सर्विस स्टेशन आड़े आ रहा था। दरअसल उस सर्विस स्टेशन को एक बुजुर्ग इंसान चलाता था। वह किसी भी कीमत पर स्टेशन का आधुनिकीकरण नहीं करवाना चाहता था। जबकि उस सर्विस स्टेशन की हालत बहुत खराब हो चुकी थी और ग्राहकों के कम होने के कारण उसकी बिक्री भी कम होती जा रही थी।

माइकल ने उस बुजुर्ग मैनेजर को कई बार स्टेशन का आधुनिकीकरण करने की सलाह दी, लेकिन वह हर बार टाल दिया करता था। माइकल ने काफी कोशिश की, लेकिन कोई फायदा नहीं हुआ। अंतत: उसने तय किया कि वह उस मैनेजर को शेल ऑइल कंपनी के क्षेत्र के सबसे आधुनिक सर्विस स्टेशन में आने का निमंत्रण देगा।

मैनेजर ने माइकल का निमंत्रण स्वीकार किया। उसने जब नए सर्विस स्टेशन को देखा तो वहाँ की आधुनिक सुविधाओं से प्रभावित हुए बिना न रह सका। अगली बार जब माइकल उससे मिला, तो देखा कि आखिरकार मैनेजर ने अपने सर्विस स्टेशन का आधुनिकीकरण करवा लिया है। इससे न सिर्फ ग्राहकों की संख्या बढ़ गई बल्कि सर्विस स्टेशन की बिक्री भी पहले से कई गुना अधिक बढ़ गई थी। इस प्रकार माइकल अपने जिले का पहले नंबर का सेल्समैन बन गया। ज़रा गौर करिए कि शुरुआत में माइकल ने स्टेशन का आधुनिकीकरण करने के लिए मैनेजर को कई बार कहा, ढेरों सुझाव दिए लेकिन वह नहीं माना। लेकिन जब माइकल ने मैनेजर को सबसे आधुनिक स्टेशन दिखाकर उसके मन में स्टेशन के आधुनिकीकरण की इच्छा जगाई, तो दोनों पक्षों को लाभ हुआ।

बास्केटबॉल खेलने की इच्छा

कॉलेज जाते समय अधिकतर लोग वर्जल (मार्गदर्शिका) का अभ्यास कर लेते हैं या फिर कैलकुलस सीख लेते हैं। लेकिन यह जानने का प्रयास ही नहीं करते कि उनका दिमाग किस प्रकार काम करता है। उदाहरण के लिए मैंने एक बार कॉलेज के ग्रेजुएट नौजवानों को 'प्रभावशाली वार्तालाप की कला' सिखाने के लिए एक कोर्स का आयोजन किया। वे सभी नौजवान एक एयरकंडीशन बनानेवाली 'कैरियर कॉरपोरेशन' नामक कंपनी के भावी कर्मचारी बनने जा रहे थे। उनमें से एक नौजवान यह चाहता था कि बाकी के सभी लोग खाली समय में बॉस्केटबाल खेला करें। वह जबरदस्ती उन्हें

इस बात के लिए राज़ी करना चाहता था। उसने अपनी बात को सबके सामने कुछ इस प्रकार प्रस्तुत किया कि 'मेरी इच्छा है कि आप सब बास्केटबॉल खेलें। मैं स्वयं भी बास्केटबॉल खेलना पसंद करता हूँ। लेकिन समस्या यह है कि मैं जब भी जिम में बने बास्केटबॉल कोर्ट में जाता हूँ, तो वहाँ खेलने के लिए ज़्यादा लोग मिलते ही नहीं हैं। कल रात को भी मेरे साथ वहाँ खेलने के लिए इक्का-दुक्का लोग ही थे। कल वहाँ खेलते समय मेरी आँख में चोट भी लग गई थी। मैं चाहता हूँ कि आज रात को हम सब वहाँ इकट्ठे हों क्योंकि मेरी इच्छा बास्केटबॉल खेलने की है।'

ध्यान दें कि क्या उस नौजवान ने इस बारे में कोई जिक्र किया कि आप क्या चाहते हैं? आप ऐसे जिम में कभी नहीं जाना चाहेंगे, जहाँ कोई नहीं जाता और आपको इस बात से कुछ लेना-देना नहीं है कि वह नौजवान क्या चाहता है।

क्या आपको नहीं लगता कि उस नौजवान को आपको यह बताना चाहिए था कि सबको जिम क्यों जाना चाहिए। वह आपको जिम जाने के फायदे बता सकता था। जैसे कि जिम जाने से आपको अधिक भूख लगेगी... आपका दिमाग और भी तेजी से काम करने लगेगा... आपको वहाँ बहुत मज़ा आएगा...। इसके अलावा आप वहाँ कई प्रकार के खेलों का भी आनंद ले सकते हैं और बास्केटबॉल भी खेल सकते हैं।

प्रोफेसर ओवरस्ट्रीट ने एक बहुत ही बुद्धिमत्तावाली बात कही थी, जिसे मैं आपसे साझा करना चाहता हूँ : '**सबसे पहले सामनेवाले इंसान के मन में कार्य करने की तीव्र इच्छा जगाने का प्रयास करें। जो इंसान ऐसा कर सकता है, उसके साथ पूरा विश्व होता है। जो इंसान ऐसा नहीं कर सकता, वह अकेला ही रह जाता है।**'

तीन साल के बच्चे की इच्छा

मेरे प्रशिक्षण कोर्स में आनेवाला एक इंसान अपने छोटे बेटे से बहुत परेशान रहता था। उसकी परेशानी यह थी कि उसके बेटे का वजन बहुत कम था और वह ढंग से खाना नहीं खाता था। आम लोगों की तरह उसके माता-पिता ने भी वही किया। वे हमेशा अपने बेटे पर गुस्सा करते और उसे खाने के लिए बार-बार फटकारा करते। मम्मी का मन है कि 'तुम यह खाओ।' पापा चाहते हैं कि 'तुम खा-पीकर मजबूत शरीरवाले बन जाओ।'

क्या आपको लगता है कि उस बच्चे ने अपने माता-पिता की बातों पर ध्यान दिया होगा? वास्तव में उसने उनकी बातों पर उतना ही ध्यान दिया, जितना कोई इंसान समुद्र के किनारे फैली रेत के कण की तरफ ध्यान देता है।

जो इंसान बुद्धि से काम लेना जानता है, वह कभी नहीं सोच सकता कि उसका तीन साल का बेटा अपने तीस साल के पिता के नज़रिए को समझे। लेकिन उस बच्चे

का पिता अपने बेटे से यही उम्मीद कर रहा था। यह एक बहुत बड़ी बेवकूफी थी। जल्द ही उसके पिता को इस बात का एहसास भी हो गया कि वह जो कर रहा है, वह गलत है। एक दिन उसने स्वयं से पूछा, 'मेरा बेटा क्या चाहता है? मैं ऐसा क्या करूँ, जिससे वह अपनी इच्छा से वो सब करना शुरू कर दे, जो मैं चाहता हूँ?'

उसके पिता ने जब इस नज़रिए से सोचना शुरू किया, तो उसके लिए इस परेशानी का हल तलाश करना और भी आसान हो गया। उस बच्चे के पास एक तिपहिया साइकिल थी। वह ब्रुकलिन के अपने घर के सामनेवाली सड़क पर साइकिल चलाना पसंद करता था। उसी मोहल्ले में उनके घर के पास ही एक अन्य बच्चा भी रहता था। जो उम्र में उससे थोड़ा बड़ा था। वह अक्सर उस छोटे बच्चे की साइकिल झपट लेता और स्वयं चलाने लगता।

ऐसा होने पर वह छोटा बच्चा दौड़ा-दौड़ा अपनी माँ के पास जाता और उससे शिकायत करता। फिर उसकी माँ बाहर जाकर उस बड़े बच्चे से साइकिल छीनकर वापस अपने बेटे को दे दिया करती। ऐसा लगभग हर रोज़ होता था।

यहाँ ध्यान देने योग्य बात है कि वह छोटा बच्चा क्या चाहता था, यह जानने के लिए शरलॉक होम्स जैसे किसी जासूस की ज़रूरत नहीं। दरअसल वह बच्चा मन ही मन में चाहता था कि हर रोज़ साइकिल छीनने के लिए वह उस बदमाश लड़के से बदला ले और उसकी नाक पर जोरदार मुक्का मारकर उसे जमीन पर पटक दे। उसके पिता ने उसे समझाया कि उसकी माँ उसे खाने में जो भी देती है, उसे वह सब खा लेना चाहिए, तभी तो वह इतना ताकतवर बन सकेगा कि उस बदमाश लड़के को पीट सके। उसके पिता ने विश्वास दिलाया कि वह ऐसा कर सकता है। बस फिर क्या था, बच्चे के दिमाग में यह बात बैठ गई कि यदि वह अपनी माँ के कहे अनुसार खाना खाता रहेगा तो एक दिन उस बदमाश को पीट सकता है। इसके बाद उस बच्चे ने पालक, हरी सब्जियाँ, फल आदि सब कुछ खाना शुरू कर दिया।

इसके अलावा उसके माता-पिता अपने बच्चे की एक अन्य समस्या से भी परेशान रहा करते थे। उनका बेटा रोज़ाना रात को सोते समय बिस्तर गीला कर दिया करता था।

वह लड़का अपनी दादी के साथ एक ही बिस्तर पर सोया करता था। हर रोज़ सुबह जब उसकी दादी उठती और गीला बिस्तर देखती, तो उससे कहती, 'अरे जॉनी! तुमने रात को फिर से बिस्तर में सू-सू कर दिया।'

बेचारा मासूम बच्चा जवाब देता, 'नहीं दादी। मैंने नहीं किया। आपने किया होगा।'

इस बात के लिए बच्चे को बार-बार गुस्सा करने, धमकाने या शर्मिंदा करने से

भी जब कोई फर्क नहीं पड़ा, तो उसके माता-पिता ने अपने आपसे पूछा कि क्या कोई ऐसा उपाय है, जिससे हमारा बेटा बिस्तर गीला करना बंद कर दे?

उनका बेटा क्या चाहता था? दरअसल वह अपनी दादी की तरह रात को गाउन पहनकर नहीं सोना चाहता था। वह अपने पिता की तरह पजामा पहनकर सोना चाहता था। चूँकि उसकी दादी बच्चे द्वारा रोज़ाना बिस्तर गीला करने की आदत से बहुत परेशान हो चुकी थी। इसलिए उसने एक दिन बच्चे से कहा कि अगर वह रात को बिस्तर गीला करना बंद कर देगा, तो उसे पजामा पहनकर सोने दिया जाएगा। वह बच्चा अपने लिए एक अलग बिस्तर भी चाहता था। उसकी दादी ने उसकी यह बात भी मान ली।

जल्द ही उसकी माँ उसे अपने साथ ब्रुकलिन के एक डिपार्टमेंटल स्टोअर में ले गई। वहाँ उसने एक सेल्सगर्ल से कहा, 'इन छोटे जनाब को कुछ खरीददारी करनी है।'

सेल्सगर्ल ने भी नन्हें लड़के से मुस्कुराते हुए पूछा, 'कहिए जनाब। आप क्या खरीदना चाहते हैं?'

वह लड़का पूरे जोश से अपने शरीर को तानकर खड़ा हो गया और बोला, 'मुझे अपने लिए एक पलंग खरीदना है।'

उस स्टोअर में कई पलंग थे। जो पलंग उसकी माँ अपने बेटे के लिए खरीदना चाहती थी, उसे पसंद करते ही उसने सेल्सगर्ल को इशारा कर दिया। फिर सेल्सगर्ल ने उस बच्चे को वही पलंग खरीदने के लिए राज़ी कर लिया।

अगले दिन वह पलंग उनके घर पहुँचा दिया गया। रात को जब उस बच्चे के पिता घर आए तो बच्चा दौड़ा-दौड़ा उनके पास गया और बड़े उत्साह से बोला, 'डैडी! डैडी! मेरे साथ ऊपर चलो। देखो मेरा नया पलंग आया है। इसे मैं खरीद कर लाया हूँ।'

उसके पिता फौरन अपने बेटे के साथ गए और जाकर उसका पलंग देखा। उन्होंने चार्ल्स श्वाब के मशवरे का पालन करते हुए दिल खोलकर अपने बेटे के पसंद की तारीफ की।

फिर पिता ने बच्चे से पूछा, 'अब तो तुम बिस्तर में सू-सू नहीं करोगे?'

बच्चे ने जवाब दिया, 'बिलकुल नहीं। मैं इस बिस्तर को सू-सू करके कभी गंदा नहीं करूँगा।' बच्चे ने कभी बिस्तर गीला न करने का वचन दिया। कैसे न देता? आखिर इससे उसकी इच्छा और गर्व जो जुड़ा हुआ था। वैसे भी उसने अपनी इच्छा से अपने लिए नया पलंग खरीदा था और उस दिन वह अपना नया पजामा पहनकर उस पर सोया था। अब वह बच्चा बड़ों जैसा व्यवहार करना चाह रहा था।

तीन साल की बच्ची का नाश्ता

अब मैं आपको एक अन्य पिता की कहानी बताता हूँ। के. टी. डचमैन नाम का एक टेलिफोन इंजीनियर था। वह भी हमारे कोर्स में हिस्सा लेता रहता था। उसे यह शिकायत थी कि उसकी तीन साल की बेटी सुबह नाश्ता नहीं करती थी। उसके माता-पिता उस पर गुस्सा करते, धमकाते और कई तरीकों से बहलाने की कोशिश करते। लेकिन इन सब बातों का उस पर कोई असर नहीं पड़ता था। हारकर उसके माता-पिता ने अपने आपसे पूछा, 'हमें ऐसा क्या करना चाहिए, जिससे हमारी बेटी सुबह नाश्ता करने लग जाए?'

उनकी बेटी अपनी माँ की बहुत नकल किया करती थी। उसे ऐसा करने में बड़ा मज़ा आता था। वह चाहती थी कि वह भी अपनी माँ की तरह जल्दी से बड़ी हो जाए। उसके पिता ने एक तरकीब सोची। एक दिन उसके पिता ने उसे रसोई की एक कुर्सी पर बिठा दिया और उसे अपना नाश्ता स्वयं बनाने को कहा। वह छोटी बच्ची बड़े मज़े से कड़ाही में अपने खाने को हिलाने लगी। अपनी योजना के अनुरूप जब उसके पिता दोबारा रसोई में गए, तो वह उत्सुकता से बोली, 'देखो डैडी! आज मैं अपना नाश्ता खुद बना रही हूँ।'

उस दिन उसने दो बार नाश्ता किया। किसी ने भी उससे नाश्ते के लिए आग्रह नहीं किया। ऐसा इसलिए संभव हो सका क्योंकि उसने अपने लिए बहुत शौक से नाश्ता बनाया था, जिसे बनाने में उसे बड़ा मज़ा आया। ऐसा करने से वह अपने आप को बड़ा समझने लगी।

विलियम विन्टर का कहना था, 'क्या ऐसा संभव नहीं है कि हम इस मनोवैज्ञानिक सूत्र को अपने व्यवहार में भी उतार लें? जब भी हमारे मन में कोई नया और अच्छा विचार आए तो हम उसे दूसरे इंसान के सामने अपने विचार के रूप में प्रस्तुत करने की कोशिश न करें। हमें कोई ऐसी तरकीब तलाश करनी चाहिए, जिससे वह विचार अपने आप ही सामनेवाले के दिमाग में चला जाए। इससे यह फायदा होगा कि सामनेवाले को वह अपना विचार लगेगा और अपना विचार सबको अच्छा लगता है। फिर उसे वह किसी और के कहे बिना ही अपना लेगा।'

हमेशा याद रखें – आपका पहला काम है, सामनेवाले इंसान के मन में काम करने की लगन पैदा करना। जो इंसान ऐसा कर सकता है, उसके साथ पूरा विश्व होता है। जो इंसान ऐसा नहीं कर पाता, वह संसार में अकेला ही रह जाता है।

सामनेवाले के मन में तीव्र इच्छा पैदा करें।

११

जब आप ऐसा करेंगे तो हर जगह आपका स्वागत होगा

अपने दोस्तों का दिल कैसे जीता जाए, यह जानने के लिए ज़रूरी नहीं है कि आप इस किताब को पढ़ें। इससे तो बेहतर होगा कि आप उसकी तरह बनने की कला सीखें, जिसे दुनिया में सबसे अच्छा दोस्त माना जाता है। वह कौन है? आपने उसे अक्सर सड़क पर आते-जाते देखा होगा। आप उससे दस फीट दूर भी खड़े होंगे, तब भी वह आपकी ओर आने के लिए अपनी पूँछ हिलाने लग जाएगा। यदि आप थोड़ा रुककर उसे प्यार से सहलाएँगे, तो वह भी आपसे लिपटकर अपनी ओर से प्रेम दर्शाने लग जाएगा। शायद आप नहीं जानते कि इस अनोखे प्रेम प्रदर्शन के पीछे उसका कोई स्वार्थ या कपट नहीं होता। वह न तो आपको किसी सेल्समैन की तरह कुछ बेचने जा रहा है और न ही आपसे विवाह करने जा रहा है।

क्या आपने कभी गौर किया है कि इस संसार में केवल कुत्ता ही एक ऐसा जानवर है, जो जीवित रहने के लिए किसी तरह का काम नहीं करता। मुर्गी अंडा देती है, गाय दूध देती है, चिड़ियाँ गाना गाती हैं, लेकिन केवल कुत्ता ही एक ऐसा जानवर है, जो आपको अपना प्यार देकर अपना जीवन चलाता है।

उस समय मेरी आयु पाँच वर्ष थी। मेरे डैडी मेरे लिए पीले बालोंवाला एक नन्हा पपी (कुत्ते का बच्चा) लेकर आए। उन्होंने उसे पचास सेंट में खरीदा था। वह पपी मेरे बचपन के दिनों का हमदर्द था। उसकी आदत थी कि वह रोज़ दोपहर साढ़े चार बजते ही घर के आँगन में बैठ जाता और अपनी खूबसूरत आँखों से सड़क की ओर निहारते हुए मेरी राह देखने लगता। जैसे ही मैं स्कूल से घर वापस पहुँचता, वह गोली की गति से मेरी ओर लपकता और प्रसन्नता व आनंद में डूबा मुझसे लिपट जाया करता।

मैंने उसका नाम टिपी रखा था। अगले पाँच सालों तक वह मेरा सबसे अच्छा दोस्त बनकर रहा। लेकिन एक रात मैंने अपनी आँखों के सामने उसे दम तोड़ते हुए देखा। मैं उस घटना को कभी नहीं भूल सकता। वह केवल मुझसे दस कदम की ही दूरी पर खड़ा था कि अचानक उस पर बिजली गिरी और वह चल बसा। मेरे टिपी का इस प्रकार दुनिया से चले जाना मेरे बचपन की सबसे बड़ी दिल दहला देनेवाली घटना थी।

'टिपी, तुमने कभी मनोविज्ञान की कोई किताब नहीं पढ़ी। पढ़ते भी कैसे, तुम्हें

कभी इसकी ज़रूरत ही नहीं पड़ी। तुम्हारे भीतर ईश्वर की दी हुई एक ऐसी कला थी, जिसके सहारे तुम दूसरों में सच्ची रुचि लेकर केवल दो महीनों में इतने दोस्त बना सकते हो, जितने कोई दो सालों में भी नहीं बना सकता।' दरअसल दूसरों में सच्ची रुचि लेकर आप जितने दोस्त बना सकते हैं, उतने दोस्त यह कोशिश करके कभी नहीं बना सकते कि दूसरे लोग भी आपमें रुचि लें।

लेकिन हम सब ऐसे कई लोगों के बारे में जानते हैं, जो सदा इस कोशिश में रहते हैं कि दूसरे लोग उनमें रुचि लें। इसी कारण वे कई गलतियाँ भी कर बैठते हैं।

एक बात तो तय है कि ऐसे लोगों को लाख कोशिश करने के बावजूद निराशा के अलावा कुछ और हाथ नहीं लगता। वास्तविकता यह है कि लोगों की आपमें कोई रुचि नहीं है, न ही लोगों की रुचि मुझमें है। असल में लोगों की रुचि सिर्फ खुद में होती है। वे हमेशा सिर्फ खुद के बारे में सोचते हैं, न कि आपके, मेरे या किसी और के बारे में।

एक बार न्यूयॉर्क की एक टेलीफोन कंपनी ने एक सर्वे किया कि लोग टेलीफोन पर होनेवाली बातचीत के दौरान किस शब्द का उपयोग सबसे अधिक करते हैं। जी हाँ, आपने सही पहचाना। उनके सर्वे से यह बात सामने आई कि 'मैं' शब्द सबसे ज्यादा बार बोला जाता है। सर्वे के अनुसार 500 लोगों से बातचीत के दौरान 'मैं' शब्द 3900 बार दोहराया गया।

ठीक इसी प्रकार जब आप कोई ऐसी ग्रुप फोटो देखते हैं, जिसमें आप भी हैं, तो उसमें सबसे पहले आप किसके चेहरे की ओर देखना पसंद करते हैं?

यदि आप केवल दूसरों पर अपना प्रभाव डालने और स्वयं में उनकी रुचि जगाने का प्रयास करते हैं, तो कोई भी आपका सच्चा दोस्त नहीं बन सकता। सच्चे दोस्त ऐसे नहीं बनते।

नेपोलियन ने ऐसा करने की कोशिश की। उसने अपनी पहली पत्नी जोसेफीन से अपनी अंतिम भेंट में कहा, 'जोसेफीन! भले ही मैं इस धरती के सबसे सौभाग्यशाली लोगों में से एक हूँ, लेकिन इस समय, इस दुनिया में केवल एक तुम ही हो, जिस पर मैं भरोसा कर सकता हूँ।' हालाँकि इतिहासकारों को इस बात पर संदेह है कि नेपोलियन वाकई उस पर भरोसा करता था।

अल्फ्रेड एडलर, विएना के एक प्रसिद्ध मनोवैज्ञानिक थे। उन्होंने 'व्हॉट लाइफ शुड मीन टू यू' नामक एक किताब लिखी थी। जिसमें उन्होंने लिखा था, 'जो इंसान दूसरों में दिलचस्पी नहीं लेता, वह अपने जीवन में सबसे अधिक परेशानियों का सामना करता है। उसके कारण दूसरों का नुकसान भी होता है। ऐसे लोगों के हाथ असफलता

के अलावा कुछ नहीं आता।'

आप मनोविज्ञान पर चाहे जितनी मर्जी किताबें पढ़ लें, उनमें आपको इससे अधिक सार्थक वक्तव्य नहीं मिल सकता। इस वक्तव्य में एडलर ने इतनी गूढ़ बात कही है कि मैं इसे एक बार फिर से इटैलिक्स में लिखकर आपको बताता हूँ :

जो इंसान दूसरों में दिलचस्पी नहीं लेता, वह अपने जीवन में सबसे अधिक परेशानियों का सामना करता है। उसके कारण दूसरों का नुकसान भी होता है। ऐसे लोगों के हाथ असफलता के अलावा कुछ नहीं आता।

मैंने न्यूयॉर्क विश्वविद्यालय से लघुकथा लेखन का कोर्स किया था। उस कोर्स के दौरान एक प्रसिद्ध पत्रिका के संपादक हमारी कक्षा में आए। उनका कहना था कि उनके ऑफिस की मेज़ पर कई कहानियों की किताबें पड़ी रहती थीं। वे उनमें से किसी भी एक किताब को उठा लिया करते और उसके कुछ पैराग्राफ पढ़ते ही वे जान जाते कि कहानी का लेखक लोगों को पसंद करता है या नहीं। उनका कहना था, 'यदि लेखक लोगों को पसंद नहीं करता तो लोग भी उसकी कहानी को कभी पसंद नहीं करेंगे।'

वे एक अनुभवी संपादक थे। कहानियों पर अपना वक्तव्य देते वक्त वे दो बार रुके और माफी माँगते हुए बोले, 'मैं आपको वही बातें बता रहा हूँ, जो किसी गिरजाघर का पादरी आपको बताएगा। लेकिन एक बात हमेशा याद रखें कि यदि आप एक सफल लेखक बनने की इच्छा रखते हैं, तो सबसे पहले लोगों में दिलचस्पी लेना शुरू करें।'

यदि उनकी यह बात एक लेखक बनने के लिए महत्वपूर्ण है, तो यह कहना भी गलत नहीं होगा कि दूसरों के साथ व्यवहार करने के मामले में भी यह बात उतनी ही महत्वपूर्ण है।

एक जादूगर की सफलता का राज़

हॉवर्ड थर्स्टन, ब्रॉडवे में अपना अंतिम शो प्रस्तुत कर रहे थे। उस दिन मैं उनके साथ ड्रेसिंग रूम में बैठा हुआ था। थर्स्टन एक जाने-माने जादूगर थे। वे चालीस सालों से विश्वभर में अपने जादुई करतब दिखाकर लोगों को अपने मायाजाल से हतप्रभ कर रहे थे। उनका शो देखकर लोग दाँतों तले उँगलियाँ दबा लेते और सोच में पड़ जाते। दर्शक उनके कारनामे देखकर अपने होश गँवा देती थी। उनके शो के 6 करोड़ से भी अधिक टिकट बिक चुके थे, जिससे उन्होंने लगभग बीस लाख डॉलर का लाभ कमाया था।

मैंने मिस्टर थर्स्टन से पूछा कि उनकी सफलता का रहस्य क्या है? वे इसका श्रेय अपने स्कूल को नहीं देते थे क्योंकि वे छोटी आयु में ही अपने घर से भाग गए थे। वे अक्सर मालगाड़ियों में सवार हो जाते तथा घास-फूस के गट्ठरों पर सोते हुए यात्राएँ

करते रहते। वे लोगों के दरवाजों पर जा-जाकर भीख माँगते और जो कुछ मिलता, उससे अपना पेट भर लेते। वे जब भी रेल की पटरियों के आस-पास लगे पोस्टरों को देखते, तो उन पर लिखे शब्दों को पढ़ने का प्रयास करते। इस तरह वे पढ़ना भी सीख गए।

तो क्या वे जादू करना जानते थे? जी नहीं! थर्स्टन ने मुझे बताया कि जादू पर सैकड़ों प्रकार की किताबें लिखी जा चुकी हैं, तथा अनेक लोग जादू करना भी जानते हैं। लेकिन उनके पास केवल दो चीज़ें ऐसी हैं, जो किसी दूसरे के पास नहीं। पहली यह कि उनके पास एक ऐसी कला थी, जिससे वे अपने व्यक्तित्व को स्टेज पर बेच सकते थे। वे वास्तव में एक मास्टर शोमैन थे। वे मनुष्य के स्वभाव से भलीभाँति परिचित थे। उन्होंने अपने हर काम, हर मुद्रा, अपनी आवाज़ के हर उतार-चढ़ाव और आँखों के हाव-भाव का जमकर अभ्यास किया हुआ था। उनकी टाइमिंग इतनी सटीक होती थी कि लोग देखकर दंग रह जाया करते थे। दूसरी बात यह थी कि थर्स्टन लोगों में भी दिलचस्पी लिया करते थे। उन्होंने मुझसे कहा कि 'अधिकतर जादूगर सामने बैठे दर्शकों की ओर देखकर सोचते हैं कि ये कुछ मूर्ख लोग हैं, जो मेरे सामने बैठे हुए हैं। इन लोगों में ज़रा भी अक्ल नहीं है। मैं बड़ी आसानी से इन लोगों को बेवकूफ बना सकता हूँ।' लेकिन थर्स्टन किसी अलग ही तरीके से काम किया करते थे। वे जब भी शो करने के लिए स्टेज पर जाते, तो सबसे पहले स्वयं से कहते, 'मैं इन लोगों का बहुत आभार व्यक्त करता हूँ कि ये लोग मेरा शो देखने आए हैं। मेरे परिवार की रोज़ी-रोटी इन्हीं के कारण चलती है। मेरी पूरी कोशिश रहेगी कि मैं अपनी ओर से अच्छे से अच्छा जादू का खेल इनके सामने प्रस्तुत कर सकूँ।'

उन्होंने मुझे बताया कि वे जब भी अपना शो पेश करने स्टेज पर जाया करते थे, तो स्वयं से कहते, 'मुझे मेरे दर्शक बहुत प्यारे हैं। मैं अपने दर्शकों से बहुत प्रेम करता हूँ।' हो सकता आपको लगे कि ये सब बेकार की बातें हैं। आप भले ही चाहे जो सोचें, लेकिन सच यही है कि मैं आपको विश्व के एक महान जादूगर की सफलता का राज़ बता रहा हूँ।

एक व्यवसायी बना संगीतकार

मैं आपको जॉर्ज डाइक नाम के एक इंसान का किस्सा बताता हूँ। वह इंसान पेंसिल्वेनिया में नॉर्थ वॉरेन का रहनेवाला था। उसका अपना एक सर्विस स्टेशन था। वह पिछले तीस साल से इस व्यवसाय में था। उसके जीवन में अचानक कुछ ऐसी परेशानी आ गई थी कि उसे मजबूर होकर अपना व्यवसाय ठप्प करना पड़ा। दरअसल जिस इलाके में उसकी दुकान थी, उसके ठीक ऊपर से हाइवे बनने जा रहा था, जिसका उसके काम पर नकारात्मक असर पड़ना तय था। अत: उसे अपने काम से रिटायर होना पड़ा।

सारा दिन खाली बैठकर वह बोर होने लगा। इस बोरियत से बचने के लिए उसने संगीत का सहारा लिया क्योंकि वह संगीत का शौकीन था। अपने इसी शौक के कारण वह कई संगीतज्ञों से मिलने लगा और संगीत के बारे में उनसे चर्चा करने लगा। वह स्वभाव से बहुत विनम्र था। संगीतज्ञ भी उसमें दिलचस्पी लेने लगे। जॉर्ज डाइक को संगीत का ज्यादा अनुभव तो नहीं था, लेकिन संगीतज्ञों की संगत में रहने के कारण वह धीरे-धीरे लोगों के दिलों में बसता चला गया। फिर उन्होंने संगीत प्रतियोगिताओं में भाग लेना भी शुरू कर दिया और जल्द ही पूर्वी अमेरिका के लोग उसे 'किन्जुआ काउंटी के संगीतकार अंकल जॉर्ज' के नाम से जानने लगे। अंकल जॉर्ज से जब हमारी मुलाकात हुई, उस समय वे 72 साल के थे। वे अपने जीवन के हर पल का पूरा आनंद ले रहे थे क्योंकि वे उस उम्र में भी लोगों में दिलचस्पी ले रहे थे, जिस उम्र में आकर अधिकतर लोग यह सोचकर निराश हो जाते हैं कि अब उनके जीवन में कुछ नहीं बचा है।

एक राष्ट्रपति की रुचि

राष्ट्रपति थियोडोर रूज़वेल्ट की सफलता का भी यही राज़ था। उनके कर्मचारी भी उनसे बहुत प्रेम करते थे। जेम्स ई. एमॉस नाम के उनके एक निजी सेवक ने उनके जीवन पर एक पुस्तक लिखी है, जिसका शीर्षक है, 'थियोडोर रूज़वेल्ट : हीरो टू हिज़ वैले।' एमॉस ने इस पुस्तक में एक दिलचस्प घटना का जिक्र किया है, जो इस प्रकार है :

एक बार मेरी पत्नी ने राष्ट्रपति महोदय से पूछा कि बॉब व्हाइट प्रजाति की चिड़िया कैसी दिखती है? दरअसल मेरी पत्नी ने कभी इस दुर्लभ प्रजाति की चिड़िया को नहीं देखा था। रूज़वेल्ट ने मेरी पत्नी को बॉब व्हाइट चिड़िया के बारे में विस्तार से बताया। फिर एक दिन हमारे घर टेलीफोन की घंटी बजी। (एमॉस तथा उसकी पत्नी रूज़वेल्ट के घर के पास ही रहते थे।) घंटी बजते ही मेरी पत्नी ने फोन उठाया। दूसरी ओर से फोन पर रूज़वेल्ट थे। उन्होंने मेरी पत्नी से कहा कि उनकी खिड़की के बाहर एक बॉब व्हाइट चिड़िया बैठी हुई है। वह अपनी खिड़की खोलकर उसे करीब से देख सकती है।

दूसरों की ऐसी छोटी-छोटी सी बातों में भी निज़ी रुचि लेना रूज़वेल्ट की खासियत थी। वे जब भी हमारे घर के पास से गुज़रते, तो हम चाहें उन्हें नज़र आएँ या नहीं, लेकिन वे हमेशा आवाज़ देकर अभिवादन किया करते थे, 'ओ एनी! ओ जेम्स!' उनका यह व्यवहार उनकी सरलता और दोस्ताना चरित्र को दर्शाता था।

ऐसे शालीन व्यक्तित्व के मालिक को कौन सा कर्मचारी पसंद नहीं करेगा?

एक दिन प्रेजिडेंट टैट अपनी पत्नी के साथ कहीं बाहर गए हुए थे। इस दौरान

रूज़वेल्ट का व्हाइट हाउस में आना हुआ। वहाँ आते ही उन्होंने सभी पुराने कर्मचारियों को उनके नाम से संबोधित करते हुए बुलाया। यहाँ तक कि बरतन साफ करनेवाली नौकरानी को भी वे नाम से बुलाते थे। छोटे ओहदे पर काम करनेवालों को सच्चे मन से पसंद करने की उनकी खासियत इसी से साबित हो जाती थी।

जब रूज़वेल्ट ने वहाँ एलिस नाम की रसोइया को देखा तो उससे पूछा, 'एलिस! क्या तुम अभी भी कॉर्न ब्रेड बनाती हो?' एलिस ने जवाब दिया कि 'हाँ, अब मैं कभी-कभी नौकरों के लिए कॉर्न ब्रेड बनाती हूँ क्योंकि मालिक लोगों को वह पसंद नहीं है।'

इस पर रूज़वेल्ट बोले, 'तुम्हारे मालिक लोगों को अच्छे खाने की पहचान नहीं है।' 'मैं जब प्रेजिडेंट से मिलूँगा, तो उन्हें यह बात ज़रूर बताऊँगा।' रूज़वेल्ट ने गरज़ते हुए कहा।

एलिस कॉर्न ब्रेड बनाकर एक प्लेट में रखकर ले आई। रूज़वेल्ट ने उसके हाथ से प्लेट ली और पूरे ऑफिस में घूम-घूमकर अपनी पसंदीदा कॉर्न ब्रेड खाने लगे। यही नहीं, जाते-जाते वे वहाँ के मालियों तथा मज़दूरों का भी अभिवादन करना नहीं भूले।

उनका अभिवादन करने का अंदाज अब भी बिलकुल पहले जैसा ही था। व्हाइट हाउस में चालीस साल से दरबान के रूप में काम कर रहे आइक हूवर ने भीगी आँखों से कहा, 'जिस दिन रूज़वेल्ट व्हाइट हाउस में आए थे, वह दिन पिछले दो सालों का सबसे अच्छा दिन था। अगर हमें उस दिन रूज़वेल्ट से मिलने के बजाय सौ डॉलर भी दिए जाते, तो हम पैसे लेने के बजाय उनसे मिलना अधिक पसंद करते।'

एडवर्ड एम. साइक्स ज्यूनियर का व्यक्तित्व भी कुछ ऐसा ही था। वह भी महत्वहीन दिखाई देनेवाले लोगों में सच्ची दिलचस्पी लिया करता था।

एक सेल्समैन का उदाहरण

चैटहेम, न्यू जर्सी का निवासी साइक्स पेशे से एक सेल्समैन था। उसे अपने इस व्यक्तित्व का बहुत फायदा भी हुआ। उसने अपनी कहानी बताई, जो इस प्रकार है – मैं कई साल पहले मैसाच्युसेट्स इलाके में जॉनसन एंड जॉनसन कंपनी के सेल्समैन के रूप में ग्राहकों से मिलने जाता था। वहाँ हिंगमैन में एक मेडिकल स्टोर में हमारा अकाउंट चलता था। मेरा भी उस मेडिकल स्टोर में जाना होता था। मैं जब भी उसके मालिक से मिलता, तो ऑर्डर लेने से पहले रुककर वहाँ के सोडा क्लर्क और सेल्स क्लर्क से भी कुछ देर बातचीत कर लिया करता था। एक दिन जब मैं मेडिकल स्टोर के मालिक से मिला, तो उसने मुझे बताया कि अब उन्हें जॉनसन एंड जॉनसन का सामान नहीं बेचना है क्योंकि अब वे अपना सारा ध्यान खाने-पीने की चीज़ों और डिस्काउंट स्टोर्स की ओर लगा रहे हैं। उनकी मेडिकल स्टोर की बिक्री काफी गिर गई है और इसीलिए

अब वे मेडिकल का सामान बेचना नहीं चाहते। मैं उनकी बातें सुनकर बहुत हताश हो गया। वहाँ से निकलकर मैं घंटों अपनी कार में बैठा शहर के चक्कर लगाता रहा और काफी सोच-विचार के बाद मैंने मन ही मन मेडिकल स्टोर के मालिक के पास दोबारा वापस जाने का निर्णय लिया। मैंने तय किया कि उसके पास जाकर मैं अपनी पूरी स्थिति उसे स्पष्ट शब्दों में बता दूँगा।

वहाँ पहुँचकर मैंने हमेशा की तरह सोडा क्लर्क और सेल्स क्लर्क का अभिवादन किया और स्टोर के मालिक से मिलने अंदर गया। उसने मुस्कुराते हुए मेरा स्वागत किया और फिर अचानक मुझे सामान्य से दो गुना अधिक सामान का ऑर्डर दे दिया। मैं उसका व्यवहार देखकर हैरान था। उत्सुकतावश मैंने उससे पूछा कि 'अभी कुछ देर पहले तो आप मुझे एक भी सामान का ऑर्डर देने के लिए तैयार नहीं थे और अब पहले से भी दो गुना अधिक सामान का ऑर्डर दे रहे हैं। इसका कारण क्या है? उसने उस सोडेवाले इंसान की ओर इशारा करते हुए कहा, 'जब तुम यहाँ से चले गए, तो वह सोडेवाला मेरे पास आया। उसने मुझसे कहा कि तुम उन गिने-चुने सेल्समैनों में से एक हो, जो मालिक के अलावा आते-जाते सभी का अभिवादन करते हैं और सबसे प्रेम से बात करते हैं। उसने मुझे तुम्हारे बारे में बताया कि तुम बहुत नेक इंसान हो। इसलिए अगर किसी सेल्समैन को ऑर्डर देना है, तो वह केवल तुम ही हो सकते हो। उसके ऐसा कहने की देर थी कि मुझे भी एहसास हो गया कि मुझे भी तुम्हीं को ऑर्डर देना चाहिए। यही कारण है कि अब मैं तुम्हें पहले से भी ज्यादा सामान का ऑर्डर दे रहा हूँ। मैं यह कभी नहीं भूल सकता कि दूसरे लोगों में रुचि लेना एक सेल्समैन के लिए बहुत बड़ी बात होती है। वैसे देखा जाए तो यह बात केवल एक सेल्समैन पर ही लागू नहीं होती बल्कि हर किसी पर लागू होती है।'

यह मेरा व्यक्तिगत अनुभव है कि यदि हम किसी इंसान में सचमुच रुचि रखते हैं तो व्यस्त होने के बावजूद भी वह कभी न कभी हमारी ओर ध्यान ज़रूर देगा। वह न सिर्फ हमें अपना समय देगा बल्कि ज़रूरत पड़ने पर हमारी सहायता भी करेगा। चलिए मैं आपको इसका एक उदाहरण देता हूँ।

निमंत्रण पत्र

कई साल पहले 'ब्रुकलिन इंस्टीट्यूट ऑफ आर्ट्स एंड साइंस' में मैं कहानी लेखन के एक कोर्स का संचालन किया करता था। उस दौरान हमने अनेक प्रसिद्ध लेखकों जैसे कैथलीन नॉरिस, फैनी हर्स्ट, इडा टारबेल, अल्बर्ट पेसन टरह्यून तथा रूपर्ट ह्यूज़ आदि को ब्रुकलिन आकर कोर्स के छात्रों से अपने अनुभव साझा करने का निमंत्रण भेजा। हमने अपने निमंत्रण में इस बात का जिक्र भी किया कि हम उनके लेखन को

बहुत पसंद करते हैं और हम वास्तव में चाहते हैं कि वे यहाँ आकर हमारा मार्गदर्शन करें और अपनी सफलता के रहस्यों से हमें परिचित कराएँ ताकि हम भी उनसे कुछ सीख सकें।

हर निमंत्रण पत्र पर कोर्स के डेढ़ सौ छात्रों ने अपने हस्ताक्षर किए। हम यह भी जानते थे कि ये सभी लेखक बहुत व्यस्त लोग हैं। अपनी व्यस्तता के बीच छात्रों के लिए व्याख्यान तैयार करना उनके लिए मुश्किल होता। इसलिए हमने अपनी ओर से उनके लिए कुछ प्रश्नों की एक सूची निमंत्रण पत्र के साथ जोड़ दी थी ताकि प्रश्नों के आधार पर उन्हें अपने लेखन की तकनीकों के बारे में बताने तथा हमारे प्रश्नों के जवाब देने में आसानी हो। क्या हमारा ऐसा करना उन्हें अच्छा लगा होगा? भला कौन होगा, जिसे यह अच्छा नहीं लगेगा? आखिरकार वे सब अपना घर, अपना काम छोड़कर ब्रुकलिन आए और सभी ने हमारे सेमिनार में अपना-अपना व्याख्यान दिया।

मैंने राष्ट्रपति थियोडोर रूज़वेल्ट मंत्रिमंडल के कैबिनेट मंत्री लेस्ली एम. शॉ, टैट केबिनेट के अटॉर्नी जनरल जॉर्ज डब्लू. विकरशैम, फ्रैंकलिन डी. रूज़वेल्ट तथा कई अन्य विख्यात लोगों को भी ठीक इसी प्रकार अपनी पब्लिक स्पीकिंग कक्षा में व्याख्यान देने के लिए आमंत्रित किया था। हम चाहे किसी कारखाने में काम करनेवाले मजदूर हों, किसी ऑफिस के क्लर्क हों या फिर किसी राजगद्दी पर बैठे राजा हों, हम सब उन्हीं लोगों को पसंद करते हैं, जो हमारी तारीफ करते हैं। मैं आपको जर्मनी के सम्राट का उदाहरण देता हूँ।

एक बच्चे की तारीफ का असर

प्रथम विश्व युद्ध के बाद पूरा संसार जर्मनी के सम्राट से घृणा करने लगा था। यहाँ तक कि उसके अपने देशवासी भी उससे नफरत करने लगे थे। हालात इतने गंभीर हो गए कि उसे अपनी जान बचाने के लिए देश छोड़कर हॉलैंड भागना पड़ गया था। लाखों-करोड़ों लोग उससे इतनी ज़्यादा नफरत करने लग गए थे कि यदि वह उनके सामने आ जाता, तो वे शायद उसे चीर-फाड़ डालते या उसे जिंदा जला देते। जिस समय पूरा विश्व उसकी निंदा कर रहा था, ऐसे में उसे एक नन्हें बच्चे द्वारा लिखा हुआ पत्र मिला। उस पत्र में बच्चे ने सच्चे अर्थों में उसकी तारीफ की थी। उस बच्चे ने लिखा था कि 'भले ही सारा विश्व आपके बारे में कुछ भी सोचता हो, लेकिन मेरी नज़र में विल्हेम ही एक ऐसे इंसान हैं, जो जर्मनी के राजा हो सकते हैं और मैं हमेशा उनसे प्यार करता रहूँगा।'

जर्मनी के राजा ने जब यह पत्र पढ़ा तो बहुत प्रभावित हुआ। उसने तुरंत उस छोटे बच्चे को मिलने के लिए बुलावा भेजा। उस नन्हें बालक को राजा से मिलने के लिए

लाया गया। उसके साथ उसकी माँ भी आई थी। क्या आप जानते हैं, इसके बाद क्या हुआ? जर्मनी के राजा ने उस महिला से विवाह कर लिया। उस नन्हें बच्चे को किसी इंसान की तारीफ करने या किसी पर अपना प्रभाव डालने के लिए किसी कला का प्रशिक्षण लेने की ज़रूरत नहीं थी। यह एक सहज एहसास था, जिसे वह जानता था और उसने वह पत्र उसी के अनुसार लिखा था।

अगर हम वाकई किसी को अपना मित्र बनाना चाहते हैं, तो हमें उसके लिए कुछ ऐसा करना होगा, जिसमें ऊर्जा, समय तथा नए विचारों की आवश्यकता हो। जब ड्यूक ऑफ विंडसर प्रिंस ऑफ वेल्स थे, उस समय उन्हें दक्षिण अमेरिका की यात्रा पर जाना था। वहाँ का दौरा करने से पहले उन्होंने महीनों अभ्यास कर स्पेनिश भाषा सीखी ताकि जब वे वहाँ जाएँ, तो उस देश के लोगों के साथ उनकी ही भाषा में बातचीत कर सकें। उनका यह तरीका दक्षिण अमेरिका के लोगों को बहुत पसंद आया।

जन्मदिन की बधाई देना

मैं अपने हर दोस्त के जन्मदिन की तारीख याद रखता हूँ और उसे मुबारकबाद देता हूँ। मैं पिछले कई सालों से ऐसा करता आ रहा हूँ। क्या आप जानते हैं कि मैं यह कैसे करता हूँ? ऐसा नहीं है कि मुझे ज्योतिष पर भरोसा है, लेकिन फिर भी मैं सामनेवाले इंसान से ही पूछ लेता हूँ कि 'क्या वह मानता है कि किसी के जन्म की तारीख और उसके स्वभाव में कोई संबंध होता है?' इस तरह मैं उससे उसकी जन्म की तारीख पूछ लेता हूँ। फिर अगर वह कहता है कि उसका जन्मदिन 24 नवंबर को है, तो मैं अपने मन में वह तारीख बार-बार दोहराता रहता हूँ। फिर जैसे ही मेरा दोस्त अपनी पीठ मेरी ओर कर लेता है तो मैं उसका नाम और जन्म की तारीख लिख लेता हूँ। बाद में मैं इसे अपनी जन्मदिन की नोट बुक में लिख लेता हूँ। नया साल शुरू होते ही मैं सभी मित्रों की जन्मदिन की तारीख अपने कैलेंडर में लिख लेता हूँ ताकि वे मेरी आँखों के सामने रहें। जिस महीने में जिस दोस्त का जन्मदिन होता है, मैं उसे पत्र अथवा टेलिग्राम भेजकर अपनी शुभकामनाएँ दे देता हूँ। ऐसा करने से बहुत अच्छा प्रभाव पड़ता है? काश कि इस संसार में मैं ही एक अकेला ऐसा इंसान होता, जिसे जन्मदिन याद रहता।

फोन पर बात करने का तरीका

यदि हम भी दोस्त बनाना चाहते हैं और लोगों के दिलों पर राज करना चाहते हैं, तो इसके लिए ज़रूरी है कि हम उनसे उत्साहपूर्वक मिला करें। जब भी कोई इंसान आपसे टेलिफोन पर बात करना चाहे, तो उससे उसी उत्साह से बात करें, जिस उत्साह से वह बात कर रहा है। उसे आपके मुँह से 'हेलो' सुनते ही ऐसा लगना चाहिए कि आप उससे बात करके खुशी महसूस कर रहे हैं। आजकल कई कंपनियाँ भी अपने टेलिफोन

ऑपरेटर्स को टेलिफोन पर बातचीत करने के नए-नए तरीके सिखाती रहती हैं। वे उन्हें बताती हैं कि जब वे किसी से बात करने के लिए उसे टेलिफोन करें, तो उनकी आवाज़ में मधुरता और उत्साह का भाव होना चाहिए। दूसरे इंसान को इस बात का एहसास होना चाहिए कि कंपनी उसका ध्यान रख रही है। हमें भी टेलिफोन पर किसी से बात करते समय इन चीज़ों का ध्यान रखना चाहिए।

बैंक ग्राहक का पत्र

दूसरों में सच्ची रुचि लेने से आप न केवल उनके दोस्त बन सकते हैं बल्कि उन्हें अपनी कंपनी के स्थायी ग्राहकों की सूची में भी शामिल कर सकते हैं। एक बार न्यूयॉर्क के नेशनल बैंक ऑफ नॉर्थ अमेरिका के एक अंक में एक पत्र प्रकाशित किया गया था। यह पत्र मैडलीन रोज़डीन नामक एक महिला ने लिखा था। वह इस बैंक की ग्राहक थी। उसने पत्र में लिखा, 'मैं इस पत्र के माध्यम से आपको बताना चाहती हूँ कि मैं आपके बैंक के कर्मचारियों से बहुत खुश हूँ। आपके सभी कर्मचारी बहुत विनम्र, सहयोगी तथा मीठा बोलनेवाले हैं। यह देखकर बहुत अच्छा लगता है कि लाइन में लंबे समय तक खड़े रहने के बाद जब आपका नंबर आता है, तो बैंक टैलर अपनी मधुर आवाज़ में आपका अभिवादन करती है।'

'मेरी माँ पाँच महीने अस्पताल में भर्ती रहीं। उस दौरान मैं अक्सर बैंक से पैसे निकलवाने के लिए टैलर काउंटर पर बैठी हुई मैरी पेट्रूसेलो नाम की एक कर्मचारी के पास जाती थी। मैं जब भी उनके पास जाती, वे हर बार मेरी माँ की तबीयत के बारे में मुझसे पूछा करती। उन्हें सच में मेरी माँ की चिंता थी।'

क्या आपको अब भी इस बात पर कोई शंका है कि मिसेज रोज़डेल हमेशा उस बैंक की ग्राहक बनी रहेंगी?

एक बैंक कर्मचारी का कार्य

एक बार न्यूयॉर्क के एक बहुत बड़े बैंक ने अपने एक कर्मचारी चार्ल्स आर. वॉल्टर्स को किसी कंपनी के बारे में एक गुप्त रिपोर्ट बनाने का कार्य दिया। वॉल्टर्स जानता था कि इतने कम समय में सभी आँकड़े केवल एक ही इंसान उपलब्ध करा सकता है। वह तुरंत उस इंसान के पास गया। वह वॉल्टर्स को सीधे उस कंपनी के प्रेसिडेंट से मिलाने उनके ऑफिस ले गया। जब वे उनके ऑफिस पहुँचे, तो उन्होंने देखा कि एक महिला प्रेसिडेंस से कह रही है कि 'आज मेरे पास वे विदेशी डाक टिकट नहीं आए, जो आपको चाहिए थे।'

वॉल्टर्स ने प्रेसिडेंट को अभिवादन किया। प्रेसिडेंट ने उससे कहा, 'मेरा बेटा डाक टिकटों का शौकीन है। मैं उसी के लिए ये डाक टिकटें इकट्ठा कर रहा हूँ।'

प्रेसिडेंट की बात सुनने के बाद वॉल्टर्स ने उन्हें अपने आने का कारण बताया। उसकी बातें सुनकर प्रेसिडेंट ने बड़े ही अस्पष्ट जवाब दिए, जो वॉल्टर्स के किसी काम के नहीं थे। कंपनी का प्रेसिडेंट किसी भी कीमत पर बात करने के लिए तैयार नहीं था। यह बात भी तय थी कि उससे कोई गुप्त बात निकलवाना बहुत मुश्किल था। यह मुलाकात कुछ ही मिनटों तक चली और कुल मिलाकर बेकार ही गई।

वॉल्टर्स ने यह घटना हमारी कक्षा में सुनाई और कहा, 'सच पूछिए, तो मुझे समझ में नहीं आ रहा था कि इस परिस्थिति में मुझे आगे क्या करना चाहिए। मैं उम्मीद छोड़ चुका था कि प्रेसिडेंट से मुझे कोई काम की जानकारी मिलेगी। लेकिन अचानक मुझे उस महिला सचिव की बात याद आई – डाक टिकटें, बारह साल का बेटा.... यह याद आते ही मुझे एक और बात ध्यान में आई कि हमारे बैंक का विदेशी डिपार्टमेंट भी डाक टिकटों का संग्रह करता आ रहा था। लगभग हर देश से आनेवाले पत्रों पर डाक टिकट लगे होते थे, जो हमारे बैंक के पास सुरक्षित रखे होते थे।

मैं जब अगले दिन प्रेसिडेंट से मिलने गया, तो उसे यह संदेश भिजवाया कि 'मैं उसके बेटे के लिए कुछ डाक टिकटें लेकर आया हूँ।' यह संदेश मिलते ही उसने मुझे फौरन अंदर बुलाया और बहुत गर्मजोशी से मुझसे हाथ मिलाते हुए मेरा अभिवादन किया। उनके चेहरे पर मुस्कुराहट साफ–साफ दिखाई दे रही थी। मैंने उन्हें डाक टिकटें दिखाई तो वे बहुत खुश हुए और बोले, 'अरे वाह! ये तो मेरे बेटे को बहुत अच्छी लगेंगी। ये सारी डाक टिकट सचमुच बहुत सुंदर हैं!'

इसके बाद वे मुझसे आधे घंटे तक डाक टिकटों के बारे में बात करते रहे। उन्होंने मुझे अपने बेटे की फोटो भी दिखाई। इसके बाद मैं उनसे जो भी जानकारी चाहता था, उन्होंने बिना मेरे पूछे ही दे दी। हमें बातें करते हुए एक घंटा हो गया था और मुझे उनसे सारी जानकारी मिल चुकी थी। फिर भी उन्होंने अपने कुछ कर्मचारियों को मेरे सामने बुलाया और उनसे भी कुछ कुछ प्रश्न पूछे। उन्होंने टेलिफोन करके भी कुछ लोगों से अतिरिक्त जानकारी हासिल की और मुझे दी। उस केस से जुड़े सारे तथ्यों, आँकड़ों और रिपोर्ट्स के अलावा उन्होंने मुझे इससे जुड़े कुछ ऐसे पत्र भी दे दिए, जो यूँ ही किसी के हाथ लगना नामुमकिन थे। यदि मीडिया की भाषा में कहा जाए तो मेरे हाथ एक 'स्कूप' लग गया था। मुझे यह सब किसी चमत्कार से कम नहीं लग रहा था।

अब मैं आपको ऐसा ही एक और उदाहरण बताता हूँ।

एक चेन स्टोर को ईंधन बेचना

सी. एम. नाफले ज्यूनियर नाम का इंसान फिलाडेल्फिया की एक बहुत बड़ी चेन स्टोर संस्था को अपना ईंधन बेचना चाह रहा था। वह इसके लिए पिछले कई सालों से

कोशिश कर रहा था। लेकिन वह चेन स्टोर संस्था किसी दूसरे डीलर से ईंधन खरीदता आ रहा था। सबसे बड़ी बात तो यह थी कि वह चेन स्टोर संस्था उस ईंधन को जिस स्थान पर इकट्ठा करती थी, वह स्थान सी. एम. नाफले के ऑफिस के बिलकुल सामने ही था। जब नाफले हमारे सेमिनार में आए, तब उन्होंने एक वक्तव्य दिया था। उन्होंने उस वक्तव्य में उस चेन स्टोर पर अपना गुस्सा जाहिर करते हुए उसे देश के लिए एक अभिशाप बताया।

वे इस बात से काफी हैरान थे कि आखिर वे उस स्टोर को अपना माल क्यों नहीं बेच सके।

मैंने उन्हें सलाह दी कि वे दूसरे तरीके से काम करने की कोशिश करें। मैं आपको संक्षिप्त में बताता हूँ कि आगे जो हुआ, वह कुछ इस प्रकार था – हमने अपने कोर्स के सभी सदस्यों के बीच एक वाद-विवाद प्रतियोगिता का आयोजन किया। उस प्रतियोगिता का विषय रखा गया – 'चेन स्टोर से देश को लाभ कम और नुकसान अधिक'।

मैंने नाफले को सुझाव दिया कि वह चेन स्टोर के पक्ष में बालेगा। फिर वे उसी चेन स्टोर के मालिक के पास गए, जिससे वे बहुत नफरत करते थे और उनसे जाकर बोले, 'आज मैं आपके पास तेल बेचने का सौदा करने नहीं आया हूँ, मुझे तो आपकी मदद चाहिए।' फिर उन्होंने उस वाद-विवाद प्रतियोगिता के बारे में उस स्टोर के मालिक को बताया और उनसे आग्रह किया कि 'मैं आपसे मदद चाहता हूँ क्योंकि कोई दूसरा इंसान मुझे इसके लाभों के बारे में उतनी अधिक जानकारी नहीं दे सकता, जितनी आप दे सकते हैं। मैं इस प्रतियोगिता को जीतना चाहता हूँ। केवल आप ही हैं, जो मेरी मदद करके मुझे यह प्रतियोगिता जितवा सकते हैं।'

बाकी का किस्सा नाफले के शब्दों में –

'मैं तो सिर्फ इतना चाहता था कि वे मुझसे बात करने के लिए केवल एक मिनट का समय निकाल लें। इसी शर्त पर वे मुझसे बात करने के लिए तैयार भी हुए थे। लेकिन जब मैंने उन्हें बताना शुरू किया, तो उन्हें मेरी बातें दिलचस्प लगीं और फिर वे मुझसे एक घंटा सैंतालीस मिनट तक बातें करते रहे। उन्होंने अपने एक ऐसे एक्ज़ीक्यूटिव को बुलाया, जिसने चेन स्टोर पर एक पुस्तक भी लिखी थी। यही नहीं, उन्होंने नेशनल स्टोर एसोसिएशन को टेलीफोन करके इस विषय पर हुई वाद-विवाद प्रतियोगिता की रिपोर्ट की एक कॉपी मँगवाई और मुझे दी। उनका मानना था कि चेन स्टोर वास्तव में मानवता की सच्चे मन से सेवा कर रहे हैं। उन्हें इस बात पर बहुत अभिमान था कि उनके माध्यम से समाज के एक बहुत बड़े वर्ग का भला हो रहा है। जब वे इस बारे में मुझसे बातें

कर रहे थे, तो बहुत उत्साहित लग रहे थे और उनकी आँखों में अजीब सी चमक थी। मैं यह भी मानता हूँ कि उन्होंने मेरी भी आँखें खोल दी थीं। उनसे बात करते हुए मुझे ऐसी कई बातों की जानकारी मिली, जिनके बारे में मैं पहले कुछ नहीं जानता था। इसके बाद मेरी भी सोच बदल गई।

हमारी बातों का दौर समाप्त हुआ और मैं वहाँ से चलने लगा, तो वे उठकर मुझे दरवाजे तक छोड़ने आए। उन्होंने मेरे कंधे पर हाथ रखते हुए प्रतियोगिता के लिए मुझे शुभकामनाएँ दीं। उन्होंने मुझे यह भी कहा कि जब इस प्रतियोगिता का परिणाम आ जाए, तो मैं एक बार फिर उनसे आकर मिलूँ। लेकिन उन्होंने जो अंतिम शब्द मुझसे कहे, वे इस प्रकार थे, 'मैं चाहता हूँ कि आप बसंत महीने में एक बार आकर मुझसे फिर मिलें। मैं आपको ईंधन का ऑर्डर देना चाहता हूँ।'

उनका ऐसा कहना मेरे लिए एक चमत्कार जैसा था। मैं पिछले कई सालों से उन्हें ईंधन बेचने के लिए चक्कर लगा रहा था। लेकिन वे हमेशा मेरी बात को टाल देते थे और अब वे मेरे बिना कहे मुझसे ईंधन खरीदने की बात कर रहे थे। यह इसलिए संभव हो सका क्योंकि मैंने उनमें और उनकी परेशानियों में लगातार दो घंटों तक दिलचस्पी ली। जबकि अगर मैं इसके बजाय अगले दस सालों तक भी यह कोशिश करता रहता कि वे मेरे माल में दिलचस्पी लें, तो भी शायद ऐसा संभव न हो पाता।'

मिस्टर नाफले! मैं आपको बताना चाहता हूँ कि आपने कोई नई बात नहीं ढूँढ़ निकाली है। सालों पहले, जब ईसा मसीह भी पैदा नहीं हुए थे, तो पब्लिलियस सायरस नाम के एक प्रसिद्ध रोमन कवि ने कहा था, 'जब दूसरा कोई हममें दिलचस्पी लेता है, तो हम भी उसमें दिलचस्पी लेने लगते हैं।'

मानवीय सिद्धांत कहते हैं कि 'अगर आप किसी में दिलचस्पी दिखाएँ, तो सच्ची दिलचस्पी दिखाएँ, उससे सिर्फ आपका ही नहीं बल्कि उसका भी भला हो जिसमें आप रुचि ले रहे हैं। एक प्रकार से यह दो रास्तों वाली सड़क जैसे होनी चाहिए, जिसमें दोनों की भलाई छिपी हो।'

एक नर्स का अपनापन

मार्टिन गिन्सबर्ग नाम के एक इंसान ने हमारी न्यूयॉर्क की लाँग आईलैंड शाखा से कोर्स किया था। उनका कहना था कि एक नर्स ने उसमें विशेष दिलचस्पी लेकर उसका जीवन ही बदल दिया –

'उस समय मेरी आयु दस साल थी। उस दिन थैंक्स गिविंग डे था। मैं शहर के एक अस्पताल के वेलफेयर वार्ड में भर्ती था। अगले ही दिन मेरा एक बहुत बड़ा ऑपरेशन होने जा रहा था। मुझे मालूम था कि इस ऑपरेशन के कारण मुझे कई महीनों तक

पीड़ा सहनी होगी और ठीक होने तक मैं बिस्तर से भी नहीं उठ सकूँगा। मेरे पिता इस दुनिया में नहीं थे। मैं और मेरी माँ एक छोटे से अपार्टमेंट में रहते थे। हमारी आर्थिक स्थिति खराब थी और इस अस्पताल में मेरा इलाज स्टेट वेलफेयर के भरोसे हो रहा था। ऑपरेशन वाले दिन मेरी माँ किसी कारण मुझसे मिलने नहीं आ सकीं।

शाम होते-होते अकेलेपन के कारण मैं निराश होने लगा और मुझे डर लगने लगा। मुझे यह अच्छी तरह से पता था कि मेरी माँ इस समय घर पर अकेली थीं और वहाँ उनकी देखरेख करने के लिए कोई नहीं था। उन्हें अकेले ही खाना भी खाना होगा। उनके पास तो इतने पैसे भी नहीं थे कि वे थैंक्स गिविंग डे के दौरान होनेवाले डिनर का खर्च उठा सकें।

यह सोचते ही मेरी आँखें नम हो गईं। मैंने अपना सिर तकिए में छिपाया और चादर ओढ़कर चुपचाप रोता रहा। मेरा मन कड़वाहट से भरा हुआ था और मेरे पूरे शरीर में दर्द हो रहा था।

तभी एक युवा नर्स मेरे पास आई। वह एक स्टूडेंट थी। वह मेरे रोने की आवाज़ सुनकर मेरे पास आई थी। उसने मेरे चेहरे से चादर हटाई और मेरे आँसू पोछने लगी। मुझे उससे बातें करते हुए पता चला कि वह बहुत अकेली थी। वह सारा दिन काम करती थी और उसे परिवार के साथ समय बिताने का भी अवसर नहीं मिलता था। उसने मुझसे पूछा कि 'क्या तुम मेरे साथ रात का खाना खा सकते हो?' रात होते ही वह दो ट्रे में खाना रखकर लाई, जिनमें स्लाइस्ड टर्की, आलू, केनबरी सॉस और आइस्क्रीम थे। वह मेरे साथ काफी देर तक बातें करती रही और मेरा डर कम करने की कोशिश करती रही। उसकी ड्यूटी शाम को चार बजे खत्म हो जाती थी। लेकिन वह मेरे कारण रात ग्यारह बजे तक वहाँ रुकी रही। उसने मुझसे बातें की, मेरे साथ खेलती रही और तभी गई, जब मैं गहरी नींद में सो गया।

न जाने कितने थैंक्स गिविंग डे आए और चले गए। लेकिन मैं हर थैंक्स गिविंग डे पर उस बात को याद करता हूँ। मैं याद करता हूँ कि उस दिन मैं कितना डरा हुआ था, अकेला और कुंठित था। उस नर्स ने एक अजनबी होने के बावजूद मुझसे बहुत प्रेम से बात की और मेरा ख्याल रखा, जिसके कारण मैं वह सब कुछ सहने लायक बन सका।

यदि आप भी चाहते हैं कि दूसरे लोग आपको पसंद करें, यदि आप भी चाहते हैं कि आप किसी के सच्चे दोस्त बन सकें, यदि आप अपनी सहायता करने के साथ-साथ दूसरों की भी सहायता करना चाहते हैं तो हमेशा इस नियम को ध्यान में रखें -

सामनेवाले में सच्ची दिलचस्पी दिखाएँ।

१२

ऐसा क्या करें कि लोग आपको तत्काल पसंद करने लगें

मैं एक दिन न्यूयॉर्क में 33 स्ट्रीट स्थित पोस्ट ऑफिस में रजिस्ट्री करवाने गया। मैं उस समय लाइन में खड़ा हुआ था, जब मैंने उस क्लर्क को देखा, जो लिफाफों का वज़न करके टिकट चिपका रहा था और पैसे गिनकर बदले में रसीद दे रहा था। मैंने सोचा कि 'रोज़ाना यही काम करते-करते यह बोर हो जाता होगा तो क्यों न मैं इससे कुछ ऐसी बातें करूँ, जो इसे अच्छी लगें और यह क्लर्क मुझे पसंद करने लगे।' फिर मैंने सोचा कि 'मुझे उससे अपने बारे में नहीं, उसी के बारे में बात करनी चाहिए ताकि उसे ज़्यादा अच्छा लगे।' फिर मैंने विचार किया, 'इस इंसान में ऐसा क्या है, जिसकी मैं तारीफ कर सकता हूँ?' अक्सर ऐसे सवालों का जवाब देना ज़रा मुश्किल होता है। खास तौर पर तब, जब आप किसी अनजान इंसान से मिल रहे होते हैं। लेकिन उस क्लर्क के मामले में ऐसा नहीं हुआ। मैंने तुरंत कुछ ऐसा सोच लिया, जिससे मैं तारीफ कर सकूँ।

जब वह मेरे लिफाफों का वज़न कर रहा था, तो मैंने ठंडी आह भरते हुए उससे कहा, 'काश! मेरे सिर पर भी आपकी तरह बाल होते?'

उसने चौंकते हुए मेरी ओर देखा। मेरी बात सुनकर अचानक उसके चेहरे पर एक अलग ही चमक आ गई और वह मुस्कुराने लगा। उसने विनम्र स्वर में जवाब दिया, 'अरे सर! अब तो मेरे बाल उतने अच्छे नहीं रहे, जितने पहले हुआ करते थे।' मैंने उससे कहा, 'भले ही तुम्हारे बाल पहले जैसे न रह गए हों, लेकिन अब भी बहुत खूबसूरत दिखाई दे रहे हैं।' मेरी बात सुनकर वह बहुत खुश हुआ। अगले कुछ मिनटों तक हमारे बीच ऐसे ही बातों का सिलसिला जारी रहा। फिर चलते समय उसने मुझसे कहा, 'आपकी तरह कई लोग ऐसे हैं, जो मेरे बालों की तारीफ करते हैं।'

मैं आप लोगों से शर्त लगाकर कह सकता हूँ कि 'मेरे वहाँ से चले जाने के बाद वह इंसान हवा में उड़ने लगा होगा। रात को जब वह घर पहुँचा होगा, तो उसने अपनी पत्नी को यह बात ज़रूर बताई होगी। उसने यकीनन शीशे में जाकर देखा होगा और स्वयं से कहा होगा कि अरे! मेरे बाल वाकई कितने खूबसूरत हैं।'

इसके बाद मैंने इस घटना के बारे में लोगों को बताया। एक दिन एक इंसान ने

मुझसे सवाल किया, 'आप इस प्रकार उसकी तारीफ करके क्या हासिल करना चाह रहे थे?'

मैं उससे क्या हासिल करना चाह रहा था!!! आखिर मैं उससे क्या हासिल करने की कोशिश कर रहा था!!!

यदि हम इतने मतलबी हो जाएँ कि दूसरे इंसान को थोड़ी सी खुशी भी न दे सकें या बिना बदले में कुछ चाहे उसकी सच्ची तारीफ तक न कर सकें, तो इसका अर्थ है कि हमारी अंतरात्मा मर चुकी है और हमें अपने जीवन में यकीनन असफल हो जाना चाहिए।

ओऽऽ हाऽऽ, मैं उससे कुछ चाहता था। मैं उससे कोई अमूल्य चीज़ चाहता था और वह मुझे मिल गई। मैं निःस्वार्थ कुछ देने की भावना महसूस करना चाहता था। दरअसल मेरी इच्छा यह थी कि मैं उसे कुछ ऐसी बात कह दूँ, जिसे सुनकर वह खुशी से झूम उठे। यह भावना बहुत समय तक हमारे मन में बसी रहती है।

लोगों के साथ व्यवहार करने की प्रक्रिया का एक बहुत ही महत्वपूर्ण नियम है। यदि हम उस नियम पर चलने की कोशिश करें, तो हम कभी किसी परेशानी में नहीं पड़ सकते। सच तो यह है कि यदि हम उस नियम पर चलने की कोशिश करें, तो हमारे अनगिनत दोस्त बन जाते हैं, जिसके चलते हम हमेशा खुश रहते हैं। लेकिन जिस क्षण हम उस नियम को तोड़ने की कोशिश करते हैं, उसी क्षण हम बहुत सी परेशानियों में घिर जाते हैं। यह नियम कुछ इस प्रकार है : 'सामनेवाले इंसान को सदा इस बात का अनुभव करवाएँ कि वह बहुत महत्वपूर्ण है।' जैसा कि हम पहले भी पढ़ चुके हैं, जॉन ड्यूई कहते हैं कि 'हर इंसान की हार्दिक इच्छा यही है कि वह अपने जीवन में महत्वपूर्ण बने।' विलियम जेम्स का भी कहना है, 'हर इंसान के मन में यह बात गहराई तक उतरी होती है कि हर कोई उसकी सराहना करे।' जैसा कि मैंने पहले भी स्पष्ट किया है, हमारी यही धारणा हमें जानवरों से अलग करती है। हमारा यह लालच ही मानव सभ्यता के विकास का एक महत्वपूर्ण कारण है।

अनेक दार्शनिकों ने समय-समय पर मानव संबंधों के सिद्धांतों पर चिंतन-मनन किया है। इस चिंतन-मनन से सिर्फ एक ही गुण का विकास हुआ है। यह कोई नया गुण नहीं है। यह उतना ही पुराना है, जितना इंसानों का इतिहास। ज़ोरास्टर ने ढाई हज़ार साल पहले पर्शिया में अपने अनुयायियों को इसका पाठ पढ़ाया था। कन्फ्युशियस ने चीन में चौबीस सौ साल पूर्व इसका पाठ पढ़ाया था। ताओवाद की स्थापना करनेवाले लाओत्से ने होण की घाटी में अपने अनुयायियों को इसका पाठ पढ़ाया था। गौतम बुद्ध ने भी ईसा से पाँच सौ साल पूर्व गंगा जैसी पवित्र नदी के तट पर इसकी शिक्षा दी थी।

हज़ार साल पूर्व हिंदुओं के धार्मिक ग्रंथों द्वारा भी इस सूत्र की पुष्टि की गई थी। इसी नियम को ईसा मसीह ने लोगों के सामने एक विचार की तरह प्रस्तुत किया। शायद इसे विश्व का सबसे महान नियम कहा जा सकता है, **'सामनेवाले के साथ हमेशा वैसा ही व्यवहार करें, जैसे व्यवहार की अपेक्षा आप खुद के साथ करते हैं।'**

आप चाहते हैं कि आपके आसपास के लोग आपकी सराहना करें। आपको लगता है कि आपमें जो प्रतिभा छिपी है, उसे हर कोई पहचाने। आप अपने इस छोटे से संसार में महत्वपूर्ण बनना चाहते हैं। हालाँकि आप लोगों से अपनी झूठी प्रशंसा सुनना नहीं चाहते। आपको लगता है कि आपके दोस्त और सहकर्मी सच्चे मन से आपकी तारीफ करें, जैसा कि चार्ल्स श्वाब का कहना है कि दिल खोलकर दूसरों की सराहना करें। हम भी ठीक ऐसा ही चाहते हैं।

हमें इस सुनहरे नियम को हमेशा याद रखना चाहिए और सामनेवाले को वही दें, जिसकी आप स्वयं के लिए अपेक्षा करते हैं।

कब? कहाँ? किस तरह? इसका जवाब है : हर समय, सब जगह।

सहजता से तारीफ हो

विस्कॉन्सिन के निवासी डेविड जी. स्मिथ को एक बार किसी चैरिटी प्रोग्राम के लिए अल्पाहार बूथ का चार्ज दिया गया था। उन्होंने हमारी कक्षा में अपने अनुभव साझा करते हुए बताया कि उन्होंने किस प्रकार इस संवेदनशील स्थिति को सँभाला।

जिस रात वह संगीत समारोह होने जा रहा था, उस रात मैं उस पार्क में गया। मैंने वहाँ दो वृद्ध महिलाओं को अल्पाहार स्टैंड के पास खड़े हुए देखा। उन दोनों ने बुरा मुँह बना रखा था। दरअसल उन्हें यह गलतफहमी हो गई थी कि शायद वे दोनों ही इस प्रोग्राम की इंचार्ज थीं। मैं चुपचाप वहाँ खड़ा हुआ सोच रहा था कि अब क्या करना चाहिए। थोड़ी ही देर में प्रायोजक समिति की एक सदस्य ने वहाँ आकर मेरे हाथ में कैश बॉक्स थमा दिया। उसने मुझे इस प्रोजेक्ट पर काम करने के लिए धन्यवाद भी दिया। फिर उसने उन दोनों महिलाओं से मेरा परिचय भी करवाया और बताया कि उनका नाम रोज़ व जेन हैं और वे दोनों मेरी सहायिकाओं के रूप में मेरे साथ रहेंगी। इतना कहकर प्रायोजक समिति की वह सदस्य वहाँ से चली गईं।

उसके जाने के बहुत देर तक मैं रोज़ और जेन एक-दूसरे से कुछ नहीं बोले। फिर मैंने वह कैश बॉक्स रोज़ को दे दिया और उससे कहा कि 'रुपये-पैसों का सारा हिसाब वह अपने पास रखे क्योंकि मैं शायद ऐसा ठीक से नहीं कर पाऊँगा। फिर मैंने जेन से कहा कि वह दो नौजवानों को सोडे की मशीन चलाना सिखा दे। जो जलपान देने के लिए नियुक्त किए गए थे। मैंने जेन को इस प्रोजेक्ट का इंचार्ज भी नियुक्त कर दिया।

हमारी पूरी शाम बहुत मौज-मस्ती वाली रही। रोज़ पैसों का हिसाब रखती रही और जेन नौजवानों का मार्गदर्शन करने में लगी रही। मैं संगीत कार्यक्रम का आनंद लेने में व्यस्त रहा।

आपको तारीफ के इस सिद्धांत का इस्तेमाल करने के लिए किसी खास मौके का इंतजार नहीं करना है। ऐसा नहीं है कि जब तक आप फ्राँस के राजदूत नहीं बन जाते या किसी सोसाइटी के चेयरमैन नहीं बन जाते, तब तक किसी की तारीफ नहीं कर सकते। आप इस कला को एक जादू की तरह रोज़ाना प्रयोग कर सकते हैं।

मैं आपको एक उदाहरण देता हूँ। यदि किसी रेस्टोरेंट में आपने फ्रेंच फ्राइज का ऑर्डर दिया है और वेटर उसकी जगह आलू ले आता है, तो आपको उससे विनम्रता से कहना चाहिए, 'माफ कीजिए, मैं आपको परेशान करना नहीं चाहता, लेकिन मैंने आलू नहीं फ्रेंच फ्राइज ऑर्डर किए थे।' आपकी बात पर वह शायद यह कहेगा कि 'कोई बात नहीं सर।' और इतना कहकर वह खुशी-खुशी आलू की जगह फ्रेंच फ्राइज लेने वापस चला जाएगा। ऐसा इसलिए होगा क्योंकि आपने उसके साथ विनम्र व्यवहार किया और अपनी बात सम्मानित ढंग से कही।

मुझे खेद है कि मेरी वजह से आपको परेशानी हो रही है... क्या आप प्लीज यह काम कर सकते हैं... आपको ऐसा करने में कोई तकलीफ तो नहीं है... आपका बहुत-बहुत धन्यवाद... जैसे कई छोटे-छोटे वाक्य ऐसे हैं, जिनका इस्तेमाल करने से आप किसी इंसान के दैनिक जीवन के रूखेपन और नीरसता को दूर कर उसे अच्छा महसूस करवा सकते हैं। यही नहीं, ऐसे छोटे-छोटे वाक्यों के इस्तेमाल करने से यह भी पता चलता है कि आप कितने पढ़े-लिखे और सभ्य इंसान हैं।

सच्ची तारीफ का परिणाम

मैं आपको एक और उदाहरण देता हूँ। बीसवीं सदी के आरंभ में हॉल केन नामक उपन्यासकार के उपन्यास बहुत चर्चित होते थे। द क्रिश्चियन, द डीमस्टर और द मैंक्समैन जैसे उनके उपन्यास बेस्टसेलर्स थे। लाखों-करोड़ों लोग उनके उपन्यास पढ़ते थे। केन के पिता एक मामूली लुहार थे। उन्होंने सिर्फ 8 वीं कक्षा तक शिक्षा ग्रहण की क्योंकि इसके बाद उन्हें पढ़ाई करने का मौका नहीं मिल सका। लेकिन जिस समय उनकी मृत्यु हुई, उस समय वे अपने दौर के सबसे अमीर साहित्यकार के रूप में जाने जाते थे।

मैं उनके जीवन की एक घटना आपको बताता हूँ : हॉल केन को सॉनेट (एक लघुकाव्य) व बैलेड्स (गाथागीत) बहुत पसंद था। यही कारण था कि उन्होंने उस समय के प्रसिद्ध कवि और साहित्यिक दान्ते गैब्रील रॉसैटी की सभी कविताएँ पढ़ी थीं। इतना

ही नहीं, उन्होंने रॉसैटी की साहित्यिक उपलब्धियों तथा साहित्य में उनके योगदान पर एक लेख भी लिखा था, जिसमें उन्होंने रॉसैटी की खूब तारीफ की थी। उन्होंने इस लेख की एक कॉपी रॉसैटी को भी भेजी थी। रॉसैटी ने जब वह लेख पढ़ा, तो वे बहुत खुश हुए। उस समय रॉसैटी ने स्वयं से कहा होगा कि 'जो युवक मेरी प्रतिभा को इतनी गहराई से समझता है, वह अवश्य ही स्वयं भी कोई प्रतिभाशाली व्यक्ति होगा।' इसीलिए उन्होंने उस लुहार के बेटे को लंदन बुलवाया और उसे अपना सेक्रेटरी नियुक्त कर लिया। इसके बाद तो जैसे हॉल केन के जीवन की काया ही पलट गई। इसी के बाद उन्हें उस दौर के सबसे महान साहित्यकारों से मिलने का मौका मिला। उन्होंने रॉसैटी के मशवरों का फायदा उठाया और उनके लगातार प्रोत्साहित करने के कारण स्वयं उपन्यास लिखना शुरू कर दिया। फिर एक दिन ऐसा आया कि उनका नाम आसमान की बुलंदियाँ छूने लगा।

'ग्रीबा कैसल' नाम से मशहूर उनका बँगला, जो आइल ऑफ मैन पर स्थित है, विश्वभर के पर्यटकों के लिए मक्का जैसा स्थान है। वे अपने पीछे वसीयत के रूप में करोड़ों डॉलर की संपत्ति छोड़ गए थे। अब किसे पता था कि यदि उन्होंने एक प्रसिद्ध साहित्यिक की तारीफ में वह लेख न लिखा होता, तो शायद जीवनभर वे भी तंगी में जीते और गरीबी में ही मर जाते।

इसी को सच्चे दिल से निकलनेवाली तारीफ की प्रबल शक्ति कहा जाता है।

रॉसैटी अपने आपको बहुत महत्वपूर्ण समझते थे। यह कोई अनोखी बात नहीं है। हम सब भी अपने आपको बहुत महत्वपूर्ण व्यक्ति समझते हैं।

यदि कोई इंसान किसी को यह अनुभव करवा दे कि वह बहुत महत्वपूर्ण है, तो शायद इससे कई लोगों का जीवन बदल सकता है।

दूसरों को महत्वपूर्ण महसूस कराना

रोनाल्ड जे. रॉलैंड कैलिफोर्निया में हमारे कोर्स के शिक्षक हुआ करते थे। वे आर्ट व क्राफ्ट के भी शिक्षक थे। उन्होंने क्राफ्ट की कक्षाएँ शुरू होने से पूर्व हमें क्रिस नामक उनके एक छात्र के बारे में बताया :

क्रिस बहुत ही शांत और शर्मिले स्वभाव का लड़का था। उसमें आत्मविश्वास की कमी थी, जिस पर लोग उतना ध्यान नहीं दिया करते थे, जितना कि उन्हें देना चाहिए। मैं एक एडवांस्ड क्लास का शिक्षक भी हूँ। इस क्लास में पढ़ना हर छात्र के लिए गौरव की बात होती है क्योंकि प्रतिभाशाली छात्र ही यहाँ तक पहुँच पाते हैं।

बुधवार का दिन था और क्रिस अपनी डेस्क पर काम करने में व्यस्त था। मैंने महसूस किया कि उसके मन में एक किस्म की आग है, जो लगातार जल रही है। मैं

क्रिस के पास गया और उससे पूछा कि क्या वह एडवांस्ड क्लास में जाना चाहता है। मेरी बात सुनकर वह हैरान रह गया। उसका चेहरा देखने लायक था। मेरी बात सुनकर उसके चेहरे पर ऐसे भाव आए, जिन्हें मैं शब्दों में नहीं बता सकता। चौदह साल के उस लड़के की आँखों से आँसू बहने लगे और वह उन्हें रोकने की कोशिश कर रहा था।

उसने मुझसे पूछा, 'कौन? मैं, मिस्टर रॉलैंड? क्या मैं इस काबिल हूँ?'

मैंने कहा, 'हाँ, क्रिस। तुम वास्तव में इसके काबिल हो।'

इतना कहकर मैं भी आगे कुछ और नहीं बोल सका क्योंकि मेरी आँखों से भी आँसू बहने लगे थे। जब पहली बार क्रिस उस क्लास से बाहर निकला, तो वह अपने बारे में ऐसा महसूस कर रहा था, मानो दो इंच लंबा हो गया हो। उसने अपनी नीली चमकती हुई आँखों से मेरी ओर देखा और बहुत जोश भरी आवाज़ में कहा, 'थैंक्यू, मिस्टर रॉलैंड।'

क्रिस जैसे छात्र के कारण मैंने एक ऐसा सबक सीखा, जिसे मैं कभी नहीं भूल सकता और वह सबक है – हम सबकी यह तीव्र इच्छा होती है कि हम महत्वपूर्ण महसूस करें। उसके बाद मैंने यह बात गाँठ बाँध ली कि मैं इस सिद्धांत को सदा याद रखूँगा। मैंने एक कागज़ से पोस्टर बनाकर उस पर लिख दिया, 'तुम महत्वपूर्ण हो' और फिर उस पोस्टर को कक्षा के सामने टाँग दिया ताकि वह सबको दिखाई देता रहे और हर छात्र को इस बात का एहसास रहे कि वह भी महत्वपूर्ण है।

सच तो यह है कि जितने भी लोग आपसे मिलते हैं, उनमें से अधिकतर स्वयं को कहीं न कहीं आपसे बेहतर मानते हैं। इसीलिए उनका दिल जीतने का सबसे अच्छा तरीका है, उन्हें अप्रत्यक्ष रूप से इस बात का एहसास कराना कि आप उनकी महत्ता को समझते हैं और अच्छी तरह जानते हैं, वे कितने खास व्यक्ति हैं।

इमर्सन की यह बात हमेशा याद रखें, 'हर इंसान किसी न किसी मामले में मुझसे बेहतर होता है। मैं उससे मिलकर उसकी वही चीज़ स्वयं सीख लेता हूँ।'

इस बात का सबसे नकारात्मक पहलू यह है कि जो लोग लायक न होने के बावजूद खुद को दूसरों से बेहतर मानते हैं, वे हमेशा अपने अहंकार को संतुष्ट करने के लिए गुस्से और बहस का सहारा लेते हैं। यह वास्तव में दिल दुखानेवाली स्थिति है। जैसा कि शेक्सपीयर ने कहा था, 'मानव! घमंडी मानव। पलभर के लिए भी सत्ता का चोगा पहनता है, तो ईश्वर के सामने ऐसे-ऐसे तमाशे दिखाता है, जिन्हें देखकर देवदूतों की आँखों में भी आँसू आ जाते हैं।'

वृद्ध महिला की तारीफ

अब मैं आपको बताता हूँ कि किस प्रकार हमारे कोर्स में हिस्सा लेनेवाले छात्रों ने

इन नियमों का पालन करते हुए अपना जीवन सफल बनाया है। मैं आपको कनेक्टिकट के एक वकील का उदाहरण देता हूँ। वह अपने सगे-संबंधियों के कारण अपना नाम गुप्त रखना चाहता था। इसलिए हम उसे मिस्टर आर. के नाम से पुकारेंगे।

हमारे कोर्स में भाग लेने के कुछ ही दिनों बाद मिस्टर आर. अपनी पत्नी के साथ उसके संबंधियों से मिलने लाँग आईलैंड गए। उसकी पत्नी ने उसे अपनी वृद्ध चाची के साथ बिठा दिया और स्वयं अपने अन्य रिश्तेदारों से मिलने चली गई। मिस्टर आर. को हमारी कक्षा में एक व्याख्यान देना था, जिसमें वे किसी की तारीफ के सिद्धांतों तथा उन पर अमल करने व उसके परिणामों के बारे में बतानेवाले थे। उन्होंने मन में सोचा कि 'क्यों न इस वृद्ध महिला की तारीफ की जाए।' उन्होंने घर के चारों ओर अपनी नज़र दौड़ाई और सोचने लगे कि 'इस महिला की किस मामले में सच्चे मन से तारीफ की जा सकती है।'

वे बोले, 'यह घर 1890 में बना था न?'

'जी हाँ', वह वृद्ध महिला बोली।

फिर उन्होंने कहा, 'इसे देखकर मुझे अपने उस घर की याद आती है, जहाँ मेरा जन्म हुआ था। आपका यह घर वाकई बहुत सुंदर है। जिसने भी इसे बनाया है, बहुत दिल से बनाया है। इसमें बहुत सारी जगह है। आजकल तो ऐसे घर बनते ही नहीं हैं।'

महिला ने जवाब दिया, 'आप सही कह रहे हैं। आजकल लोगों को खूबसूरत घरों की कद्र नहीं है। उन्हें तो बस एक छोटा सा अपार्टमेंट चाहिए और फिर वे अपनी कारों में बैठकर मौज करते हैं।'

उसने काँपते हुए स्वर में कहा, 'यह सचमुच मेरे सपनों का घर था। हमने इसे बहुत प्यार से बनवाया था। मैंने अपने पति के साथ कई साल तक ऐसे ही घर का सपना देखा था। जब हमने इसे बनवाया, तो इसके लिए किसी आर्किटेक्ट की सहायता नहीं ली। इसका नक्शा हम दोनों ने मिलकर ही तैयार किया था।'

इसके बाद मिस्टर आर. ने उस महिला के साथ जाकर उनका पूरा घर देखा। उन्होंने घर में सजाकर रखी गई हर सुंदर चीज़ की दिल से प्रशंसा की। वे सारी चीज़ें उस वृद्ध महिला ने अपनी अनेक यात्राओं के दौरान खरीदीं थी। उन चीज़ों से अपने घर को सजाने में उस महिला ने अपना पूरा जीवन लगा दिया था। इनमें मखमली शॉल, पुराना अंग्रेजी टी-सेट तथा किसी जमाने में फ्रांस के महलों में लगाए जाने वाले खूबसूरत सिल्क के पर्दों जैसी कई चीज़ें शामिल थीं।

मिस्टर आर. को पूरा घर दिखाने के बाद वह महिला उन्हें अपने गैरेज में ले गई। वहाँ उसने उन्हें कवर से ढकी हुई एक चमचमाती हुई पैकार्ड कार भी दिखाई।

उसने कहा, 'यह कार मेरे पति ने अपनी मृत्यु से कुछ ही दिन पहले खरीदी थी। जबसे वे इस दुनिया से गए हैं, मैं इस कार में कभी नहीं बैठी। तुम खूबसूरत चीज़ों की कद्र करते हो इसलिए मैं यह कार तुम्हें उपहार में देना चाहती हूँ।'

मिस्टर आर. ने चौंकते हुए कहा, 'अरे आंटी! यह आप क्या कह रही हैं? आपने ऐसा कहकर तो मुझे बहुत महान बना दिया। मैं आपकी उदारता की तारीफ करता हूँ, लेकिन मैं यह कार नहीं ले सकता। मेरा तो आपसे कोई नज़दीकी रिश्ता भी नहीं है और फिर मेरे पास पहले से ही एक नई कार है। वैसे भी आपके सगे-संबंधियों में ऐसे कई लोग होंगे, जो इस कार को पाना चाहते होंगे।'

'मेरे सगे-संबंधी? वे सब तो मेरी मौत का इंतजार कर रहे हैं। ताकि मेरे इस दुनिया से जाते ही वे इस कार पर अपना हक जमा सकें, लेकिन मैं उन्हें यह कार किसी कीमत पर नहीं दूँगी', उस महिला ने जवाब दिया।

मिस्टर आर. ने उस महिला को सुझाव दिया, 'यदि आप यह कार किसी संबंधी को देना नहीं चाहतीं, तो फिर इसे किसी सैकंड हैंड कार डीलर को बेच दें।'

महिला ने रूँधे गले से कहा, 'क्या कहा? इसे बेच दूँ? किसी अनजान व्यक्ति को इसमें बैठकर घूमने दूँ? यह कार मेरे स्वर्गवासी पति ने मेरे लिए खरीदी थी। मैं सपने में भी इसे बेचने के बारे में सोच नहीं सकती। मैं यह कार तुम्हें देना चाहती हूँ क्योंकि तुम सुंदर चीज़ों की कद्र करना जानते हो।'

मिस्टर आर. ने बहुत कोशिश की कि वे उस कार को उपहार स्वरूप लेने से इनकार कर दें, लेकिन वे जानते थे कि उस महिला का दिल तोड़े बिना ऐसा करना नामुमकिन था।

वह महिला एक बड़े से मकान में अपनी मखमली शॉलों, फ्रांस के कलात्मक सामान तथा बीते समय की यादों के साथ जीवन बिता रही थी। वह केवल थोड़ी सी तारीफ व आदर के लिए तरस रही थी, जो उसे किसी से नहीं मिल रही थी। किसी जमाने में वह भी खूबसूरत रही होगी। उसने भी किसी जमाने में अपने सपनों का घर बनवाया था। उस घर को सजाने व सँवारने के लिए वह यूरोप से एक से एक बढ़िया चीज़ें खरीद कर लाई थी। लेकिन अब उसकी उम्र बीत चुकी थी और बूढ़ी हो जाने के कारण वह अपने दिन गिन रही थी। उसे प्रेम चाहिए था, थोड़ी सी सराहना चाहिए थी, जो उसे कोई नहीं देता था। मिस्टर आर. से मिलने के बाद उसे ऐसा लगा, जैसे उसे किसी रेगिस्तान में पानी का झरना मिल गया हो। इसीलिए वह अपनी ओर से धन्यवाद देने के लिए मिस्टर आर. को अपनी पैकार्ड कार उपहार में देना चाहती थी।

एक जज की रुचि में दिलचस्पी

मैं आपको एक और उदाहरण देता हूँ। न्यूयॉर्क में राई की लैंडस्केप आर्किटेक्ट कंपनी 'लुईस एंड वेलेंटाइन' में एक इंसान सुप्रीटेंडेंट के पद पर काम करता था। उसका नाम डोनाल्ड एम. मैक्मैहन था। उसने हमें एक सच्ची घटना के बारे में बताया।

मैंने एक बार 'हाऊ टू विन फ्रैंड्स एंड इन्फ्लुएंस पीपल' विषय से जुड़े एक कोर्स में भाग लिया था। कोर्स के समाप्त होने के बाद मैं एक लंबी-चौड़ी जमीन की नपाई का कार्य कर रहा था। यह जमीन एक प्रसिद्ध जज की थी। जज ने मुझे बताया कि वे इस जमीन पर हज़ारों पौधे लगवाना चाहते हैं।

मैंने उनसे कहा, 'आपके शौक वाकई सराहना के काबिल हैं। मैंने देखा कि आपने यहाँ बहुत सारे सुंदर कुत्ते भी पाल रखे हैं। मैं यकीन के साथ कह सकता हूँ कि आपने मैडीसन स्केयर गार्डन में होनेवाले डॉग शो में हर साल बहुत से नीले रिबन जीते होंगे।'

अप्रत्यक्ष ढंग से की गई इस तारीफ का उस जज पर आश्चर्यजनक प्रभाव पड़ा।

जज ने फौरन कहा, 'जी, बिलकुल सही। मुझे अपने कुत्तों के साथ बहुत मज़ा आता है। क्या आप मेरा डॉग हाउस देखना चाहेंगे?'

उसके बाद करीब एक घंटे तक वे मुझे ढेर सारे पुरस्कार दिखाते रहे, जो उन्होंने कुत्तों की प्रतियोगिताओं में जीते थे। फिर वे अपने पूर्वजों की तारीफ करने लगे और बोले कि पूर्वजों के खून और उनकी सुंदरता के कारण ही मेरे सभी कुत्ते ऐसे हैं।

फिर वे मेरी ओर मुड़े और मुझसे पूछा, 'क्या आपके घर में कोई छोटा बच्चा है?'

मैंने जवाब दिया, 'जी हाँ, मेरा एक बेटा है।'

उन्होंने पूछा, 'क्या उसे कुत्ते के पिल्ले के साथ खेलना अच्छा लगता है?'

मैंने जवाब दिया, 'जी हाँ, वह तो पिल्ला देखकर खुशी से झूम उठेगा।'

इसके बाद जज ने कहा, 'तो ठीक है, मैं एक कुत्ते का पिल्ला उसे अपनी ओर से उपहार में देना चाहता हूँ।'

फिर उन्होंने मुझे बताया कि 'कुत्ते के पिल्ले को कैसे पाला जाता है, उसके खाने और साफ सफाई का ध्यान कैसे रखा जाता है वगैरह।' फिर वे ज़रा ठहरकर बोले, 'हो सकता है कि आप मेरी बताई इन बातों को भूल जाएँ। ठहरिए, मैं आपको यह सब लिखकर दे देता हूँ। फिर वे घर के अंदर गए और उस पिल्ले को पालने संबंधी कई बातों के साथ उसकी नस्ल तथा खाने-पीने की आदतें टाइप करके मुझे दीं।' मुझे उनका सैंकड़ों डॉलर कीमत का खूबसूरत पिल्ला और सवा घंटे का समय केवल इसलिए मिल सका क्योंकि मैंने उनकी रुचियों और उपलब्धियों की सच्चे मन से प्रशंसा की थी।

अरबपति की तारीफ

कैमरे की ट्रांसपेरेंट फिल्म का आविष्कार कोडक कंपनी के जॉज ईस्टमैन ने किया था। इसी की मदद से आज की आधुनिक फिल्में बनाना संभव हो सका। वे लगभग एक अरब डॉलर की संपत्ति के मालिक थे। उन्हें विश्व के सबसे सफल उद्योगपतियों में गिना जाता था। लेकिन इतनी अपार धन संपदा होने के बावजूद उन्हें भी आपकी और मेरी ही तरह ज़्यादा तारीफें नहीं मिलती थीं।

जब ईस्टमैन, रॉचेस्टर शहर में स्कूल ऑफ म्यूज़िक तथा किलबोर्न हॉल का निर्माण करवा रहे थे, उसी समय ईस्टमैन के थिएटरों की बिल्डिंगों में कुर्सियाँ भी लगनी थीं। इसके लिए सुपीरियर सिटिंग कंपनी के प्रेसिडेंट जेम्स एडम्सन उनसे कुर्सियों का ऑर्डर लेना चाह रहे थे। एडम्सन ने आर्किटेक्ट को फोन किया और रॉचेस्टर में ही ईस्टमैन से मीटिंग करने के लिए समय ले लिया।

जब एडम्सन उनके ऑफिस पहुँचे, तो आर्किटेक्ट बोला, 'मुझे पता है कि आप यह ऑर्डर लेना चाहते हैं, लेकिन मैं आपको एक बात बता दूँ कि अगर आपने जॉर्ज ईस्टमैन का पाँच मिनट से भी ज्यादा समय लिया, तो हो सकता है कि आपको ऑर्डर न मिले। वे बहुत व्यस्त रहते हैं और अनुशासन के बहुत पक्के हैं। अतः आप उनसे काम की बातचीत करके फौरन चले जाएँ।'

एडम्सन इसके लिए पूरी तरह तैयार हो गए।

ईस्टमैन के कमरे में कदम रखते ही एडम्सन ने देखा कि वे अपनी मेज पर रखे कागज़ों के ढेर पर झुके हुए हैं। ईस्टमैन ने अपना सिर उठाया और आँखों से चश्मा उतारते हुए एडम्सन और आर्किटेक्ट से बोले, 'गुड मॉर्निंग। कहिए, मैं आपके लिए क्या कर सकता हूँ?'

आर्किटेक्ट ने उन दोनों का परिचय करवाया। एडम्सन ने बोलना शुरू किया, 'मिस्टर ईस्टमैन! जब मैं बाहर बैठा आपका इंतजार कर रहा था, तो मन ही मन आपके ऑफिस के बारे में सोच रहा था। यह वाकई बहुत खूबसूरत और तारीफ के काबिल है। इतने सुंदर ऑफिस में हर कोई काम करना चाहेगा। मुझे इंटीरियर डिजाइनिंग का व्यापार करते सालों हो गए, लेकिन ऐसा शानदार ऑफिस मैंने पहले कभी नहीं देखा।'

एडम्सन की बात सुनते ही जॉर्ज ईस्टमैन ने जवाब दिया, 'सचमुच? मिस्टर एडम्सन, आज आपने मेरी पुरानी यादें ताज़ा कर दीं, जिन्हें मैं शायद खुद भूल चुका था। शुरू-शुरू में जब यह ऑफिस बनकर तैयार हुआ था तो यहाँ काम करने में बहुत मज़ा आता था। लेकिन अब मैं इतना व्यस्त रहता हूँ कि इस ओर ध्यान ही नहीं दे पाता। कई बार तो ऐसा भी होता है कि कई सप्ताह तक मैं अपने ऑफिस को ठीक से देख

भी नहीं पाता।'

एडम्सन ने वहीं मौजूद एक पैनल की ओर इशारा करते हुए पूछा, 'क्या यह इंग्लिश ओक से बना है? यह इटालियन ओक से कुछ अलग होता है।'

ईस्टमैन बोले, 'जी हाँ। यह विदेशी इंग्लिश ओक है। मेरा एक दोस्त लकड़ियों का अच्छा जानकार है। उसी ने मेरे ऑफिस के लिए इसे खासतौर पर चुना था।'

इसके बाद ईस्टमैन ने उसे अपना ऑफिस दिखाया। उन्होंने उसके आकार, रंग तथा अन्य सारे सामान के बारे में भी विस्तृत जानकारी दी और बताया कि जब इस ऑफिस का निर्माण होनेवाला था, तो इसके लिए किस-किस तरह की तैयारियाँ की गई थीं।

ऑफिस दिखाते समय ईस्टमैन ने एडम्सन को उन संस्थाओं के बारे में भी बताया, जिन्हें आर्थिक सहायता देकर वे समाज कल्याण का काम कर रहे थे। इन संस्थानों में यूनिवर्सिटी ऑफ रॉचेस्टर, जनरल हॉस्पिटल, होम्योपैथिक हॉस्पिटल, फ्रैंडली होम, चिल्ड्रंस हॉस्पिटल आदि शामिल थे। इसके बाद जॉर्ज ईस्टमैन ने काँच का एक बॉक्स खोला और उसमें से एक कैमरा निकाला। ईस्टमैन ने एडम्सन को वह कैमरा दिखाते हुए कहा, 'देखो, यह वह पहला कैमरा है, जिसे मैंने खरीदा था। उस समय यह एक नया आविष्कार था और इसे मैंने एक अंग्रेज से खरीदा था।'

एडम्सन ने ईस्टमैन से यह भी पूछा कि 'व्यापार में आपकी इतनी बड़ी सफलता का क्या राज़ है? आपको इतना बड़ा साम्राज्य खड़ा करने में किस-किस प्रकार की कठिनाइयों का सामना करना पड़ा?' ईस्टमैन ने उन्हें अपने बचपन के दिनों के बारे में बताते हुए कहा कि 'पहले मेरा परिवार बहुत गरीब था। मेरी विधवा माँ एक बोर्डिंग हाउस में कार्यरत थीं और मैं खुद एक बीमा कंपनी में मामूली सा क्लर्क था।' उन्होंने अपने गरीबी के दिनों को याद करते हुए एडम्सन को बताया कि 'परिवार को गरीबी से जूझते देख मैं मन ही मन सोचा करता था कि एक न एक दिन मैं अपने परिवार को गरीबी के दलदल से बाहर ज़रूर निकालूँगा और अपनी माँ को संसार की सारी सुख-सुविधाएँ दूँगा। फिर न तो उनकी माँ को कोई काम करने की ज़रूरत पड़ेगी और न ही परिवार के किसी सदस्य की कोई इच्छा अधूरी रहेगी।'

एडम्सन और ईस्टमैन की बातों का सिलसिला जारी रहा। ईस्टमैन ने उन्हें ऐसे अनेकों प्रयोगों के बारे में बताया, जो उन्होंने किसी जमाने में ड्राई फोटोग्राफिक प्लेटों पर शुरू किए थे। वे सारा दिन अपने ऑफिस में काम करके आते और रात-रात भर जागकर अपनी प्रयोगशाला में प्रयोग करने में जुटे रहते। प्रयोगों के दौरान कैमिकल्स का इस्तेमाल कर उन्हें कुछ देर के लिए छोड़ना पड़ता था ताकि उनके प्रभाव को बाद में

नोट किया जा सके। यही वह समय था, जब वे कुछ देर के लिए सो पाते। कभी-कभी तो ऐसा भी होता था कि वे तीन-तीन दिनों तक बिना कपड़े बदले लगातार काम करते रहते और वही कपड़े पहनकर अपने ऑफिस चले जाया करते।

इस मुलाकात में एडम्सन को बताया गया था कि मिस्टर ईस्टमैन से मिलने के लिए उनके पास केवल पाँच मिनट का समय है। लेकिन अब दो घंटे समाप्त होने के बावजूद भी उन दोनों की बातें जारी थीं।

जब उन दोनों की बातचीत का सिलसिला अंतिम दौर में था, तो ईस्टमैन ने बताया, 'मैं जब पिछली बार जापान गया था, तो वहाँ से कुछ कुर्सियाँ खरीदकर लाया था। मैंने वे कुर्सियाँ लाकर अपने घर के पोर्च में रखवा दी थीं। लेकिन उन पर लगातार धूप पड़ने के कारण उनका पेंट उखड़ गया। मैंने बाजार से पेंट खरीदा और खुद बैठकर उन पर पेंट किया। अगर आप उन कुर्सियों को देखना चाहें, तो चलिए, मेरे साथ मेरे घर चलते हैं। वहाँ हम दोनों एक साथ लंच करेंगे और आप मेरी कुर्सियाँ भी देख लेंगे।'

दोनों ने मिलकर दोपहर का खाना खाया और फिर मिस्टर ईस्टमैन ने उन्हें वे कुर्सियाँ दिखाईं, जिन्हें उन्होंने जापान से खरीदा था और खुद पेंट किया था। वे कुर्सियाँ कोई ज्यादा महँगी नहीं थीं, लेकिन अरबपति जॉर्ज ईस्टमैन को केवल इस बात की खुशी थी कि उन्होंने उन कुर्सियों को स्वयं पेंट किया था।

ज़रा अंदाजा लगाइए कि ऐसी सफल मुलाकात के बाद कुर्सियों का ऑर्डर किसे मिला होगा? एडम्सन को या किसी और को? जी हाँ, आपका अंदाजा बिलकुल सही है। इस मुलाकात के बाद एडम्सन को ईस्टमैन की ओर से 90,000 डॉलर की कुर्सियों का ऑर्डर मिला, जो उस जमाने के हिसाब से बहुत बड़ा ऑर्डर था।

इसके बाद जॉर्ज ईस्टमैन व जेम्स एडम्सन में गहरी दोस्ती हो गई और यह दोस्ती तब तक कायम रही, जब तक ईस्टमैन इस दुनिया में रहे।

महिला कर्मचारी की तारीफ

इसी नियम का पालन करते हुए फ्रांस के एक इंसान ने अपनी एक महत्वपूर्ण महिला कर्मचारी को नौकरी न छोड़ने के लिए मनाया था। वह इंसान एक रेस्टोरेंट का मालिक था और उसका नाम क्लॉड मौरिस था। पॉलेट नाम की उस महिला कर्मचारी को उसके रेस्टोरेंट में काम करते हुए पाँच साल हो गए थे। वह महिला अपने मालिक तथा इक्कीस कर्मचारियों के बीच एक महत्वपूर्ण कड़ी का काम करती थी। एक दिन मौरिस को रजिस्टर्ड पोस्ट से एक लिफाफा मिला, जिसमें उस महिला का त्यागपत्र था। उसे देखते ही मौरिस सकते में आ गया।

मौरिस ने बताया, 'वह त्यागपत्र पढ़ते ही मैं हैरान रह गया। मुझे इससे भी अधिक

निराशा तब हुई जब मैंने विचार किया कि मैं तो एक बॉस होने के नाते उस महिला कर्मचारी की सारी आवश्यकताएँ पूरी कर रहा हूँ और उसे किसी प्रकार की कमी नहीं होने देता। वह केवल मेरी एक कर्मचारी ही नहीं बल्कि अच्छी दोस्त भी थी। लेकिन शायद इसी कारण मैं दूसरे कर्मचारियों की तुलना में उससे कुछ ज्यादा ही उम्मीदें भी लगाए रहता था। हो सकता है कि इसी वजह से उस पर मानसिक रूप से काम का बोझ बढ़ गया हो।'

मैंने उसे बुलाया और पूछा, 'पॉलेट, मैं बस तुमसे यह जानना चाहता हूँ कि मैं किस आधार पर तुम्हारा त्यागपत्र स्वीकार करूँ? तुम नहीं जानती कि तुम इस रेस्टोरेंट के लिए और मेरे लिए कितनी महत्वपूर्ण हो। इस रेस्टोरेंट के लिए जितना अहम मैं हूँ, उतनी ही अहम तुम भी हो।' मैंने यह बात पॉलेट को अपने सभी कर्मचारियों के सामने कही। इसके बाद मैं उसे अपने साथ अपने घर ले गया और अपने परिवार के सदस्यों के सामने भी यही बात दोहराई।

आखिरकार वह नौकरी न छोड़ने के लिए मान गई। अब मुझे उस पर पहले से भी ज्यादा भरोसा है। मैं समय-समय पर उसके काम की तारीफ करता रहता हूँ और उसे याद दिलाता रहता हूँ कि वह सचमुच मेरे रेस्टोरेंट के लिए बहुत महत्वपूर्ण है।

डिज़राइली, जिन्हें ब्रिटिश साम्राज्य पर राज़ करनेवाले सबसे तेज़ और चालाक लोगों में से एक माना जाता है। उन्होंने एक बार कहा था, 'अगर आप दूसरों से केवल उन्हीं के बारे में बातें करें, तो वे घंटों बैठकर भी आपकी बातें सुन सकते हैं।'

दूसरों को उनकी अहमियत का एहसास दिलाएँ
और ऐसा करते समय पूरी ईमानदारी बरतें।

भाग ३

लोगों को अपनी सोच से जोड़ने के उपाय

डेल कारनेगी ने कहा था, 'अधिकतर लोगों में यह योग्यता नहीं होती कि वे सामनेवाले की सोच को पूरी तरह समझकर चीज़ों को उसके नज़रिए से देख सकें।' अगर आप इस कला में माहिर होंगे, तो आपके लिए लोगों को अपनी सोच से जोड़ना आसान होगा। फिर वे पूरे उत्साह से आपका सहयोग करेंगे।

१३

शत्रु बनाने का सबसे आसान तरीका
इससे कैसे बचा जा सकता है

जब थियोडोर रूज़वेल्ट व्हाईट हाउस में थे, तो उन्होंने स्वीकार किया था कि वे किसी भी मामले में अधिक से अधिक पचहत्तर प्रतिशत तक ही सही हो सकते हैं। उन्हें स्वयं से इतनी ही उम्मीद थी।

अगर बीसवीं सदी की इतनी महान हस्ती अपने बारे में ऐसी सोच रखती थी, तो फिर मेरी और आपकी तो बात ही क्या है!

अगर आप किसी चीज़ के बारे में हर बार केवल पचपन प्रतिशत भी सही हों, तो आप वॉल स्ट्रीट जाकर रोज़ लाखों डॉलर कमा सकते हैं। लेकिन अगर आप पचपन प्रतिशत भी सही होने का दावा नहीं कर सकते, तो आपको दूसरों से ये कहने का कोई हक नहीं है कि वे गलत हैं।

आप लोगों को सिर्फ एक नज़र या संकेत से यह जता सकते हैं कि वे गलत हैं। अगर आप उन्हें गलत ठहरा देते हैं, तो क्या इसके बाद आप यह उम्मीद करते हैं कि वे आपसे सहमत होंगे? कभी नहीं! ऐसा कभी नहीं होगा क्योंकि ऐसा करके आपने उनकी समझदारी, न्यायप्रियता और स्वाभिमान पर गहरी चोट की है। वे भी आप पर जवाबी हमला करना चाहेंगे, पर वे अपनी सोच नहीं बदलेंगे। आप भले ही उन्हें प्लेटो या कांट के तर्क से पराजित करने की कोशिश कर लें, पर चाहकर भी उनका मत नहीं बदल सकेंगे क्योंकि आपने उनकी भावनाओं को ठेस पहुँचाई है।

अपनी बात कभी ऐसे शब्दों से शुरू न करें कि 'मैं आपके सामने यह साबित कर दूँगा।' इससे आपको कोई लाभ नहीं होगा। यदि आपने ऐसा किया, तो इसका मतलब है, आप उन्हें यह जता रहे हैं कि आप उनसे कहीं अधिक बुद्धिमान हैं और उन्हें कुछ बताकर उन पर कृपा कर रहे हैं।

यह एक बड़ी चुनौती है। इससे सामनेवाला आपका विरोधी बन जाता है। फिर वह आपकी बात पूरी तरह सुनने से पहले ही लड़ने पर उतारू हो जाता है। सबसे अनुकूल परिस्थिति में भी लोगों का मत बदलना मुश्किल होता है, तो फिर इसे बेवजह इतना कठिन क्यों बनाया जाए? खुद को दूसरे के सामने अपाहिज क्यों किया जाए?

अगर आप कुछ साबित करने जा रहे हैं, तो किसी को इसकी जानकारी न दें।

चुपचाप काम करें ताकि किसी को कानों-कान खबर न हो कि आप क्या करने जा रहे हैं। अलेक्जेंडर पोप के शब्दों में :

अगर लोगों को कुछ सिखाना हो, तो ऐसे सिखाएँ, मानों आप उन्हें कुछ न सिखा रहे हों। जिन चीज़ों को लेकर वे अनजान हैं, उन्हें भी उनके सामने ऐसे पेश करें, जैसे वे उनके बारे में सब जानते हैं, बस भूल गए थे कि वे कौन सी चीज़ें हैं।

तीन सौ साल पहले गैलीलियो ने कहा था :

आप किसी इंसान को कुछ सिखा नहीं सकते; आप केवल उसकी इतनी मदद कर सकते हैं कि जो उसके भीतर है, वह उसे खोज सके।

लॉर्ड चेस्टरफील्ड ने अपने पुत्र से कहा था :

हो सके तो दूसरों से अधिक समझदार बनो; पर उन्हें इस बारे में कभी कुछ मत बताओ।

सुकरात ने एथेंस में अपने अनुयायियों से बार-बार कहा :

मैं केवल एक ही बात जानता हूँ; मैं कुछ नहीं जानता।

मैं स्वयं से भी सुकरात से ज्यादा बुद्धिमान होने की उम्मीद नहीं रखता इसलिए मैंने लोगों से यह कहना छोड़ दिया है कि वे गलत हैं। मेरा मानना है कि यह वाकई एक कारगर उपाय है।

अगर आपको लगता है कि सामनेवाले ने कुछ गलत कहा या आपको पक्का विश्वास है कि उसने गलत कहा, तब भी उसे यही जवाब देना बेहतर होगा कि 'देखिए, मैं आपसे अलग सोच रखता हूँ पर मैं गलत भी हो सकता हूँ। अक्सर ऐसा हो जाता है। चलिए सच्चाई को एक बार फिर से देख लेते हैं।'

कोई भी इंसान आपकी इस बात पर कभी आपत्ति नहीं कर सकता कि 'मैं गलत भी हो सकता हूँ...', 'अक्सर ऐसा हो जाता है...', 'चलिए तथ्यों को फिर से देख लेते हैं...' ये ऐसे जादुई शब्द हैं, जिनका सकारात्मक असर होता है।

ग्राहकों के साथ परिपक्व व्यवहार

हमारी कक्षा के एक सदस्य हेरॉल्ड ने अपने ग्राहकों के मामले में यही पहल की। वह मोंटाना में ऑटोमोबाइल बिलिंग डीलरशिप से जुड़ा था। हेरॉल्ड ने हमारी कक्षा में बताया, 'मैं अक्सर ग्राहकों की शिकायत सुनते हुए रुखा बरताव करने लगता और उन्हें तीखे अंदाज में जवाब देता, जिससे अक्सर हमारे बीच मनमुटाव हो जाता।

इस बात का एहसास होने के बाद मुझे लगा कि मुझे इस बारे में कुछ न कुछ

करना ही होगा। मैंने एक नया तरीका अपनाया। मैं ग्राहकों से कहता, 'हमारी डीलरशिप से अक्सर भूल हो जाती है और मैं इसके लिए बहुत शर्मिंदा हूँ। आपके मामले में भी कुछ ऐसा ही हुआ है। आप मुझे अपनी समस्या के बारे में खुलकर बताएँ और मैं उसे सुलझाने की पूरी कोशिश करूँगा।'

यह पहल कारगर रही और जब ग्राहक अपनी पूरी बात कह देता, तो मामले के निपटारे के समय तक वह शांत हो जाता। कई ग्राहकों ने तो मुझे धन्यवाद दिया कि मैंने उनके साथ ऐसा परिपक्व व्यवहार किया। उनमें से दो ग्राहक तो अपने दो दोस्तों को भी नई कार दिलवाने के लिए साथ लेकर आए। आज के प्रतिस्पर्धी बाजार में, हमें इसी तरह के ग्राहक चाहिए। मेरा मानना है कि अगर हम सभी ग्राहकों के मत को इसी तरह मान देते रहे, पूरी शिष्टता और थोड़ी सी कूटनीति के साथ उन्हें सँभालते रहे, तो भारी प्रतिस्पर्धा के बीच भी हम बाजार में बने रह सकते हैं।'

सबसे सामने किसी को गलत न साबित करें

'मैं गलत भी हो सकता हूँ', यह मान लेने से आप मुश्किल में नहीं पड़ेंगे बल्कि ऐसा करने से सारी बहस समाप्त हो जाएगी और सामनेवाले को भी आप ही की तरह खुले दिमाग से विचार करने की प्रेरणा मिलेगी। फिर उसे भी लगेगा कि हो सकता है कि वह भी गलत हो।

अगर आपको किसी की गलती पता है और आप जाकर उसे स्पष्ट शब्दों में वह गलती बता देंगे, तो क्या होगा? मैं आपको एक मिसाल देता हूँ। न्यूयॉर्क के एक युवा वकील मिस्टर एस. ने यू.एस. के सुप्रीम कोर्ट में (लस्टगार्टन बनाम फीट कार्पोरेशन 280 यू.एस. 320 मामले में) बहस की। यह बहुत बड़ी धनराशि से जुड़ा हुआ एक अहम मामला था। बहस के दौरान जज ने वकील के तौर पर मौजूद मिस्टर एस. से पूछा, 'सांविधानिक रूप से लागू किए गए अधिनियम की सीमा छह साल ही है न?'

मिस्टर एस. ने उन्हें घूरा और बड़ी ही कठोरता से उत्तर दिया, 'योर ऑनर, इस मामले में ऐसी कोई सीमा नहीं है।'

उनके ऐसा बोलते ही अदालत में अचानक चुप्पी छा गई। मिस्टर एस. ने हमारी कक्षा में स्वयं अपना यह अनुभव बताते हुए कहा कि 'उस समय मुझे ऐसा लगा जैसे अचानक अदालत के उस कक्ष का तापमान जीरो से नीचे चला गया हो। मैं सही था। जज ने गलत कहा था और मैंने उन्हें उनकी गलती बता दी थी। पर क्या मैंने यह बात दोस्ताना तरीके से कही? नहीं। मेरा मानना है कि उस मामले में कानून मेरे साथ था और मैं जानता था कि मैंने जो कहा, सही कहा, लेकिन मैंने एक भूल कर दी थी। मैंने एक लोकप्रिय और विद्वान इंसान को सबके सामने गलत साबित करने की भूल कर दी थी।'

अपने विश्वास का महत्त्व

कुछ लोग तर्कशील होते हैं, लेकिन अधिकतर लोग पक्षपाती और भेदभाव करनेवाले होते हैं। हममें से अधिकतर लोग कई तरह की धारणाएँ बनाकर रखते हैं और ईर्ष्या, संदेह, भय आदि से घिरे रहते हैं। ज्यादातर लोग अपने धर्म, हेयरकट, साम्यवाद और मनपसंद फिल्मी सितारे तक के बारे में अपनी राय बदलना नहीं चाहते। अगर आप लोगों को उनकी भूलें बताने के लिए बेचैन रहते हैं, तो आपको रोज़ सुबह नाश्ते से पहले निम्नलिखित बातों को पढ़ना चाहिए। ये बातें जेम्स हार्वी रॉबिन्सन की पुस्तक, 'द माइंड इन द मेकिंग' से ली गई हैं :

कई बार ऐसा लगता है कि हमने बिना किसी प्रतिरोध के बड़ी आसानी से अपना मन बदल लिया पर अगर हमें यह कहा जाए कि हम गलत थे, तो हमारे लिए कुछ भी तय करना मुश्किल हो जाता है और मन में एक भारीपन सा आ जाता है। हम अपनी मान्यताओं पर इतना भरोसा करते हैं कि किसी दूसरे के कहने पर, किसी भी कीमत पर उनसे दूर नहीं होना चाहते। ये ज़रूरी नहीं कि हमें अपनी वे मान्यताएँ या विचार बहुत पसंद हों, दरअसल उनसे हमारा स्वाभिमान जुड़ा होता है, जो खतरे में आ जाता है। इंसानी मामलों में 'मैं' शब्द बहुत अहमियत रखता है। मेरा खाना, मेरा कुत्ता, मेरा घर, मेरे पापा, मेरा देश और मेरा धर्म; हर जगह 'मेरा' शब्द अपना महत्त्व दर्शा रहा होता है। हम सिर्फ अपनी घड़ी खराब होने या कार गंदी होने जैसी तुच्छ बातों पर ही नाखुश नहीं होते बल्कि मंगल ग्रह पर नहरों की मौजूदगी और एपिक्टेटस शब्द के सही उच्चारण से लेकर सैलिकिन (एक ग्लाइकोसाइड, जो सफेद पाउडर के रूप में होता है) की औषधीय महत्ता तक से नाखुश हो जाते हैं और उनके बारे में अपनी निजी राय बदलना नहीं चाहते। हम जिसे सच मानते हैं, उस पर अपने विश्वास को हमेशा जीवित रखना चाहते हैं और जब हमारे किसी विश्वास पर संदेह जताया जाता है, तो हम किसी भी दशा में उस विश्वास को छोड़ना नहीं चाहते। नतीजन हम अपने विश्वास के साथ चलने के लिए ही सारे तथाकथित तर्क प्रस्तुत करते रहते हैं।

सामनेवाले की बात को समझें

कॉर्ल रॉजर्स एक जाने-माने मनोविज्ञानी हैं, वे अपनी किताब 'ऑन बिकमिंग ए पर्सन' में लिखते हैं :

जब मैं सामनेवाले को अच्छी तरह समझने के लिए मानसिक रूप से तैयार हो जाता हूँ, तो ये मेरे लिए बहुत फायदेमंद रहता है। क्या हमें खुद को मानसिक

रूप से ऐसा करने के लिए तैयार करना चाहिए? जी हाँ, ज़रूर करना चाहिए। हम अक्सर सामनेवाले की बात सुनने की बजाय उसका मूल्यांकन करने लगते हैं। हम उसे समझना ही नहीं चाहते। जब कोई हमारे सामने अपनी भावना, रवैया या विश्वास प्रकट करता है, तो हम सबसे पहले यह तय कर लेना चाहते हैं कि वह सही है, गलत है या असामान्य है। हम कभी भी यह समझने की कोशिश नहीं करते कि सामनेवाले के लिए उसकी बात का क्या महत्व है।

अपनी गलती स्वीकार करना

एक बार मैंने किसी इंटीरियर डेकोरेटर से अपने घर के लिए पर्दे बनवाए और बिल आने पर हैरान रह गया। उसने मुझसे बहुत ज्यादा पैसे ले लिए।

कुछ दिन बाद मेरी एक दोस्त घर आई और उसने पर्दे देखने के बाद मुझसे कहा कि 'अरे! तुम्हारे साथ तो धोखा हुआ है।' वह बिलकुल सच कह रही थी, पर इंसानी फितरत के अनुसार मैंने अपना बचाव करने की पूरी कोशिश की। ज़्यादातर लोग सच्ची बात सुनकर भी अपने तर्क देने से पीछे नहीं हटते और मैंने भी यही किया।

अगले दिन एक और मित्र ने आकर पर्दों की तारीफ की और कहा कि 'काश! मैंने भी अपने घर में इतने सुंदर पर्दे लगवाए होते।' उसकी बात पर मेरी प्रतिक्रिया बिलकुल अलग थी। मैंने उससे कहा, 'सच कहूँ, तो इतने महँगे पर्दे लगवाना मेरे बस से भी बाहर था। मुझे इनके लिए काफी पैसे चुकाने पड़े और अब मुझे इस पर पछतावा हो रहा है।'

अगर हम गलत हों तो खुद ही स्वीकार कर लेते हैं। अगर कोई हमसे सलीके से बात करे, तो वह बड़े आराम से हमसे हमारी भूल कबूल करवा सकता है, बशर्ते हमारे गर्व और अभिमान को ठेस न लगे। लेकिन अगर कोई हम पर वार करने के अंदाज में हमें सच बताना चाहे, तो हमें उसके खिलाफ जाने में देर नहीं लगती।

नफरत के साथ किसी से समझौता नहीं होता

होरेस ग्रीली, अमेरिका के गृहयुद्ध के दौर के सबसे प्रसिद्ध समाचार संपादक थे। उन्होंने पूरी आक्रामकता के साथ लिंकन की नीतियों का विरोध किया। उनका मानना था कि वे बहस, उपहास और गाली-गलौज के साथ लिंकन को राज़ी कर सकते थे। वे कई सालों तक लिंकन के खिलाफ अपना कठोर अभियान चलाते रहे। जिस रात प्रेजीडेंट लिंकन की गोली मारकर हत्या की गई थी, उसी रात ग्रीली ने लिंकन पर निज़ी हमला करते हुए उन्हें एक खत लिखा था। ग्रीली ने इस खत में बहुत ही कठोर और व्यंग्यात्मक भाषा का इस्तेमाल किया था।

क्या ग्रीली की ये कड़वाहट उनके और लिंकन के बीच कोई समझौता करवा सकी? क्या लिंकन उसकी बात से सहमत हुए?

नहीं, आप किसी का मज़ाक उड़ाकर या उसके लिए कठोर शब्दों का प्रयोग करके उसे अपने विचारों से सहमत नहीं करवा सकते।

बेंजामिन फ्रैंकलिन के जीवन का उदाहरण

अगर आप लोगों से अच्छी तरह पेश आना चाहते हैं, उनसे अच्छे संबंध बनाना और अपने व्यक्तित्व में सुधार करना चाहते हैं, तो बेंजामिन फ्रेंकलिन की जीवनी पढ़ें – यह बहुत ही रोचक है और इसे बेहतरीन क्लासिक साहित्य की श्रेणी में रखा जाता है। इसमें फ्रेंकलिन ने बताया है कि किस तरह उन्होंने खुद को हमेशा बहस करनेवाले इंसान से अमेरिका के इतिहास में सबसे योग्य और शिष्ट कूटनीतिज्ञ बनाया।

यह फ्रेंकलिन के जवानी के दौर की बात है। एक दिन बेंजामिन के दोस्त ने उन्हें उनके बारे में ही एक कड़वा सच बताया। उसने कहा, 'बेन! तुम बड़े ही अजीब इंसान हो। तुम सामनेवाले के मुँह पर अपनी असहमति जाहिर कर देते हो। अपना मत रखने का तुम्हारा तरीका इतना आक्रामक होता है कि अब कोई तुम्हारे मत की परवाह भी नहीं करता। तुम्हारे दोस्त तुम्हारा साथ पसंद नहीं करते। तुम इतना कुछ जानते हो कि कोई भी इंसान तुम्हें कुछ नहीं बता सकता। कोई इंसान कोशिश भी नहीं करना चाहेगा क्योंकि यह कोशिश उसे बेचैनी और कड़े परिश्रम के सिवा कुछ नहीं देगी। तुम्हारे पास जो जानकारी है, तुम उसे और ज्यादा बढ़ाना ही नहीं चाहते क्योंकि तुम्हें लगता है कि तुम्हारे लिए यही पर्याप्त है।'

बेंजामिन फ्रेंकलिन की एक खासियत यह थी कि उन्होंने अपने दोस्त की इस बात को जल्द ही समझ लिया। वे इतने समझदार थे कि सच्चाई को पूरी तरह समझ और स्वीकार कर सके। वे जानते थे कि वे असफलता और सामाजिक विनाश की ओर जा रहे थे। उन्होंने इस सच्चाई का सामना किया और जल्द ही अपने तौर-तरीके बदलने के लिए राज़ी हो गए।

उन्होंने कहा, 'मैंने तय किया कि मैं सामनेवाले की हर बात को सकारात्मक तौर पर ही लूँगा। मैं किसी भी विषय पर बात करते समय 'बेशक' या 'निश्चित तौर पर' जैसे किसी भी शब्द का प्रयोग नहीं करूँगा, जिनसे मेरा तयशुदा रवैया जाहिर हो। इन शब्दों की जगह मैंने कुछ ऐसे शब्दों को अपनाया, जैसे 'मैं सोचता हूँ,' 'मुझे लगता है,' और 'मुझे यह बात ऐसी लगी' आदि। अगर कोई यह कहता है कि 'मैं गलत हूँ, तो मैं उसे उसी समय टोकने का आनंद नहीं लूँगा और मुँहफट अंदाज में पेश नहीं आऊँगा।' मैं इसी विचार से आगे बढ़ूँगा कि हो सकता है कि वह सही हो, लेकिन फिलहाल मुझे वह सही नहीं लग रहा। मैंने जल्द ही पाया कि लोगों से पेश आने के मेरे तरीके में उल्लेखनीय बदलाव आने लगा। जब मैं उचित रूप से अपने सुझाव उनके

सामने रखता, तो विरोध की संभावना घट जाती। जब कोई मुझे गलत ठहराता, तो मैं अपने भीतर सुधार की संभावना को देखता और तत्काल प्रतिरोध करने से बचता। मैं दूसरों की भूलों की ओर अप्रत्यक्ष रूप से इशारा करता और जब वे भी उन भूलों को देख लेते, तो मुझसे सहमत हो जाते।

धीरे-धीरे ये सारी बातें मेरे स्वभाव का अंग बनती गईं और मैंने अपने जीवन को एक नया ही रूप दे दिया। पिछले पचास सालों से ये बातें मेरे साथ चली आ रही हैं और मेरी इसी विशेषता ने मुझे मेरे लोगों के बीच लोकप्रिय बनाया। धीरे-धीरे मैं एक सार्वजनिक वक्ता के तौर पर श्रोताओं को प्रभावित करने लगा। हालाँकि पहले-पहल मैं एक खराब वक्ता था और उचित शब्दों का चुनाव करने में मुझे कठिनाई होती थी, लेकिन मेरी ये नई आदतें मेरे जीवन को रूपांतरित करने में सफल रहीं।'

बेंजामिन फ्रेंकलिन के ये उपाय किसी व्यवसाय में कैसे कारगर हो सकते हैं? आइए, इससे जुड़े दो उदाहरणों पर नज़र डालते हैं।

एक सुपरवाइजर का उदाहरण

नॉर्थ कैरोलीन में रहनेवाली कैथरीन ए. ऑलरेड, धागा बनाने के प्लांट में इंडस्ट्रियल इंजीनियर सुपरवाइजर के पद पर काम करती हैं। उन्होंने हमारी कक्षाओं में बताया कि उन्होंने किस तरह प्रशिक्षण के पहले और बाद में, अपनी एक संवेदनशील समस्या को हल किया।

उन्होंने कहा, 'मैं अपने ऑपरेटरों के लिए बोनस और स्टैंडर्ड तैयार करने का काम देखती हूँ ताकि वे ज़्यादा से ज़्यादा धागा बनाकर कमाई कर सकें। जब हमारे पास सिर्फ दो या तीन तरह के धागे थे, तो हमारा तंत्र ठीक से काम कर रहा था। पर हाल ही में हमने अपनी क्षमता को बढ़ाया और हम बारह तरह के धागे तैयार करने लगे। मौजूदा तंत्र इस लायक नहीं रहा कि हमारे कारीगरों को उनके किए काम का पूरा पारिश्रमिक और बेहतर उत्पादन के लिए बोनस दिया जा सके। इसलिए मैंने एक ऐसा तंत्र तैयार किया, जिसे मौजूदा तंत्र की जगह लागू करके अपनी सारी ज़रूरतों की पूर्ति की जा सके। मीटिंग के दौरान मैं दिखाना चाहती थी कि मेरा तंत्र प्लांट की ज़रूरतों के हिसाब से उपयुक्त था। मैंने उन्हें विस्तार से बताया कि वे कहाँ गलत थे और कैसे उन्होंने कारीगरों के साथ अन्याय किया। मैंने इस बात पर बल दिया कि मेरे पास उनके सारे सवालों के जवाब थे। कहना न होगा, मैं बुरी तरह से असफल रही। मैं उस नए तंत्र के लिए अपना बचाव करने में इतनी मग्न हो गई थी कि मेरे पास उनकी पुरानी परेशानियों को सुनने का धैर्य ही नहीं था। मामला वहीं ठप्प हो गया।

इस कोर्स के कई सत्रों के बाद, मुझे एहसास हुआ कि मैं अब तक सब कुछ

गलत करती आ रही थी। मैंने एक और मीटिंग की और उनसे पूछा कि उनकी समस्या क्या थी। हमने हर बिंदु पर विचार किया और उनके हर सुझाव को सुना। इस तरह मैंने धीरे-धीरे उनके सुझावों से ही अपने तंत्र को विकसित कर लिया। मीटिंग के अंत में, जब मैंने ठीक से अपना तंत्र सामने रखा तो उन्होंने पूरे उत्साह के साथ उसे अपना लिया।

अब मुझे पूरा यकीन हो गया है कि अगर आप किसी को उसके मुँह पर यह कहते हैं कि वह गलत है, तो इससे किसी का भला नहीं होगा बल्कि नुकसान ही हो सकता है। अगर आप उसके स्वाभिमान पर चोट करेंगे, तो वह कभी आपसे बात नहीं करना चाहेगा।'

नई पहल

मैं आपको एक और मिसाल देता हूँ। जो मैं आपको बताने जा रहा हूँ, उसका अनुभव हज़ारों लोगों ने लिया होगा। आर.वी. क्रोले, न्यूयॉर्क की लुंबर कंपनी में सेल्समैन थे। उनका कहना था कि वे कई सालों से लकड़ी के काम में लगे निरीक्षकों को बताते आ रहे थे कि उनका काम करने का तरीका गलत था। लेकिन वे निरीक्षक बेसबॉल एंपायरों की तरह हठी थे। एक बार जो कह दिया, सो कह दिया। वे किसी की सुनने को तैयार नहीं होते थे।

मि. क्रोले ने पाया कि वे दूसरों से बहस में तो जीत जाते थे, पर इसी वजह से फर्म को लाखों का नुकसान हो रहा था। उन्होंने तय किया कि बहसों का दौर समाप्त करना होगा। इसका नतीजा आपको आगे बताया जाएगा। अब आपको वह कहानी सुनाई जा रही है, जो उन्होंने कक्षा में अपने साथियों को सुनाई थी।

एक दिन सुबह-सुबह मेरे ऑफिस का फोन बजा। दूसरी ओर से मुझे किसी ने गुस्से में बताया कि उसे जो इमारती लकड़ी भेजी गई थी, वह किसी काम की नहीं है। उसकी फर्म माल नहीं उतरवा रही थी और उनका कहना था कि हमें जल्द ही ये माल वापस उठवा लेना चाहिए। जब एक चौथाई माल उतर चुका था, तो उनके लकड़ी निरीक्षक ने कहा कि लकड़ी की गुणवत्ता अपने तय ग्रेड से पचपन प्रतिशत कम है। उन्होंने किसी भी हाल में वह लकड़ी लेने से इंकार कर दिया था।

मैंने झट से उनकी फर्म की ओर कार मोड़ी व मन ही मन सोचने लगा कि इस समस्या से निबटने के लिए क्या नई पहल की जा सकती है? सामान्यत: ऐसे हालात में, मैंने उन्हें ग्रेडिंग के नियम बताने के बाद, अपने अनुभव और लकड़ी निरीक्षक की जानकारी के आधार पर यह समझाने की कोशिश की होती कि माल में कमी नहीं थी। वे निरीक्षण करते समय नियमों को गलत तरीके से ले रहे थे। उस दिन मैंने तय किया कि मैं अपने ताजा प्रशिक्षण के अनुसार ही स्थिति को सँभालने का प्रयास करूँगा।

जब मैं प्लांट पर गया, तो पाया कि खरीददारी एजेंट और लकड़ी निरीक्षक मुझसे बहस करने और मेरा मज़ाक उड़ाने के लिए तैयार खड़े थे। हम उस गाड़ी के पास गए, जिसमें माल लदा था। मैंने उनसे कहा कि 'मेरे सामने ही माल उतारा जाए, ताकि मुझे माल की खराबी का पता लग सके।' मैंने निरीक्षक से कहा कि 'वह आगे आए और अच्छे व खराब माल को छाँटकर दो अलग-अलग ढेर बना ले।'

उसे कुछ देर देखते ही मुझे समझ में आ गया कि वह बहुत ज्यादा कड़ाई से निरीक्षण करते हुए नियमों से खिलवाड़ कर रहा था। वह लकड़ी सफेद पाइन थी और साफ दिख रहा था कि वह इस तरह की लकड़ियों की जाँच करने में प्रशिक्षित नहीं है। उसे इसका ज़रा भी अनुभव नहीं था। मुझे उस लकड़ी की जानकारी में महारत हासिल थी पर क्या मैंने उसकी ग्रेडिंग के तरीके पर कोई आपत्ति जताई? नहीं, मैंने ऐसा कुछ नहीं किया। मैं लगातार देखता रहा और धीरे-धीरे पूछने लगा कि उसे लकड़ी के कुछ टुकड़े संतोषजनक क्यों नहीं लग रहे। मैंने एक बार भी यह नहीं जताया कि निरीक्षक गलती कर रहा है। मैंने हर बार अपनी बात कहने के बाद उससे यही कहा कि हमें आपकी ज़रूरतों का पता होना चाहिए ताकि अगली बार हमारी फर्म उन्हें उनके हिसाब से बेहतर गुणवत्ता का ही माल भेज सके।

जब मैं काफी देर तक सहयोग देने के अंदाज़ में दोस्ताना ढंग से सवाल पूछता रहा और बार-बार उनसे कहता रहा कि वे अपनी ज़रूरत के हिसाब से लकड़ी छाँट लें, तो वे भी थोड़ा पिघले और मेरे साथ दोस्ताना ढंग से पेश आने लगे। बीच-बीच में, मैं अपनी बातों के ज़रिए उसके दिमाग में यह डालता रहा कि हो सकता है कि नकारे गए टुकड़ों में से भी कुछ टुकड़े उनकी ग्रेडिंग में खरे उतर सकें। मैंने कहा कि उनकी ज़रूरत की लकड़ी बेहतर ग्रेडिंगवाली है। मैंने उसे एक बार भी यह जानने का मौका नहीं दिया कि मैं क्या सोच रहा था।

धीरे-धीरे उसके पूरे रवैए में बदलाव आ गया। उसने मान लिया कि वह इस तरह की लकड़ी के मामले में उतना अनुभवी नहीं था। फिर वह गाड़ी से उतारे गए लकड़ी के हर टुकड़े के बारे में मेरी राय लेने लगा। मैं उसे बताता रहा कि कोई टुकड़ा ग्रेडिंग की सीमा में कैसे आता है पर इसके साथ ही इस बात पर भी जोर देता रहा कि अगर वह उनके काम का नहीं है, तो वे उसे बिलकुल न लें। आखिर में सारी कहानी उस मोड़ पर आ गई, जब उसे एक-एक नकारे गए टुकड़े के लिए शर्मिंदगी होने लगी। फिर उसने देखा कि गलती उन्हीं लोगों की है। उन्हें ग्रेड के हिसाब से टुकड़ों की छँटाई करना आता ही नहीं था।

आखिर में, उसने मेरे जाने के बाद फिर से सारे माल को जाँचा और सारा माल रख लिया। हमें हमारे माल का पूरा भुगतान भी मिल गया।

बस मैंने एक ही बात का ध्यान रखा। मैंने उस इंसान के मुँह पर नहीं कहा कि वह गलत है। इसी एक बात ने मेरी कंपनी का नुकसान होने से बचा लिया। अगर मेरे उस पार्टी के साथ संबंध बिगड़ते, तो हमारी साख भी गिरती। मेरी इस पहल ने मुझे बहुत फायदा पहुँचाया।

मार्टिन लूथर किंग जूनियर से किसी ने पूछा कि 'एक शांतिवादी होने के बावजूद वे एयर फोर्स जनरल डेनियल 'चैपी' जेम्स के प्रशंसक कैसे बने, जो उस समय देश के सबसे हाई रैंकिंग ब्लैक ऑफिसर थे। उन्होंने जवाब दिया, 'मैं लोगों को उनके सिद्धांतों के अनुसार परखता हूँ – अपनी राय के अनुसार नहीं।'

एक दिन जनरल ली ने प्रेसीडेंट डेव्हीस के पास उनके एक ऑफिसर की खूब तारीफ की। यह सब सुननेवाले दूसरे ऑफिसर को बहुत आश्चर्य हुआ। उसने कहा, 'क्या आपको पता है कि जिस ऑफिसर के बारे में आपने इतना अच्छा कहा है, उसने आपको नीचा दिखाने का एक भी अवसर नहीं छोड़ा?' जनरल ली ने कहा, 'हाँ, मगर प्रेसीडेंट ने मुझे उसके बारे में अपनी राय पूछी थी, न कि मेरे बारे में उसकी राय पूछी।'

मैं आपको इस अध्याय में कुछ नया नहीं बता रहा। दो हज़ार साल पहले ही, जीसस ने कह दिया था कि 'अपने शत्रु से तुरंत सहमत हो जाओ।'

जीसस के जन्म लेने से दो हज़ार वर्ष पूर्व, मिस्र के राजा अखोटी ने अपने बेटे को जो सलाह दी थी, वह आज के दौर में भी बहुत मायने रखती है। उन्होंने कहा था, 'कूटनीतिज्ञ बनो। इस तरह तुम दूसरों से अपनी बात मनवा सकोगे।'

दूसरे शब्दों में, अपने ग्राहक, अपने साथी या दुश्मन से बहस मत करो। उन्हें यह मत कहो कि वे गलत हैं क्योंकि इससे उनके स्वाभिमान को ठेस लगेगी। ज़रा कूटनीति दिखाओ।

दूसरों के मत का आदर करो।
उन्हें कभी यह मत कहो कि आप गलत हैं।

१४

दोस्ताना स्वभाव

अगर आप गुस्से में आकर सामनेवाले को दो-चार बातें सुना देते हैं, तो आपके मन का भार भले ही हलका हो जाए, पर क्या कभी आपने सोचा है कि इससे दूसरे इंसान पर क्या बीतती है? क्या इसके बाद वह आपके साथ अपनी खुशी बाँट सकेगा? क्या आपका कड़ा रवैया, आप दोनों के संबंधों को मधुर रहने देगा?

वुडरो विल्सन के अनुसार, 'अगर तुम मुट्ठियाँ भींचकर मेरी ओर आओगे, तो मेरी मुट्ठियाँ भी भिंची हुई ही मिलेंगी, पर अगर तुम आकर कहते हो कि हमें मिल-बैठकर बात करनी चाहिए ताकि हम अपने मतभेद सुलझा सकें, तो मैं पूरी तरह से तुम्हारे साथ हूँ।' मिल-बैठकर एक-दूसरे की बातें सुनने से ही हमें पता चलेगा कि हम अधिकतर मसलों पर एक-दूसरों से सहमत हैं। केवल कुछ ही मसले ऐसे हैं, जिनमें हमारी असहमति है। अगर हम धैर्य और समझ से काम लें, तो एक साथ मिलकर उन्हें भी हल कर सकेंगे।

मालिक का अपने कर्मचारियों से दोस्ताना व्यवहार

जॉन डि रॉकफैलर जूनियर ने इन शब्दों की सराहना की और उन्हें अपने जीवन में भी उतारा। 1915 में वे कोलोराडो के ऐसे लोगों की श्रेणी में आते थे, जिन्हें बिलकुल पसंद नहीं किया जाता था। अमेरिकी उद्योग जगत के इतिहास में पिछले दो साल बहुत ही भयंकर रहे थे। खदान कर्मचारी, कोलोराडो यूल एंड आयरन कंपनी से ऊँचे मेहनताने की माँग कर रहे थे और रॉकफैलर इस कंपनी के मालिक थे। कंपनी की संपत्तियों को खूब नुकसान पहुँचाया गया, जिसके चलते चारों ओर फौजी टुकड़ियाँ तैनात की गई थीं। कई लोगों का खून बह चुका था। हड़तालियों पर चली गोलियों ने उनके शरीर छलनी कर दिए थे।

उस समय चारों ओर नफरत का माहौल था। रॉकफैलर चाहते थे कि हड़तालियों का दिल जीतकर उनसे अपनी बात मनवा लें। उन्होंने ऐसा किया भी। लेकिन कैसे? दरअसल कई सप्ताह तक हड़तालियों से दोस्ताना व्यवहार करने के बाद रॉकफैलर ने उनके प्रतिनिधियों से बातचीत की। वहाँ रॉकफैलर ने जो भाषण दिया, वह अपने आपमें एक मास्टरपीस है। इस भाषण के हैरतंगेज़ नतीजे सामने आए। इसने रॉकफैलर के प्रति

फैली नफरत की लहरों को सदा के लिए सुखा दिया। उनके लाखों प्रशंसक सामने आए। उन्होंने तथ्यों को इतने दोस्ताना अंदाज में सामने रखा कि हड़ताली एक भी शब्द कहे बिना अपने काम पर लौट गए। जबकि इसके पहले वे हिंसक लड़ाई पर उतारू थे।

देखिए, उन्होंने अपने इस अद्भुत भाषण को कितने दोस्ताना अंदाज में सबके सामने पेश किया। याद रखें, रॉकफैलर उन लोगों से बात कर रहे थे, जो कुछ दिन पहले तक, उन्हें पेड़ पर लटकाकर फाँसी चढ़ाने की फिराक में थे। पर फिर भी रॉकफैलर ने जिस दरियादिली और मोहब्बत से अपनी बात कही, वह काबिल-ए-तारीफ थी। उनके भाषण में ऐसे शब्द शामिल थे – मुझे यहाँ आने पर गर्व हो रहा है... मैं आपके घर गया और आपके बीवी-बच्चों से मिला... आज हम सब यहाँ अजनबियों की तरह नहीं, दोस्तों की तरह मौजूद हैं... हमारी आपसी दोस्ती... हमारे परस्पर हित... आप सबकी मेहरबानी... वगैरह।

उन्होंने कहा, 'यह मेरे जीवन का सबसे सुनहरा दिन है। आज पहली बार मैं इस कंपनी के महान प्रतिनिधियों, अधिकारियों और वरिष्ठों से मिल रहा हूँ। यकीन मानिए, मुझे आपके बीच आकर वाकई गर्व महसूस हो रहा है। मैं आजीवन इस दिन को याद रखूँगा। अगर ये मीटिंग दो सप्ताह पहले होती, तो मैं अजनबियों की तरह आपके बीच होता और कुछ ही चेहरों को पहचान पाता। मुझे पिछले सप्ताह दक्षिणी कोयला क्षेत्र के सभी कैंपों में जाकर सारे प्रतिनिधियों के साथ व्यावहारिक तौर पर बातचीत करने का मौका मिला। मैंने आपके बीवी-बच्चों से भेंट की। आज हम सब यहाँ अजनबियों की तरह नहीं, दोस्तों की तरह मौजूद हैं। हमारे बीच परस्पर दोस्ती और भाईचारा झलक रहा है। मैं खुश हूँ कि मुझे आपके और हमारे परस्पर हितों पर बातचीत करने का अवसर दिया गया।

यह कंपनी के अधिकारियों और कर्मचारियों के प्रतिनिधियों की मीटिंग थी। इसमें आप सबकी मेहरबानी से ही मुझे शामिल किया गया। मैं इतना भाग्यशाली नहीं हूँ कि दोनों में से किसी भी पक्ष की ओर से होता; फिर भी मुझे लगता है कि मेरा आप लोगों के साथ आत्मीय संबंध है। मैं यहाँ स्टॉक होल्डर्स और बोर्ड ऑफ डायरेक्टर्स का प्रतिनिधित्व कर रहा हूँ।'

यह दुश्मनों को भी दोस्त बनाने की कला की खूबसूरत मिसाल नहीं तो और क्या है?

अगर रॉकफैलर ने इसके बजाय कठोर रवैया अपनाया होता, तो वे खदान कर्मचारियों से बहस करते और सारे आँकड़े उनके मुँह पर दे मारते। मान लीजिए, कि उन्होंने अपनी बातों और हाव-भाव से यह संकेत दिया होता कि हड़तालियों ने जो भी

किया, गलत किया। यह भी मान लेते हैं कि उन्होंने अपने तर्क से सबको हरा दिया होता। इसके बाद क्या होता? चारों ओर नफरत, हिंसा और गुस्सा, कई गुना बढ़कर सामने आते और सिर्फ नुकसान होता।

अगर किसी इंसान के मन में आपके लिए बैर और नफरत हो, तो आप अपने सारे तर्कों के बावजूद उन्हें अपने पक्ष में नहीं कर सकते। हमेशा गुस्सा करनेवाले माता-पिता, रोब जमानेवाले बॉस और बात-बात पर टोकनेवाले पति-पत्नी को जान लेना चाहिए कि लोग अपना मत बदलना नहीं चाहते। आप उन्हें अपने साथ सहमत होने के लिए राज़ी नहीं कर सकते। हाँ, अगर आप उनके साथ दोस्ताना तरीके से विनम्र व्यवहार करेंगे, तो ऐसा संभव है।

अब्राहम लिंकन ने करीब सौ वर्ष पूर्व इसी संदर्भ में एक बात कही थी। उनके अपने शब्दों में :

> पुरानी कहावत है कि 'एक गैलन कटुता की तुलना में शहद की एक बूँद पर कहीं ज़्यादा मक्खियाँ आकर बैठती हैं। अगर आप किसी इंसान को अपने पक्ष में लाना चाहते हैं, तो सबसे पहले उसे यह यकीन दिलाएँ कि आप उसके दोस्त हैं। आपका एक दोस्ताना वाक्य ही उसके दिल को पिघला देगा और उसे हमेशा याद रहेगा।'

हड़ताल करनेवालों के साथ मधुर संबंध

व्यापारियों ने यह बात जल्द ही सीख ली कि हड़तालियों के साथ मधुर संबंध रखना हमेशा फायदे का सौदा होता है। मिसाल के लिए, जब व्हाईट मूर कंपनी के पाँच सौ कर्मचारी वेतन बढ़ाने के लिए अड़ गए, तो उनके मालिक यानी कंपनी के प्रेजीडेंट ने अपना आपा नहीं खोया। न ही उन्होंने कर्मचारियों को किसी तरह से धमकाने या चोट पहुँचाने की चेतावनी दी। इस समस्या को हल करने के लिए उन्होंने विनम्रता का तरीका अपनाया। उन्होंने क्लीवलैंड अखबार में एक विज्ञापन निकाला, जिसमें लिखा था, 'कर्मचारियों ने शांतिपूर्ण साधनों के साथ हड़ताल की है।' कंपनी के मालिक ने जब देखा कि हड़ताली बेकार बैठे हैं, तो वे उनके खेलने के लिए दर्जनों बेसबॉल बैट और दस्ताने ले गए, साथ ही उन्हें खेलकर समय बिताने के लिए खाली जगह उपलब्ध कराई। जो कर्मचारी बाउलिंग का खेल खेलना चाहते थे, उनके लिए उन्होंने एक बॉउलिंग परिसर किराए पर भी लिया।

इस तरह के दोस्ताना रवैए का वही नतीजा हुआ, जो हमेशा से होता आया है: इससे कंपनी का मालिक और कर्मचारियों के बीच आपसी प्यार पैदा हुआ। हड़तालियों ने अपने हाथों में साफ-सफाई का जिम्मा ले लिया। उन्होंने कारखाने के आसपास

की सारी जमीन साफ कर दी। सारा कचरा उठा दिया गया। कल्पना करें! कारखाने के कर्मचारी इस हड़ताल पर थे कि उनका वेतन बढ़ाया जाए और उनकी यूनियन को मान्यता मिले। उस दौरान वे कारखाने के आसपास की जगह को साफ कर रहे थे। अमेरिकी श्रमिकों के लंबे संघर्ष में ऐसा उदाहरण पहले कभी देखने को नहीं मिला था। उन हड़तालियों ने एक ही सप्ताह में कंपनी से समझौता कर लिया और दोनों पक्षों की ओर से कोई कटुता नहीं उभरी।

एक वकील का दोस्ताना अंदाज

डेनियल वेबस्टर बेहद आकर्षक वकीलों में गिने जाते थे; उनके शानदार व्यक्तित्व के बहुत चर्चे थे। वे अक्सर अपने शक्तिशाली वक्तव्यों को दोस्ताना अंदाज़ में पेश किया करते थे, जैसे 'ज्यूरी इस पर विचार कर सकती है,' 'हो सकता है कि इस पर विचार हो सके,' 'ये कुछ तथ्य हैं और मुझे उम्मीद है कि आप इन्हें नकारेंगे नहीं,' 'इंसानी फितरत को ध्यान में रखते हुए, आप इन तथ्यों को आसानी से समझ सकते हैं...' यानी उनके अंदाज में दूसरों पर दबाव बनाने या उन पर अपनी बात थोपने का कोई आग्रह नहीं होता था। वेबस्टर हमेशा बहुत आराम से, मीठे सुर में अपनी बात कहते और उनके इसी दोस्ताना रवैये ने उन्हें काफ़ी लोकप्रियता दिलाई।

दोस्ताना व्यवहार से किराया कम करना

हो सकता है कि आपको अदालत में काम न पड़े या आपको हड़तालियों को सँभालने की ज़रूरत न पड़े, पर क्या आप अपने मकान का किराया कम नहीं करवाना चाहेंगे? क्या दोस्ताना रवैए से ऐसा होना संभव है? चलिए देखते हैं।

ओ. एल. स्ट्राब, एक इंजीनियर थे, जो अपने मकान का किराया कम करवाना चाहते थे, लेकिन वे जानते थे कि मकान मालिक इतनी आसानी से माननेवाला नहीं है। स्ट्राब ने बताया कि 'मैंने अपने मकान मालिक को पत्र लिखकर बताया कि लीज़ खत्म होते ही मैं घर बदलने जा रहा हूँ, जबकि वास्तव में मैं ऐसा नहीं करना चाहता था। अगर मेरा किराया कम हो जाता तो मैं वहीं रहता। उस मकान मालिक के अन्य किराएदार भी ऐसी कोशिशें करके हार चुके थे। हर किसी ने कहा कि 'मकान मालिक इतनी आसानी से नहीं मानेगा।' पर मैंने खुद से कहा कि 'मैं सर्वश्रेष्ठ व्यवहार करने का कोर्स कर रहा हूँ और मैं अपनी ओर से पूरी कोशिश करूँगा।' देखिए, मेरा तरीका कितना कारगर रहा।

मेरा पत्र पाते ही, वह अपने सहायक के साथ मुझसे मिलने आया। मैंने दरवाजे पर उसका स्वागत बड़े ही दोस्ताना अंदाज में किया। मैं सद्‌भाव और उत्साह से भरपूर था। मैंने बढ़े हुए किराए के बारे में एक शब्द भी नहीं कहा। मैं उसे बताने लगा कि मुझे

उसका अपार्टमेंट क्यों पसंद है। विश्वास करें, मेरी ओर से उस प्रशंसा में कुछ भी झूठ नहीं था। मैंने उसे बधाई दी कि वह बहुत अच्छी तरह से अपने किराएदारों की इमारत का काम सँभाल रहा था और साथ ही कहा कि अगर मैं किराया दे पाता, तो अगले साल भी उसी घर में रहता।

उसे अपने किसी भी किराएदार से इतने दोस्ताना व्यवहार की उम्मीद नहीं थी। उसे समझ में नहीं आ रहा था कि क्या किया जाए।

फिर वह मुझे अपनी परेशानियाँ बताने लगा और अन्य किराएदारों की शिकायतें करने लगा। एक किराएदार ने उसे कड़वी बातों से भरा चौदह पेज का पत्र लिखा था। एक अन्य किराएदार ने उसके मुँह पर उसकी निंदा की थी। एक और किराएदार ने उससे कहा था कि अगर उसने ऊपरी तल वाले किराएदार के खर्राटे बंद नहीं करवाए, तो वह लीज़ पूरी होने से पहले ही घर छोड़ देगा। दूसरों की शिकायत करने के बाद मकान मालिक ने मुझसे कहा, 'मैं बता नहीं सकता कि तुमसे मिलकर मुझे कितना संतोष मिला। कम से कम, तुम्हारे जैसा कोई किराएदार तो है, जिसे मुझसे कोई परेशानी नहीं है।' और फिर मेरे कुछ भी कहने से पहले उसने किराया घटाने की पेशकश रख दी। मैं थोड़ा और किराया घटवाना चाहता था इसलिए मैंने कहा कि 'मैं अमुक राशि ही दे सकता हूँ।' मेरी बात पर उसने एक शब्द भी नहीं कहा और मेरी बात मान ली।

जब वह जाने लगा, तो मुड़कर बोला, 'घर में सजावट का कोई काम करवाना हो, तो मुझे बता देना।'

अगर मैं अपना किराया कम करवाने के लिए दूसरे किराएदारों वाले तरीके अपनाता, तो बेशक मेरे हाथ कुछ न लगता। मैं भी उनकी तरह नाकामयाब हो जाता। मेरा सहानुभूति और तारीफ से भरा दोस्ताना रवैया ही मेरे लिए कारगर साबित हुआ।

कंपनी की छवि

पेंसिल्वेनिया, पिट्सबर्ग के डीन वुडकॉक, स्थानीय बिजली कंपनी के निरीक्षक थे। उनके स्टाफ को एक खंभे पर लगे उपकरण की मरम्मत के लिए बुलवाया गया। यह काम पहले दूसरा विभाग देखा करता था। वुडकॉक के स्टाफ को कुछ समय पहले ही यह दायित्व सौंपा गया था। हालाँकि वे लोग यह काम करना जानते थे, पर व्यावहारिक तौर पर, उन्हें पहली बार ऐसा कुछ करने का मौका मिला था। उनके स्टाफ में सभी यह देखने को बेताब थे कि वे इस काम को कितनी अच्छी तरह कर सकते हैं। वुडकॉक, उनके अधीनस्थ कर्मचारी और दूसरे विभाग के सदस्य भी यही देखना चाहते थे। दो लोग खंभे पर चढ़कर काम कर रहे थे और वहीं बहुत सारी गाड़ियों और कारों में आए लोग, उन्हें देखने के लिए भीड़ लगाकर खड़े थे।

अचानक वुडकॉक ने देखा कि कार से निकलकर एक आदमी तस्वीरें लेने लगा। इस विभाग के लोग जनता के बीच अपनी छवि को लेकर बहुत सचेत रहते थे। वुडकॉक मन ही मन सोचने लगे कि इन तस्वीरों को देखकर लोगों को कैसा लगेगा कि दो कर्मचारी काम कर रहे हैं और उन्हें देखने के लिए दर्जनों कर्मचारी काम छोड़कर आए हैं। यह सोचकर वे उस फोटोग्राफर के पास गए।

'लगता है आपको इस काम में बड़ी दिलचस्पी है।'

'जी, मेरी माँ ने आपकी कंपनी के शेअर्स खरीद रखे हैं। शायद ये तस्वीरें उनकी आँखें खोल दें। शायद अब उन्हें समझ में आ जाए कि ये कंपनियाँ सचमुच नाकारा होती हैं। मैं कई सालों से उन्हें यह समझाने की कोशिश कर रहा हूँ, लेकिन वे सुनती ही नहीं। जब वे ये तस्वीरें अखबार में देखेंगी तो उन्हें मेरी बात पर विश्वास हो जाएगा।'

आपको जैसा लग रहा है, वैसा कुछ नहीं है। हालाँकि अगर मैं आपकी जगह होता, तो मैं भी यही सोचता। डीन वुडकॉक ने अपनी स्थिति स्पष्ट करते हुए बताया कि वे लोग पहली बार ऐसा कोई काम करने जा रहे थे और अन्य कर्मचारी यही देखने के लिए विशेष तौर पर आए हैं। उन्होंने उस आदमी को यकीन दिलाया कि सामान्यत: उस काम को पूरा करने के लिए दो लोग ही काफी होते हैं। उस आदमी ने कैमरा एक ओर रखा, डीन से हाथ मिलाया और आभार प्रकट किया कि उन्होंने उसे सारी बात समझाने के लिए समय निकाला।

डीन वुडकॉक के दोस्ताना रवैए ने उसकी कंपनी को बुरे प्रचार और शर्मिंदगी से बचाया।

नुकसान भरपाई माँगने के लिए दोस्ताना व्यवहार

हमारी कक्षा के एक और सदस्य, लिटिल्टन के जेराल्ड एच. विन ने बताया कि उन्होंने किस तरह अपने दोस्ताना रवैए की मदद से, अपने घर के डैमेज मेंटेनेंस (नुकसान की पूर्ति) के दावे में संतोषप्रद समझौता किया।

बसंत का महीना था। अभी बर्फ पूरी तरह से पिघली नहीं थी कि अचानक एक दिन खूब ओले गिरे और तेज बारिश होने लगी। बारिश का पानी अक्सर आसपास के नालों में बह जाता था, पर उस बार पानी ने एक नया ही रास्ता निकाल लिया और उस इमारत की ओर आ गया, जिसमें मेरा नया-नया घर बना था।

जब पानी को निकलने का कोई और रास्ता नहीं मिला, तो वह हमारे घर की नीवों में घुस गया। घर का बेसमेंट भी पानी से भर गया। जिसके चलते बेसमेंट में लगा हमारा गर्म पानी का हीटर और चिमनी खराब हो गए और कम से कम दो हज़ार डॉलर का मरम्मत का खर्च हमारे सिर पर आ गया। मेरे पास इस तरह के नुकसान की पूर्ति के

लिए कोई बीमा नहीं था।

हालाँकि, जल्द ही पता चला कि हमारे उपविभाग प्रमुख ने हमारे घर के आसपास तूफान का पानी निकालने के लिए नाला बनवाया ही नहीं था। अगर वह बना होता, तो मेरे घर की ऐसी हालत न होती। मैंने उससे मिलने का समय लिया और पच्चीस मिनट के रास्ते के दौरान उन सभी बातों को दोहराया, जो मुझे उससे करनी थी। मैं जानता था कि गुस्सा करने से बात नहीं बनेगी। जब मैं गया, तो मैंने उसके हालिया वेस्टइंडीज दौरे का जिक्र किया, जहाँ वह छुट्टियाँ मनाने गया था। फिर जब मुझे लगा कि सही समय आ गया है, तो मैंने पानी से होनेवाले नुकसान की अपनी छोटी सी समस्या के बारे में बताया। जल्द ही वह समस्या को हल करने में लगनेवाली धनराशि का मेरा हिस्सा देने को मान गया।

कुछ दिन बाद उसने फोन पर कहा कि वह सारे नुकसान की भरपाई करेगा और उस क्षेत्र में तूफान का जमा हुआ पानी निकालनेवाले नाले भी बनवाए जाएँगे, ताकि दोबारा ऐसे हालात पैदा न हों।

हालाँकि गलती उसी के विभाग की थी, पर अगर मैंने अपनी बात दोस्ताना तरीके से न रखी होती, तो हो सकता है कि मेरा प्रयास असफल हो जाता। फिर उसका विभाग हमारे नुकसान की भरपाई नहीं करता और न ही तूफान का पानी निकालनेवाले नालों का निर्माण करने को तैयार होता।

ताकत के आगे मित्रता की जीत

कई वर्ष पूर्व, जब मैं छोटा बच्चा था, तो उत्तर-पश्चिम मिजुरी में रहता था। मैं नंगे पैर अपने देहाती स्कूल जाया करता था। उस समय मैंने ईसप द्वारा लिखी एक नीति-कथा पढ़ी थी, जो सूर्य और हवा के बारे में थी। वे दोनों आपस में लड़ रहे थे कि उनमें से ज़्यादा ताकतवर कौन है। हवा ने सूर्य से कहा, 'मैं साबित कर दूँगी कि मैं तुझसे ज़्यादा ताकतवर हूँ। वह कोटवाला बूढ़ा दिख रहा है न, मैं उसका कोट अपने जोर से उतारकर दिखा सकती हूँ।'

इसके बाद सूर्य बादलों में छिप गया और हवा तेजी से चली, पर बूढ़े का कोट उतरने के बजाय उसके शरीर से चिपका रहा। क्योंकि बूढ़े ने उसे कसकर पकड़ रखा था।

आखिर में हवा शांत होकर हार गई। फिर सूर्य निकला, बूढ़े को देखकर दया से मुस्कुराया और उसे अपनी धूप की गर्माहट दी। इस गर्माहट के कारण बूढ़े ने झट से अपना कोट उतार दिया। तब सूरज ने हवा से कहा था कि '**ताकत और बल के आगे, हमेशा कोमलता और मित्रता की जीत होती है।**'

जो लोग यह समझते हैं कि स्वभाव की कोमलता और मधुरता के बल पर कुछ भी किया जा सकता है, तो जीवन उन्हें ऐसा करने के अवसर भी देता रहता है। मैरीलैंड, लुथरविले के एफ. गेल कोनर ने यह बात उस समय साबित की, जब उन्हें अपनी चार महीने पुरानी कार को, कार डीलर के सर्विस डिपार्टमेंट में तीसरी बार लेकर जाना पड़ा। उन्होंने हमारी कक्षा में बताया कि 'यह तो साफ था कि सर्विस मैनेजर पर चिल्लाने, गुस्सा करने और नाराज़गी दिखाने से बात नहीं बननेवाली। इसलिए मैंने शोरूम में जाकर एजेंसी के मालिक मि. व्हाईट से मिलने की बात कही। कुछ देर बाद मुझे उनके ऑफिस में भेज दिया गया। मैंने अपना परिचय दिया और बताया कि मैंने अपने एक दोस्त के कहने से उनकी एजेंसी से कार खरीदी थी। दोस्त ने कहा था कि आप लोग वाजिब दाम पर कारें बेचते हैं और कमाल की सर्विस भी देते हैं। वे मेरी बात सुनकर संतोष के साथ मुस्कुराए। तब मैंने बताया कि मुझे उनके सर्विस डिपार्टमेंट के साथ क्या परेशानी हो रही है। मेरी कार को चार महीने में तीसरी बार सर्विस की ज़रूरत पड़ रही थी। मुझे लगा, आपको पता होना चाहिए कि इससे आपकी कंपनी की साख को धक्का लग रहा है। उन्होंने मुझे धन्यवाद दिया और कहा कि मेरी परेशानी जल्द ही दूर कर दी जाएगी। उन्होंने निजी तौर पर मेरी समस्या हल की। यही नहीं, उस दौरान उन्होंने मेरे इस्तेमाल के लिए अपनी कार भी भिजवा दी।'

सूरज की गर्माहट से आप स्वयं अपना कोट उतार देंगे पर हवा के जोर से डरकर नहीं उतारेंगे। तारीफ और दोस्ताना स्वभाव लोगों को आपकी ओर खींचता है। इस बात की कोई गारंटी नहीं है कि सामनेवाला आपके गुस्से या जोर से दब जाएगा।

ईसप एक ग्रीक गुलाम थे और क्रोएसिस के दरबार में रहा करते थे। उन्होंने ईसा से छह सौ साल पहले ऐसी कई नीति-कथाएँ लिखीं, जो हमेशा के लिए अमर हो गईं। उन्होंने अपनी नीति-कथाओं में इंसानी फितरत से जुड़े जो सच बताए, वे आज भी उतने ही प्रासंगिक हैं, जितने उस समय रहे होंगे। आज भी बोस्टन और बर्मिंघम में उनका वही महत्त्व है, जो छब्बीस सदी पहले एथेंस में रहा होगा।

लिंकन की यह बात हमेशा याद रखें : 'एक गैलन कटुता की तुलना में शहद की एक बूँद पर कहीं ज्यादा मक्खियाँ आकर बैठती हैं।'

अपना स्वभाव हमेशा दोस्ताना रखें।

१५

सुकरात का रहस्य

किसी से बातचीत करते समय, उन मसलों का जिक्र न करें, जिन पर आपकी सहमति नहीं है। केवल उन्हीं बातों पर बल दें, जिन पर आप सहमत हों। सामनेवाले को यही लगना चाहिए कि हम दोनों के कार्य करने के तरीके अलग-अलग हैं, लेकिन दोनों का उद्‌देश्य एक ही है।

सामनेवाले को आपकी बात पर हामी भरने का मौका दें। उसके लिए ऐसी स्थिति पैदा न करें कि वह आपकी बात को नकार सके।

प्रोफेसर हैरी ओव्हरस्ट्रीट के अनुसार, अगर किसी के मुँह से एक बार 'ना' निकल जाए, तो उससे 'हाँ' कहलवाना बहुत मुश्किल होता है। एक बार किसी चीज़ को 'ना' कहने के बाद यह आपके आत्मसम्मान का मसला बन जाता है, इसीलिए उस बात पर 'हाँ' कहना मुश्किल होता है। भले ही आपको बाद में लगे कि आपका 'ना' कहना भी सही नहीं था, पर उस समय तो आप अपनी बात पर ही कायम रहना चाहते हैं। इसीलिए यह बहुत ज़रूरी हो जाता है कि किसी भी बात की शुरुआत सहमति वाले मसलों से हो।

हुनरमंद वक्ता की बात पर अधिकतर लोग अपनी सहमति जता देते हैं। यह एक तरह की मनोवैज्ञानिक प्रक्रिया है। मानो आप बिलियर्ड बॉल खेल रहे हों। जिसे आप दूसरी ओर उछालते हैं और जब यह आपके पास वापस आती है, तो आपको दोबारा थोड़ा और जोर लगाना होता है।

इस मामले में मनोवैज्ञानिक पैटर्न स्पष्ट नज़र आते हैं। जब कोई इंसान 'ना' बोलता है, तो यह सिर्फ उसके द्वारा बोला गया एक शब्द भर नहीं होता बल्कि इसके पीछे कहीं गहरा अर्थ छिपा होता है। उस नकार में उसकी संपूर्ण जीव ग्रंथियाँ, मांसपेशियाँ एकत्रित हो जाती हैं। ये सब पलभर में ही हो जाता है। इसके पीछे शरीर की नकारात्मक भावना भी होती है। इंसान के व्यवहार से या उसकी छोटी-छोटी बातों से भी उसका नकार स्पष्ट दिखाई देता है। ऐसा कहा जा सकता है कि उस समय उसका पूरा अस्तित्व ही उसकी अस्वीकृति या नकार की रक्षा के लिए तैनात हो जाता है। लेकिन जब कोई 'हाँ' कहता है या हामी भरता है, तो ऐसी कोई स्थिति सामने नहीं आती। ऐसे में सब कुछ

सहजता से घट रहा होता है। हमें जितनी ज्यादा हामी मिलती जाएगी, उतना ही अपने उद्देश्यों की ओर लोगों का ध्यान खींचना आसान होता जाएगा।

किसी से हामी भरवाने की तकनीक अपने आपमें बहुत सरल है। फिर भी हम इसकी कितनी उपेक्षा करते हैं। ऐसा लगता है मानों दूसरों की बात पर 'ना' कहकर या उनका विरोध करके लोग सिर्फ उन्हें अपनी महत्ता का एहसास कराना चाहते हैं।

किसी भी छात्र, गृहिणी, पत्नी, पति या बच्चे के मुख से निकली 'ना' को 'हाँ' में बदलवाना आसान नहीं होता। इसके लिए आपको एड़ी-चोटी का जोर लगाना पड़ सकता है।

बैंक में नया खाता खुलवाने के लिए हामी

न्यूयॉर्क शहर के ग्रीनविच सेविंग बैंक के जेम्स एबरसन ने इस तकनीक की अहमियत को जाना और बखूबी प्रयोग भी किया। एक मौका तो ऐसा आया कि अगर उस समय वे इस तकनीक का उपयोग न करते, तो बैंक अपना एक नया ग्राहक बनने से पहले ही खो देता।

इस घटना का जिक्र करते हुए उन्होंने बताया कि 'वह आदमी हमारे पास खाता खुलवाने आया था। मैंने उसे वह फॉर्म दे दिया, जो हम नया खाता खुलवाने आए ग्राहक को देते हैं। उसने फॉर्म में पूछे गए कुछ प्रश्नों के उत्तर तो दे दिए, लेकिन बाकी के प्रश्नों का उत्तर देने से साफ इंकार कर दिया।'

अगर मैंने मानवीय संबंधों का अध्ययन न किया होता, तो मैं फौरन उससे यह कह देता कि 'आपका ऐसा करना हमारी बैंक की नीतियों के अनुसार सही नहीं है और अगर आप सारे प्रश्नों का उत्तर नहीं देंगे, तो अपना खाता नहीं खुल सकेगा।' ऐसा होने पर वह आदमी वापस लौट जाता। यह एक ऐसे इंसान को नज़रअंदाज करने के बराबर होता, जिसने खाता खोलने के लिए हमारा बैंक चुना और हमारे पास आया।

मैंने इस मसले को हल करने के लिए नई पहल की। मैंने तय किया कि हम वही बात करेंगे जो ग्राहक चाहता है। जो बैंक चाहता है, वह बात नहीं की जाएगी। मैंने उस आदमी को बिठाया और बैंक की बातों से परे, उसके साथ बातचीत करने लगा। मैंने उससे कहा कि 'आप जिन सवालों को अर्थहीन मानते हैं, आपको उनका जवाब देने की ज़रूरत नहीं है।'

फिर मैंने कहा, 'मान लीजिए कि आपकी मृत्यु के बाद बैंक में आपका पैसा पड़ा हुआ है। तो क्या आप नहीं चाहेंगे कि वह पैसा आपके बच्चों को दिया जाए?'

उसने जवाब दिया, 'जी हाँ, मैं तो यही चाहूँगा कि वह पैसा मेरे बच्चों को मिले।'

तब तो आपको अपने बच्चे का नाम हमें बताना होगा ताकि अगर ऐसी नौबत आए, तो आपका सारा पैसा बिना देरी के किए आपके बच्चे के नाम किया जा सके।

यह सुनकर उस आदमी का रवैया नरम हो गया और उसे एहसास हुआ कि हम यह जानकारी अपने लिए नहीं बल्कि उसकी भलाई के लिए ही माँग रहे थे। इसके बाद उसने मुझे न केवल वह सारी जानकारी दी, जो उससे माँगी गई थी बल्कि मेरे सुझाव पर, अपनी माँ को साथ लेकर उसने एक ट्रस्ट-खाता भी खुलवाया। उसने अपने परिवार के सदस्यों से जुड़े सारे सवालों के जवाब खुशी-खुशी दे दिए।

मैंने शुरू से ही उसकी बात पर हामी भरी और उसे लगा कि हम जो भी कर रहे हैं, उसमें उसी का फायदा है।

माटर्स के ऑर्डर के लिए हामी

जोसफ एलीहसन, वेस्टिंग-हाउस इलैक्ट्रिक कंपनी में काम करते थे, उन्होंने एक किस्सा सुनाते हुए कहा, 'मेरी कंपनी एक महत्वपूर्ण ग्राहक को अपना माल बेचना चाहती थी। मुझसे पहले जो इंसान मेरी जगह काम करता था, वह पिछले दस सालों में कंपनी के लिए उस ग्राहक की ओर से एक भी ऑर्डर नहीं ले सका था। मैं भी तीन साल से फोन करता आ रहा, पर कोई बात नहीं बन रही थी। आखिर में, तेरह साल की बातचीत के बाद हम उसे कुछ मोटरें बेचने में कामयाब रहे। अगर सब ठीक रहता तो मुझे उम्मीद थी कि उसकी तरफ से हमें ऐसे ढेरों ऑर्डर मिल सकते हैं।

'मैंने उन्हें तीन सप्ताह बाद फोन किया ताकि इस बारे में कुछ अंदाजा लगाया जा सके। लेकिन उसके चीफ इंजीनियर का जवाब सुनकर मैं सकते में आ गया। उसने कहा, 'एलीसन, मैं तुम्हें बाकी की मोटर्स का ऑर्डर नहीं दे सकता।'

मैंने हैरानी से पूछा, 'क्यों? ऐसा क्या हुआ है?'

'क्योंकि तुम्हारी ये मोटर्स चलते-चलते इतनी गर्म हो जाती हैं कि मैं इन पर अपना हाथ तक नहीं रख पाता।' उसने जवाब दिया।

मैं जानता था कि इस बारे में बहस करना बेकार था इसलिए मैंने सोचा कि क्यों न 'हाँ' कहनेवाली तकनीक अपनाई जाए।

मैंने उससे कहा, 'मैं आपसे पूरी तरह से सहमत हूँ। अगर हमारी दी हुई मोटर्स चलते-चलते गर्म हो जाती हैं, तो आपको अन्य मोटर्स का ऑर्डर नहीं देना चाहिए। आपके पास ऐसी मोटर्स होनी चाहिए, जो नेशनल इलैक्ट्रिकल मेन्युफैक्चरर्स एसोसिएशन के मापदंडों पर खरी उतरती हों।'

जैसे ही उसने मेरी इस बात पर हामी भरी, मेरी तकनीक ने अपना काम आरंभ कर दिया।

मैंने उससे आगे कहा, 'नेशनल इलैक्ट्रिकल मेन्युफैक्चरर्स एसोसिएशन के अनुसार उचित ढंग से तैयार की गई मोटर का तापमान, कमरे के तापमान से 72 डिग्री फैरनहाइट ज्यादा हो सकता है, है ना?'

'हाँ, तुम सही कह रहे हो। लेकिन तुम्हारी मोटर्स इससे कहीं ज़्यादा गर्म हो जाती हैं', उसने जवाब दिया।

इस पर मैंने उससे सिर्फ इतना पूछा, 'आपकी मिल के कमरे का तापमान कितना होता है?'

'लगभग 75 डिग्री फैरनहाइट', उसने बताया।

मैंने उससे आगे कहा, 'अगर ऐसा है मिस्टर स्मिथ, तो इसका अर्थ है कि मिल के कमरे का और मोटर का तापमान कुल मिलाकर 147 डिग्री फैरनहाइट तक हो जाता है। अब जरा सोचिए कि अगर आप 147 डिग्री वाले गर्म झरने में अपना हाथ डालते, तो क्या आपका हाथ न जलता?'

'अरे हाँ,' जवाब आया।

'तो क्या बेहतर नहीं होगा कि आप इन मोटर्स से अपना हाथ दूर रखें?' मैंने सुझाव दिया।

उसने सहमति जताते हुए कहा, 'हाँ, शायद तुम ठीक कह रहे हो। इसके बाद हमारे बीच हल्की-फुल्की बातचीत हुईं, फिर उसने अपने सचिव को बुलाया और अगले माह के लिए पैंतीस हज़ार डॉलर का ऑर्डर हमें भिजवा दिया।'

मुझे इस बात को समझने में कई साल लगे कि बहस करने से कोई फायदा नहीं होता। इसकी वजह से मैंने अपने काम में बहुत घाटा भी उठाया। बहस करने से कहीं बेहतर होता है कि हम बात को सामनेवाले के नज़रिए से देखें और उसके मुँह से हामी भरवाने की कोशिश करें।

दुकान से माल खरीदने के लिए हामी

कैलीफोर्निया, ऑकलैंड में हमारे कोर्स के प्रायोजक एडी स्नो ने बताया कि एक दुकान के मालिक के साथ दोस्ताना रवैया रखकर कैसे वे उसके अच्छे ग्राहकों में शुमार हो गए। दरअसल एडी को धनुष-बाण चलाने का शौक था। उन्होंने इसके लिए एक स्थानीय दुकान से सारा सामान भी मँगवा रखा था। फिर जब उनका भाई कुछ दिनों के लिए उनके पास आया, तो वे उसके लिए भी उसी दुकान से एक धनुष किराए पर लेना चाहते थे। जब उन्होंने उस दुकान में फोन किया, तो दुकान के सेल्स क्लर्क ने कहा कि वे किराए पर धनुष नहीं देते। फिर उन्होंने एक अन्य दुकान में फोन मिलाया।

एडी के अनुसार फोन पर एक सज्जन ने बड़े ही दोस्ताना अंदाज में बात की। उन्होंने मेरे सवाल के जवाब में जो कहा, वह पिछली दुकान की ओर से मिले जवाब से बिलकुल अलग था। उन्होंने बताया कि 'पहले हम धनुष-बाण किराए पर देते थे, लेकिन अभी हम क्षमा चाहते हैं क्योंकि अब हमने ऐसा करना बंद कर दिया है।' इसके बाद उन्होंने मुझसे पूछा कि 'क्या आपने पहले कभी धनुष-बाण किराए पर लिया है?' मैंने उन्हें बताया कि 'शायद, कई साल पहले एक बार ऐसा किया था और किराए के तौर पर शायद 25 या 30 डॉलर चुकाए थे।' फिर उन्होंने मुझसे पूछा कि 'क्या आप खरीददारी करते समय पैसे बचाना पसंद करते हैं?' स्वाभाविक रूप से मैंने उनके सवाल का जवाब 'हाँ' में दिया। फिर उन्होंने मुझे बताया कि इस समय उनकी दुकान में सेल चल रही है और फिलहाल वे एक धनुष-बाण व उससे जुड़ा सारा ज़रूरी सामान 34.95 डॉलर में बेच रहे हैं। अगर मैं उसे खरीदता हूँ, तो मुझे केवल 4.95 डॉलर की धनराशि ही अधिक देनी पड़ती क्योंकि किराए पर लेने से भी कम से कम 30 डॉलर का खर्च तो आ ही रहा था। उन्होंने मुझे बताया कि इसी वजह से उन्होंने अब धनुष-बाण किराए पर देना बंद कर दिया है। क्योंकि किराए और असली कीमत से अधिक फर्क नहीं है।

इसके बाद उन्होंने मुझसे पूछा, 'क्या मैंने किराए पर धनुष-बाण देना बंद करके ठीक किया?' मैंने अपनी प्रतिक्रिया 'हाँ' में दी और इसके बाद उनकी दुकान से अपने भाई के लिए एक धनुष-बाण खरीद लिया। उस दिन के बाद से मैंने उनसे और भी बहुत सारा सामान लेना शुरू कर दिया। अब मैं उनकी दुकान का नियमित ग्राहक हूँ।

सुकरात, जिन्हें 'गैडफ्लाई ऑफ एथेंस' भी कहा जाता था, दुनिया के सबसे महान दार्शनिकों में से थे। उन्होंने जो किया, वह इतिहास में गिने-चुने लोग ही कर सके। उन्होंने इंसानी सोच के दायरे को बदलने में अहम भूमिका निभाई। अपनी मौत की चौबीस सदियों के बाद भी वे उन सयाने लोगों में से एक माने जाते हैं, जिन्हें सामनेवाले पक्ष से अपनी बात मनवाने की कला आती थी।

उनका तरीका क्या था? क्या वे लोगों को गलत ठहराकर ऐसा करते थे? नहीं, सुकरात ऐसा करना पसंद नहीं करते थे। उनकी पूरी तकनीक, जिसे बाद में 'सुकरात मेथड' कहा जाने लगा, सामनेवाले पक्ष से हामी भरवाने पर आधारित थी। वे ऐसे सवाल पूछते कि सामनेवाले पक्ष को हामी भरनी ही पड़ती। सुकरात के विरोधी भी कुछ ही मिनटों तक उनसे बात करके ऐसा महसूस करने लगते, मानो वे उन्हीं के पक्ष में हों। जल्द ही दूसरे पक्ष को समझ में आ जाता था कि बेहतर होगा, वे सुकरात से सहमत हो जाएँ।

तो अगली बार जब भी आपको किसी को गलत ठहराने का मन करे, तो उस

समय सुकरात की तकनीक को याद करें और ऐसे सवाल पूछने आरंभ कर दें कि सामनेवाला आपसे सहमत हो सके।

एक चीनी कहावत है, 'जो इंसान सबके साथ मधुरता से पेश आता है, वह बहुत आगे जाता है।'

यह कहावत यूँ ही नहीं बनी। चीनियों ने पाँच हज़ार सालों तक इंसानी स्वभाव का अध्ययन किया और इसके बाद उन्हें यह समझ हासिल हुई कि जो इंसान सबके साथ मधुरता से पेश आता है, वह बहुत आगे जाता है।

'दूसरे इंसान के मुँह से फौरन 'हाँ' कहलवाने की कला सीखें।'

१६
दूसरों से सहयोग कैसे प्राप्त करें

जो विचार आपको चाँदी की थाली में सजाकर दिए गए हैं, क्या उनकी तुलना में आपको वे विचार ज्यादा अच्छे नहीं लगते, जो आपके अपने हैं, जिन्हें आपने स्वयं अपने लिए चुना है? अगर ऐसा है, तो शायद आपको यह बात समझने में कोई मुश्किल नहीं होगी कि दूसरों पर अपना मत थोपने से बेहतर है, उन्हें नतीजों के बारे में स्वयं सोचकर फैसला लेने दिया जाए।

सेल्स टीम का मनोबल बढ़ाना

फिलाडेल्फिया के एडोल्फ सेल्ट्ज, एक ऑटोमोबाइल शोरूम में सेल्स प्रबंधक थे। वे मेरे कोर्स के छात्र भी रह चुके थे। एक दिन अचानक उन्हें एक ऐसी जिम्मेदारी सौंप दी गई, जिसे निभाना काफी मुश्किल काम था। दरअसल उन्हें एक ऐसी सेल्स टीम का मनोबल बढ़ाना था, जिसमें न तो काम करने का कोई जोश था और न ही बेहतर परिणाम पाने की कोई ललक। उन्होंने उस टीम के सदस्यों को एक सेल्स मीटिंग में बुलाया और पूछा कि वे उनसे क्या अपेक्षा रखते हैं। वे सब आपस में इस बारे में बात करने लगे और एडोल्फ उनके विचार ब्लैकबोर्ड पर लिखते गए। इसके बाद एडोल्फ ने कहा, 'आप मुझसे जो अपेक्षा रखते हैं, मैं आपको वह सब कुछ दूँगा। अब आप मुझे यह बताइए कि मुझे आपसे कौन-कौन सी उम्मीदें रखने का हक है?' लोगों ने जवाब दिया, 'ईमानदारी, वफादारी, पहल, आशावादिता, टिमवर्क और आठ घंटे उत्साह से कार्य।' इस परस्पर संवाद के बाद यह मीटिंग एक नए जुनून और जोश के साथ खत्म हुई। एक कर्मचारी ने तो अपनी ओर से हर रोज चौदह घंटे काम करने का प्रस्ताव रख दिया। इसके बाद उनकी सेल्स में उल्लेखनीय प्रगति दिखाई दी।

इस बारे में एडोल्फ कहते हैं, 'उन लोगों ने मेरे साथ एक किस्म की नैतिक सौदेबाजी की। जब तक मैं अपनी बात पर अटल था, वे भी अपने हिस्से की जिम्मेदारी निभाने को तैयार थे। जब मैंने उनसे उनकी इच्छा के बारे में बात की, तो मुझे उनसे यह सुनने में देर नहीं लगी कि मैं उनसे क्या अपेक्षा रख सकता हूँ।'

किसी को भी यह अच्छा नहीं लगता कि उसे कोई काम करने को कहा जाए या उसका फायदा उठाया जाए। हमें तो बस यही महसूस करना पसंद है कि हम अपने

तरीके से काम करें और अपनी सोच के हिसाब से चलें। हम यह ज़रूर चाहते हैं कि हमसे हमारी पसंद, हमारी इच्छा और हमारी सोच के बारे में बात की जाए।

खरीददार की आवश्यकता के अनुसार कार्य हो

यूजीन वेसॉन का मामला ही लें। उन्होंने कमीशन के काम में काफी नुकसान उठाकर यह सबक सीखा। वे एक ऐसे स्टूडियो को स्केच बनाकर बेचने का काम काम करते थे, जो स्टाइलिस्ट और कपड़ा डिजाइनरों के लिए स्केच तैयार करवाता था। मि. वेसॉन सप्ताह में एक बार न्यूयॉर्क के बड़े स्टाइलिस्ट को कॉल करते आ रहे थे, पिछले तीन सालों से यह सिलसिला जारी था। उन्होंने बताया, 'मुझे कभी किसी ने मना नहीं किया, पर कभी कोई स्केच खरीदा भी नहीं।' वे मेरे सारे स्केच को ध्यान से देखते और आखिर में यही कहते, 'नहीं वेसॉन, आज बात नहीं बनेगी, फिर कभी देखेंगे।'

लगातार 150 बार असफल होने के बाद वेसॉन को ऐसा लगा कि वे ज़रूर किसी मानसिक परेशानी के शिकार हो रहे हैं। उन्होंने तय किया कि वे सप्ताह में एक दिन इंसानी व्यवहार के अध्ययन में लगाएँगे ताकि वे अपने अंदर नए विचार और नया उत्साह जगा सकें।

उन्होंने एक नई पहल की और अपने छह अधूरे स्केच साथ लेकर खरीददार के पास पहुँच गए। उन्होंने उनके पास जाकर कहा, 'क्या आप मेरी थोड़ी मदद करेंगे? ये कुछ अधूरे स्केच हैं। इन्हें पूरा करने के लिए मुझे आपके सुझाव चाहिए, तभी हम इन्हें इस्तेमाल कर सकेंगे।' खरीददार ने स्केच देखने के बाद कहा, 'आप इन्हें मेरे पास ही छोड़ दें और कुछ दिन बाद आकर फिर से मिलें।' जब वेसॉन कुछ दिन बाद पहुँचे, तो खरीददार ने कुछ सुझाव लिखकर रखे थे। वे अपने स्केच स्टूडियो से वापस लाए और खरीददार की ज़रूरत के हिसाब से उन्हें तैयार कर दिया। नतीजा? सारे स्केच खरीद लिए गए।

इसके बाद, उस खरीददार ने वेसॉन को और स्केच बनाने का ऑर्डर दिया। वे सभी उसकी इच्छा के अनुसार तैयार किए गए थे। वेसॉन ने कहा, 'आखिरकार मुझे समझ में आ गया कि मैं इतने सालों तक असफल क्यों रहा। दरअसल मैं उन्हें वह खरीदने पर मज़बूर कर रहा था, जो मेरे हिसाब से उनकी ज़रूरत हो सकती थी। इसके बाद मैंने अपना तरीका पूरी तरह से बदल दिया और उनसे उनके सुझाव माँगे। जिससे उन्हें लगा कि वे स्वयं ही डिजाइन तैयार कर रहे हैं। इसीलिए मुझे वे स्केच बेचने की ज़रूरत ही नहीं पड़ी बल्कि उन्होंने खुद ही उन्हें खरीद लिया।'

जब आप दूसरों को यह महसूस होने देते हैं कि जो आईडिया आप बता रहे हैं, वह दरअसल आपका नहीं बल्कि उनका है, तो उनसे सहयोग लेना आसान हो जाता है।

केवल व्यावसायिक या राजनीतिक मामलों में ही नहीं बल्कि पारिवारिक जीवन में भी यही तरीका काम आता है। ओकलाहामा, तुलसा के पॉल एम. डेविस ने अपने छात्रों को बताया कि उन्होंने इस तरीके को अपने जीवन में कैसे लागू किया।

अपने मनपसंद जगह पर जाने के लिए सहमति

मैं और मेरा परिवार एक साथ मज़ेदार दौरे पर गए और हमने उसका भरपूर आनंद लिया। मैं हमेशा से ही गेट्सबर्ग के सिविल वार युद्धक्षेत्र, फिलाडेल्फिया के इंडीपेंडेंस हॉल और हमारे देश की राजधानी जैसे ऐतिहासिक स्थानों पर जाना चाहता था। मेरी इस सूची में वैली फार्ज, जेम्सटाउन, विलियम्सबर्ग के कोलोनियल ग्राम भी शामिल थे।

मार्च में मेरी पत्नी, नैंसी ने कहा कि वह न्यू मैक्सिको, एरीज़ोना, कैलीफोर्निया और नेवादा जैसे पश्चिमी राज्यों की यात्रा पर जाना चाहती है। वह कई सालों से इन जगहों पर जाना चाहती थी, लेकिन हम अब तक वहाँ नहीं जा सके थे।

हमारी बेटी एनी ने जूनियर हाई स्कूल से हाल ही में अमेरिकी इतिहास पढ़ा था। वह उन घटनाओं में बहुत दिलचस्पी ले रही थी, जो हमारे देश के विकास में सहायक रही हैं। मैंने उससे पूछा, 'एनी तुमने जिन जगहों के बारे में पढ़ा है, छुट्टियों में वहाँ जाना कैसा रहेगा?' उसने कहा कि उसे उन जगहों पर जाना बहुत अच्छा लगेगा।

दो ही दिन बाद खाने के दौरान एनी ने ऐलान किया कि अगर हर किसी की सहमति हो, तो हम सबको छुट्टियों में पूर्वी राज्यों की यात्रा पर जाना चाहिए। उसका कहना था कि 'मुझे वहाँ जाकर बहुत आनंद आएगा और आप लोगों को भी वहाँ जाना अच्छा लगेगा।' हम सबने आराम से उसकी बात मान ली।

दूसरों को महत्वपूर्ण महसूस करवाना

एक एक्स-रे मशीन निर्माता ने अपनी मशीन बेचने के लिए ठीक इसी मनोविज्ञान का इस्तेमाल किया और सफल भी रहा। वह ब्रुकलिन के सबसे बड़े अस्पताल में अपनी मशीनें लगवाना चाहता था। कई बड़ी कंपनियाँ भी इसी प्रयास में लगी हुई थीं। क्योंकि इस अस्पताल में अमेरिका का सबसे बेहतरीन एक्स-रे विभाग खुलनेवाला था और काफी बिजनेस मिलने की संभावना थी। विभाग प्रमुख डॉ. एल... के आसपास हमेशा सेल्स प्रतिनिधियों का मेला लगा रहता था, जो दिन-रात अपनी मशीन के गुणगान करते रहते।

उनमें से एक एक्स-रे मशीन निर्माता बहुत अकलमंद था। उसे मानवीय स्वभाव के बारे में अन्य लोगों से अच्छी जानकारी थी। उसने एक्स-रे विभाग के प्रमुख डॉ. एल... को एक पत्र लिखा :

'हमारे कारखाने में हाल ही में आधुनिक एक्स-रे उपकरणों की एक नई श्रृंखला

तैयार की गई है। इन मशीनों की पहली शिपमेंट अभी-अभी हमारे ऑफिस में आई है। हम जानते हैं कि ये सर्वश्रेष्ठ मशीनें नहीं हैं और इसीलिए हम इनमें सुधार करना चाहते हैं। आपसे आग्रह है कि आप अपने कीमती समय में से थोड़ा समय निकालकर, हमें सुझाव दें कि इन मशीनों को और बेहतर कैसे बनाया जा सकता है। हम जानते हैं कि आप कितने व्यस्त रहते हैं इसलिए आप अपनी सुविधा के अनुसार ही मिलने का समय तय करें। हम आपके लिए कार भिजवा देंगे।'

डॉ. एल... ने हमारी कक्षा में बताया कि 'मैं वह पत्र पाकर अचंभे में था। साथ ही मुझे इस बात की खुशी भी हुई कि वह एक्स-रे निर्माता मुझसे सुझाव लेना चाहता है। यह जानकर मुझे ऐसा लग रहा था, मानो मैं कोई बड़ी महत्वपूर्ण हस्ती हूँ। उस सप्ताह मैंने उससे मिलने के लिए खासतौर पर समय निकाला। मैं उससे मिला और उसकी मशीन का गहरा निरीक्षण करने के बाद वह मुझे पसंद आ गई।'

किसी ने भी मुझे वह मशीन बेचने की कोशिश नहीं की थी। मुझे लगा कि अस्पताल के लिए मशीन लेने का इरादा मेरा अपना था। मैंने उसकी खूबियों पर गौर किया और उसे अस्पताल में लगवाने का आदेश दे दिया।

राल्फ वाल्डो इमर्सन ने अपने निबंध 'सेल्फ रिलायंस' में लिखा था, 'बुद्धिमान लोगों के हर कार्य को देखकर हमें यह समझ में आता है कि जिन विचारों या नई कल्पनाओं को हमने अस्वीकार किया होता है, वे ही विचार बुद्धिमान लोगों के कार्य के ज़रिए एक अलग ही शान के साथ हमारे पास वापस आते हैं।'

अपने विचारों का श्रेय दूसरों को देना

जब वुडरो विल्सन अमेरिका के राष्ट्रपति थे, उस समय कर्नल एडवर्ड एम. हाउस राष्ट्रीय और अंतर्राष्ट्रीय मामलों में अपना काफी प्रभाव रखते थे। राष्ट्रपति विल्सन गुप्त परामर्श और सलाह के लिए अपनी कैबिनेट की तुलना में कर्नल एडवर्ड पर अधिक भरोसा करते थे।

कर्नल ने राष्ट्रपति को इतना प्रभावित कैसे किया? 'द सैटरडे ईवनिंग' पोस्ट के हवाले से हमें इस बारे में जानकारी मिली। कर्नल ने स्वयं ऑर्थर स्मिथ को इसके बारे में बताया था।

कर्नल ने कहा, 'जब मैं राष्ट्रपति से मिला, तो मैंने तय किया कि उनके मन में हर विचार के बारे में कौतूहल पैदा करना चाहिए ताकि वे उसके बारे में सोचकर स्वयं फैसला ले सकें। यह तरीका पहली बार में ही कारगर रहा, जो एक संयोग ही कहा जाएगा। मैं व्हाईट हाउस गया और एक नीति के बारे में उन्हें कुछ सुझाव दिए, जिन्हें उन्होंने फौरन नकार दिया। कुछ दिनों बाद मैंने देखा कि डिनर टेबल पर वे उन्हीं सुझावों

के बारे में बात कर रहे हैं और उन्हें अपने सुझावों का नाम दे रहे हैं।'

उस समय क्या कर्नल ने राष्ट्रपति को टोकते हुए यह कहा कि 'ये सुझाव आपके नहीं बल्कि मेरे है?' नहीं। कर्नल ने ऐसा कुछ नहीं किया। उन्हें श्रेय लेने की परवाह नहीं थी। वे तो बस नतीजे पाना चाहते थे। उन्होंने राष्ट्रपति विल्सन को यह महसूस करने दिया कि वे सुझाव उनके ही हैं। उन्होंने सार्वजनिक तौर पर भी उन विचारों का श्रेय राष्ट्रपति को ही दिया।

हमें यह नहीं भूलना चाहिए कि हम जिस भी इंसान के संपर्क में आते हैं, वह भी वुडरो विल्सन की ही तरह एक इंसान है। इसीलिए लोगों के साथ हमें कर्नल हाउस की तकनीक आजमानी चाहिए।

न्यू बर्न्सविक के सुंदर कैनेडियन प्रांत में एक इंसान ने इसी तकनीक को मुझ पर लागू करते हुए, मेरा संरक्षण प्राप्त किया। मैं वहाँ जाकर कुछ समय नाव की सवारी करने और मछलियाँ पकड़ने में बिताना चाहता था। इसलिए मैंने टूरिस्ट ब्यूरो को जानकारी के लिए लिखा। इसके बाद कैंप और गाइड के लिए मेरे पास लगातार मेल आने लगे। कई सारे विकल्प पाकर मैं हैरान था और मुझे समझ में नहीं आ रहा था कि अपने लिए किसे चुना जाए। फिर एक दिन एक कैंप मालिक ने चालाकी खेली। उसने मुझे न्यूयॉर्क के ऐसे कई लोगों के नाम और नंबर भेज दिए, जो उसके कैंप का हिस्सा बन चुके थे। उसने कहा कि 'मैं उन्हें फोन करके यह पता लगा सकता हूँ कि उनका अनुभव कैसा रहा।'

मुझे यह देखकर हैरानी हुई कि उसकी उस सूची में मेरा एक परिचित भी था। मैंने उससे बातचीत करने के बाद आखिरकार उसी कैंप के लिए बुकिंग करवा दी। अन्य लोग मुझे उनकी सेवाएँ देने का भरपूर प्रयास कर रहे थे। लेकिन उनमें से एक ने मुझे उनकी सेवा चुनने का मौका दिया और आखिरकार मैंने उसी संघटना को चुना।

चीनी संत लाओत्से ने पच्चीस सौ साल पहले जो कहा था, इस पुस्तक के पाठक उसे आज भी काम में ला सकते हैं : 'सारे पहाड़ी नाले, नदियों और सागरों में ही आकर क्यों गिरते हैं? क्योंकि वे सदा उनसे नीचे बहते हैं। वे इसी गुण के बल पर सभी पहाड़ी नालों पर राज़ करते हैं। जो साधु इंसानों से आगे या परे जाना चाहता है, वह भी सदा स्वयं को उनसे नीचे रखकर चलता है। भले ही उसका स्थान इंसान से ऊपर हो, पर वह उसका भार किसी को महसूस नहीं होने देता। भले ही वह उनसे आगे हो, पर इससे उन्हें कोई हानि नहीं होती, कोई ठेस नहीं लगती।'

दूसरे इंसान को यह महसूस होने दें कि अमुक विचार उसका अपना ही है।

१७

एक ऐसा आग्रह जो सबको अच्छा लगता है

मैं मिजुरी में कुख्यात अमेरिकी अपराधी जेसी जेम्स के इलाके में था। इसलिए मैं कियरनी स्थित जेम्स फार्म में पहुँचा और जेसी जेम्स के बेटे से भेंट की।

जेसी जेम्स की पत्नी ने उसके किस्से सुनाते हुए बताया कि किस तरह उसका दिवंगत पति रेलगाड़ियों को लूटता था और चालाकी से अलग-अलग बैंकों में से पैसे निकालकर अपने पड़ोसी किसानों की मदद करता था ताकि वे अपना कर्ज अदा कर सकें।

निश्चित ही जेसी जेम्स खुद को एक रहमदिल आदर्शवादी ही मानता होगा। इस पुस्तक के पिछले अध्यायों में भी मैंने कुछ ऐसे अपराधियों का जिक्र किया था, जो खुद को रहमदिल मानते थे। जबकि वे अपराध की दुनिया के गॉडफादर थे। दरअसल ऐसे बहुत से लोग हैं, जिनके मन में उनके लिए आदर भाव है और वे भी उन्हीं की तरह नि:स्वार्थ भाव से दूसरों की सेवा करने की इच्छा रखते हैं।

जे. पियरपोंट मार्गन ने अपने एक विश्लेषणात्मक व्याख्यान में कहा था, 'किसी भी इंसान के पास किसी काम को करने के दो अच्छे कारण होते हैं : एक कारण वह, जो सुनने में अच्छा लगता है और दूसरा जो वास्तव में होता है।'

इंसान स्वत: ही सही कारण को जान लेगा। आपको उस पर बल देने की ज़रूरत नहीं है। हम सभी अपने मन में आदर्शवादी होते हैं और हमारे कर्मों के पीछे आमतौर पर नेक इरादे ही होते हैं। इसलिए अगर लोगों को बदलना हो, तो उनसे नेक इरादों का आग्रह करना चाहिए।

घर का मालिक और किराएदार का उदाहरण

क्या यह दृष्टिकोण व्यावसायिक मामलों के लिहाज से कुछ ज़्यादा ही आदर्शवादी है? आइए देखते हैं। पेंसिल्वेनिया, ग्लैंनडोलन की फैरल-मिशेल कंपनी के हैमिल्टन जे. फैरल की केस को जानते हैं। दरअसल मि. फैरल कई सालों से घर किराए पर देने के व्यवसाय में थे। एक बार उनका वास्ता एक ऐसे किराएदार से पड़ा, जो अपनी लीज़ समाप्त होने से पहले ही किराए का घर छोड़ना चाहता था। किराएदार की लीज़

के चार महीने हो चुके थे। वह किराएदार उस घर की सुविधाओं से नाखुश था इसलिए वह मि. फैरल को नोटिस दे रहा था कि लीज़ बाकी होने के बावजूद वह घर छोड़कर जा रहा है।

मि. फैरल बताने लगे कि 'उस किराएदार के पूरे परिवार ने सर्दियों का पूरा मौसम मेरे घर में किराए पर रहकर बिताया, जो उस इलाके में साल का सबसे महँगा समय होता है। अब अगर वे समय से पहले घर छोड़ देते, तो दोबारा मुझे आसानी से कोई और किराएदार नहीं मिलता और मेरा नुकसान होता। मेरा पूरे साल का किराया पानी में जा रहा था।

अगर मैं चाहता तो मैं भी उनसे आम लोगों की तरह पेश आता और उन्हें जाकर याद दिलाता कि एक बार वे लीज़ को ध्यान से पढ़ें। क्योंकि अगर वे लीज़ के बीच में घर छोड़कर जाना चाहते हैं, तो लीज़ की शर्तों के अनुसार उन्हें पूरे साल का किराया देकर जाना होगा और अगर वे ऐसा नहीं करते, तो मैं कानूनी कार्रवाई भी कर सकता था।

हालाँकि मैंने ऐसा कोई तमाशा करने के बजाय अपनी ओर से एक नया तरीका अपनाया। मैंने उनसे कहा, 'मि. डो! मैंने आपकी सारी बात सुनी और मुझे अब भी यकीन नहीं आ रहा कि लीज़ बाकी होने के बाद भी आप यह किराए का मकान छोड़कर जाना चाहते हैं। मैं कई सालों से इसी किराए के धंधे में हूँ और इंसानी फितरत के बारे में अच्छी तरह से जानता हूँ। आपको देखकर मुझे लगा था कि आप अपनी बात पर अटल रहनेवाले लोगों में से हैं और मुझे यकीन है कि मैं गलत नहीं हूँ।

आप कुछ दिन और सोच-विचार कर लें। अगर आप फलाँ से फलाँ तारीख के बीच मुझे अपना निर्णय बता दें, तो वह मुझे मंजूर होगा। उस दिन मैं आपको जाने से मना नहीं करूँगा। बस इतना आग्रह है कि आप एक बार फिर से सोचकर देखें। इसके बाद भी अगर आप मकान छोड़कर जाते हैं, तो मैं भी मान लूँगा कि आपके बारे में मेरी राय गलत थी। हालाँकि मेरा अब भी मानना है कि आप लीज पूरी करके ही यह मकान छोड़ेंगे। जो भी हो, हम इंसान हों या बंदर; हमारा चुनाव तो हमारे अपने ही हाथ में होता है न!

अगले महीने वह किराएदार मेरे पास किराया लेकर आया। उन्होंने अपनी पत्नी से इस बारे में बात की थी और उसका भी यही कहना था कि उन्हें लीज़ पूरी होने के बाद ही मकान छोड़ना चाहिए। क्योंकि किसी इज्जतदार आदमी को अपनी बात से मुकरना शोभा नहीं देता।'

नेक इरादों का आग्रह

स्वर्गीय लॉर्ड नॉर्थक्लिफ को एक अखबार में अपनी ऐसी तस्वीर दिखी, जिसे वे प्रकाशित नहीं करना चाहते थे। उन्होंने उस अखबार के संपादक को पत्र लिखा। पर क्या उन्होंने यह कहा कि 'मेरी यह तस्वीर प्रकाशित न करें क्योंकि मुझे यह पसंद नहीं है।' 'नहीं।' उन्होंने संपादक से एक नेक इरादे का आग्रह किया। उन्होंने अपनी माँ के प्रति आदर और स्नेह का आग्रह करते हुए पत्र में लिखा, 'मेरी यह तस्वीर न छापें क्योंकि मेरी माँ को यह बिलकुल पसंद नहीं है।'

जॉन डि. रॉकफैलर जूनियर नहीं चाहते थे कि उनके बच्चों की तस्वीरें अखबारों में छपें। लेकिन उन्होंने भी यह नहीं कहा कि वे अपने बच्चों की तस्वीरें अखबारों में नहीं देखना चाहते। उन्होंने भी हम सबके मन में छिपी उस भावना के लिए आग्रह किया, जिसके अनुसार हम अपने बच्चों को किसी भी तरह के बुरे प्रभाव से दूर रखना चाहते हैं। उन्होंने कहा, 'आप जानते ही हैं। आपके भी घर में बच्चे होंगे। किशोर उम्र में इतनी लोकप्रियता मिलना अच्छा नहीं होता। इसलिए कृपया आप मेरे बच्चों की तस्वीरें अखबार में न छापें।'

मेल के निर्धन बालक साइरस एच.के. कर्टिस अपने कैरियर की उड़ान पर थे, जो उन्हें 'द सैटरडे ईवनिंग पोस्ट' और 'लेडीज होम जर्नल' के मालिकाना पद तक ले जानेवाली थी। उनके पास इतना पैसा नहीं था कि वे अपने लेखकों को उतनी अधिक धनराशि दे सकें, जो उन्हें दूसरी पत्रिकाओं से मिलती थी। वे केवल पैसे के लिए लिखनेवाले अच्छे लेखकों को भुगतान नहीं कर सकते थे। इसलिए उन्होंने लेखकों से नेक इरादों का आग्रह किया। उन्होंने लिटिल वूमन की शानदार लेखिका लुईस मे. ऑलकोट को अपने लिए लेख लिखने को कहा, जिनकी लोकप्रियता उस समय शिखर पर थी। लेकिन उन्होंने लेखिका के बजाय उनकी चैरिटी को सौ डॉलर का चेक भेजने का प्रस्ताव दिया और इस बात ने लेखिका का दिल जीत लिया।

आप कह सकते हैं कि ये तरकीबें सिर्फ संवेदनशील और भावुक लोगों पर ही काम आती होंगी, लेकिन हर इंसान ऐसा नहीं होता और जिनसे पैसे निकलवाने हों, वे तो इन बातों में कभी नहीं आते।

हो सकता है कि आपकी यह बात सही हो। मेरा भी यही मानना है कि हर इंसान के साथ हर तरकीब काम नहीं आती। अगर आप अपने नतीजों से संतुष्ट हैं, तो आपको बदलाव लाने की ज़रूरत ही क्या है? अगर आप संतुष्ट नहीं हैं, तभी आपको प्रयोग करने चाहिए।

सर्विसिंग का बिल अदा करना

आपको मेरे एक भूतपूर्व छात्र जेम्स एल. थॉमस की यह सच्ची कहानी पसंद आएगी :

एक ऑटोमोबाइल कंपनी के छह ग्राहकों ने अपनी गाड़ियों के सर्विसिंग का बिल भरने से मना कर दिया। हालाँकि उनमें से किसी ने भी पूरे बिल को नहीं नकारा, लेकिन उन्होंने बिल की किसी न किसी एक बात पर अपनी आपत्ति दर्ज की थी। जबकि ग्राहक को हर लिहाज से पूरी सेवा दी गई थी। इसलिए कंपनी जानती थी कि उनकी ओर से कोई गलती नहीं हुई है।

बकाया बिल जमा करानेवाले विभाग ने अपनी ओर से जो तरीका अपनाया, वह कुछ इस प्रकार था। आपको क्या लगता है कि उनका यह तरीका सफल रहा ?

- सबसे पहले उन्होंने ग्राहकों से कहा, 'हम चाहते हैं कि बिल का भुगतान तुरंत हो।'
- दूसरी बार उन्होंने साफ शब्दों में कहा कि 'कंपनी की कोई गलती नहीं है, हमने आपकी गाड़ियों की अच्छी सर्विसिंग की है। इसका अर्थ ही आप (ग्राहक) पूरी तरह से गलत हैं।'
- तीसरी बार उन्होंने ग्राहकों से कहा, 'कंपनी कारों के बारे में उनसे कहीं ज्यादा जानती है इसलिए बहस की कोई गुंजाइश ही नहीं बचती।'
- नतीजा : उनके बीच बहस हुई।

क्या यह तरीका अपनाकर ग्राहकों के साथ उनका कोई समझौता हुआ होगा? आप खुद ही अंदाजा लगा सकते हैं।

उसी दौरान क्रेडिट मैनेजर को लगा कि इस मामले को कानूनी कार्रवाई तक ले जाना होगा, लेकिन उसी समय कंपनी के जनरल मैनेजर का ध्यान इस ओर गया। उसने पिछले रिकॉर्ड देखे तो पाया कि वे सारे ग्राहक इसके पहले हमेशा समय पर भुगतान करते आए थे और शायद इस बार पैसा लेने के तरीके में कोई भूल रह गई होगी। उन्होंने जेम्स एल. थॉमस से कहा कि 'आपको ग्राहकों के बकाया बिलों के मामले को सुलझाना होगा।'

जेम्स एल. थॉमस के शब्दों में :

- मुझे हर ग्राहक के पास जाकर उससे बकाया बिल का भुगतान लेना था और हमें पता था कि कंपनी की कोई गलती नहीं थी। पर मैंने इस बारे में एक शब्द भी नहीं कहा। मैंने ग्राहकों से कहा कि 'मैं जानना चाहता हूँ कि हमारी कंपनी की ओर

से क्या कमी रह गई, जिसकी वजह से उन्हें परेशानी का सामना करना पड़ा?'

- मैंने तय कर लिया था कि उनकी बात पूरी होने तक एक शब्द भी नहीं कहूँगा। मैंने ग्राहकों को पूरी तसल्ली से अपनी बात कहने का अवसर दिया।
- मैंने ग्राहकों को बताया कि मुझे केवल उनकी कार में दिलचस्पी है और उनकी कार के बारे में उनसे बेहतर कोई और नहीं बता सकता।
- मैंने ग्राहक को उसकी बात कहने का पूरा अवसर दिया और एक अच्छे श्रोता की तरह मैंने पूरे ध्यान और सहानुभूति के साथ उनकी बात सुनी, जैसा वे चाहते थे।
- आखिर में जब ग्राहक का मन थोड़ा सँभला, तो मैंने सारी बात को खोलकर रखने का फैसला लिया। मैंने कहा, 'मैं समझ सकता हूँ कि इस मामले को ठीक ढंग से समझने की कोशिश नहीं हुई। लेकिन अब ऐसा दोबारा नहीं होगा। आपको हमारे किसी प्रतिनिधि की वजह से परेशानी और खीझ का सामना करना पड़ा हो, तो उनकी ओर से मैं माफी चाहता हूँ। मैंने आपकी पूरी बात सुनी और मैं आपके धैर्य की दाद देता हूँ। मैं चाहता हूँ कि आप मेरे लिए भी कुछ करें और आपसे बेहतर यह काम कोई दूसरा नहीं कर सकता। ये रहा आपका बिल। मुझे पता है कि मेरे लिए आपके बिल को एडजस्ट करना ही सुरक्षित रहेगा, अगर आप कंपनी के वाइज प्रेजीडेंट होते तो यही करते। मैं सारा मामला आप पर ही छोड़ता हूँ। आप जो कहेंगे, वही होगा।'

क्या ग्राहक ने बिल एडजस्ट किया? जी, छह में से पाँच लोगों ने बिल की सारी राशि भर दी। केवल एक ने उस विवादित राशि को देने से इनकार किया। सबसे बड़ी बात यह रही कि वे छह ग्राहक आगे भी हमारी कंपनी से जुड़े रहे और उन्होंने दो साल बाद, हमारे यहाँ से ही अपने लिए नई कारें खरीदीं।

थॉमस के अनुसार, 'इस अनुभव ने मुझे सिखाया कि जब आपके पास ग्राहक के बारे में कोई ठोस जानकारी न हो, तो आपको यही मानकर चलना चाहिए कि वह गंभीर, ईमानदार और सच्चा इंसान है और अपने सारे बिल भरने को तैयार है। आमतौर पर इसके अपवाद बहुत ही कम देखने को मिलते हैं। जब आप उन्हें यह एहसास दिलाते हैं कि आप उन्हें अच्छा और जिम्मेदार इंसान समझते हैं, तो वे अपनी अच्छाई को साबित करने का कोई मौका नहीं छोड़ते।'

हमेशा नेक इरादों का आग्रह करें।

भाग ४
लोगों को बदलें – पर उनके मन में गुस्सा या नाराज़गी लाए बिना

अगर हम लोगों को नाराज़ किए बिना उन्हें बदलना चाहते हैं, तो इसके लिए ज़रूरी है कि उन्हें बदलने की शुरुआत पूरे सम्मान के साथ और स्वीकार भाव से की जाए। उनकी प्रतिक्रिया हमारे रवैए पर ही निर्भर करती है।

१८

सामनेवाले को दुःखी न करते हुए आलोचना कैसे करें

एक दिन चार्ल्स श्वाब, दोपहर को अपनी स्टील मिल के दौरे पर थे। वहाँ उन्होंने अपने कुछ कर्मचारियों को धूम्रपान करते हुए देखा। जबकि उन कर्मचारियों के ठीक पीछे दीवार पर एक बोर्ड टँगा था, जिस पर लिखा था, 'धूम्रपान करना मना है।' लेकिन क्या श्वाब ने उन्हें वह बोर्ड दिखाकर याद दिलाया कि वहाँ सिगरेट पीना मना है या उनसे पूछा कि 'क्या वे पढ़ना जानते है?' नहीं! उन्होंने ऐसा कुछ नहीं किया। वे उन कर्मचारियों के पास गए और उनके हाथों में एक-एक सिगार थमाते हुए कहा, 'अगर आप लोग इसे बाहर जाकर पिएँगे, तो मुझे ज्यादा खुशी होगी।' वे लोग जानते थे कि उन्होंने मिल का नियम तोड़ा है और अगर मालिक चाहें, तो उन्हें इसका उचित दंड भी दे सकते हैं। उन कर्मचारियों ने इस बात के लिए अपने मालिक को सराहा कि मालिक ने हमारी गलती होने के बावजूद हमें डाँटा नहीं बल्कि हमें अपनी अहमियत का एहसास दिलाते हुए बता दिया कि हम नियम तोड़ रहे हैं। सच तो यह है कि आप ऐसे इंसान को चाहे बिना रह ही नहीं सकते, क्यों? यह सच नहीं क्या?

जॉन वानामेकर भी यही तकनीक आज़माते थे। वे प्रतिदिन फिलाडेल्फिया में अपने स्टोअर्स का दौरा करने जाया करते। एक दिन उन्होंने देखा कि काउंटर पर एक महिला ग्राहक अपना सामान लेने की प्रतीक्षा कर रही है, लेकिन कोई भी कर्मचारी उसकी ओर ध्यान नहीं दे रहा है। सेल्स कर्मचारी थोड़ी दूरी पर बैठकर आपस में हँसी-मज़ाक करने में लगे थे। यह देखकर जॉन वानामेकर चुपचाप काउंटर के पीछे गए। उन्होंने फौरन उस महिला से पैसों का भुगतान लिया और सेल्स के लोगों को उसका सामान पैक करने के लिए देकर चुपचाप वहाँ से निकल गए। उन्होंने एक शब्द भी नहीं कहा।

अक्सर सार्वजनिक अधिकारियों पर आरोप लगता है कि वे लोगों से भेंट नहीं करते। दरअसल वे लोग बहुत व्यस्त रहते हैं और अक्सर गलती ज़रूरत से ज्यादा सुरक्षा देनेवाले उनके सहायकों की होती है। उन्हें लगता है कि अगर कोई आम इंसान उनके बॉस तक मिलने पहुँच जाता है, तो इससे उनके बॉस को तकलीफ हो सकती है। इसी कारण वे किसी भी इंसान को बॉस के पास नहीं जाने देते।

कार्ल लैंडफोर्ड फ्लोरिडा ओरलैंडो के मेयर थे। अक्सर अपने स्टाफ को इस बात के लिए डाँट देते थे कि 'मुझसे मिलने जो भी लोग आते हैं, उन्हें रोका न जाए। लोगों की समस्याओं को सुलझाने और उनकी सेवा करने के लिए ही मुझे चुना गया है। इसलिए हमारे ऑफिस के दरवाजे हर किसी के लिए खुले हैं।' लेकिन उनके समुदाय के नागरिकों को उनके सचिव और प्रशासक आगे ही नहीं आने देते थे और न ही उनसे मिलने देते थे।

आखिरकार मेयर ने एक हल खोज निकाला। उन्होंने अपने ऑफिस का दरवाजा ही निकलवा दिया। इससे लोगों को सही मायने में उनके कार्य का पता चला और उनके सचिव या प्रशासक को भी समझ में आ गया कि मेयर निश्चित क्या चाहते हैं। इसके बाद मेयर के पास आनेवालों की संख्या बढ़ गई।

'लेकिन' के बजाय 'और' शब्द का प्रयोग

कई बार आपकी ओर से किया गया छोटा सा बदलाव भी किसी के जीवन को बदलने की क्षमता रखता है। बशर्ते आपकी आलोचना से उसके दिल को ठेस न लगे या वह नाराज़ न हो।

कई लोग आलोचना आरंभ करने से पहले आपके बारे में कोई अच्छा वाक्य कहते हैं, लेकिन तारीफ भरा वह वाक्य पूरा होते ही 'लेकिन' शब्द लगाकर आपकी निंदा शुरू कर देते हैं। जैसे आप एक लापरवाह बच्चे को समझाना चाहते हैं कि उसे पढ़ाई पर ध्यान देना चाहिए। तो आप कहते हैं, 'जॉनी, हमें तुम पर गर्व है। इस बार तुम्हें अच्छे ग्रेड्स मिले हैं, लेकिन अगर अलजेब्रा पर मेहनत की होती, तो और अच्छे ग्रेड्स मिलते।'

आपने इस वाक्य में 'लेकिन' शब्द से पहले जो कहा, वह तो उस बच्चे को अच्छा लगेगा, लेकिन इसके बाद उसे लगेगा कि शायद उसकी तारीफ नहीं की जा रही थी। उसे लगेगा कि केवल उसकी असफलता दिखाने के लिए ही तारीफ की मदद ली गई है। इससे आपकी बात की विश्वसनीयता खतरे में आ जाएगी और यह भी तय है, आपके ऐसा कहने के बाद भी पढ़ाई के प्रति उसका रवैया नहीं बदलनेवाला।

अगर आप 'लेकिन' की जगह 'और' शब्द का प्रयोग करें, तो मामले को बहुत हद तक सुलझाया जा सकता है। 'जॉनी, हमें तुम पर गर्व है। इस बार तुम्हें अच्छे ग्रेड्स मिले हैं और अगर तुम अलजेब्रा पर मेहनत करोगे, तो अगली बार और अच्छे ग्रेड्स ला सकते हो।'

अब जॉनी को यह तारीफ कबूल करने में दिक्कत नहीं होगी क्योंकि आप उसे उसकी असफलता याद नहीं दिला रहे। इस तरह उसे यह नहीं लगेगा कि उसे अप्रत्यक्ष

तौर पर बदलने की कोशिश की जा रही है। फिर वह आपकी अपेक्षाओं के अनुसार काम करने लगेगा।

अप्रत्यक्ष आलोचना

प्रत्यक्ष आलोचना से चिढ़नेवाले लोगों के लिए कभी-कभी अप्रत्यक्ष आलोचना से काम चलाया जा सकता है। वुन सॉकेट के रोड आईलैंड की निवासी मार्ज जैकब ने हमारी कक्षाओं में बताया कि उसने किस तरह भवन निर्माण में लगे मज़दूरों को इस बात के लिए राज़ी किया कि वे काम के बाद वहाँ की सफाई करके जाया करें।

काम के पहले कुछ दिन जब वह शाम को वहाँ आती, तो सारे बगीचे में लकड़ी के टूटे-फूटे टुकड़े पड़े दिखाई देते। वह बिल्डर्स को परेशान नहीं करना चाहती थी क्योंकि काम में कोई कमी नहीं थी। इसलिए वह कारीगरों के जाने के बाद बच्चों के साथ मिलकर सारे कचरे का ढेर बनाकर एक किनारे लगा देती। लेकिन जब ऐसा रोज़ होने लगा, तो एक दिन उसने सुबह-सुबह कारीगर को बुलवाकर कहा, 'आप लोगों ने बहुत अच्छी तरह काम किया है और बगीचे को गंदा भी नहीं किया। मैं आपके काम से खुश हूँ।' उसी दिन से वे कर्मचारी सारे काम के बाद बगीचे के कचरे को समेटकर जाने लगे और फोरमैन भी विशेष तौर पर देखने आता था कि उन्होंने बगीचे की सफाई की है या नहीं?

फौजी हेयरस्टाइल का मसला

आर्मी रिजर्व के विद्यार्थी और उनके नियमित प्रशिक्षकों के बीच हेयरस्टाइल को लेकर बहुत विवाद रहता है। दरअसल आर्मी रिजर्व के विद्यार्थी खुद को सिविलियन (असैनिक) मानते हैं (वे नियमित रूप से फौज का हिस्सा नहीं होते) और इसीलिए वे खुद को हमेशा फौजी हेयरस्टाइल में देखना पसंद नहीं करते।

सेना के उच्च पदवी के अध्यक्ष हर्ली कैसर, 542nd USAR के आर्मी स्कूल में बतौर प्रशिक्षक कार्य कर रहे थे। उन्होंने अपने सहकर्मियों के बीच इस समस्या पर चर्चा की। पुराने जमाने के सेना अध्यक्ष (सार्जेंट्स) की तरह वे भी अपने दल पर चिल्लाते हुए, उन्हें बाल कटवाने के लिए धमका सकते थे पर उन्होंने अलग तरीका अपनाया और अपनी बात अप्रत्यक्ष तौर पर सबके सामने रखी।

उन्होंने आर्मी रिजर्व के सदस्यों से कहा, 'जेंटलमैन, आप लोग लीडर्स हैं। आप दूसरों के लिए मिसाल कायम करते हैं। आपको हमेशा ऐसा बनकर रहना चाहिए कि लोग आपकी मिसाल दे सकें। आप जानते हैं कि फौज में हेयरकट को लेकर कैसे दिशा-निर्देश दिए गए हैं। आज मैं बाल कटवाने जा रहा हूँ। हालाँकि अभी मेरे बाल आपके बालों से कहीं ज्यादा छोटे हैं। आप खुद को शीशे में देखें और अगर आपको

लगता है कि अच्छी मिसाल बनने के लिए आपको भी हेयरकट की ज़रूरत है, तो हम आपके लिए इसका प्रबंध करवा देंगे।'

नतीजन बहुत सारे लोग दोपहर तक नाई के पास जाने के लिए तैयार हो गए और उन्होंने फौज के हिसाब से ही हेयरकट करवाया। सेना अध्यक्ष कैसर ने अगली सुबह आकर कहा कि 'आज मैं यह देख रहा हूँ कि दल के कुछ सदस्यों में अभी से नेतृत्व करने का गुण है।'

शोक सभा का भाषण

हेनरी वार्ड बीचर की मृत्यु 8 मार्च 1887 को हुई। अगले रविवार को शोक सभा रखी गई और लॅमन ॲबट को शोक सभा में दो शब्द कहने के लिए कहा गया। ॲबट ने शोक सभा के लिए बार-बार अपना भाषण लिखकर अभ्यास किया और उसमें सुधार करते रहे। फिर उन्होंने अपनी पत्नी को वह भाषण पढ़कर सुनाया। उनकी पत्नी को वह बहुत खराब लगा। अगर पत्नी को समझ न होती, तो शायद वह साफ शब्दों में कह देती कि 'मैंने इतना खराब भाषण पहले कभी नहीं सुना... इसे सुनकर लोगों को नींद आ जाएगी... यह इन्साक्लोपीडिया जैसा लग रहा है... इतने सालों तक चर्च में प्रवचन देने के बाद भी आपको भाषण देना नहीं आया... आप सहज भाव से क्यों नहीं लिखते... या फिर अगर आपने यह भाषण शोक सभा में पढ़ा तो आपका बहुत अपमान होगा...।'

अगर उनकी पत्नी ने ऐसे वाक्य कहे होते, तो आप जानते हैं कि क्या होता? लेकिन उसने ऐसा कुछ नहीं कहा। उसने तो बस अपने पति से इतना कहा कि यह भाषण, नॉर्थ अमेरिकन रिव्यू के लिए एक अच्छा लेख साबित हो सकता है। दूसरे शब्दों में, यह भाषण किसी लेख के रूप में तो अच्छा था, लेकिन शोक सभा में बोलने के लिहाज से ठीक नहीं था। ॲबट ने बात को समझा और बड़े जतन से तैयार किए गए पन्नों को फाड़ दिया। फिर उसने नोट्स के बिना ही अपनी बात कही। कहना न होगा कि उसका यह प्रयास पहले से कहीं बढ़िया रहा।

अप्रत्यक्ष तौर पर किसी दूसरे की भूल को आसानी से सुधारा जा सकता है।

लोगों को उनकी भूल का एहसास हमेशा अप्रत्यक्ष ढंग से ही दिलाना चाहिए।

१९
पहले अपनी गलती मानें

मेरी भतीजी जोसेफीन कारनेगी मेरी सचिव बनने के लिए न्यूयॉर्क आई थी। उस समय वह उन्नीस साल की थी और हाई स्कूल से तीन साल पहले ग्रेजुएट हुई थी। उसके पास व्यावसायिक अनुभव न के बराबर था। हालाँकि आनेवाले समय में वह 'वेस्ट ऑफ स्वेज' कंपनी की सबसे प्रतिभाशाली सचिव बनी पर शुरुआती दौर में उसे सुधार की ज़रूरत थी। एक दिन, जब मैं उसकी निंदा करने जा रहा था, तो मैंने स्वयं से कहा, 'डेल! जरा एक मिनट ठहरो। तुम जोसेफीन से दुगनी उम्र के हो। तुम्हारा व्यावसायिक अनुभव उससे हज़ारों गुना ज़्यादा है। तुम उससे अपने जैसे परिपक्व नज़रिए की, निर्णय लेने और पहल करने की क्षमता की उम्मीद कैसे कर सकते हो? डेल! याद है, उन्नीस साल की उम्र में तुम खुद क्या कर रहे थे? तुमने कैसी गलतियाँ की थीं? कुछ याद भी है या सब भूल गए?'

पूरे मसले पर ईमानदारी और निष्पक्षता से विचार करने के बाद, मैंने निष्कर्ष निकाला कि जोसेफीन उन्नीस साल की उम्र के हिसाब से कहीं अधिक प्रतिभाशाली है और उसे इसके लिए कोई तारीफ नहीं मिल रही है।

इसके बाद जब भी मुझे उसकी गलती बतानी होती, तो मैं कहता, 'जोसेफीन तुमसे गलती हुई है, पर तुम्हारी जगह अगर मैं होता, तो और भी ज्यादा गलतियाँ करता। हम जन्म से ही सब कुछ सीखकर नहीं आते। हम अपने अनुभवों से सीखते हैं और मेरी तुलना में तुम इस आयु में बहुत समझदार हो। मैं तो खुद अपनी भूलों पर शर्मिंदा हूँ इसलिए तुम्हें कुछ कहने का हक नहीं रखता। फिर भी तुम्हें नहीं लगता कि तुम इस काम को फलाँ तरीके से करती तो ज़्यादा बेहतर होता?'

अगर कोई इंसान सामनेवाले की गलती बताते हुए यह कहता है कि उससे भी गलतियाँ होती हैं, तो सुननेवाले के लिए अपनी आलोचना सहन करना आसान हो जाता है।

स्पेलिंग की गलतियाँ

कनाडा, मनीटोबा, ब्रांडन के एक इंजीनियर ई.जी. डिलीस्टोन को अपनी सचिव के चलते समस्या हो रही थी। वे उससे अपने काम से संबंधित कई पत्र लिखवाया करते

थे। जब वे पत्र टाइप होने के बाद उनके पास हस्ताक्षर के लिए आते, तो हर पेज में दो-तीन गलतियाँ दिख जातीं। मि. डिलीस्टोन ने बताया कि उन्होंने इस चीज़ को कैसे सँभाला :

अधिकतर इंजीनियरों की तरह ही, मेरी भी अंग्रेजी और व्याकरण बहुत अच्छी नहीं थी। इसीलिए कठिन शब्दों की स्पेलिंग देखने के लिए मैं कई सालों तक एक छोटी सी स्पेलिंग बुक अपने साथ रखता रहा। जब मुझे एहसास हुआ कि अपनी सचिव से पत्र की गलतियों के बारे में शिकायत करने से कोई लाभ नहीं होनेवाला है इसलिए मैंने एक नया तरीका अपनाया। जब मुझे अगले पत्र में गलतियाँ दिखीं, तो मैं अपने सचिव के पास बैठ गया और उससे कहा :

'यह शब्द सही नहीं लग रहा है। मुझे इसके साथ हमेशा दिक्कत होती थी। यही वजह है कि पहले मैं एक स्पेलिंग बुक अपने साथ रखता था। (मैंने उसे किताब का सही पन्ना खोलकर दिखा दिया।) हम्म, ये रहा। मैं स्पेलिंग का बहुत ध्यान रखता हूँ क्योंकि अक्सर लोग हमें हमारे पत्रों से ही परखते हैं और अगर हम गलतियाँ करते हैं, तो पेशेवर नहीं लगते।'

'उस दिन के बाद से टाइप किए जानेवाले पत्रों में स्पेलिंग की गलतियाँ कम होने लगीं और आखिरकार मेरी समस्या हल हो गई।'

सम्राट की तारीफ

पोलिश प्रिंस बनहार्ड वॉन बुलो ने 1909 में इस बात को गहराई से समझा और स्वीकार भी किया। वे उस समय जर्मनी के शाही सचिव (चांसलर) थे। उस समय जर्मनी की राजगद्दी पर विलहैम द्वितीय का राज़ था। जिसे बाद में जर्मनी का अंतिम सम्राट कहा गया। वह एक घमंडी और अभिमानी सम्राट था। वह एक ऐसी सेना व नौसेना बना रहा था, जो जंगली बिल्लियों जैसी खतरनाक हो।

उस समय एक अजीब सी घटना घटी। सम्राट ने कुछ ऐसी अजीब बातें कहीं कि सारा महाद्वीप हिल गया और पूरी दुनिया में विस्फोटों की एक श्रृंखला शुरू हो गई। उसने लोगों के बीच बेहूदगी और घमंड से भरी घोषणाएँ कीं। यह सब उसने इंग्लैंड की मेहमाननवाजी का आनंद लेते हुए कहा था और फिर उसने 'डेली टेलीग्राफ' नामक समाचार पत्र में उन बातों को छापने की शाही अनुमति भी दे डाली। मिसाल के लिए, उसने घोषणा की कि 'मैं अकेला ऐसा जर्मन व्यक्ति हूँ, जो अंग्रेजों के प्रति दोस्ताना रवैया रखता है; मैं जापान के खिलाफ नौसना तैयार कर रहा हूँ... मैंने ही इंग्लैंड को रूस और फ्रांस के हाथों धूल में मिलने से बचाया था... मेरी योजना के बल पर ही इंग्लैंड के लॉर्ड रॉबर्ट दक्षिण अफ्रीका में बोर्स को हरा सके... वगैरह-वगैरह!'

पिछले सौ सालों में शांतिकाल के दौरान किसी यूरोपियन राजा के मुँह से ऐसी बातें नहीं सुनी गई थीं। उसकी बातें सुनकर सभी स्तब्ध थे। सारा महाद्वीप हैरान था और जर्मन नेताओं को कुछ सूझ नहीं रहा था कि अपने सम्राट की इस मूर्खतापूर्ण हरकत का बचाव कैसे करें। अचानक फैली इस अफरा-तफरी से जर्मन सम्राट घबरा गया। इसलिए उसने अपने शाही सचिव प्रिंस बनहार्ड वॉन बुलो से कहा कि 'मेरे सारे वक्तव्यों का जिम्मा तुम अपने सर ले लो।' वह चाहता था कि प्रिस बिलो लोगों से कह दें कि उसने ही सम्राट को ये सब बेहूदा बातें कहने के लिए उकसाया था।

'लेकिन योर मेजेस्टी! यह असंभव है। क्योंकि जर्मनी या इंग्लैंड में ऐसा कोई नहीं है, जो मुझे इतना सक्षम माने कि मैं आपको सलाह देने की जुर्रत कर सकूँ।'

प्रिंस बुलो ने यह कह तो दिया, लेकिन उन्हें फौरन एहसास हो गया कि उन्होंने गलती कर दी है। सम्राट उनकी बात को सुनकर भड़क गया।

वह चिल्लाया, 'तुम मुझे गधा समझते हो? तुम तो बड़े से बड़े बवाल खड़े कर सकते हो।'

अब प्रिंस बुलो समझ गए कि उन्हें सम्राट की निंदा करने से पहले प्रशंसा करनी चाहिए थी। पर अब देर हो चुकी थी। इसके बावजूद उन्होंने सम्राट की तारीफ करनी शुरू कर दी। जिससे ऐसा करिश्मा हो गया, जिसकी उम्मीद भी नहीं थी।

प्रिंस बुलो ने आदरपूर्वक कहा, 'योर मेजेस्टी, आप नौसेना और अन्य सैन्य जानकारी के मामले में मुझसे मीलों आगे हैं। आपको प्राकृतिक विज्ञान की भी पूरी जानकारी है। मैं अक्सर बैरोमीटर और वायरलेस टेलीग्राफी के बारे में आपकी बातें सुनकर दंग रह जाता हूँ। मुझे यह कहते हुए खुद पर शर्म आ रही है कि मुझे इन चीज़ों की कोई जानकारी नहीं है। मैं भौतिकी और रसायन विज्ञान के बारे में भी ज़्यादा नहीं जानता। मुझे तो बस इतिहास की ही थोड़ी-बहुत जानकारी है, जो कभी-कभी राजनीति और कूटनीति में काम आ जाती है।'

सम्राट यह सुनकर दमक उठा। प्रिंस वॉन बुलो ने उसकी प्रशंसा की थी इसलिए अब तो सम्राट उसकी किसी भी गलती को माफ कर सकता था। सम्राट ने उत्साह से कहा, 'मैंने तुम्हें पहले भी कहा था कि हम एक-दूसरे के पूरक हैं और हमें एक साथ रहना चाहिए। हम हमेशा साथ रहेंगे।'

इसके बाद उसने प्रिंस वॉन से एक बार नहीं, कई बार हाथ मिलाया और दिनभर में कई बार अन्य लोगों से कहा कि 'अगर किसी ने वॉन के बारे में मुझसे एक भी गलत शब्द कहा, तो मैं उसकी नाक पर घूँसा जड़ दूँगा।'

प्रिंस वॉन ने उस समय तो खुद को बचा लिया, पर अब वे समझ गए थे कि उन्हें

अपनी कमी बताने के बाद ही विलहैम की निंदा करनी चाहिए थी। अब उन्हें सम्राट से यह कहने की ज़रूरत नहीं थी कि उसे ज़रा भी समझ नहीं है और वास्तव में उसे एक ऐसे अभिभावक की ज़रूरत है, जो उसे ऐसी मूर्खतापूर्ण गलतियाँ करने से रोक सके।

सामनेवाले की तारीफ में यदि कुछ वाक्य बोलने से एक अभिमानी सम्राट भी दोस्त बन सकता है, तो सोचें कि नम्रता और तारीफ भरे वाक्य हमारे और आपके जीवन में कितना बड़ा बदलाव ला सकते हैं। शब्दों का प्रयोग ठीक ढंग से हो, तो वे मानवीय संबंधों में करिश्मा कर सकते हैं।

सिगरेट की लत से छुटकारा

आप अपनी भूलों को स्वीकारते हुए, दूसरे को एहसास दिला सकते हैं कि उसे भी अपने बरताव में बदलाव लाना चाहिए। मैरीलेंड, टिमोनियम के क्लेरेंस ने इस बात को तब समझा, जब उसने अपने पंद्रह साल के बेटे को सिगरेट पीते देखा। उसने बताया,

'मैं नहीं चाहता था कि मेरा बेटा भी इस लत का शिकार हो जाए। लेकिन मैं और उसकी माँ, हम दोनों धूम्रपान करते थे। अभिभावक होने के बावजूद हम दोनों ने अनजाने में उसे सिगरेट पीने के लिए प्रेरणा दी थी। जब मुझे इस बात का एहसास हुआ, तो मैंने अपने बेटे से कहा, 'डेविड, मैंने भी तुम्हारी उम्र में ही सिगरेट पीना शुरू किया था। इस एक गलत आदत का मेरे शरीर पर बहुत बुरा असर हुआ। सिगरेट पीना गलत बात है, यह जानते हुए भी अब मेरे लिए इस लत से पीछा छुड़ाना लगभग असंभव हो गया है।' मैंने उसे याद दिलाया कि कैसे मैं हमेशा खाँसता रहता हूँ इसलिए मुझे ऐसा लगता है कि तुम्हें सिगरेट नहीं पीनी चाहिए।

मैंने उसे न तो धमकाया और न ही सिगरेट के खतरों के प्रति सचेत किया। बस मैंने उसे यह बताया कि मुझे सिगरेट पीने से कौन सी दिक्कतें हो रही हैं। इस पर उसने मुझे जवाब दिया कि वह हाई स्कूल से ग्रेजुएट होने तक सिगरेट को हाथ नहीं लगाएगा। आज इस बात को सालों बीत चुके हैं, पर तब से डेविड ने सिगरेट को कभी हाथ भी नहीं लगाया और न ही उसके मन में सिगरेट पीने की कोई मंशा है।

मैंने इस बातचीत से यह नतीजा निकाला कि मैं भी सिगरेट छोड़ सकता हूँ। मैंने अपने परिवार की मदद से अपना यह संकल्प पूरा भी किया।

एक अच्छा लीडर इसी नियम का पालन करता है।

दूसरे की निंदा करने से पहले अपनी गलतियों को मानें।

२०
आदेश सुनना किसी को पसंद नहीं होता

एक बार मुझे अमेरिकन बायोग्राफर्स की डीन श्रीमती इडा टारबेल के साथ डिनर करने का अवसर मिला। जब मैंने उन्हें इस किताब के बारे में बताया, तो हम उन बातों पर चर्चा करने लगे, जिन्हें इस किताब में शामिल किया जा सकता था। उन्होंने बताया कि जब वे ओन डि यंग की जीवनी पर काम कर रही थीं, तो उनकी भेंट एक ऐसे युवक से हुई जो यंग के साथ पिछले तीन साल से उनके ऑफिस में बैठता था। उसने बताया कि यंग ने कभी किसी को प्रत्यक्ष आदेश नहीं दिया। वे आदेश की जगह सुझाव दिया करते थे। वे कभी नहीं कहते थे कि 'फलाँ काम को करो।' वे कहा करते थे कि 'फलाँ काम को करने के बारे में सोचा जा सकता है।' वे अपने सचिव से पत्र लिखवाने के बाद पूछते कि पत्र के बारे में उसकी क्या राय है।

अगर वे किसी और के लिखे पत्र में बदलाव करना चाहते, तो कहते, 'अगर इस वाक्य में यह बदलाव किया जाए, तो बेहतर होगा न?' वे लोगों को खुद काम करने का मौका देते थे। वे कभी अपने सहयोगियों को काम करने के लिए नहीं कहते थे। वे लोगों को खुद काम करने की प्रेरणा देते थे ताकि वे अपनी भूलों से सबक ले सकें।

ऐसी तकनीक के बल पर किसी के लिए भी अपनी भूल सुधारना आसान हो जाता है। इससे उस इंसान का गौरव बचा रहता है और अपने मन में उसकी अहमियत भी बनी रहती है। इस तरह आपसी बैर की बजाय सहयोग को बढ़ावा मिलता है।

कड़े शब्दों में दिए गए आदेश की कड़वाहट लंबे समय तक बनी रह सकती है, भले ही वह आदेश किसी नकारात्मक स्थिति को सुधारने के लिए दिया गया हो।

ऑर्डर देने का परिणाम

डैन सेनटेरली, योमिंग के वोकेशनल स्कूल में टीचर हैं। एक बार किसी छात्र ने अपनी कार को स्कूल की दुकान के सामने गलत ढंग से पार्क कर दिया था, जिससे आने-जाने के रास्ते में बाधा उत्पन्न हो रही थी। एक अधिकारी ने आकर अकड़ते हुए पूछा, 'यह किसकी कार है, जो इस तरह पार्क की गई है?' जब उस छात्र ने बताया कि 'यह कार मेरी है।' तो वह अधिकारी चिल्लाया, 'इसे फौरन यहाँ से हटाओ वरना मैं इसे चेनों से खिंचवाकर दूर ले जाऊँगा और किसी दूसरी जगह पटक दूँगा।'

हालाँकि छात्र ने सही नहीं किया था पर उस अधिकारी के रवैए से चिढ़कर स्कूल के बच्चों ने रोज़ ऐसी हरकतें करना शुरू कर दिया, जिससे उस अधिकारी का पारा सातवें आसमान पर पहुँच जाता था। अब सारे बच्चे जान-बूझकर उसे खिझाया करते थे। इस स्थिति को बदलने के लिए वह कौन सा अलग तरीका अपना सकता था? अगर उसने आराम से पूछा होता कि यह किसकी कार है? और छात्र के बताने पर उसे उतने ही आराम से कहा होता कि 'अगर वह अपनी कार को हटा लेगा, तो दूसरे लोगों को निकलने में आसानी होगी', तो बात इतनी न बिगड़ती। आराम से कहने पर वह लड़का अपनी कार हटा लेता और ऐसी भूल दोबारा न करता।

जब आप आदेश देने की बजाय सवाल करते हैं, तो सामनेवाले की रचनात्मकता भी प्रेरित होती है। लोग अक्सर उसी आदेश को मानना पसंद करते हैं, जिसका निर्णय लेने में उनका अपना भी योगदान हो।

दक्षिणी अफ्रीका के जोहान्सबर्ग का इयान मैकडोनाल्ड एक छोटे से कारखाने का जनरल मैनेजर था। वहाँ मशीनों के पुर्जे बनाए जाते थे। एक बार उसे एक बहुत बड़ा ऑर्डर मिला और उसे यकीन नहीं था कि ग्राहक की ओर से जितना समय मिला है, उतने समय में वे उस ऑर्डर को पूरा कर सकेंगे। क्योंकि कारखाने में पहले से ही एक अन्य ग्राहक का ऑर्डर पूरा करने का काम चल रहा था और इतने कम समय में नए ग्राहक का ऑर्डर पूरा करना असंभव था।

उसने अपने कर्मचारियों को ज़्यादा काम करने का आदेश देने के बजाय, सबको अपने पास बुलाया और हालात की गंभीरता समझाई। उसने उन्हें बताया कि अगर वे सब मिलकर उस ऑर्डर को पूरा करेंगे, तो उन सबको लाभ होगा। इसके बाद उसने सभी से ये सवाल पूछे : * 'क्या हम इस ऑर्डर को पूरा करने के लिए कुछ कर सकते हैं?' * 'क्या आप लोगों के पास इस ऑर्डर को पूरा करने के लिए कोई नया सुझाव है?' * 'अगर आप लोग अपना कुछ काम घर ले जाएँ और उसे वहाँ पूरा करें, तो क्या इससे समय की बचत की जा सकती है?'

कर्मचारियों ने उसे कई सुझाव दिए। सभी ने उससे यही कहा कि उन्हें यह ऑर्डर ले लेना चाहिए। इसके बाद उन सभी ने इस विश्वास के साथ काम करना शुरू किया कि 'हम सब इसे पूरा कर सकते हैं।' आखिरकार सबकी मेहनत रंग लाई और वह ऑर्डर समय पर पूरा हो गया। ग्राहक को शिकायत का कोई मौका नहीं मिला।

एक प्रभावी लीडर बनने के लिए...

आदेश देने के बजाय हमेशा प्रश्न पूछें।

२१

दूसरों को अपना बचाव करने का मौका दें

कई साल पहले, जनरल इलैक्ट्रिक कंपनी को अपने एक कर्मचारी के मामले में एक मुश्किल स्थिति का सामना करना पड़ा। उन्हें विभाग प्रमुख चार्ल्स स्टेनमेट्ज को उसके पद से हटाना था। हालाँकि शुरुआत में उन्हें लगा था कि वह एक जीनियस है, लेकिन वह कैलकुलेटिंग विभाग में बुरी तरह असफल रहा। कंपनी उसे प्रत्यक्ष तौर पर कुछ नहीं कह पा रही थी क्योंकि वह बहुत ही संवेदनशील लोगों में से एक था। आखिरकार उन्होंने उसे एक नया पद दे दिया। उन्होंने उसे कंपनी का सलाहकार इंजीनियर बना दिया, जो उसके मौजूदा पद का ही नया नाम था। इसके बाद विभाग प्रमुख का पद दूसरे को सौंप दिया गया।

चार्ल्स बहुत खुश हुआ।

कंपनी के अधिकारी भी इस निर्णय से खुश थे। उन्होंने बिना किसी बाधा के अपने अधिकारी का मनोबल टूटने से बचा लिया। उसकी कमी भी सबके सामने आने से बच गई।

दूसरों को इतना मौका ज़रूर दें कि वे अपना बचाव कर सकें। यह बहुत ही अहम बात है। लेकिन हममें से कितने लोग पलभर ठहरकर इस बारे में सोचते हैं? हम अक्सर दूसरों की भावनाओं को कुचलकर अपना काम निकाल लेते हैं। दूसरों की भूलों पर बवाल मचाते हैं और उनके गौरव पर चोट करते हैं। हम अक्सर किसी दूसरे के सामने अपने ही बच्चों का या कर्मचारी का अपमान कर देते हैं। अगर कुछ मिनट सोच-विचार करके, सामनेवाले के रवैए का ध्यान रखते हुए अपनी बात रखी जाए, तो यह दोनों पक्षों के लिए लाभदायक होगा।

अगली बार जब भी आपके सामने अपने किसी कर्मचारी को फटकारने की नौबत आए, तो इस बात को याद रखें।

मुझे एक सर्टिफाइड पब्लिक अकाउंटेंट मार्शल ए. ग्रेंगर का पत्र मिला। मैं उनके शब्दों को जस का तस आपके लिए प्रस्तुत कर रहा हूँ-

'अपने कर्मचारियों को काम से निकालना किसी को अच्छा नहीं लगता। जब हमें कोई काम से निकालता है, तब तो और भी बुरा लगता है।

हमारा काम सीज़नल है। इनकमटैक्स भरने तक के समय में हमारे ऑफिस में कर्मचारियों की आवश्यकता होती है। लेकिन जैसे ही इनकमटैक्स की तारीख निकल जाती है, तब मज़बूरन हमें बहुत से कर्मचारियों को काम से निकालना पड़ता है।

अकाउंटेंट के व्यवसाय में एक अप्रिय बात यह है कि लोगों को अनमने मन से टैक्स भरना पड़ता है। टैक्स भरना, यह लोगों को खुशी की बात नहीं लगती। एक बार काम पूरा होने के बाद कोई हमारे ऑफिस में नहीं आता। तब हमारे सामने ऐसे हालात आते कि हम अपने कुछ कर्मचारियों को बुलाकर यहाँ का काम छोड़ने के लिए उनसे बात करते हैं। कर्मचारी से कहा जाता है, 'बैठिए मि. स्मिथ! सीज़न खत्म हो गया है। अब हमारे पास कोई और परियोजना नहीं है। आप समझ सकते हैं कि हमने आपको इस सीज़न के लिए ही काम पर रखा था इसलिए अब आपको काम से अलग होना होगा।'

यह सुनकर निश्चित ही सामनेवाले आदमी का चेहरा उतर जाता और उसे लगता कि उसे नीचा दिखाया गया है। उनमें से बहुत लोग अकाउंटिंग के काम से जुड़े होते थे और उनके मन में उस संस्था के लिए कोई सद्भाव नहीं रहता था, जो उन्हें अचानक काम से निकाल रही हो।

फिर मैंने तय किया कि कर्मचारियों को काम से हटाने के तरीके पर और सोच-विचार करना चाहिए, तथा कोई नया व बेहतर तरीका अपनाना चाहिए। इसलिए अब जब मुझे ऐसा करना होता है, तो मैं उसके काम पर गंभीरता से गौर करता हूँ और फिर उन्हें फोन करके उनसे कुछ इस तरह बात करता हूँ, 'मि. स्मिथ, आपका काम बहुत बढ़िया रहा। नेवार्क में हमने आपको बहुत मुश्किल परियोजना दी थी, पर आपने उसे बखूबी सँभाला। हम आपको बताना चाहते हैं कि इस फर्म को आप पर गर्व है। आप प्रतिभाशाली हैं और बहुत दूर तक जाएँगे। यह फर्म आप पर पूरा भरोसा करती है। हम चाहते हैं कि आप भी हमें हमेशा याद रखें।'

नतीजा? लोग जब काम से जाते, तो कम से कम उन्हें ऐसा नहीं लगता था कि उन्हें निकाला जा रहा है। जब कभी हमें दोबारा उनकी ज़रूरत होती, तो वे उसी मान-सम्मान के साथ हमारे पास वापस आ जाते।

हमारे कोर्स के एक सत्र के दौरान दो सदस्य आपस में चर्चा कर रहे थे कि दूसरों की गलतियाँ निकालने और दूसरों को अपनी गलतियाँ छिपाने का अवसर देने के क्या नकारात्मक और सकारात्मक प्रभाव हो सकते हैं?

पेंस्लिवेनिया, हैरिसबर्ग के फ्रेड क्लार्क ने अपनी कंपनी में हुई एक घटना के बारे में बताया : 'हमारी प्रोडक्शन मीटिंग के दौरान, वाइस प्रेजीडेंट ने हमारे प्रोडक्शन

सुपरवाइजर से काम के सिलसिले में कुछ तीखे सवाल किए। उसने सुपरवाइजर की कमी निकालते हुए, आक्रामक तरीके से उस पर दोषारोपण किया। सुपरवाइजर किसी भी स्थिति में यह नहीं चाहता था कि उसे उसके साथियों के सामने लताड़ा जाए, लेकिन फिर भी ऐसा हुआ। इसलिए उसने गोलमोल जवाब दिए। यह देखकर वाइज प्रेजीडेंट को और गुस्सा आ गया और उसने सुपरवाइजर पर झूठ बोलने का भी इल्जाम लगा दिया।

इस घटना के तुरंत बाद, उनके बीच का कामकाजी संबंध टूट गया। वह सुपरवाइजर एक अच्छा कर्मचारी था, लेकिन इस घटना के बाद वह कंपनी के लिए नाकारा हो गया। कुछ ही महीने बाद, वह हमारी कंपनी छोड़कर हमारे प्रतियोगी के साथ काम करने लगा। अब वह वहाँ बहुत अच्छी तरह काम कर रहा है।'

हमारे कोर्स की एक और सदस्या एना माज़ोन ने भी एक छोटी सी घटना का हवाला दिया, जो उसकी ऑफिस में हुई थी, लेकिन उसके तरीके और नतीजे अलग थे – 'एना एक फूड पैकर कंपनी के लिए मार्केटिंग विशेषज्ञ का काम करती थी। उसे एक नए उत्पाद की टेस्ट मार्केटिंग करने का काम दिया गया। उसने कक्षा में बताया, 'जब टेस्ट के नतीजे आए, तो मैं बहुत परेशान हो गई। मैंने योजना बनाने में भारी भूल कर दी थी और मुझे पूरा टेस्ट दोबारा करवाना पड़ा। ऑफिस में इस परियोजना पर एक मीटिंग होनेवाली थी, लेकिन मैं काम में इतनी बुरी तरह व्यस्त थी कि मुझे मीटिंग से पहले अपने बॉस से बात करने का भी समय नहीं मिला। इसी मीटिंग में मुझे अपनी रिपोर्ट जमा करनी थी।'

'जब मुझे रिपोर्ट देने के लिए बुलाया गया, तो मैं डर से काँप रही थी। मैंने सोच लिया था कि जो भी हो, मैं कमजोर नहीं पड़ूँगी और लोगों को यह कहने का मौका नहीं दूँगी कि अक्सर औरतें अपना काम पूरा न होने पर घबराकर भावुक हो जाती हैं। मैंने अपनी पूरी बात उनके सामने रखी और बताया कि रिपोर्ट में भूल होने की वजह से दोबारा टेस्ट करना होगा। मैंने कहा कि मैं अगली मीटिंग में उसके नतीजे पेश करूँगी। फिर मैं बैठ गई और बॉस की ओर से धमाके का इंतजार करने लगी।'

'लेकिन उन्होंने मुझे धन्यवाद देते हुए कहा कि अक्सर लोग आसानी से अपनी गलती स्वीकार नहीं करते।' मैंने अपनी गलती स्वीकार की इसलिए उन्हें पूरा यकीन हो गया कि मेरी दूसरी रिपोर्ट अधिक सटीक होगी और कंपनी के लिए फायदेमंद भी साबित होगी। उन्होंने मुझे सभी सहकर्मियों के सामने यकीन दिलाया कि उन्हें मुझ पर पूरा विश्वास है और वे जानते हैं कि मुझसे जो गलती हुई, वह योग्यता की कमी से नहीं बल्कि अनुभव की कमी से हुई।

उस दिन मैं सिर ऊँचा करके मीटिंग से बाहर आई और मन ही मन तय किया कि

दोबारा कभी अपनी वजह से बॉस का सिर नीचे नहीं होने दूँगी।'

भले ही हम सही और सामनेवाला गलत हो, पर अगर हम उसे उसकी भूल छिपाने का मौका नहीं देते, तो उसके अहम् को ठेस लगती है। वायुयान-सेवा क्षेत्र के अग्रणी और जाने-माने फ्रेंच लेखक एंटोयनी डि. सेंट एक्सुप्री के शब्दों में, 'मुझे ऐसा कुछ कहने या करने का हक नहीं है, जो सामनेवाले को शर्मिंदा कर दे। मैं उसके बारे में क्या सोचता हूँ, इसकी बजाय यह बात अधिक महत्त्व रखती है कि वह अपने बारे में क्या सोचता है। किसी इंसान के स्वाभिमान पर चोट करना अपराध की श्रेणी में आता है।'

एक सच्चा लीडर हमेशा...
 दूसरों को अपना बचाव करने का अवसर देता है।

हाउ टू स्टॉप वरींग एंड स्टार्ट लिविंग के कुछ नियम

1. दूसरों की नकल न करें।
2. काम करने की ये चार सुनहरी आदतें अपनाएँ :
- आपकी मेज पर केवल वही कागज़ात होने चाहिए, जिन पर काम चल रहा हो।
- कामों को उनके महत्त्व के हिसाब से पूरा किया जाना चाहिए।
- अगर आपके पास निर्णय लेने के लिए ज़रूरी तथ्य मौजूद हैं, तो कोई भी समस्या सामने आते ही उसे तुरंत हल करें।
- काम को व्यवस्थित करें, दूसरों से बाँटें और निरीक्षण करना सीखें।
3. काम के दौरान आराम करना भी सीखें।
4. अपने काम में उत्साह बनाए रखें।
5. अपनी परेशानियों को नहीं बल्कि उपलब्धियों को गिनें।
6. याद रखें, अक्सर अन्यायपूर्ण निंदा भी छिपे तौर पर प्रशंसा ही होती है।
7. जो भी संभव हो, वह करें। अपनी ओर से कोई कमी न रखें।

हाउ टू विन फ्रेंड्स एंड इंलुऐंस पीपल के कुछ नियम

1. निंदा, आलोचना या शिकायत करने से बचें।
2. ईमानदारी और गंभीरता से प्रशंसा करें।
3. दूसरे इंसान में गहरी चाह पैदा करें।
4. दूसरों में सच्ची दिलचस्पी लें।
5. दूसरे इंसान को उसकी अहमियत का एहसास दिलाएँ।
6. दूसरे इंसान के मत का आदर करें। उसे यह न कहें कि वह गलत है।
7. हर चीज़ की शुरुआत मित्रतापूर्ण रवैए के साथ करें।
8. दूसरे इंसान से हामी भरवाएँ।
9. इंसान को यह महसूस होने दें कि यह उसी का आइडिया था।
10. दूसरों की भलाई के लिए काम करें।
11. लोगों को उनकी गलतियाँ अप्रत्यक्ष तौर पर याद दिलवाएँ।
12. दूसरे की निंदा करने से पहले अपनी गलतियों की बात करें।
13. आदेश देने के बजाय सवाल करें।
14. दूसरे इंसान को अपना बचाव करने का मौका दें।

परिशिष्ट

महाआसमानी परम ज्ञान
शिविर परिचय और लाभ (निवासी)

तेजज्ञान फाउण्डेशन आत्मविकास से आत्मसाक्षात्कार प्राप्त करने का एक रास्ता है। इसके लिए सरश्री द्वारा एक अनूठी बोध पद्धति (System for Wisdom) का सृजन हुआ है। इस पद्धति को अन्तर्राष्ट्रीय मानक ISO 9001:2015 के आवश्यकताओं एवं निर्देशों के अनुरूप ढालकर सरल, व्यावहारिक एवं प्रभावी बनाया गया है।

इस संस्था की बोध पद्धति के विभिन्न पहलुओं (शिक्षण, निरीक्षण व गुणवत्ता) को स्वतंत्र गुणवत्ता परीक्षकों (Quality Auditors) द्वारा क्रमबद्ध तरीके से जाँचा गया। जिसके बाद इन पहलुओं को ISO 9001:2015 के अनुरूप पाकर, इस बोध पद्धति को प्रमाणित किया गया है।

फाउण्डेशन का लक्ष्य आपको नकारात्मक विचार से सकारात्मक विचार की ओर बढ़ाना है। सकारात्मक विचार से शुभ विचार यानी हॅपी थॉट्स (विधायक आनंदपूर्ण विचार) और शुभ विचार से निर्विचार की ओर बढ़ा जा सकता है। निर्विचार से ही आत्मसाक्षात्कार संभव है। शुभ विचार (Happy Thoughts) यानी यह विचार कि 'मैं हर विचार से मुक्त हो जाऊँ।' शुभ इच्छा यानी यह इच्छा कि 'मैं हर इच्छा से मुक्त हो जाऊँ।'

ज्ञान का अर्थ है सामान्य ज्ञान लेकिन तेजज्ञान यानी वह ज्ञान जो ज्ञान व अज्ञान के परे है। कई लोग सामान्य ज्ञान की जानकारी को ही ज्ञान समझ लेते हैं लेकिन

असली ज्ञान और जानकारी में बहुत अंतर है। आज लोग सामान्य ज्ञान के जवाबों को ज्यादा महत्त्व देते हैं। उदाहरण के तौर पर– कर्म और भाग्य, योग और प्राणायाम, स्वर्ग और नर्क इत्यादि। आज के युग में सामान्य ज्ञान प्रदान करनेवाले लोग और शिक्षक कई मिल जाएँगे मगर इस ज्ञान को पाकर जीवन में कोई बड़ा परिवर्तन नहीं होता। यह ज्ञान या तो केवल बुद्धि विलास है या फिर अध्यात्म के नाम पर बुद्धि का व्यायाम है।

सभी समस्याओं का समाधान है तेजज्ञान। भय से मुक्ति, चिंतारहित व क्रोध से आज़ाद जीवन है तेजज्ञान। शारीरिक, मानसिक, सामाजिक, आर्थिक और आध्यात्मिक उन्नति के लिए है तेजज्ञान। तेजज्ञान आपके अंदर है, आएँ और इसे पाएँ।

यदि आप ऐसा ज्ञान चाहते हैं, जो सामान्य ज्ञान के परे हो, जो हर समस्या का समाधान हो, जो सभी मान्यताओं से आपको मुक्त करे, जो आपको ईश्वर का साक्षात्कार कराए, जो आपको सत्य पर स्थापित करे तो समय आ गया है तेजज्ञान को जानने का। समय आ गया है शब्दोंवाले सामान्य ज्ञान से उठकर तेजज्ञान का अनुभव करने का।

अब तक अध्यात्म के अनेक मार्ग बताए गए हैं। जैसे जप, तप, मंत्र, तंत्र, कर्म, भाग्य, ध्यान, ज्ञान, योग और भक्ति आदि। इन मार्गों के अंत में जो समझ, जो बोध प्राप्त होता है, वह एक ही है। सत्य के हर खोजी को अंत में एक ही समझ मिलती है और इस समझ को सुनकर भी प्राप्त किया जा सकता है। उसी समझ को सुनना यानी तेजज्ञान प्राप्त करना है। तेजज्ञान के श्रवण से सत्य का साक्षात्कार होता है, ईश्वर का अनुभव होता है। यही तेजज्ञान सरश्री महाआसमानी शिविर में प्रदान करते हैं।

सरश्री की आध्यात्मिक खोज का सफर उनके बचपन से प्रारंभ हो गया था। इस खोज के दौरान उन्होंने अनेक प्रकार की पुस्तकों का अध्ययन किया। इसके साथ ही अपने आध्यात्मिक अनुसंधान के दौरान अनेक ध्यान पद्धतियों का अभ्यास किया। उनकी इसी खोज ने उन्हें कई वैचारिक और शैक्षणिक संस्थानों की ओर बढ़ाया। इसके बावजूद भी वे अंतिम सत्य से दूर रहे।

उन्होंने अपने तत्कालीन अध्यापन कार्य को भी विराम लगाया ताकि वे अपना अधिक से अधिक समय सत्य की खोज में लगा सकें। जीवन का रहस्य समझने के लिए उन्होंने एक लंबी अवधि तक मनन करते हुए अपनी खोज जारी रखी।

जिसके अंत में उन्हें आत्मबोध प्राप्त हुआ। **आत्मसाक्षात्कार के बाद उन्होंने जाना कि अध्यात्म का हर मार्ग जिस कड़ी से जुड़ा है वह है– समझ (अंडरस्टैण्डिंग)।**

सरश्री कहते हैं कि 'सत्य के सभी मार्गों की शुरुआत अलग-अलग प्रकार से होती है लेकिन सभी के अंत में एक ही समझ प्राप्त होती है। **'समझ' ही सब कुछ है और यह 'समझ' अपने आपमें पूर्ण है।** आध्यात्मिक ज्ञान प्राप्ति के लिए इस 'समझ' का श्रवण ही पर्याप्त है।'

सरश्री ने ढाई हज़ार से अधिक प्रवचन दिए हैं और सौ से अधिक पुस्तकों की रचना की हैं। ये पुस्तकें दस से अधिक भाषाओं में अनुवादित की जा चुकी हैं और प्रमुख प्रकाशकों द्वारा प्रकाशित की गई हैं, जैसे पेंगुइन बुक्स, जैको बुक्स, मंजुल पब्लिशिंग हाऊस, प्रभात प्रकाशन, राजपाल अ‍ॅण्ड सन्स, पेंटागॉन प्रेस, सकाळ पेपर्स इत्यादि। सरश्री की शिक्षाओं से लाखों लोगों के जीवन में रूपांतरण हुआ है। इसके साथ संपूर्ण विश्व की चेतना बढ़ाने के लिए कई सामाजिक कार्यों की शुरुआत भी की गई है।

सरश्री आज के युग के आध्यात्मिक गुरु और 'तेजज्ञान फाउण्डेशन' के संस्थापक हैं, जो अत्यंत सरलता से आज की लोकभाषा में आध्यात्मिक समझ प्रदान करते हैं। हर साल तेजज्ञान फाउण्डेशन द्वारा 'महाआसमानी शिविर' आयोजित किया जाता है। यह शिविर पूर्णतः सरश्री की शिक्षाओं पर आधारित है।

क्या आपको उच्चतम आनंद पाने की इच्छा है? ऐसा आनंद, जो किसी कारण पर निर्भर नहीं है, जिसमें समय के साथ केवल बढ़ोतरी ही होती है। क्या आप इसी जीवन में प्रेम, विश्वास, शांति, समृद्धि और परमसंतुष्टि पाना चाहते हैं? क्या आप शारीरिक, मानसिक, सामाजिक, आर्थिक और आध्यात्मिक इन सभी स्तरों पर सफलता हासिल करना चाहते हैं? क्या आप 'मैं कौन हूँ' इस सवाल का जवाब अनुभव से जानना चाहते हैं।

यदि आपके अंदर इन सवालों के जवाब जानने की और 'अंतिम सत्य' प्राप्त करने की प्यास जगी है तो तेजज्ञान फाउण्डेशन द्वारा आयोजित 'महाआसमानी शिविर' में आपका स्वागत है। यह शिविर पूर्णतः सरश्री की शिक्षाओं पर आधारित है। सरश्री आज के युग के आध्यात्मिक गुरु और 'तेजज्ञान फाउण्डेशन' के संस्थापक हैं, जो अत्यंत सरलता से आज की लोकभाषा में आध्यात्मिक समझ प्रदान करते हैं।

महाआसमानी शिविर का उद्देश्य :

इस शिविर का उद्देश्य है, 'विश्व का हर इंसान 'मैं कौन हूँ' इस सवाल का जवाब जानकर सर्वोच्च आनंद में स्थापित हो जाए।' उसे ऐसा ज्ञान मिले, जिससे वह हर पल वर्तमान में जीने की कला प्राप्त करे। भूतकाल का बोझ और भविष्य की चिंता इन दोनों से वह मुक्त हो जाए। हर इंसान के जीवन में स्थायी खुशी, सही समझ और समस्याओं को विलीन करने की कला आ जाए। मनुष्य जीवन का उद्देश्य पूर्ण हो।

'मैं कौन हूँ? मैं यहाँ क्यों हूँ? मोक्ष का अर्थ क्या है? क्या इसी जन्म में मोक्ष प्राप्ति संभव है?' यदि ये सवाल आपके अंदर हैं तो महाआसमानी शिविर इसका जवाब है।

महाआसमानी शिविर के मुख्य लाभ :

इस शिविर के लाभ तो अनगिनत हैं मगर कुछ मुख्य लाभ इस प्रकार हैं...

* जीवन में दमदार लक्ष्य प्राप्त होता है।
* 'मैं कौन हूँ' यह अनुभव से जानना (सेल्फ रियलाइजेशन) होता है।
* मन के सभी विकार विलीन होते हैं।
* भय, चिंता, क्रोध, बोरडम, मोह, तनाव जैसी कई नकारात्मक बातों से मुक्ति मिलती है।
* प्रेम, आनंद, मौन, समृद्धि, संतुष्टि, विश्वास जैसे कई दिव्य गुणों से युक्ति होती है।
* सीधा, सरल और शक्तिशाली जीवन प्राप्त होता है।
* हर समस्या का समाधान प्राप्त करने की कला मिलती है।
* 'हर पल वर्तमान में जीना' यह आपका स्वभाव बन जाता है।
* आपके अंदर छिपी सभी संभावनाएँ खुल जाती हैं।
* इसी जीवन में मोक्ष (मुक्ति) प्राप्त होता है।

महाआसमानी शिविर में भाग कैसे लें?

इस शिविर में भाग लेने के लिए आपको कुछ खास माँगें पूरी करनी होती हैं। जैसे –

१) आपकी उम्र कम से कम अठारह साल या उससे ऊपर होनी चाहिए।

२) आपको सत्य स्थापना शिविर (फाउण्डेशन ट्रुथ रिट्रीट) में भाग लेना होगा, जहाँ आप सीखेंगे- वर्तमान के हर पल को कैसे जीया जाए और निर्विचार दशा में कैसे प्रवेश पाएँ।

३) आपको कुछ प्राथमिक प्रवचनों में उपस्थित होना है, जहाँ आप बुनियादी समझ आत्मसात कर, महाआसमानी शिविर के लिए तैयार होते हैं।

यह शिविर साल में पाँच या छह बार आयोजित होता है, जिसका लाभ हज़ारों खोजी उठाते हैं। इस शिविर की तैयारी आगे दिए गए स्थानों पर कराई जाती है। पुणे, मुंबई, दिल्ली, सांगली, सातारा, जलगाँव, अहमदाबाद, कोल्हापुर, नासिक, अहमदनगर, औरंगाबाद, सूरत, बरोडा, नागपुर, भोपाल, रायपुर, चेन्नई, वर्धा, अमरावती, चंद्रपुर, यवतमाल, रत्नागिरी, लातूर, बीड, नांदेड, परभणी, पनवेल, ठाणे, सोलापुर, पंढरपुर, अकोला, बुलढाणा, धुले, भुसावल, बैंगलोर, बेलगाम, धारवाड, भुवनेश्वर, कोलकत्ता, राँची, लखनऊ, कानपुर, चंदीगढ़, जयपुर, पणजी, म्हापसा, इंदौर, इटारसी, हरदा, विदिशा, बुरहानपुर।

आप महाआसमानी की तैयारी फाउण्डेशन में उपलब्ध सरश्री द्वारा रचित पुस्तकों, सी.डी. और कैसेटस् सुनकर कर सकते हैं। इसके अलावा आप टी.वी., रेडियो और यू ट्यूब पर सरश्री के प्रवचनों का लाभ भी ले सकते हैं मगर याद रहे, ये पुस्तकें, कैसेट, टी.वी., रेडियो और यू ट्यूब के प्रवचन शिविर का परिचय मात्र है, तेजज्ञान नहीं। आप महाआसमानी शिविर में भाग लेकर ही तेजज्ञान का आनंद ले सकते हैं। आगामी महाआसमानी शिविर में अपना स्थान आरक्षित करने के लिए संपर्क करें : **09921008060/75, 9011013208**

पुस्तकें प्राप्त करने के लिए नीचे दिए गए पते पर मनीऑर्डर द्वारा पुस्तक का मूल्य भेज सकते हैं। पुस्तकें रजिस्टर्ड, कुरियर अथवा वी.पी.पी. द्वारा भेजी जाती हैं।

पुस्तकों के लिए नीचे दिए गए पते पर संपर्क करें।

WOW Publishings Pvt. Ltd.

* रजिस्टर्ड ऑफिस - इ- 4, वैभव नगर, तपोवन मंदिर के नज़दीक, पिंपरी, पुणे - 411017

* पोस्ट बॉक्स नं. 36, पिंपरी कॉलोनी पोस्ट ऑफिस, पिंपरी, पुणे - 411017 फोन नं.: 09011013210 / 9623457873

आप ऑन-लाइन शॉपिंग द्वारा भी पुस्तकों का ऑर्डर दे सकते हैं।

लॉग इन करें - www.gethappythoughts.org

300 रुपयों से अधिक पुस्तकें मँगवाने पर 10% की छूट और फ्री शिपिंग।

वॉव पब्लिशिंगस् द्वारा प्रकाशित पुस्तकें

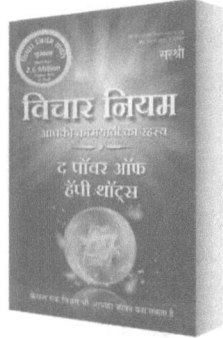

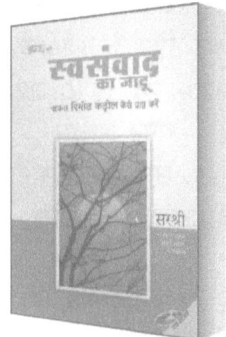

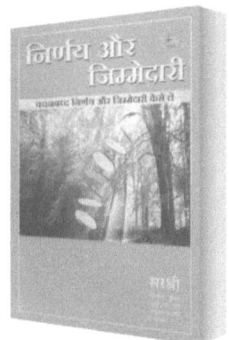

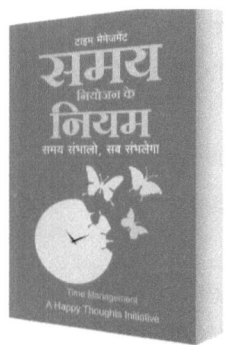

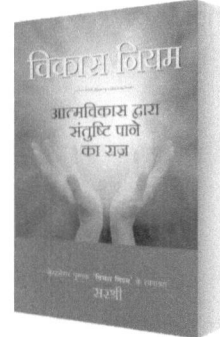

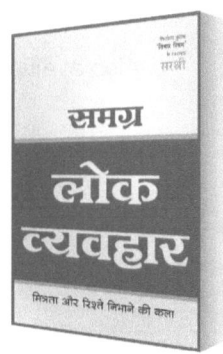

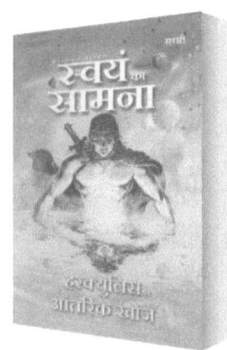

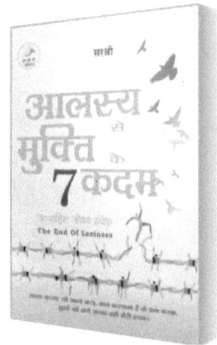

तेजज्ञान फाउण्डेशन – मुख्य शाखाएँ
पुणे (रजिस्टर्ड ऑफिस)
विक्रांत कॉम्प्लेक्स, तपोवन मंदिर के नज़दीक, पिंपरी, पुणे-४११०१७.
फोन : 020-27411240, 27412576

मनन आश्रम
सर्वे नं. ४३, सनस नगर, नांदोशी गाँव,
किरकटवाडी फाटा, तहसील – हवेली,
जिला- पुणे - ४११ ०२४. फोन : 09921008060

e-books
•The Source •Complete Meditation •Ultimate Purpose of Success •Enlightenment •Inner Magic
•Celebrating Relationships •Essence of Devotion •Master of Siddhartha •Self Encounter, and many more.
Also available in Hindi at www. gethappythoughts.org

Free apps
U R Meditation & Tejgyan Internet Radio on all platforms like Android, iPhone, iPad and Amazon

e-magazines
'Yogya Aarogya' & 'Drushtilakshya'
emagazines available on www.magzter.com

e-mail
mail@tejgyan.com

website
www.tejgyan.org, www.gethappythoughts.org

– नम्र निवेदन –
विश्व शांति के लिए लाखों लोग प्रतिदिन
सुबह और रात ९ बजकर ९ मिनट पर प्रार्थना करते हैं।
कृपया आप भी इसमें शामिल हो जाएँ।

|| अपने जीवन और काम का आनंद कैसे लें - 200 ||

www.ingramcontent.com/pod-product-compliance
Lightning Source LLC
LaVergne TN
LVHW041708070526
838199LV00045B/1259
* 9 7 8 9 3 8 7 6 9 6 2 5 9 *